KB009844

방해자 下

JAMA
ⓒ Hideo Okuda 2004
All rights reserved.
Original Japanese edition published by KODANSHA LTD.
Korean translation rights arranged with KODANSHA LTD.
through Tony International.

이 책의 한국어판 저작권은 토니 인터내셔널을 통해
KODANSHA LTD.와의 독점계약으로 '북스토리(주)'에 있습니다.
저작권법에 의해 한국 내에서 보호를 받는 저작물이므로
무단전재와 무단복제를 금합니다.

북스토리 재팬 클래식 플러스 009

방해자 下

오쿠다 히데오

김해용 옮김

북스토리

20

부엌에서 파를 다듬는데 매운 냄새가 코를 강하게 찔렀다. 교코는 다듬은 야채와 데친 두부를 솜씨 좋게 그릇에 담았다. 고기는 큰맘 먹고 국산 쇠고기 차돌박이를 7백 그램이나 샀다.

남편의 퇴원을 축하하는 스키야키였다. 병원 밥만 먹느라 열흘 넘게 기름기를 입에 대지 못했던 시게노리가 고기가 먹고 싶다고 했기 때문이다. 아이들도 좋아했고, 교코도 배짱 좋게 호기를 부렸다.

거실에서는 시게노리가 아이들과 놀고 있었다. 두 손에는 여전히 붕대를 감은 채였지만 아프지는 않은 모양이었다. 목욕도 아까 마쳤다. 물이 묻지 않도록 팔을 통째로 비닐로 감았더니 혼자서도 훌륭하게 머리를 감았다. 회사는 당장 내일부터 출근하기로 되어 있었다. 본사 근무를 해야 한다는 것은 병실에서 일단

듣기는 했지만 더 이상 그 이야기는 꺼내지 않기로 했다.

"엄마, 아직 멀었어?"

겐타가 부엌으로 머리를 들이밀며 졸랐다.

"금방 돼. 식탁에 핫플레이트나 꺼내놔."

"응. 알았어."

겐타가 개수대 아래 선반에서 핫플레이트를 꺼내려는데 재빨리 가오리가 달려와 도우려 했다. 내가 할래, 내가 할 거야, 하며 오누이가 옥신각신한다.

"그럼 가오리는 그릇 놔."

두 아이들이 즐겁게 저녁 식사 준비를 돕는 것을 보며 시게노리가 "어라, 무슨 바람들이 분 거야" 하며 놀렸다.

"당신 없을 때 가오리도 겐타도 모두 집안일 잘 도와줬어요."

"그래? 둘 다 제법이네. 상으로 게임 소프트라도 사줄까?"

시게노리가 싱글벙글거리며 말했다. 가오리와 겐타가 펄쩍펄쩍 뛰며 좋아한다. 그런 가족을 바라보면서 교코는 마치 모든 것이 원래대로 돌아온 것처럼 느꼈다.

스키야키 냄비를 놓고 둘러앉은 가운데 시게노리는 맥주를 마셨다. 남편이 따라주어서 교코도 마셨다. 혈관 구석구석까지 알코올이 스며들어 머리가 기분 좋게 마비된다. 한 잔만 마실 생각이었지만 시게노리가 한 잔을 더 권했다.

"엄마, 얼굴 빨개졌어."

가오리가 손가락질하는 바람에 모두 웃었다.

시게노리가 파를 먹으려는데 속이 쏙 빠지는 것을 보고 또 모두가 웃었다.

"가오리나 겐타 둘 다 봄방학 숙제는 다 했니?" 하고 묻는 시게노리.

"봄방학 때는 숙제 없어요!"

가오리가 콧등에 주름을 모으며 대답했다.

"그래? 가오리는 벌써 4학년이구나."

"난 2학년."

지지 않고 겐타도 끼어들었다.

"그럼 또 새 친구들이 생기겠네."

"안 됐지만 반은 2년마다 바꾸네요. 아빠는 정말 아무것도 몰라."

가오리의 타박에 시게노리가 머리를 긁적였다. 정말 모든 것이 그날 전으로 돌아간 듯 단란했다.

7백 그램이나 사온 고기를 다 먹을 수 있을지 걱정했지만 깨끗이 없어졌다. 시게노리가 음식을 잘 먹어서 교코는 안심이 되었다. 정작 자신은 세 점 정도 먹었더니 배가 불러왔지만 억지로 다 먹었다. 식욕이 없다는 걸로 가족을 걱정하게 만들고 싶지 않았다.

저녁 식사 후에는 꼼꼼히 설거지를 했다. 오늘 밤에는 씻을 그릇이 그리 많지 않았지만 이미 최근 며칠간의 버릇이 되었다. 뭐든 하지 않으면 진정이 되지 않았던 것이다.

아이들이 목욕을 하고 있는 동안 시게노리는 텔레비전에서 해주는 야구 중계를 보며 온더록스를 마시고 있었다.

"술을 통 못 마셨더니."

남편은 그렇게 말하고 잔과 얼음을 직접 준비했다.

식탁을 사이에 두고 부엌과 거실에서 말을 주고받지는 않았지만 그리 부자연스럽지는 않았다. 4월부터 프로야구 중계가 시작돼서 다행이라고 교코는 생각했다. 만약 지난달에 퇴원했다면 남편도 할 일이 없어서 곤란했을 것이다. 교코 역시 이야깃거리를 궁리해내야만 했을 것이다.

아이들이 목욕을 마치고 이번에는 교코가 목욕탕으로 들어갔다. 가능한 한 오래 몸을 담그려고 물을 조금 더 넣고 물 온도를 내렸다. 침실에 이부자리를 깔아놓았으니까 졸리면 시게노리는 먼저 잘 것이다. 욕조에 머리를 누이고는 가볍게 눈을 감았다.

일단 첫날은 이 정도로 대충 넘어갔다. 왠지 그런 생각이 들었다.

그러나 혼자가 된 안도감을 잠깐 맛보는 사이, 그 방심한 마음 틈으로 비웃듯이 가슴속의 검은 무언가가 고개를 내밀었다.

낮의 기억이 되살아났다. 저도 모르게 머리를 좌우로 흔들어 보았지만 이미 늦었다. 가슴을 찌르는 듯한 통증이 일고 이내 어두운 기분이 부풀어올랐다.

오늘 병원 주차장에 그 형사들이 있었던 것이다. 두 사람 다 키가 커서 바로 알 수 있었다. 그냥 모르는 척했지만 등골이 오싹했다.

게다가 만약 자신이 잘못 본 게 아니라면 카메라맨도 있었다. 분명 왜건 안과 차들 사이, 그 두 곳에서 카메라 렌즈가 자신들을 향하고 있었다. 그건 대체 왜였을까. 상상도 하기 싫었지만 남편을 피사체로 삼은 것은 확실한 것 같았다. 적어도 그들은 오늘이 시게노리의 퇴원일이라는 것을 알고 온 것이다.

가볍게 현기증이 일었다. 순간 두려워져서 욕조에서 나와 매트 위에 웅크리고 앉았다.

갑자기 속이 울렁거려 참을 틈도 없이 교코는 구토를 했다. 불그죽죽한 토사물이 매트에 번졌다. 눈을 돌리며 손으로 가슴을 쓸어내렸다. 바가지에 물을 담아 오물을 보지 않도록 외면한 채 배수구로 흘려보냈다.

그러자 이번엔 좀 더 큰 구토감이 습격해왔다. 교코는 몸을 앞으로 구부리며 배를 움켜쥐었다. 양동이가 뒤집어엎어지듯 저녁때 먹은 것이 다 쏟아져나왔다. 위액의 씁쓸한 맛이 목과 입에 가득했고, 눈앞에 별이 반짝거렸다.

눈물이 나왔다. 땀이 볼을 타고 흘러내렸다.

역시 남편은 경찰에게 감시당하고 있었다. 그 현실에 교코는 큰 충격을 받았다.

견디기 힘든 기분으로 오물을 흘려보냈다. 그리고 뜨거운 물을 머리부터 뒤집어썼다.

침착하자고 스스로를 달랬다. 아직 남편이 범인이라고 결정

난 것은 아니다. 경찰은 누구나 의심하는 습성이 있는 것이다. 그 형사도 집에 왔을 때 분명 그렇게 말했었다. 오늘도 혹시나 사건 당일 밤의 일을 새롭게 묻고 싶었던 건지도 모른다. 남편은 유일한 피해자이자 목격자였으니까.

교코는 조심스럽게 다시 욕조로 돌아갔다. 어깨까지 물에 푹 담그며 호흡을 골랐다.

하지만 숨이 제대로 쉬어지질 않았다. 용건이 있었다면 와서 말을 걸었을 것이다. 그러나 형사들은 그렇게 하지 않았다. 게다가 왜건 그늘에 있던 남자는 분명히 몸을 숨기고 있었다. 그들은 남편을 몰래 지켜보고 있었던 것이다.

혹시 남편도 눈치채고 있었던 것은 아니었을까, 그런 생각이 들었다. 그렇다면 부부가 다 모른 체하고 있었던 셈이 된다.

더는 참을 수 없어졌다. 교코의 감정은 마치 줄타기라도 하고 있는 듯 불안정했다.

교코는 축 처진 몸에 채찍을 가하듯 때를 밀었다. 잡념을 밀어내듯이 힘주어 때수건을 움직였다. 발뒤꿈치까지 샅샅이 밀었다. 머리 역시 정성껏 감았다.

결국 목욕탕에서 한 시간이나 보낸 후 나와보니 10시가 넘어 있었다. 그대로 바로 부엌으로 가자 남편은 텔레비전 앞에 없었다. 내일 아침에 먹을 쌀을 씻고, 전기밥솥 타이머를 설정했다. 혼자 텔레비전도 잠깐 보았다.

마침내 더는 할 일이 없어졌다. 문단속을 하고 침실로 갔다.

시게노리는 아직 안 자고 있을까. 생각해보니 아이들이라는 쿠션 없이 둘만 남게 된 것은 오늘 중에서 지금이 처음이었다.

남편이 일어나 만약 할 이야기가 있다고 말하면 어쩌지. 가슴이 점점 빠르게 뛰기 시작했다.

침을 삼키며 침실 문을 열었다. 머리맡의 스탠드가 켜져 있을 뿐 시게노리는 이불을 덮고 누워 있었다.

뭔가에서 벗어난 기분이 됐다. 그것은 안도감과는 약간 다른 것이었지만.

말없이 교코도 옆의 이부자리로 들어갔다.

잘 수 있을지 어떨지는 알 수 없었지만 아침까지 쭉 눈을 감고 있으려고 생각했다.

다음 날은 아르바이트가 있는 날이었다. 오늘부터 새 학기에 들어갔으므로 아이들을 걱정하지 않아도 되는 만큼 부담 하나가 줄었다. 내일부터는 급식도 시작된다. 학교란 게 참 고마운 곳이구나 하고, 이런 때가 돼서야 느꼈다.

남편은 시나가와에 있는 본사로 출근하게 되어 오전 7시 15분에는 집을 나가야 했다. 아이들보다 먼저 나가주는 것이, 남편에게 가져서는 안 될 감정이라 해도 참 다행이다 싶었다.

남편은 평소와 다름없었다. 그것이 자연스러운 것인지, 연기하고 있는 것인지 교코로서는 잘 분간이 되지 않았다. 그렇다기보다 관찰하고 싶지가 않았다. 지금은 자신의 자연스러움을 유지하는 것만으로도 벅찼던 것이다.

평소보다 이른 8시 반에 집을 나가 도중에 카페에 잠시 들렀다. 여기에서 고무로 일행과 만나기로 했기 때문이다. 둘 다 일도 가정도 있었기 때문에 이런 시간이 아니면 약속을 잡을 수 없었다. 저쪽 편에서는 "아침 일찍부터 죄송해요"라고 말했지만 고마운 것은 자신 쪽이었다. 고무로는 다마에서 차를 타고 와야만 했다.

이날은 변호사도 동석했다. 예전에 만난 적이 있는 오기와라라는 착해 보이는 남자였다.

"오이카와 씨, 고생이 많으시죠."

서글서글한 눈의 오기와라에게서 인사를 받으니 마음이 한결 가벼워졌다.

그 밖에도 두 여자가 더 있었다. 기타타마 점과 마치다 점의 아르바이트 사원이라고 소개했다. 고무로와 뜻을 같이해 가게 측에 자신들의 요구를 관철시키려는 주부들임을 바로 알 수 있었다.

"고무로 씨한테 들었습니다만 오이카와 씨, 창고 근무로 발령 나셨다고요."

오기와라가 걱정스러운 듯 물었다.

"네. 하지만 괜찮아요. 이래 봬도 힘 하나는 자신 있어요."

밝게 대답했다.

"강하시군요."

고무로가 진심으로 감탄한 듯 교코를 치켜세웠다.

"저도 오이카와 씨한테 배워야겠어요."

"그래요, 가게 측에 절대 져서는 안 돼요."

다른 여자들도 저마다 칭찬해주었다. 약간 으쓱한 기분이었다.

"혼조 점 상황은 어떤가요? 가게 측에서도 당황스러워하죠?"

오기와라가 물었다.

"점장은 사카키바라라는 사람인데, 그냥 화만 내고 있어요. 그리고 이케다라는 과장이 있는데, 이 사람은 친절한 편이긴 하지만 잘 구슬려서 포기하게 만들려는 것 같고요."

"안 됩니다. 그 수에 넘어가면요."

고무로가 옆에서 말했다.

"우리 편이 돼줄 리가 없어요."

"네, 알고 있어요."

"그래서 우리 쪽 작전에 대해 말씀드리려는데요."

오기와라가 수첩을 펼쳤다.

"갑자기 노동기준감독서로 가지고 들어가는 수도 있긴 있는데요, 그건 비장의 카드로 쓰는 게 효과적일 것 같습니다. 그리고 지금 다시 한 번 확인해두자면 우리는 최종적으로 유급휴가, 상여금, 퇴직금, 고용보험을 얻어내고 싶습니다. 그래서 먼저 유급휴가를 인정하도록 만드는 것을 첫 번째 목표로 하죠. 이거라면 절대 질 리 없으니까요."

여자들은 고개를 끄덕이며 듣고 있었다.

"사실 예를 들어 퇴직금 같은 건 어려워요. 취업 규칙상 고용하는 측이 거부하면 불가능하거든요."

"어머, 그런가요?"

고무로가 물었다.

"그렇습니다. 안 준다고 해서 별다른 규제도 없고요. 하지만 그 대신 유급휴가만은 노동기준법 제39조에 정해져 있고, 마찬가지로 제119조에 벌칙 규정도 있습니다. 그래서 가게 측은 안 지킬 수가 없는 겁니다. 고발하면 징역이나 벌금을 물어야 하죠."

오기와라의 말을 들으며 교코는 안심했다. 법은 역시 약자의 편인 것이다.

"정면 돌파입니다. 스마일이 얼마나 법률서적을 뒤져봤는지는 모르겠지만, 잘만 하면 퇴직금을 받게 되는 것도 반드시 꿈만은 아닙니다. 아, 맞다."

오기와라가 교코를 쳐다보았다.

"오이카와 씨, 가게 측에서 준비한 고용통지서에 유급휴가에 대해 쓰여 있던가요?"

"그게, 유급휴가라는 항목이 있긴 있었는데, '없음' 쪽에 동그라미가 쳐져 있었어요."

"그게 사실입니까?"

"네, 분명히 확인했거든요."

"됐습니다."

오기와라가 만족스럽게 싱긋 웃었다.

"놈들은 생각보다 무식합니다. 연차 유급휴가는 법으로 정해져 있는 이상 피치 못할 사항입니다. 즉, 그런 고용통지서는 이쪽에서 사인했다고 해도 법적으로 아무 효력을 발휘할 수 없습니다."

"그럼 각 지점의 아르바이트 사원들도 사인했다고 끝난 게 아니네요."

고무로가 활짝 웃었다.

"그렇죠. 그저 의미 없는 종잇조각입니다."

기뻐하는 고무로와 여자들의 얼굴을 보자 왠지 교코의 마음도 풀어졌다.

"오이카와 씨도 침착하게 잘 보셨네요."

오기와라에게 칭찬도 받았다.

"보통, 남자들에게 둘러싸여 있으면 초조해서 안절부절못하는 법인데."

자신이 중요한 역할을 했다고 생각되자 웃음이 나왔다.

"그럼 오이카와 씨. 혼조 점의 아르바이트 사원들에게 지난번에 사인한 계약은 법적으로 무효라고 알려주실 수 있으시겠어요?"

"네, 괜찮습니다. 할 수 있을 것 같아요."

힘차게 고개를 끄덕이자 여자들이 환하게 웃으며 박수를 쳤다.

"그럼 유급휴가에 표적을 맞추고 각 지점에서 그 요구를 적극적으로 하시기 바랍니다. 연락은 계속해서 고무로 씨가 해주셨으면 하고요. 이기고 나면 파티라도 하죠."

오기와라의 밝은 목소리를 들으면서 이런 마음 든든한 인간관계가 언제 있었나 싶어서 교코는 묘한 감개에 젖었다. 회사원 시절에는 보조적인 일만 하느라 늘 중심 밖에 있었다. 단과대학 시절에는 사이좋게 지낸 그룹만 있었을 뿐 긴장이나 흥분과는 인연이 없었다. 주부가 되고 나서는 더욱 그랬다. 누군가에게 의지가 된 적은 한 번도 없었다. 아마 고교 시절 소프트볼 동아리에서 지역대회에 나간 이래 처음일 것이다. 시합 전에 원을 만들고 "잘하자!" 하고 소리를 질렀다. 모두가 서로를 신뢰했었다. 그 마음 든든함과 비슷했다.

출근시간이 다가왔으므로 서둘러 자잘한 의논을 마치고 각자의 일터로 흩어졌다.

처음 만난 두 여자가 헤어질 무렵 저마다 "오이카와 씨 같은 아군이 생겨서 기뻐요"라며 친근감을 표시했다. 가게 측에 이의를 제기하길 잘했다고 진심으로 생각했다. 순순히 가게 측에서 시키는 대로 했다면 지금쯤 시게노리 문제로 머릿속이 꽉 차서 매일 창백한 얼굴로 지냈을 것이다.

자전거 페달을 밟으며 속으로 에잇, 하고 힘을 몰아넣었다. 활짝 갠 상태라고 말하기는 무리였지만 지금 교코의 마음에 적어도 비는 내리지 않았다.

슈퍼마켓에 도착한 후 대기실에서 재빨리 아르바이트 동료들에게 가게 측 계약서가 무효라는 사실을 알렸다. "여러분, 잠깐만요" 하며 담소 중이던 주부들에게 소리쳐 모두가 주목하도록 만들고 나서 이야기했던 것이다.

니시오 도시코나 기시모토 구미도 입을 쩍 벌린 채 교코를 올려다보았다. 유기농 야채를 파는 이소다는 무관심을 가장한 채 기분 나쁘다는 듯 옆으로 고개를 돌리고 있었다.

"……그래서 저는 스마일 측에 유급휴가를 요구하기로 했어요. 그리고 가능하면 상여금과 퇴직금, 고용보험에 대해서도 앞으로 요구할 작정입니다. 만약 이런 제 뜻에 찬성하는 분이 계시다면 오후 2시에 여기로 모여주세요. 저와 같이 점장에게 가서……."

혼자서도 충분하다고 생각했는데 입이 제멋대로 움직이고 있었다.

"단체교섭을 합시다. 두려워할 필요 없어요. 법은 우리들의 권리를 인정하고 있어요. 우리는 그런 것도 모르고 저쪽에서 하라는 대로, 시키는 대로만 한 거예요."

말하는 동안 점점 감정이 격앙됐다. 모두가 경원하는 듯한 태도를 느꼈다. 하지만 뒷이야기쯤은 하고 싶은 만큼 하라고 놔두면 된다. 진짜 아군이 몇 명만 있으면 적이 몇 명이든 두려워할 것은 없다. 팔방미인인 경우가 훨씬 더 고독하다.

이야기를 끝내고 호기심 어린 시선을 등에 받으며 대기실에서 나왔다.

준비해온 목장갑을 끼고 창고로 갔다. 그때는 이미 반입 트럭이 들어와서 젊은 직원들이 깡통이 든 상자를 선반으로 옮겨놓고 있었다.

"안녕하세요."

밝은 목소리로 인사했다.

몇 명인가 교코를 보았다. 답례로 어색하게 목례를 할 뿐 굳이 말로 인사하는 사람은 없었다.

"전 뭘 하면 될까요?"

젊은이들이 서로 눈짓을 했다.

"아, 우린 잘 모르니까 과장님한테 물어보실래요?"

스무 살 정도 되는 남자가 힘없이 말했다.

"그럼 일단 쌓는 걸 도울게요. 여러분들보다는 키가 작으니까 아래쪽 선반을 맡죠."

그렇게 말하고 교코는 깡통이 들어 있는 상자를 선반에 쌓기 시작했다. 오늘은 바지에 스니커즈 복장을 하고 왔으므로 움직임이 훨씬 편했다. 손수건도 일부러 타월 같은 것을 골라왔다.

젊은이들이 일하는 것을 보며 작업 순서도 익혔다. 새롭게 반입된 것은 안쪽으로, 오래된 것은 앞으로 바꿔야 하는 것이다.

하다 보니 허리를 구부려야 하는 만큼 아래쪽 선반 쪽이 더 힘들었다. 할 수 없지, 내가 먼저 하겠다고 했으니. 이러다 보면 팔과 허리의 살이 빠질지도 모르겠다고 긍정적으로 생각하기로 했다.

바로 이마에 땀이 맺혀 목장갑 손등으로 땀을 닦았다. 목장갑을 끼는 게 이런 이유도 있었나 싶어서 한 가지 배운 기분이 들었다.

작업이 일단락되자 창고 구석에서 젊은이들이 담배를 피우기 시작했다. 물을 채운 빈 깡통 하나를 재떨이 대용으로 삼아 경쟁하듯 연기를 뿜어내고 있었다. 그것을 보자 교코도 담배를 피우고 싶어졌다.

"저기, 아줌마한테도 담배 한 대만 줄래요?"

자신을 아줌마라고 지칭했다. 동네 아이들이 아닌 다른 사람한테 그렇게 말하는 것은 처음이었지만 위화감은 없었다. 이미 만용이라든가 허세 같은 것은 사라져 있었다.

한 남자가 겸연쩍은 얼굴로 마일드세븐 갑을 내밀었다. 한 개비를 뽑아 입에 물자 라이터로 불도 붙여주었다. 약간은 경계심을 푼 것 같았다. 안 그래도 어려 보이는 표정이 한층 더 어려 보였다.

십여 년 만에 담배를 피우자 기침까지는 나오지 않았지만 순간 머리가 핑 하고 돌았다. 하지만 기분 나쁜 느낌은 아니었다.

"모두 이 근처에 사나요?"

"아, 네. 다마에 기숙사가 있어요."

담배를 준 청년이 그렇게 대답하자, 리더처럼 보이는 젊은이가 "야" 하고 낮은 목소리로 말했다.

"아, 죄송합니다."

청년은 왠지 교코에게 사과했다.

그들의 분위기로 보아 대충 무슨 일인지 알아차렸다.

"점장이 창고에 오는 아르바이트 사원하고는 이야기하지 말라고 했군요."

"아, 아뇨."

모깃소리로 말하고는 밑을 쳐다본다.

"괜찮아요, 할 수 없죠. 아줌마가 점장하고 잠깐 싸우고 있거든요."

아무 일도 아니라는 듯이 말했다. 상대는 거의 띠동갑쯤 되는 젊은이들이다. 겁날 것은 하나도 없었다.

"아마 그만둬줬으면 하나 봐요. 그래서 계산대에 있지 못하게 한 거죠. 여기 있으면 내가 방해되나요?"

"아, 아뇨."

"그렇지는 않습니다."

모두가 진지한 얼굴로 고개를 좌우로 흔들었다.

"점장이 나에 대해 뭐라고 말했는지는 모르겠지만, 난 잘못한 거 없어요. 고용한 쪽과 고용된 쪽은 서로 대등해야만 한다고 생각해요. 이의를 제기했다는 이유만으로 화내는 사람이 더 이상한 거 아닌가요."

"그 점장."

리더 격인 젊은이가 작은 목소리로 중얼거렸다.

"음험하거든요."

갑자기 젊은이들의 표정이 풀어지고, 어깨를 흔들며 웃기 시작했다.

"깡통 같은 건 무거우니까 우리가 들게요. 아줌마는 과자나 김 같은 걸 옮기세요."

"정말요? 고마워요."

가슴이 뭉클해졌다. 말하길 잘했다고 진심으로 생각했다. 말에는 엄청난 힘이 있다. 조용히 살아온 그동안의 자신이 바보 같았다.

그 이후의 작업은 전혀 힘들지 않았다. 오히려 젊은이들이 자신을 보살펴준다는 사실을 알고 나자 단순한 일이었는데도 충실감이 들었다.

점심도 그들과 함께 먹었다. 젊은이 한 명이 사무직 여직원을 마음에 두고 있는 듯 모두로부터 몹시 놀림을 받았다. 이런 이야기를 듣는 게 몇 년 만일까. 교코는 자신까지 젊어지는 기분이었다.

오후 2시가 되어 교코는 대기실로 돌아왔다. 아침 근무인 아르바이트 주부들이 돌아갈 준비를 하고 있었다. 모두 교코와 눈을 마주치지 않으려 했으므로 자신과 뜻을 같이하려는 사람이 아무도 없다는 것을 바로 알았다.

실망스럽지는 않았다. 애당초 기대조차 하지 않았으니까. 그래도 도시코와 구미만은 쭈뼛쭈뼛 말을 붙여왔다.

"오이카와 씨, 미안해. 우리는……."

"괜찮아요. 신경 쓰지 마세요."

"그게 말이지, 나는 우리 집이 이 동네라 장도 여기 와서 보거든."

도시코가 조심스레 변명했다.

"괜찮다니까요. 나 혼자라도 괜찮아요."

"전 가능하면 정사원이 되고 싶어서요."

구미가 기어 들어가는 목소리로 말했다.

"정말 신경 안 써도 돼. 이런 건 억지로 시켜서 되는 게 아니니까."

"그나저나 창고 일 힘들 텐데……."

도시코가 미간에 주름을 모으며 말했다.

"아, 괜찮아요. 젊은이들과 사이도 좋아졌고."

"강하네요, 오이카와 씨."

구미가 한숨을 내쉰다.

"저기, 오이카와 씨."

도시코가 속삭이듯 말했다.

"오늘 아침에 당신이 대기실에서 했던 말, 벌써 가게 안에 쫙 퍼졌어."

"그래서요?"

"과장이 지원팀한테 와서 말했어. 더 이상 소란이 커지면 어쨌거나 모두 해고할지도 모른다고."

"그런 짓은 불가능할 텐데. 그랬다가는 누가 계산을 하고 반찬을 만들겠어요."

"아마 이소다 씨가 일렀을 거야."

그런 것 같기도 했다. 아마 자신에게 원한이라도 품었을 것이다.

다른 여자들은 괜히 휘말려드는 게 두려웠는지 평상시 같으면 차를 마시며 수다를 떨고 있었을 텐데 오늘은 옷을 갈아입자마자 바로 돌아가 버렸다. 도시코와 구미도 잠깐 대화를 나누고 나서 총총히 방에서 나갔다.

남겨진 교코는 혼자 차를 마셨다. 잠시 한숨을 돌렸다. 특별히 긴장도 안 되었고, 그저 담담하기만 했다. 타임카드를 찍고 밖으로 나와 사무실로 향하는데 정면에 이케다 과장이 가로막고 서 있는 게 보였다.

"오이카와 씨."

어리광 부리는 듯한 목소리였다.

"부탁해요. 오늘은 좀 참아주세요."

그냥 들어가려 했는데, 그대로 등을 떠밀려 계단 있는 곳까지 되돌아왔다.

"놔주세요."

이케다의 손을 뿌리쳤다.

"오이카와 씨, 안 돼요, 오늘은."

애원하는 말투였다.

"사카키바라 점장님 계신가요?"

"계시지만 지금 한창 바쁘셔서."

"그럼 기다릴게요. 오늘쯤 대답해주기로 약속했거든요."

"예정이 변경됐어요. 사장님이 오셨거든요, 본점에서요."

"그럼 마침 잘됐네요. 사장님에게 물어봐야겠네요."

"지금 무슨 소리를 하시는 겁니까. 왜 아르바이트 사원을 사장님이 일일이 만나시겠어요. 상식적으로 생각해보세요."

"상식이라니……."

대기업 사장이면 대수인가. 자기가 무슨 거물이나 되는 줄 알고. 그런 말이 나올 뻔했다.

"게다가 우리 사장님, 약간 이상한 버릇이 있어서요. 화나면 오이카와 씨, 그 자리에서 잘릴지도 몰라요."

어디 할 수 있으면 해보라고 말하고 싶었다. 법은 내 편인 것이다.

"이봐, 이케다."

그때 복도 안쪽에서 또랑또랑한 목소리가 들렸다.

"뭐하고 있나. 빨리 매입 장부 보여줘."

키가 작고 뚱뚱한 남자가 거기에 서 있었다.

"네, 사장님. 곧 가겠습니다."

이케다가 튕기듯이 몸을 쫙 펴고 뚱뚱한 남자 쪽을 향해 대답했다.

"그러니까 오이카와 씨."

목소리를 낮추며 눈짓을 했다.

"이 건에 대해서는 나중에 내가 상담해드릴게요."

"빨리 해, 자식아. 아르바이트 사원이랑 노닥거리고 있을 때가 아니잖아."

익살맞게 눈을 부라린다. 턱의 살점이 흔들리는 게 보였다. 풀어진 파마머리는 부스스했고, 종업원과 같은 작업복을 입고 있었다. 얼핏 보면 누구도 사장이라고 생각하지 않을 것이다.

"사장님 계신가요?"

교코가 목을 빼며 소리쳤다. 뜻밖의 행운이 왔다고 생각한 것이다.

"아, 뭐야, 당신. 아르바이트 사원 아니었나."

"아르바이트 사원 맞습니다. 오이카와라고 합니다."

"제발 부탁이에요, 오이카와 씨."

이케다가 귓속말로 낮게 말했다. 얼굴이 일그러져 있었다.

"잠깐 드리고 싶은 말씀이 있는데요."

"응? 뭐야."

여자에게 실례라고도 생각지 않는지 사장은 교코를 정면으로 마주 보며 반말로 물었다.

"아뇨, 아무것도 아닙니다."

이케다가 혼자 안절부절못하고 있었다.

"저기, 오이카와 씨, 아이들 학교 끝날 때 됐어요."

"아르바이트 사원 처우에 관해서요."

"뭐?"

사장이 야쿠자 같은 위협적인 말투로 다시 물었다.

"아르바이트 사원 처우라니?"

"아뇨, 아무것도 아닙니다."

이케다가 급히 끼어들었다.

"닥쳐. 너는 조용히 해. 오이카와 씨인가 뭔가가 말했잖아, 처우 뭐 어쩌고."

"시간제근무노동법으로 정해진 유급휴가를 아르바이트 사원들에게도 보장해주셨으면 하는데요."

심장이 두근거렸지만 목소리는 전혀 떨리지 않았다.

"이봐."

"네."

이케다가 새된 목소리로 대답했다.

"너희 거짓말한 거냐. 혼조 점은 다 해결됐다고 했잖아."

"그러니까 그게……."

"귀찮아 죽겠네. 본점에서 전무 불러와. 너희 전부 한패로군. 사실은 아무것도 해결 안 됐으면서."

이케다가 새파래진 얼굴로 사무실로 달려갔다.

"오이카와 씨라고 했나."

사장이 험악한 얼굴로 노려보았다.

"잠깐 와봐. 앉아서 이야기하자고."

발걸음을 돌려 사무실로 걸어갔다.

교코는 어리둥절한 채 그 뒷모습을 바라보았다. 스마일 사장을 만나는 건 처음이었지만 이렇게 품위가 없는 남자라고는 생각지 못했다. 곧 정신을 차리고 서둘러 뒤를 따랐다.

"이봐, 사카키바라."

사장은 방으로 들어서자마자 점장에게 화부터 냈다.

"너희가 알아서 해보라고 난 일부러 끼어들지 않았어. 그랬더니 숨기기에만 급급해서 말이야."

이미 이케다로부터 이야기를 들었을 사카키바라는 부동자세로 고개를 떨어뜨리고 있었다. 마흔을 넘긴 점장이 마치 아이 같았다.

"이리 와."

그 말에 사카키바라와 이케다가 응접세트의 긴 소파에 앉았다. 교코도 고개를 숙인 채 한쪽 끝에 앉았다. 사무실 안의 모두가 긴장해 있었다.

"전무는 어떻게 된 거야. 연락은 했어?"

"지금 물류센터 쪽에 나가셨답니다."

이케다가 이마의 땀을 훔쳤다.

"전부 사실대로 말해. 다마 점이나 기타타마 점, 모두 정리 안 됐지?"

"다른 지점에 대해서는 전……."

사카키바라가 횡설수설했다.

"흥."

사장이 콧방귀를 뀌었다.

"이놈이나 저놈이나 다 한심한 놈들뿐이군. 고용문제 하나 해결 못 하고. ……사장님, 저희가 처리할 테니."

누군가의 목소리를 흉내 내고 있었다.

"부디 맡겨주십시오, 사장님이 나서실 만한 일도 아닙니다, 그러더니. 전무 자식은 늘 그래. 결국에는 나더러 해결하게 만드는 주제에."

사장은 호주머니에서 담배를 꺼내 필터를 탁자에 때리고 나서 입에 물었다. 담뱃진으로 누래진 이와 금박 손목시계가 눈에 들어왔다.

"그래서, 오이카와 씨라고 했던가?"

교코를 향해 다시 몸을 돌렸다.

"우리의 처우에 불만이 있다는 건가?"

잠시 생각하고 나서 단호하게 "네" 하고 대답했다. 두려워할 건 없다. 스스로를 타일렀다.

"특별히 노동조건이 나쁘다고는 생각하지 않습니다만, 유급휴가를 인정해주지 않는다는 건 이상한 것 같습니다."

"저기, 오이카와 씨. 우리가 강제수용소인가?"

"네?"

"당신을 억지로 끌고 와 일을 시켰나?"

"아뇨, 그렇지는……."

"그럼 딴 데 가면 되잖아."

쑥 몸을 내밀었다.

“굳이 애써서 모셔온 것도 아니잖아. 딴 곳에서 당신의 이상적인 직장을 찾아. 유급휴가가 있고, 시간도 자유롭고, 착한 사원들이 있고, 돈 많이 주는 곳을. 간단하잖아. 그만두면 돼, 그만두면.”

“사장님.”

이케다가 미간에 주름을 모으며 신음하듯 말했다.

“그건 안 됩니다.”

“뭐가 안 된단 말이야. 노동기준감독서가 그래? 시청이야? 공무원들이 뭐라고 해? 마음에 안 들면 지금 당장 파친코가게에 팔아버리면 돼. 어느 지점이든 다 역 근처에 있어. 팔라는 얘기는 수없이 있었어. 하지만 그랬다가 곤란해지는 건 주민들과 공무원일 텐데……. 오이카와 씨.”

사장이 낮은 목소리로 교코를 부르며 입꼬리를 들어 올렸다. 몸짓 하나하나가 연극을 하고 있는 듯했다.

“인간이란 건 그런 게 아니야. 돈 계산만으로 모든 걸 구분하면 안 돼. 만약 이해득실만으로 판단했다면 난 한참 전에 이 가게 팔아버렸을 거야. 돈은 충분히 벌었거든. 집도 새로 지었고 이즈에 별장도 있어서 굳이 아등바등 일할 필요 없다고. 자식한테 잇게 할 생각도 없어. 내 자식놈은 국립대학을 나와서 대기업에 들어갔어. 동네 주부들 상대로 10엔, 20엔 팔아먹고 살 그릇이 아닌 모양이더라고. 그래서 언제 파친코가게에 넘겨도 난 곤란할 게 없어. 아마 미국의 경영자라면 그랬겠지. 재빨리 은퇴해서 플로리다 부근에서 낚시나 하며 살았을 거야. ……하지만 말이지. 난 그런 짓은 안 해. 경영자의 책임이라는 게 있거든. 여기 있는 사원들과 그 가족의 생활을 뒷받침해주지 않으면 안 돼. 일본의 경영자는 그런 것까지 생각한다는 거야. 알겠어? 모든 것을 다 계약으로 처리하진 않는다고. 그런 빡빡한 인간관계가 아닌, 좀 더 부드러운, 융통성 있는 관계를 지속하고 싶은 거라고."

"하지만 그건……."

정사원만의 이야기가 아니냐고 말하려는데 사장이 한 번 헛기침을 하고 나서 다시 또 큰 목소리로 말하기 시작했다.

"그래서 당신은 선구자가 될 생각인지는 모르겠지만, 이런 일 처음 있는 일도 아니야. 벌써 10년도 더 된 얘긴데, 여기 있는 이케다가 막 들어왔을 때였어. 빨갱이가 어디서 굴러 들어와서 조합을 만든다는 둥 소동을 피웠지. 아, 미리 말해두는데 스마일에는 조합이 없어. 나 그런 거 정말 싫어하거든. 그래서 그때도 빨갱이가 종업원들을 선동해서 온갖 것들을 요구했지만 난 그러면 가게 접을 거라고 했어. 이거 협박이 아니야, 미안하지만. 나는 그런 요구를 들어주면서까지 장사 계속하고 싶은 마음 없거든. 공장 폐쇄 뭐, 그런 게 아니야. 그 자리에서 변호사 불러서 폐업수속을 시작해버렸지. 그랬더니 뭐, 이런 사람이 다 있냐면서 빨갱이들도 당황해 도망쳐버렸어. 하하하."

사장이 유쾌한 듯이 웃었다. 침이 탁자 위까지 튀었다.

"1967년."

교코를 보며 사장이 무용담을 늘어놓듯 말했다.

"네?"

"스마일을 시작했어. 그게 1967년이야. 그전까지는 그냥 건어물가게였지. 아버지가 결핵으로 죽고 스물다섯에 갑자기 뒤를 물려받아 어떻게 해야 할까 생각했을 때."

"저……."

그런 이야기를 하려는 게 아니라고 말하고 싶었지만, 사장은 몸짓, 손짓을 섞어가며 자신의 말을 무시하고는 이야기를 계속했다. 거의 회사 역사나 매한가지인 이야기를 일방적으로. 중소기업의 사장이란 게 이런 생물이었나. 다른 사람의 말은 들으려고도 하지 않았다.

"……그래서 거품경제 무렵에는 은행에서 매일같이 와서 점포를 더 늘리라는 둥, 사업을 확대해보라는 둥 부추겼었지. 하지만 나는 네 개 점 이상 늘리지 않았어. 나는 다이에의 나카우치•가 아니었거든. 이래 봬도 내 그릇 정도는 분간할 수 있다고. 적정 규모라는 걸 아는 남자라 이 말이야. 내 방식이 이 정도가 한계야. 조합도 없이, 종업원을 닦달하며 사정없이 부려먹는 거. 분명히 말해 나는 폭군이야. 안 그래, 사카키바라?"

• 제2차 세계대전 후 최대의 유통업체인 다이에를 창업한 나카우치 이사오를 말한다. 하지만 다이에는 거품경제 붕괴로 몰락하고 만다.

"아, 네."

점장인 사카키바라가 어색한 미소를 띠고 있다.

"하지만 오이카와 씨. 나는 나를 믿어주는 인간에게는 할 만큼은 해. 설령 스마일을 접는다 해도 다음에 하는 장사에 사카키바라와 이케다는 데려다 쓸 거야. 종잇조각 같은 걸로 맺어진 인연이 아니니까. 인간 대 인간이란 그런 거야. 그러니까 오이카와 씨, 권리나 법 같은 쓸데없는 소리 하면 안 돼. 그렇게 모나게 굴어봤자 좋을 건 하나도 없어."

"하지만 우리는 신분이 보장된 것도 아니고."

교코는 마침내 하고 싶은 말을 꺼냈다.

"안 돼, 안 돼, 보장 같은 소리 하면."

바로 말이 가로막혔다.

"요즘 세상에 어디에 보장 같은 게 있어. 우리도 근처에 대형마트가 생기면 한 방에 무너지거든. 당연히 그럴 때는 재빨리 장사를 바꿔야겠지. 요컨대 나는 그런 각오로 매일을 살고 있다 이거야. 오이카와 씨도 좀 더 독자적으로 살아가야 할 것 같은데. 이런 일 못 하겠다 싶으면 빨리 다른 걸 찾아봐. 아무도 말리지 않을 테니까. 당신 마음대로야. 만약 당신에게 어떤 능력이 있다면 고용하는 측에서 가만 놔두지 않겠지. 월급으로 백만 엔 줄 테니 우리 가게로 오라고 마구 잡아당길 거야. 안 그래, 오이카와 씨?"

갑자기 교코를 손가락으로 가리킨다.

"하지만 보통 주부들한테 그런 능력이……."

"그럼 그건 당신 책임이야. 우리 책임이 아니지."

물론 납득할 수는 없었지만 입에서는 항변할 만한 말이 나오지 않았다.

"아무튼 우리는 빨갱이 말은 절대 안 들어. 유급휴가라느니, 처음에는 사소한 것을 요구하다가 결국 안으로 파고 들어와 조합을 만들려는 속셈이 분명해."

"빨갱이라니요?"

"그럼 뭐지?"

"너무 지나치게 생각하시는 것 같네요."

사장은 과장스럽게 고개를 저어 보였다.

"네 개 점포에서 동시에 벌어진 걸 보면 뻔한 것 아니겠어? 오이카와 씨 혼자만의 생각이 아닐 거야. 뒤에서 누군가가 실을 잡아당기고 있을걸?"

"아무튼."

마음을 가라앉히자 싶어 교코는 침을 삼켰다.

"유급휴가를 인정하지 않을 경우에는 노동기준감독서에 호소할 수밖에 없을 것 같군요."

"부디."

사장이 선뜻 말했다.

"좋을 대로."

사장은 소파에 기대며 새 담배를 꺼내 불을 붙였다.

사카키바라와 이케다는 그저 아래만 향한 채 말이 없었다.

"나는 절대 굽히지 않아. 벌금형이 내리든 징역을 살든 절대 물러서지 않아. 그렇게 되면 스마일을 접을 거야. 파친코가게에 팔지, 뭐. 여기는 상업지구라서 전혀 문제가 안 돼. 학교도 없고. 그렇게 되면 실업자가 많이 생길 거야. 이 지역 주부들도 곤란해지겠지. 그럼 전부 당신 책임이야."

"그런……."

"아, 맞다. 오이카와 씨, 파친코가게에서 일하는 게 어때? 슈퍼보다 틀림없이 월급 많이 줄 거야. 물론 아르바이트 사원을 쓸지 어떨지는 모르겠지만."

예상도 하지 못했던 전개에 교코는 가벼운 현기증을 느꼈다. 인종이 다르다고 생각했다.

"아무튼 난 이런 인간이니까 덤빌 거면 서로 다칠 각오를 하고 와. 난 양보 안 해. 마치다 점에서 동네 깡패들이 자전거 보관소에 노점을 차리겠다고 했을 때도 난 단호하게 거절했어. 다음 날 아침에 유리창을 다섯 장이나 깨뜨렸더군. 한 장에 10만 엔이나 하는 걸. 그래도 물러서지 않았어. 놈들 두목한테 직접 가서 좁은 자전거 보관소라 노점 같은 게 될 리 없다고 소리치고는……."

사장의 자기 자랑은 전혀 귀에 들어오지 않았다. 그보다 목소리 크기에 압도되어 몸을 움츠린 모양새로 긴 소파 한쪽 끝에서 굳어 있었다. 도망치고 싶어질 만큼 불쾌한 목소리였다. 머리가 쿵쿵 울렸다.

이마가 벗겨진 중년 남자를 바라보면서 이런 인간이 벼락부자라는 걸까 하고 자리와 어울리지 않는 생각을 했다. 모든 것을 자기 식대로 진행해나가며 누가 뭐라든 처음부터 신경 쓰지 않는다. 시게노리라면 도저히 할 수 없는 재주였다. 왠지 남편과 비교를 하고 있었다.

나름대로 부풀어 있던 기분은 잔뜩 쪼그라들어 가슴속 공기가 무겁게 가라앉았다.

고무로나 변호사 오기와라라면 이 사장에게 대항할 수 있었을까. 적어도 지금의 자신만큼 무기력하지는 않을 것이다. 하지만 무기력하진 않다고 해도 낙관한 것은 아니었다. 그들 앞이라 해도 사장은 또 큰 소리로 지껄여댔을 테고 담배를 마구 피웠을 게 뻔했던 것이다.

"그래서 어떡하시겠소, 오이카와 씨?"

사장이 턱을 내밀었다.

"이제라도 자기 자리로 돌아가쇼. 난 이래 봬도 아주 인정머리 없는 놈은 아뇨. 지금이라도 내 부탁을 들어준다면 나쁘게는 하지 않겠소."

그렇게 말하며 일부러인 듯 웃어 보였다. 누런 이를 드러내자 교코는 자신도 모르게 시선을 비켰다.

"아뇨."

겨우 마련된 자리니만큼 이것만은 확실히 말해두자 싶어서 말을 꺼냈다.

"변호사 선생님과도 상담해서 조만간 노동기준감독서에 호소해볼까 합니다."

"아니, 오이카와 씨. 그건 좀 다시 생각해보시는 편이……."

옆에 있던 이케다가 조심스럽게 끼어들었다.

"닥쳐. 너는 잠자코 있어."

즉시 사장의 질책이 날아왔다. 그리고 우드득 소리를 내며 목을 좌우로 꺾고 눈을 더욱 크게 부릅떴다.

"몇 번이나 말했을 텐데. 어차피 자유라고. 나는 절대 굽히지 않을 테니까. 그래, 굽히지 않을 거요."

사장이 일어섰다.

"야, 매입 장부 빨리 해."

씩씩대며 걸어간다. 사무실은 조용해졌고, 사원들은 전부 굳은 표정으로 책상을 마주했다.

여기는 그의 왕국이라고 교코는 생각했다. 민주적으로 운영한다는 것 자체가 이 사람의 머릿속에는 애초부터 없었던 것이다.

커다란 무력감에 빠져 교코는 복도로 나왔다. 갑자기 높은 벽이 눈앞을 가로막은 듯했다. 한숨이 나왔다. 집에 돌아가는 것도 싫어졌다.

"오이카와 씨."

이케다가 뒤를 쫓아나오더니 교코의 팔을 잡으며 세면장으로 데리고 갔다.

"부탁이에요, 정말."

손에는 힘이 잔뜩 들어가 있었고 목소리에는 노기가 담겨 있었다.

"저 사장, 정말로 이 가게를 접어버릴 거예요. 임대 창고 쪽이 인건비도 덜 들고 간단히 돈 벌 수 있다면서 언젠가 한번 은행원과 업자를 불러 견적까지 받아본 적도 있었어요. 정말 저 사장, 부인이 죽고 나서부터 왠지 자포자기가 됐다고나 할까 브레이크가 망가졌다고나 할까……."

"그런 소리 저한테 해봤자……."

아팠으므로 팔을 뿌리쳤다.

"하지만 당신, 어차피 여기에서 평생 일할 생각 없었잖아요. 더 좋은 곳이 생기면 그리로 갔을 테고, 살림에 여유가 생기면 그만뒀을 테고. 어쨌든 10년, 20년 일할 건 아니었잖아요. 그러니까 그쪽의 변덕스러운 정의로 다른 사람들까지 직장을 잃지 않도록 해주세요."

"변덕이라뇨……."

"그렇잖아요. 시민운동인지 뭔지는 모르겠지만 주부로서 사는 보람을 찾고 싶은 거잖아요. 우리는 생활이 걸려 있는데요."

한층 더 목소리가 강경해졌다.

"우리가 직장을 잃으면 당신이 책임이라도 질 건가요? 이거야 정말……."

흥분했는지 말을 잇지 못한다.

"하지만 과장님은 사장님이 보살펴준다고 했잖아요."

"그 말을 누가 믿습니까. 창업할 때부터 계속 같이 일했던 총지배인도 그럴듯한 핑계를 대고 거래처로 보내버렸어요. 사장의 돈 씀씀이 가지고 뭐라고 한마디 했다는 이유만으로요. 실질적으로 개인 가게나 마찬가지거든요."

시게노리의 얼굴이 떠오른다. 큰 회사라고 별수 없다. 게다가 시게노리의 입장은 미묘한 것이다.

"그럼 과장님들도 사장에게 좀 더 민주적으로 경영해달라고 요구하시면 어때요."

"지금 농담해요? 이런 불황에 누가 자기 목을 위태롭게 할 그런 짓을 하겠어요. 맨션 산 지 얼마 안 됐다고요, 나는."

말도 안 되는 소리를 한다는 듯이 허리에 손을 갖다 댔다.

"아무튼 이 건은 이 정도로 좀 넘어가 주지 않을래요? 돈이 필요하시면 점장님과 내가 어떻게 융통해볼게요, 화해금이라는 형태로요."

"돈 같은 건 필요 없습니다."

그런 대답을 하면서 교코는 다른 상상을 하고 있었다. 시게노리가 회사를 그만두면 자신들은 어떻게 될까. 예전에 집에까지 온 본사 사람들의 태도로 보아 적어도 안심할 수 있는 상황은 아닌 것이다.

"그럼 어떡하면 좋을까요. 꼭 노동기준감독서에 갈 생각이세요?"

이케다가 묻는 말은 한 귀로 듣고 흘렸다. 형사도 시게노리를 감시하고 있다. 그것은 엄연한 사실이다. 천천히 핏기가 가셨다. 지금 자신의 생활이 풍전등화처럼 생각되었다.

"잠깐만요, 오이카와 씨. 듣고 계세요?"

"아, 네."

하지만 이제 아무것도 귀에 들어오지 않았다. 그 집에서 앞으로도 쭉 살 수 있을까. 아이들은 예전처럼 학교에 다닐 수 있을까.

가슴이 조여왔다. 입술이 떨리고 호흡까지 힘들어졌다.

"……왜, 그러세요?"

아마 얼굴이 새파랗게 질려 있었을 것이다.

"아뇨, 아무것도."

눈을 마주치지 않으며 고개를 옆으로 저었다.

"아무튼 사장을 만나서 아셨으리라 생각합니다만, 우리는 이런 회사니까 공연한 짓은 하지 말아주시기 바랍니다."

이케다는 자신의 목소리가 떨렸던 게 분했는지 약간 말투를 낮게 깔았다. 그리고 "마지막 부탁입니다"라며 깊숙이 고개를 숙였다.

교코도 따라서 고개를 숙였다. 이 남자는 나쁜 사람은 아니다. 시게노리처럼 소심한 봉급쟁이인 것이다.

숨쉬기가 힘든 것을 느끼며 가게를 뒤로했다.

입에서 트림이 한층 더 격렬하게 토해져 나왔다. 어떡하든 화단 만드는 일에 몰입해보자. 오늘은 물을 뿌리고 잡초를 뽑고……. 현관을 작은 화분들로 새롭게 장식해볼까. 모종 화분을 사면 간단히 키울 수 있을 것이다.

다시 화원에 가보자. 꽃을 보고 있으면 기분이 좀 나아질지도 모른다.

자전거 페달을 밟으며 교코는 뭔가를 애써 참고 있었다.

밤이 되어 고무로에게 전화를 했다. 고무로는 교코의 이야기를 듣고도 전혀 기죽지 않은 채 "바라던 바예요. 이렇게 되면 단체교섭입니다"라며 수화기 너머에서 잔뜩 흥분하고 있었다. "오이카와 씨, 사장을 끌어낸 건 역시 잘한 일이에요"라고 칭찬 비슷한 소리도 했다.

다소 구원받은 기분이었다.

시게노리는 살짝 술 냄새를 풍기며 밤 11시가 지나 돌아왔다. 누구와 술을 마셨는지는 묻지 않았다. 혼자 알아서 씻고는 그대로 자리에 들었다.

고른 숨소리가 들리는 것으로 보아 시게노리는 금방 잠들어버린 것 같았다. 어떻게 남편은 저렇게 잘 수 있는지 알 수 없었다. 술에는 그런 힘이 있는 걸까.

교코는 눈을 감고 이불 속에서 가만히 있었다.

새벽 2시가 지나서야 겨우 잠의 끝자락이나마 잡을 수 있었다.

당연히 그것은 너무나 얕은 수면이었다.

21

새 학기가 시작되자 유스케는 머리를 탈색했다. 염색도 질렸고, 부분 염색 정도로는 학교에서 그리 튀지도 않아서 작심하고 탈색을 한 것이다. 그리고 짧게 깎은 후 은발을 뒤로 젖히듯이 세웠다.

아버지는 마치 더러운 것이라도 보듯 얼굴을 찌푸렸지만, 어머니는 "머리카락 상할라" 하고 작게 중얼거렸을 뿐이었다.

생활지도 교사는 "네가 무슨 블래시냐"라며 이미 포기했는지 환하게 웃기까지 했다. 아무래도 옛날에 그런 은발 프로레슬러가 있었던 모양이다.

3학년이 되자 더 이상 시비를 거는 상급생이 없다는 게 좋았다. 2학년 때까지는 건방지다는 말도 안 되는 이유로 체육관 뒤로 불려 가 열리지도 않는 파티 초대권을 사곤 했지만, 이젠 반대 입장이 된 것이다.

입학식 날 재빨리 건방져 보이는 1학년 몇 명을 찍어두었다. 살짝 불러내 귀여워해줄 작정이었다.

다만 퇴학 맞을 만한 일은 벌이지 말자고 생각했다. 일단 대학 입시는 치르자고 생각했기 때문이다. 쉽게 대학에 들어갈 수 없다는 것은 알고 있었지만, 4년간 놀 수 있다면 그것도 괜찮을 것 같다는 생각이 들었다. 같이 노는 친구들인 히로키나 요헤이만 보더라도 고교 중퇴자에게 미래는 없어 보였다.

유스케는 아까부터 아무도 없는 화학실 실험대 위에 걸터앉아 같은 반 친구와 식후 담배를 피우고 있었다. 빈 커피 캔이 재떨이 대용이었다. 교사는 어느 정도 눈치채고 있는 듯했지만 아무도 들어오지는 않았다. 더 이상 퇴학생을 늘리고 싶지 않았을 것이다. 입학 당시의 학생 수는 이미 3분의 2로 줄어들어 있었다.

"유스케. 턱은 이제 괜찮냐?"

친구가 물었다.

"완벽해."

이제 반창고는 붙이지 않았다. 햄버거도 한 입 크게 베어 물 수 있을 것 같았다.

"그럼 학교 끝나면 마작하러 가자."

"안 돼. 아르바이트 있어."

"아직 피자집에서 일하냐?"

"몇 가지 갖고 싶은 게 좀 있어서."

유스케는 수돗물로 손을 적셔 머리를 약간 촉촉하게 만들었다.

"그 머리, 얼마 주고 했어?"

"8천 엔."

"비싸네."

창에 비친 머리를 보면서 손가락 끝으로 모양을 다듬었다.

"너, 대학 갈 거라며?"

"그래. 부모들이 가라고 하도 시끄럽게 굴어서."

"좋겠다. 우리 집은 너무 물러."

"넌 어쩔 셈인데?"

"나? 나는 프리터야. 취직하는 건 답답해 죽을 거고."

진로 지도 교사가 하는 말을 들어보니 올해 졸업생의 반수는 진학도 취직도 하지 않은 모양이었다. 학교 측은 머리를 싸매고 있는 듯했지만, 편차치● 50인 도립 고등학교는 어디나 이랬다. 어차피 열심히 해봤자 이름 있는 대학도 못 들어가고 취직자리도 뻔했다. 이래서야 꿈을 가지라고 말하는 사람이 이상할 정도다.

"선배."

그때 문이 열렸다. 2학년 후배가 얼굴을 들이민다.

"잠깐 들어가도 괜찮을까요?"

"뭐야."

돌아보니 후배 뒤로 1학년인 듯한 아이들 세 명이 있었다.

● 시험 결과가 집단의 평균점수로부터 얼마나 떨어져 있는지를 알려주는 수치. 편차치 70 이상이면 최상위 수준에 해당한다.

"건방진 신입생들이 좀 있어서요. 잠깐 선배가 예의범절 좀 가르쳐주세요."

"바보 자식, 그런 건 네가 해. 왜 내가 아직 머리에 피도 안 마른 놈들을 상대해야 하는 거냐."

새 담배에 불을 붙였다. 입꼬리만으로 웃으며 연기를 내뿜는다. 선배로서의 여유를 보이자고 생각했다.

"하지만 이놈들, 상급생을 째리더라고요."

"봄이라 꽃가루 알레르기라도 걸린 거 아냐? 안약이라도 좀 넣어줘."

친구와 웃었다. 입구에 있던 1학년생들을 보자 유스케들을 조용히 노려보고 있었다. 발끈했다. 그건 분명 싸움을 거는 눈초리였다.

"얘들아, 누구를 째리는 거냐."

어르듯 말했지만 1학년생들은 노려보는 눈길을 거두려 하지 않았다.

"야. 이리 데려와 봐."

유스케의 목소리가 거칠어졌다. 1학년생들이 유스케 앞까지 걸어와서 50센티미터 정도 떨어진 채 마주 보는 형국이 되었다. 상대는 제법 침착했다.

"얘들아, 여기는 중학교가 아니야. 어디에서 좀 날렸는지는 모르겠지만 고등학교에 들어오면 일단은 선배들 구두 닦는 것부터 해야지."

유스케는 실험대 위에서 내려와 담배를 떨어뜨린 후 발로 비벼 껐다.

"선배, 우릴 우습게 보시는 건가요?"

처음으로 1학년생 하나가 말했다.

"조용히 해, 꼬마야. 총이라도 가져왔어?"

상대에게 코를 바싹 갖다 댔다. 자신의 얼굴이 후끈 달아오른 것을 느꼈다.

"나이가 어리다고 너무 우습게 보지 말아주십시오. 우린 만다라의 마츠무라 씨를 알고 있거든요."

마츠무라는 이 지역에서는 제법 알려진 폭주족 두목이었다. 뒤에서 후배의 얼굴이 뻣뻣해지는 걸 알 수 있었다. 유스케는 전혀 기죽지 않고 큰소리쳤다.

"만다라의 마츠무라가 뭐 어쨌다고. 이리로 데리고 와봐."

그리고는 눈앞의 1학년생 코를 있는 힘껏 비틀었다.

"나는 말이지, 기요카즈회의 오쿠라 씨를 안단다. 현직 야쿠자지. 꼬마들하고 노는 멍청이와는 격이 다르다고."

순간 리트머스 시험지를 약물에 담근 듯 1학년생들의 얼굴이 새파래졌다. 친구와 후배도 놀란 얼굴로 유스케를 바라보았다.

"거기 사무실에도 몇 번인가 갔다 왔는데. 한번 데리고 가줄까. 야, 왜 그래, 뭐라고 말 좀 해봐."

아까까지의 당당한 기세는 바로 사라지고 모두 눈을 내리깔고 있었다. 상대가 마치 아이들처럼 보였다.

"너희들, 아예 학교 복도도 걸어다니지 못하게 해줄까?"

1학년생들이 입술을 파르르 떨었다.

"야. 여기 한 줄로 서."

1학년생들은 그 말과 함께 어색한 동작으로 한 줄로 섰다. 그 쭈뼛거리는 태도를 보자 더욱 흉포해지는 기분이었다.

아무 말도 없이 일단 가장 앞에 선 신입생의 볼에 주먹을 날렸다.

"나는 와타나베라고 한다. 기억해둬."

이어서 두 명째를 때렸다. 세 명째 때렸을 때 신기한 황홀감이 느껴졌다.

이걸로 1년 동안은 자신의 천하가 됐다 싶어서 유스케는 마음속으로 득의양양해졌다.

방과 후에는 피자가게로 직행했다. 배달 지역의 지름길도 알았고, 이제는 일에 완전히 익숙해졌다. 다른 아르바이트 동료들이 3학년 됐는데 시험공부하지 않아도 되느냐고 했지만, "그런 건 대충 해도 돼요" 하며 얼버무렸다. 이제 와서 새삼 공부해봤자 언 발에 오줌 누기, 목표하는 대학이 사류에서 삼류로 바뀌는 정도다.

그날은 일이 한가했다. 대기실 벽에는 지도가 있고, 배달처에 빨간 핀이 꽂혀 있는데 그 수가 평소보다 훨씬 적었다. 어차피 시급에는 변함이 없으니 환영할 일이었지만 아직 젊은 점장은 기분이 좋지 않은 모양이었다. "할당량도 못 채우겠는데. 누구

집에 전화해서 주문 좀 받아주지 않을래? 반값에 줄게" 하며 잔뜩 찡그린 얼굴을 하고 있었다. 자신도 대학을 졸업한 후에 저렇게 살게 될까 생각하니 왠지 지긋지긋해졌다.

싸구려 소파에 앉아 담배를 피우고 있는데 점장이 들어왔다. "야, 와타나베" 하며 곤란한 표정으로 다가온다.

"너 뭔 사고 쳤냐?"

그러더니 귓가에 속삭였다.

"경찰이 왔어. 잊고 있었는데 생각해보니 낮에 전화가 왔었어. 거기에 와타나베 유스케라는 고등학생이 아르바이트하고 있지 않느냐고. 그렇다고 대답했더니 그럼 됐습니다, 하고서는 바로 끊어버리더라고. 아마 경찰인 것 같아. 지금 안에 와 있어. 잠깐 좀 불러달래."

갑작스러운 일이라 대답이 바로 나오지 않았다.

"교통 위반이나 그런 거 아니겠지? 그건 안 돼. 아르바이트 배달원이 위반 딱지 끊으면 본부에서 잔소리한다고."

"그렇지 않아요. 위반 같은 거 아니라고요."

"그럼 뭐야?"

"나도 잘 모르겠는데요."

또 피해 서류 건일까. 우울한 기분이 고개를 내민다. 그 후로 몇 차례 형사의 가정방문을 받았다. 부모와는 결말이 안 날 것 같으니 직접 자기한테 온 것인지도 모른다.

당황스러워하며 일어났다. 출입문을 통해 밖으로 나가자 처마

밑에 안경을 쓴 젊은 남자가 바지 호주머니에 두 손을 찔러넣은 채 서 있었다.

"네가 와타나베 유스케냐?"

남자가 낮은 목소리로 말했다.

"……그런데요."

"인상이 꽤 다르네, 전에 봤을 때랑. 그나저나 뭐냐, 그 머리는."

남자는 처음부터 위압적이었다.

"무슨 상관이세요."

조금 화가 났다.

"이봐, 꼬마. 말버릇 좀 신경 써라. 난 교통과나 생활안전과가 아니거든. 혼조 서 형사과에 있다고. 흉악범을 쫓아다니지. 너 같은 꼬마는 마음만 먹으면……."

남자는 바싹 다가와 유스케의 멱살을 잡고 길 쪽으로 끌고 가려 했다.

"뭐하시는 거예요!"

소리치며 벗어나려고 발버둥쳤다.

"거참 시끄럽네. 고등학생 주제에. 입 좀 닥치고 있어."

유스케는 남자에게 거의 끌려가다시피 길을 건너 정차해 있던 차 뒷자리에 처박혔다. 남자도 옆으로 올라탔다. 앞자리에는 아무도 없는 걸로 봐서 혼자 온 모양이었다.

"꼬마야, 내 얼굴 기억 안 나니?"

귀를 잡아당긴다.

"아파요."

"3월 16일 새벽에 신마치 노상에서 네가 사복형사한테 얻어터지고 있을 때 말리던 착한 그 형이야. 자세히 봐."

그 말에 눈을 크게 뜨고 다시 보자 분명 낯이 익었다. 자신의 턱뼈를 금 가게 했던 형사와 함께 있던, 아마도 잠복 동료였을 것이다.

"너, 그날 밤에 다른 데서 아저씨 사냥하고 있었지? 솔직히 대답해. 시치미 떼지 말고."

반사적으로 고개를 저었다.

"몰라요, 그런 거."

"거짓말하면 안 돼. 집에 돌아가던 회사원을 고등학생으로 보이는 3인조가 습격해서 금품을 강탈했어. 아울러 폭행까지 해서 상처도 입혔지."

"우리가 한 거 아니에요."

"아니, 너희들이야."

남자가 콧바람을 일으키며 유스케 쪽으로 몸을 바싹 눌러왔다. 유스케는 문과 남자 사이에 낀 데다가 목까지 잡혀 숨쉬기조차 힘들었다.

"얼마 전에 회사원이 피해 서류를 접수했어. 진단서 끊어서. 전치 10일이야. 훌륭한 강도상해죄지."

"아니라고 했잖아요."

겨우 목소리를 쥐어짜 냈다.

다음 순간 온몸에 격렬한 통증이 일었다. 명치에 남자의 주먹이 박혀 있었다.

"일단은 네 말버릇부터 좀 고쳐놔야겠어."

남자의 얼굴이 새빨개져 있었다.

"몇 번씩이나 말했지. 소년계의 이해심 많은 형사님과는 다르다고. 너희들 고민거리를 들어주고 싶은 생각은 전혀 없거든. 인생 상담도 안 해줄 거야."

유스케가 기침을 하고 있는데 이번에는 팔을 비틀었다.

"잠깐만요, 아파요."

"내 이름은 이노우에 님이라고 한다. 말해봐."

"뭐예요."

"어서 말해보라니까."

더욱 힘을 몰아넣는다.

"……이노우에 님."

목소리가 갈라졌다.

"좋아, 다음. 저는 모든 것을 솔직하게 말하겠습니다, 해."

"……저는 모든 것을 솔직하게 말하겠습니다."

"좋아."

마침내 팔이 풀렸다. 남자의 숨이 거칠었다.

"고집 피우는 것도 적당히 해. 나 기분이 별로 안 좋거든."

협박이 아니라 남자는 정말 기분이 안 좋아 보였다. 눈이 차분했다.

"그럼 다시 한 번 묻겠다. 너는 3월 16일 새벽 형사한테 얻어터지기 전에 다른 친구 둘과 회사원을 때리고 금품을 빼앗았다, 맞지?"

"……몰라요."

눈을 마주 보지 않았다.

"그럼 할 수 없지. 임의동행해서 피해자와 대질시키는 수밖에. 그래서 네가 범인인 게 확인되면 가차없이 체포될 거야."

가슴이 눌려왔다. 이마에 땀이 솟는다.

"그러면 너는 틀림없이 퇴학이야. 들어보니 진학하기로 결심한 모양이던데."

입안이 단숨에 말랐다. 침을 삼키자 입술이 가늘게 떨려왔다. 유스케는 상대방의 박력에 완전히 압도되었다.

"어때, 했지?"

목소리가 나오지 않았다.

"그럼 다른 두 사람도 같이 가야 될 거야. 셋 다 가정재판소행이라고."

히로키와 요헤이의 얼굴이 떠오른다. 그것만은 피하고 싶었다.

"다른 죄까지 잔뜩 붙어서 보호소 감찰 정도로 끝나지 않을 거야. 최근 역 앞에 자판기가 잔뜩 망가져 있던데 그것도 너희 짓일 거야."

"아뇨."

"아니, 너희들이야. 나는 다 알아. 조서를 꾸미고 힘으로라도 네가 날인을 찍게 해줄게."

무릎이 떨렸다. 이 남자의 눈은 증오로 가득했다.

"꼬마야. 이 시점에서 거래다. 너 지난번에 형사에게 맞아서 턱뼈가 금 갔다고 피해 서류를 냈을 거야. 그걸 취소해. 그러면 강도상해 건은 잊어줄게."

"아뇨, 그건."

"알아. 하나무라가 꼬드겨서 낸 거지. 위자료 듬뿍 받아주겠다고 했겠지. 포기해. 애당초 너희들이 형사한테서 돈을 받아낸다는 것 자체가 허황된 이야기야."

"아뇨, 하지만."

"하지만 뭐냐."

유스케가 우물거렸다. 차마 기요카즈회의 오쿠라 이름을 댈 수는 없었다.

"다시 한 번 말한다. 네가 피해 서류를 거둬들이면 강도상해 건은 없었던 걸로 하겠다. 하지만 취하하지 않으면 그때는 체포다. 고등학교 중퇴야. 그리고 피해자에게 위자료도 지불해야 할 거야. 한 대당 30만이야. 대충 하나무라에게서도 들었을 테지. 그게 합의금 시세야. 자, 넌 몇 대 때렸냐? 열 대냐, 아니면 스무 대냐?"

"아뇨, 그렇게 많이는."

무심코 인정하고 말았다.

"이쪽에서 대충 알아서 계산할 거야. 최소한 백만 정도는 각

오해야 할 거야."

"아뇨, 그러니까."

말이 나오지 않았다. 왜 자신이 이런 일을 당해야 하는가.

"하나무라가 무서운가?"

"아, 아뇨."

하나무라라는 형사가 아니다. 그 뒤에 있는 야쿠자가 무서운 것이다.

"그럼 뭘 망설이는 거야."

"저, 그게, 이제 그만 아르바이트하러 돌아가야만 하는데요……."

"그럼 머리를 위아래로 흔들어."

다시 한 번 멱살을 세게 잡혔다. 자신도 모르게 유스케는 고개를 끄덕였다. 앞일에 대해서는 생각하지 않았다.

"좋아. 처음부터 순순히 말을 들었으면 좋았잖아. 위자료 따위에 눈이 뒤집혀서는."

남자가 몸을 떼어내며 뒷좌석 문을 열었다.

"오늘 밤에 아르바이트 끝나고 혼조 서로 와라. 2층 형사과의 이노우에다. 기다리고 있을 테니까, 도망치지 말고."

차에서 내려 길가에 선 채 목뼈를 우두둑거렸다.

"괜찮아. 하나무라는 없으니까. 그 작자는 예전에 자택 대기 신세야."

유스케는 암담한 기분으로 차에서 내려 노려보는 형사의 눈을 외면한 채 길을 건넜다. 도망치듯이 피자가게 출입문으로 들어섰다.

쿵쾅거리는 심장이 진정되지 않았다. 형사들도 그렇고 야쿠자도 그렇고, 부모나 교사와는 종류가 다른 어른들의 분노에 유스케는 농락당하고 있었다. 그리고 앞으로의 일을 생각하자 더욱 기분이 침울해졌다.

피해 서류를 취하하면 어떻게 될까. 생각하기도 싫었다.

저녁 7시가 지날 무렵 아르바이트를 조퇴하고 유스케는 신마치로 스쿠터를 몰았다. 배가 아프다고 점장에게 말하고 승낙을 받았지만 점장은 전혀 믿지 않는 눈치였다. "이제부터 바빠질 시간인데" 하며 들으라는 듯 대놓고 중얼거렸다.

골목을 지나 오래된 잡거 빌딩 앞에 스쿠터를 세웠다. 여기 오는 것은 두 번째였다. 지난번 오쿠라에게 이끌려 처음으로 야쿠자 사무실에 발을 들여놓은 것이다. 문에는 회사 이름이 적혀 있었지만 사실상 폭력단 사무실이었다. 그때는 히로키와 요헤이도 함께 왔으므로 오쿠라는 시원스레 돈가스 덮밥을 대접해주었다. 돌아갈 때는 용돈이라며 만 엔씩 주기도 했다. 거절하고 싶었지만 웃고 있는 눈 저 깊은 곳에서 얼핏 보인 광기 같은 것에 눌려 인사를 하고는 받았다.

마음이 무거웠다. 자신의 피해 서류에 어떤 사정이 있는지 상상도 할 수 없었지만 경찰과 야쿠자가 얽혀 있다는 것만은 알 수 있었다.

엘리베이터에 올라타며 혼자 한숨을 쉬었다. 층수를 표시하는 숫자가 다가올 불행을 예고하는 카운트다운 같았다.

'오쿠라 종합상사' 간판을 곁눈질하며 인터폰을 눌렀다. "누구십니까" 하는 묵직한 목소리가 들렸다. 이름을 대고 "오쿠라 씨 계신가요" 하고 물었다.

철문이 열리고 오쿠라의 아우뻘 되는 젊은 사람이 얼굴을 내밀었다. 그 뒤로는 '기요카즈회'라고 손글씨로 적힌 제등(提燈)이 벽에 걸려 있었다.

"뭐야, 지난번 그 고등학생이잖아" 하고 아우뻘 되는 사람이 말했다.

"어이, 어서 들어와."

들어오라는 턱짓을 한다. 정면 안쪽의 책상에는 폴로 셔츠의 깃을 세운 오쿠라가 있었다. 다리를 책상 위에 올리고 발톱을 깎고 있었다.

"아, 이름이 와타나베였던 것 같은데."

오쿠라가 친밀하게 웃어 보였다.

"뭐야, 또 돈가스 덮밥 먹으러 온 거냐?"

"아, 아뇨."

땀이 배어 나왔다.

"괜찮아. 돈가스 덮밥 정도는 얼마든지 먹여줄 수 있어."

"아뇨, 그런 게 아니라."

유스케의 딱딱한 표정을 보고 뭔가 눈치챘는지 오쿠라가 "왜 그래. 의논하러 온 거야? 다른 꼬마들이 놀리거나 하면 우리 이름 대도 돼. 전에도 말했을 텐데" 하며 일어섰다.

"자, 앉아라."

시키는 대로 소파에 앉았다. 오쿠라는 정면에 앉아 담배를 물었다. 바로 아우뻘 되는 사람이 라이터로 불을 붙였다. 오쿠라가 토해낸 담배 연기를 보자 가슴이 더욱 두근거렸다.

"뭐냐, 말해봐."

"저, 실은."

각오하고 말을 뱉었다.

"피해 서류 취하하면 안 될까요?"

"뭐야, 너."

오쿠라의 얼굴빛이 바뀌었다.

"아뇨, 그게."

핏기가 싹 가신다.

"오늘 아르바이트하는 곳에 이노우에라는 형사가 와서 피해 서류를 취하하지 않으면 다른 아저씨 사냥 사건 가지고 체포하겠다고 협박해서요. 그랬다가는 저 퇴학당하거든요. 그렇게 되면……."

"너 설마 내 이름 댄 건 아니겠지."

오쿠라가 쏘는 듯한 눈빛으로 말했다.

"네, 대지 않았습니다."

"그래서."

"그래서 피해 서류…… 취하하면 어떨까 하고."

"웃기지 마, 이 꼬마 자식!"

갑자기 벼락 같은 고함 소리가 정면에서 쏟아져 내렸다. 자신도 모르게 몸을 움츠렸다. 오쿠라는 관자놀이를 붉게 물들이며 얼굴을 가까이 대고는 유스케의 멱살을 잡았다.

"너 제대로 앉아. 여기에 정좌해."

끌어당기는 바람에 그대로 소파에서 굴러떨어졌다.

"나를 바보 취급하다니, 배짱 한번 좋잖아. 어? 부모들 여기로 불러. 지금 당장 불러. 이놈하고는 이야기가 안 된다. 부모하고 담판을 지어야겠어."

유스케의 온몸이 부들부들 떨렸다. 이가 서로 닿지 않고 딱딱거렸다.

"경찰하고 야쿠자를 저울질하다니, 잘 생각해라. 알았냐. 경찰은 네놈 따위 안 지켜줘. 볼일 다 보면 안녕 하고 끝이야. 하지만 야쿠자는 달라. 쫓아가야 할 때는 끝까지 쫓아간다. 절대 도망치지 못해. 알겠냐, 꼬마야."

망설였던 자신이 바보였다. 야쿠자는 사람을 협박하는 게 돈벌이였던 것이다.

이런 공포를 매일 맛보느니 유치장에 들어가는 게 더 낫겠다고 유스케는 생각했다.

원래 다음 날이 되면 전날의 기분은 흔들리는 법이다. 경찰은 경찰대로 충분히 끈질겼다.

교문을 나서서 잠시 걷는데 길 끝에 양복 차림의 남자가 서 있었다. 차에 기대 담배를 피우고 있었다. 멀리에서도 그것이 누구인지 바로 알 수 있었다.

명치께가 움찔했다. 유스케는 반사적으로 발걸음을 돌려 온 길을 돌아가려 했다. 눈치 못 채도록, 달리고 싶은 기분을 억누르며.

하지만 늦었다. 등 뒤로 발자국 소리가 들렸다. 그 두려운 소리가 간격을 좁히며 다가와 뒤에서 목덜미를 움켜잡는 데에는 그리 시간이 걸리지 않았다.

"이봐, 꼬마. 어젯밤엔 왜 안 왔지?"

이노우에라는 형사가 으르렁댔다. 험상궂은 얼굴을 바싹 갖다 댔다.

"늦게까지 기다렸잖아. 내게 창피를 줄 셈이야?"

침이 얼굴에 튀었다. 대답을 하려 해도 목이 조여 대답할 수 없었다.

"네가 피해 서류를 취하하지 않으면 안 되게 돼버렸어. 한 사람의 인생이 걸려 있다고. 알겠냐, 이 자식아."

형사의 눈이 충혈돼 있었다. 무슨 일인지 도저히 짐작할 수 없었지만 턱이 저절로 위아래로 흔들리고 있었다.

"계속 더 장난칠 생각이라면 반드시 너를 강도상해로 체포할 거야."

여전히 형사는 기분 나쁜 듯이 소리쳤다.

"그럼 퇴학이야. 검정고시 준비해야 할걸."

"어제는 좀……."

목소리가 갈라져 나왔다.

"어제는 뭐냐."

"아르바이트가 바빠서요."

"그럼 지금 서로 가자. 차로 데려갈 테니."

"아뇨……. 오늘도 지금부터 아르바이트가 있어서."

"늦는다고 전화해. 말하기 뭐하면 내가 이야기해주지."

"아뇨. 하지만."

"시끄러워. 날 더 이상 화나게 하지 마라."

이노우에가 유스케의 멱살을 잡고 질질 끌듯이 차 있는 곳으로 끌고 갔다. 하굣길의 학생들이 무슨 일인가 싶어 이쪽을 보고 있었다. 문 앞에서 일단 풀려났다.

"야, 네가 직접 타."

형사가 말했다. 그를 보자 턱으로 문을 가리키고 있었다.

손잡이에 손을 대며 망설였다. 이대로 경찰한테 끌려가면, 어쩔 수 없이 피해 서류를 취하해야만 한다. 야쿠자인 오쿠라의 얼굴이 떠올랐다. 팔꿈치부터 손 끝까지 가늘게 떨려왔다.

"빨리 타. 네 의지로 타라고."

타서는 안 된다. 경찰과 야쿠자를 저울에 달아보면 야쿠자가 더 무서울 게 뻔한 것이다.

"어서 타. 이건 임의동행이야. 꼬마 넌 무슨 말인지 모르겠지만."

다음 순간, 유스케는 내달렸다. 가방을 안고, 정신없이 아스팔트를 달렸다.

"야, 기다려! 야!"

형사의 고함 소리가 뒤에서 들렸다. 학교 운동장 울타리 옆까지 열심히 달렸다. 철망 안에서는 야구부가 연습하는 소리가 들려왔다. 평화로운 그들이 부러웠다.

네 번째 골목을 꺾으며 갑자기 눈앞에 나타난 자전거와 충돌했다. 앞으로 고꾸라질 뻔했지만 가까스로 버티며 섰다. 어린 여자아이의 울음소리가 들려서 자신이 쓰러뜨린 자전거가 소녀의 것임을 알았다.

신경 쓸 시간이 없었다. 뒤를 돌아보니 형사가 쫓아오고 있었다. 소녀가 일어나도록 도와주지 않을까 기대해보았지만, 안경 형사는 마치 허들이라도 넘듯이 쓰러진 소녀를 뛰어넘었다.

"이 자식!"

형사는 완전히 머리끝까지 화가 난 모양이었다. 잡히면 그냥 넘어가지는 않을 것 같았다.

순간적으로 가방을 던졌다. 그냥 납작하기만 한 가죽 가방은 프리스비•처럼 날아서 운이 좋은 건지 나쁜 건지 형사의 얼굴에

• frisbee. 옥외에서 던지며 노는 플라스틱제 원반.

그대로 적중했다.

"빌어먹을 자식."

새빨개진 형사의 얼굴이 눈에 들어왔다. 점점 더 물러설 곳이 없어진 듯한 기분이었다.

유스케는 골목으로 들어서 더욱 이를 악물고 지그재그로 주택가를 달렸다. 심장 뛰는 소리가 고막 안에서부터 울리고 있었다. 역과는 반대 방향이어서 어디가 어딘지 알 수 없었다. 삼거리 막다른 곳에서 공원 울타리를 뛰어넘었다. 공원인 줄 알았는데 알고 보니 보육원이어서 유아용 놀이기구 안을 뚫고 지나는 형국이었다.

보모들이 어리둥절해하고 있었다. 아슬아슬한 시간차로 등 뒤에서 "당신들 뭐예요!" 하고 비난하는 목소리가 들려왔다. 아직도 쫓아오고 있는 것이다.

다시 한 번 울타리를 넘자 묘지가 나왔다. 통로를 무시한 채 묘비를 잡으면서 경사진 길을 달려갔다. 꽃을 밟고 화병을 쓰러뜨렸지만 도망치는 것 외에는 머릿속에 없었다.

어느새 절 경내로 나왔다. 이제 심장은 금방이라도 터질 것 같았다. 닭처럼 머리만 돌려 새전함• 옆에 자전거가 서 있는 것을 발견했다. 무턱대고 핸들을 잡았다. 하지만 자물쇠가 잠겨 있었다.

• 賽錢函. 신불에게 참배할 때 바친 돈을 담아놓는 상자.

"거기 서, 야!"

형사의 화난 고함 소리가 나무들로 뒤덮인 절 경내에 울려 퍼졌다.

오른발로 앞바퀴에 걸려 있는 자물쇠를 걷어찼다. 떨리는 발로 두 번, 세 번 걷어찼다. 철컹 하는 소리와 함께 자물쇠가 벗겨졌다.

생각할 틈도 없이 자전거를 밀며 달려나갔다. 형사는 바로 뒤에까지 쫓아와 입가에 피가 묻어 있는 것까지 다 보였다.

도움닫기를 하며 올라탔다. 형사가 뻗은 손이 아슬아슬하게 등을 스쳤다.

죽어라 페달을 밟았다. 몸을 앞으로 기울인 자세로 핸들에 거의 턱을 올려놓다시피 한 채.

즉시 형사와의 거리가 벌어졌다.

문을 지나자 급경사여서 자전거는 한층 더 가속이 붙었다.

한순간 돌아보았다. 형사는 문 아래에서 무릎을 꿇고 어깨로 숨을 몰아쉬고 있었다. 목소리도 나오지 않는 모양이었다. 벌써 수십 미터나 떨어졌을 텐데 왠지 형사의 분노 가득한 눈이 보였다.

잠시 동안 더 자전거 페달을 밟았다. 이제 쫓아오지 않는다는 걸 알고도 어쨌든 이곳에서 멀리 떨어지고 싶었다. 기름을 잘 바르지 않았는지 기어가 삐걱대는 소리가 고른 간격으로 들려왔다.

겨우 도망쳤다는 안도감은 어디에도 없었다. 목이 깔깔하게 말라 있었다.

어딘지도 모를 버스 정류장에서 자전거를 내려 마침 온 버스에 올라탔다. 제일 뒷자리에 앉아 다리를 쭉 뻗었다. 아까 주스를 마셨기 때문인지 구슬 같은 땀이 흘렀다. 호주머니를 뒤졌지만 손수건이 없어서 할 수 없이 윗도리 소매로 땀을 닦았다.

한숨이 나왔다. 오늘은 아르바이트하러 가지 말자고 생각했다. 그 이노우에라는 형사가 올 게 뻔했다. 그리고 집도 안전하지 않다는 데 생각이 미치자 유스케는 자신이 처한 상황이 한심해졌다.

형사에게 가방을 던진 것은 아무래도 해선 안 되는 짓이었다. 게다가 상처까지 입히고 말았다. 법은 잘 몰라도 그것이 죄가 된다는 것 정도는 쉽게 상상할 수 있었다.

결국 퇴학당하게 되는 걸까. 전부 다 내팽개치고 싶은 심정이었다.

지난 한 달 동안 자신을 찾아온 형사들은 교통과나 소년계 경찰과는 분명히 달랐다. 봐주는 게 없었다. 유스케의 장래 따위는 안중에도 없다는 태도였다.

혼자서 얼굴을 찌푸렸다. 자신은 아직 고등학생에 불과하다고 말하고 싶어졌다.

도중에 역 앞에서 정차했으므로 거기서 버스를 내렸다. 불안감에서 도망치고 싶어서 휴대전화로 요헤이에게 연락했다. 요헤이도 팔이 부러졌으니 분명 경찰에게 닦달을 당할 것이다. 도시락 배달 아르바이트를 하는 요헤이는 평소에 3시가 지나면 한가해진다.

"야, 너한테도 형사 왔었냐?"

갑자기 용건부터 꺼냈다. 요헤이는 "아니" 하며 태연스러운 목소리로 대답했다.

"뭐야. 피해 서류, 너도 냈잖아."

"갔었지, 일단은. 그런데 접수되지 않았어. 무서운 형사가 나와서 웃기는 짓 하지 말라면서 쫓아내더라고. 또 한 사람 친절했던 형사도 있었는데, 그 아저씨는 집으로 돌아가서 다시 한번 생각해보라고 하던데."

"그래서?"

"그게 다야."

"하나무라라는 아저씨 없었어?"

"아, 그래, 그 아저씨. 그러고 나서 오쿠라 씨한테 보고하러 갔더니 옆에서 화투 치고 있더라. 그놈 제대로 된 형사가 아니야."

"무슨 말이야?"

"나한테 물으면 내가 아냐. 아무튼 그래서 쫓겨났다고 말했더니, '뭐, 할 수 없지'라던데. 와타나베 하나면 된다고, 그런 소리도 했어."

"정말?"

머리를 마구 쥐어뜯었다.

"유스케, 무슨 일 있었어?"

"있었어. 잠복하고 있던 이노우에라는 형사한테 억지로 끌려갈 뻔했어."

"그럼 도망친 거야?"

"그래. 가방 던져서, 형사가 코피 터졌다."

"제법인데."

"바보 자식. 그런 문제가 아니야. 이거 공무집행방해야. 오늘 밤 당장 집에도 못 가게 생겼어."

"오쿠라 씨에게 연락해보면 어때? 분명 상담해줄 거야."

"농담하지 마. 나 어제 피해 서류 취하하면 각오하라고 협박당했어."

"나한테는 친절하던데. 술 마실 때도 데려가 주고 용돈도 줬어. 유스케, 나, 오쿠라 씨 아우가 될까 하는데."

"이 바보. 친절하다니. 그건 처음만 그런 거야."

"그럴지도 모르겠지만 도시락가게는 이제 질렸어. 난 야쿠자가 체질에 맞는 것 같아."

"너 제정신이냐? 난 지금 이렇게 곤란해 죽겠는데 무슨 태평스러운 소리를 하고 있는 거야."

"한심한 소리 마."

"내 입장이 돼봐!"

휴대전화에 대고 고함쳤다.

"아무튼 신마치에서 만나자. 우리 가는 그 카페 있잖아. 이제 금방 일 끝나."

전화를 끊었다. 또 한숨이 나온다. 역으로 가는 발걸음이 무거웠다.

왜 자신이 이런 일을 당해야 하는지 알 수 없었다. 몇 번 나쁜 짓을 한 것은 사실이지만 그것은 그에 합당한 벌을 받으면 될 뿐, 지금 자신의 상황은 아무리 생각해도 이해하기가 어려웠다.

어른이면서 고등학생을 상대로 너무하잖아. 그런 하소연을 마음속으로 부르짖고 있었다.

차표를 사서 개찰구를 통과했다. 처음 와보는 역의 플랫폼에서 있는데 불량스러워 보이는 다른 학교 학생 무리가 유스케를 노려보고 있었다.

상대할 기분이 아니었으므로 눈을 마주치지 않으려고 아래를 쳐다보았다. 플랫폼 끝으로 이동했다. 그러자 허약한 먹잇감이라고 생각했는지 그들은 신발을 질질 끌며 다가와 유스케를 에워쌌다.

"너, 못 보던 얼굴인데. 어디 학교냐."

그 가운데 한 명인 장발이 섬뜩하게 말했다.

"시끄럽다. 저리 가."

그렇게 내뱉고는 같이 노려보았다.

"어이쿠. 제법 귀여운데, 이 녀석."

얼굴을 바싹 갖다 댔다.

"끝내준다. 은색으로 염색을 하다니. 너 외국인이냐. 아니면 노인?"

"까불지들 마라."

유스케가 낮게 목소리를 깔며 말했다. 상대는 다섯 명이었지만 무섭지 않았다. 그저 귀찮기만 했다.

"야야, 어딜 누르면 이런 센 대사가 나오는 거냐?"

"싸움의 달인이냐, 너?"

"알았다. 가라테 배웠을 거야, 이 자식. 통신교육으로."

남자아이들이 저마다 유스케를 놀리며 웃었다.

"야, 돈 내놔."

장발이 진지한 얼굴로 말했다.

"우리가 다섯 명이니까 그냥 5천 엔 정도로 봐줄게."

"해봐."

플랫폼 바닥에 침을 뱉었다. 갑자기 남자아이들의 얼굴색이 변했다.

"너희, 내가 누군 줄 아냐. 이래 봬도 나 기요카즈회 오쿠라 씨를……."

순간 턱에 충격이 전해져왔다. 이어서 복부에도.

"이 자식. 왜 이리 건방져."

그런 욕설이 들리며 계속 주먹과 발길질이 날아왔다. 손으로 막으려 했지만 다섯 명을 상대로 저항할 수도 없어서 유스케는 그 자리에 웅크린 채 쪼그려 앉았다.

옆구리로 발이 날아왔다. 등은 수없이 짓밟혔다.

"다른 동네에서 와서 거드름을 피워? 이 자식이."

불량배들이 마지막 말을 남기고 가버렸다. 겨우 일어나 손등으로 입가를 닦는데 입술이 찢어져 피가 잔뜩 묻어나왔다.

손수건은 가지고 있지 않았다. 할 수 없이 재킷과 셔츠를 벗은 후 티셔츠를 끌어올려 얼굴을 닦았다. 플랫폼의 손님들이 유스케의 모습을 흘낏거리고 있다는 것을 알았지만 신기하게도 마음이 가라앉아서 다른 사람들의 시선은 신경 쓰이지 않았다.

재수가 없네. 입속으로 중얼거렸다. 전철을 하나 보내고 플랫폼 벤치에 앉아 담배를 피웠다. 뱉어낸 연기를 눈으로 좇으면서 사실은 재수 없는 게 아닐 텐데, 하고 스스로에게 딴죽을 걸었다. 눈을 감았다. 사태의 심각함 때문에 울적해지기만 했다.

신마치에 도착해서 요헤이와 만나기로 한 카페로 향했다. 누구라도 좋으니까 아는 얼굴이 있었으면 했다. 혼자는 견딜 수 없을 것 같았다.

그런데 카페 입구를 지나 들어가자 안쪽 자리에 요헤이와 같이 덩치 큰 중년 남자가 있었다. 눈을 의심할 필요도 없이 하나무라임을 알았다. 하나무라는 유스케를 보자마자 입꼬리만으로 거침없이 웃으며, "이노우에와 숨바꼭질했다며" 하고 굵은 목소리로 말했다.

"아, 아뇨."

얼굴이 굳어졌다. 요헤이를 보자 "내가 오쿠라 씨한테 전화했어. 그랬더니 하나무라 씨가 계셔서" 하며 이미 깁스를 벗겨낸 오른팔을 힘차게 휘둘렀다.

뭐라고 말하고 싶었지만 하나무라 앞에서는 얼굴빛을 아무렇지 않은 듯 애써 꾸미는 게 고작이었다. 용돈 정도로 넘어가다니, 속으로 욕설을 퍼부었다. 요헤이 옆에 앉았다.

"뭐야, 그 얼굴은."

요헤이가 들여다본다.

"야, 이노우에한테 당한 거냐?"

하나무라가 몸을 일으켰다.

"그렇다면 의사한테 가라. 진단서 떼와."

"아뇨, 잠깐 역에서 다른 학교 애들한테."

"정말? 그럼 복수하러 가야지."

요헤이가 말했다.

"그래, 다음에."

"그보다는 이노우에에게 당한 걸로 해라."

비열한 웃음을 지으며 하나무라가 말했다.

"그런 짓은 할 수 없습니다."

"괜찮아, 그 정도는. 내가 뒤에서 다 봐줄게. 형사과에는 아직 내 말발 먹히는 놈이 있다고."

"아뇨, 이제 그만해주세요."

괴로운 듯이 얼굴을 찌푸렸다.

"형사님. 저 피해 서류 취하하면 안 될까요. 이러다 퇴학당할 것 같아요."

"바보 자식. 이제 와서 무슨 소리냐. 넌 내 비장의 카드라고. 네 형편에 따라 어떻게 되는 게 아니야."

"하지만 우리가 한 아저씨 사냥이 사건이 될 것 같거든요."

"그냥 협박이야. 쫄 거 없어."

"아뇨, 그거 진짜예요."

그때 카페의 문이 열리고 오쿠라가 들어왔다. 하나무라에게 가볍게 인사를 한 후 유스케의 정면에 앉았다. 호주머니에서 담배를 꺼내 물자 요헤이가 마치 아우라도 되는 듯 불을 붙였다.

기분이 안 좋은 듯 양껏 한 모금을 들이마신다.

"어이, 와타나베."

입을 열자 연기가 꿈틀거린다.

"잠시 방 좀 빌려줄까."

"네?"

"우리 사무실에 와서 살라는 말이야."

오쿠라는 차가운 눈으로 유스케를 바라보고 있었다.

22

오후 6시 하이텍스 본사 현관 입구에 나타난 시게노리는 가면 같은 표정을 하고 있었다. 하기야 누구든 혼자 걷다 보면 이런 얼굴일 것이다. 주변 행인들과 비교해도 그리 이상해 보이지는 않았다. 똑바로 앞을 보고 역 방향으로 향하고 있었다.

"가볼까요."

옆에서 핫토리가 중얼거린다.

"나는 너무 눈에 띄니까 약간 떨어져서 걸어갈게요."

자신의 키가 미행에 불편하다는 것을 충분히 알고 있는 듯 가볍게 구노의 등을 밀며 먼저 가라고 재촉했다.

구노가 천천히 걸음을 떼었다. 시게노리의 회색 양복과 전체적으로 날씬한 인상의 뒷모습을 머리에 새기며 시선은 그보다 아래쪽 발치를 향했다. 구노는 양복이 아닌 청바지에 점퍼 차림이었다. 옅은 색 선글라스와 야구 모자도 준비했다. 상대가 얼굴을 알고 있어서 미행이 쉽지 않았다.

물론 미행을 놓쳐도 이렇다 할 지장이 있는 것은 아니었다. 시게노리가 가족을 놔두고 도망가리라고는 생각하기 어려웠고, 재범 가능성 역시 낮았다.

시게노리가 역의 개찰구를 지나자 구노도 역무원에게 경찰수첩을 제시한 후 뒤를 따랐다. 놓치지 않도록 시게노리의 뒷모습에 집중했다. 플랫폼에서는 10미터 정도 떨어져서 비스듬히 뒤쪽에 섰다.

핫토리는 옆 차량에 탈 생각인지 더 멀리 떨어진 곳에 있었다.

매점에서 석간신문을 사서 읽는 척했다. 개막전 승리에 실패한 자이언츠 팀을 비꼬는 머리기사를 멍하니 보았다.

전철이 플랫폼에 도착했다. 눈 한쪽으로 시게노리를 확인하며 다른 문으로 올라탔다. 오랜만의 만원전철이었다. 재수 없게 바로 옆에 한 무리의 여고생들이 있었다. 귀가 먹먹할 정도로 새된 목소리들을 들으면서 구노는 남몰래 얼굴을 찌푸렸다.

혼조 서에 설치된 수사본부는 어느샌가 초라한 모습으로 변해버렸다. 방화 사건치고는 너무 과잉 대응이라 생각됐던 사십 명의 수사진은 이렇다 할 설명도 없이 축소되어, 회의에 참석하는 얼굴도 반으로 줄어 있었다. 기요카즈회 간부의 코뼈를 부러뜨렸다는 수사관은 당연히 사라지고 없었다. 지금쯤 본청에서 책상 위에 다리를 올리고 코털이라도 뽑고 있을 것이다.

관리관의 기분은 몹시 안 좋았다. 하이텍스 회계감사 건을 알자마자 자신보다 나이가 많은 사카타 형사과장에게 큰소리치며 시말서를 내라고 씩씩거린 모양이었다. 당연히 사카타 역시 격노했다.

구노와 핫토리에게 대놓고 뭐라고 하지는 않았다. 그냥 넘어가는 건가 싶었지만 그럴 리는 없다. 보복은 분명 다른 기회에 행해질 것이다. 다만 하이텍스 수사는 본청의 다른 반이 맡았고, 구노와 핫토리는 시게노리의 아침저녁 행적만을 감시하게 됐다. 얼굴이 알려져 있는 수사관을 굳이 배치시킨 걸 보면 그게 미움을 산 증거일지도 몰랐다.

핫토리는 그래도 아무렇지 않은 얼굴을 했다. 본청에 있을 때 알던 사람에게 물어보았더니 형사부장과 형사1과장 라인에 속해 있어서 4과의 관리관은 별로 무서워하지 않는 모양이었다.

시게노리의 소속이 본사 총무부 인사과로 옮겨진 것은 혼조 지사에 문의해본 결과 바로 알 수 있었다. 퇴원하고 나서 언제부터 출근하느냐고 물어보자 사무 여직원이 아무런 경계 없이 가르쳐주었던 것이다. 이걸로 하이텍스의 속셈은 알았다. 핫토리는 "경찰로부터 자기 직원을 지키면서 자기네들 감시하에 두려는 모양이죠"라고 태연스럽게 말했다. 직장에서 어떤 시간을 보내는지는 알 수 없었지만 바늘방석이리라는 것은 쉽게 상상할 수 있었다. 경찰 조직의 경우만 보더라도 아마 일은 주지 않을 것이다.

시게노리는 천장에 매달린 손잡이를 잡고 창밖의 바깥 경치를 보고 있었다. 그 눈에는 대체 무엇이 비치고 있을까. 용의자의 기분을 생각해본 적은 별로 없었는데, 이번만큼은 마음속에 그런 의문이 자주 솟구쳤다.

전철은 터미널 역으로 빨려 들어갔고, 시게노리는 혼조 시로 향하는 사철•로 갈아탔다. 구노와 핫토리도 뒤를 따랐다. 승객은 대부분 귀가 중인 회사원들이었는데 어딘지 모르게 풀어진 공기를 느낄 수 있었다. 신문으로 얼굴을 가린 채 모습을 살폈다. 시게노리는 빈자리에 앉은 채 허공을 바라보고 있었다. 핫토리가 어디 있는지 찾자 옆 칸에서 창 너머로 날카로운 시선을 보내고 있었다.

두세 개 역을 지나쳤다. 잘 알지도 못하고 탔지만 급행이었던 듯 이런 식으로 가다 보면 혼조까지는 30분 후쯤이면 도착할 것 같았다.

손목시계를 보았다. 시게노리의 행적 파악은 쉬운 임무였다. 집으로 들어간 후까지 잠복할 생각은 없었다. 8시 전에는 해방될 것이다.

그렇게 생각했을 때 시게노리가 자리에서 일어났다. 안내방송으로 다음에 정차할 역 이름이 흘러나왔고 그에 따라 전철이 속도를 줄이기 시작했다.

• 私鐵. 국철인 JR선과 반대되는 개념의 민영 철도.

어쩔 셈인지 알 수 없었다. 핫토리를 보자 이상하다는 듯 미간에 주름을 모르고 있었다.

혼조 바로 전 역에서 열차는 멈췄고, 시게노리는 마치 그곳이 집과 가장 가까운 역인 듯 극히 자연스럽게 내렸다.

눈치챘나 싶어 순간 긴장했다. 옆 칸으로 옮겨 탈 가능성도 있다고 생각해서 구노는 차 안에 남은 채 시게노리의 등을 주의 깊게 눈으로 좇았다.

시게노리는 시치미를 떼기라도 하는 듯한 표정으로 플랫폼을 걸어 귀가 중인 사람들과 함께 계단으로 향했다. 그 거동에 이상한 기색은 느낄 수 없었다.

할 수 없이 열차에서 내려 뒤를 따랐다. 계단까지는 거의 뛰다시피 갔다가 시게노리의 모습을 확인하고 나서는 다시 20미터 정도 거리를 두었다.

시게노리가 개찰구를 지났다. 역사 앞에서 잠시 멈춰 서서 어디로 갈지 망설이는 듯한 몸짓을 보인 후 오른편 번화가로 걸어갔다. 역 앞 교차로로 불어오는 초저녁 봄바람이 구노의 볼을 스쳤다.

"누구라도 만나려는 걸까요."

어느새 뒤로 온 핫토리가 말했다.

"아뇨, 그렇지 않을 겁니다."

왠지 그런 확신이 있었다. 시게노리의 발걸음은 목적을 가진 자의 것이 아니었다.

"핫토리 씨는."

구노가 역 앞 파출소를 턱으로 가리켰다.

"저기에서 기다려주세요. 두 사람씩이나 필요하진 않을 겁니다."

"괜찮겠어요?"

"무슨 일 있으면 휴대전화로 연락하겠습니다."

그렇게 말하고 구노는 시게노리를 따라 아케이드 안으로 들어갔다. 시게노리의 행동이 목적이 없는 것이라면 갑자기 방향을 바꿀 가능성도 컸다. 그런 것까지 생각한다면 행적 확인은 혼자 하는 편이 낫다.

시게노리는 길 한복판을 터덜터덜 걷고 있었다. 이따금 음식점 앞에서 걸음을 늦추며 유리창 너머로 안의 모습을 살피곤 했다.

그런 행동을 몇 번인가 반복하더니 마침내 '식당'이라는 글씨가 적힌 포렴이 쳐진 한 가게로 들어갔다.

잠깐 사이를 두고 구노가 다가갔다. 포렴 끝을 들어 올려 안을 엿보자 시게노리는 혼자 카운터에 앉아 비스듬히 위를 바라보고 있었다. 그 시선의 끝에는 자이언츠 팀의 야구 중계를 방영하고 있는 벽걸이형 텔레비전이 있었다.

포렴을 원래대로 해놓고 휴대전화로 핫토리에게 상황을 알렸다. 핫토리는 "그럼 나도 편의점 주먹밥이나 좀 먹어볼까" 하고 맥 빠진 소리로 말했다. 구노는 주변을 둘러보았다. 대각선에라면가게가 있었으므로 그 안으로 들어갔다.

길가가 제일 잘 보이는 자리에 앉아 아무 고명도 들어가지 않은 간장라면을 주문했다. 이 가게에도 텔레비전이 있었는데 여기에서는 모두가 같은 얼굴처럼 보이는 소녀 그룹이 빠르게 춤추며 노래 부르고 있었다. 모자를 벗어서 부채질했다. 손수건으로 땀을 닦은 후 컵의 물을 다 마셨다. 라면 국물은 남겼다. 화학조미료 맛만이 남았다.

옆자리 손님이 담배에 불을 붙여 연기가 구노 쪽으로 날아왔다. 그 냄새가 너무나 달콤해서, 끊은 담배였지만 다시 피워볼까 멍하니 생각했다.

담배 대신 물을 마시고 유리문 밖을 보고 있는데 30분 정도 지나 시게노리가 식당에서 나왔다. 구노 역시 서둘러 계산을 마치고 밖으로 나왔다.

시게노리는 역과는 반대 방향으로 걸어갔지만 구노는 놀라지 않았다. 그럴 것 같았기 때문이다.

느릿느릿한 발걸음이었다. 자신보다 두세 살 연상인 남자의 등짝이 푸르스름한 가로등 불빛을 받아 무심하게 흔들리고 있었다.

약간 앞에 있던 서점으로 시게노리가 들어갔다. 안쪽 통로의 책꽂이에서 잡지를 꺼내더니 팔락팔락 페이지를 넘겼다. 구노는 바깥쪽 스탠드형 책꽂이에서 마찬가지로 주간지를 보았다.

시게노리는 10분쯤 후 서점에서 나왔다. 아무것도 사지 않았다. 구노 바로 옆을 지나쳤지만 전혀 신경 쓰지 않았다. 다시 아케이드 아래쪽을 걷는다. 길의 대각선 앞쪽에 파친코가게의 네온이 반짝이고 있어서 그리로 들어가나 싶었는데 시게노리의 발걸음은 정말 그곳으로 향하고 있었다.

간판 그늘에 숨어 휴대전화로 연락했다. 핫토리는 "커피와 과자가 나왔어요. 여기는 서비스가 좋네요"라고 가볍게 대꾸했다. 본청 수사1과의 경부보는 파출소에서 왕처럼 대접받고 있을 것이다.

만일을 위해 안팎 겸용의 점퍼를 뒤집어 입었다. 파친코가게 안으로 들어갔다. 시게노리는 바로 찾을 수 있었다. 잡다한 손님 층에 섞여 구슬을 쏘고 있었다. 텅 빈 눈으로 기계를 바라보고 있었다.

구노는 가게 안을 한 바퀴 돌며 뒷문이 없는지 확인했다. 출입구는 길로 통하는 한 곳밖에 없었다. 어떻게 할까 잠시 생각하다가 출입구와 가장 가까운 곳에서 자신도 파친코를 하기로 했다.

파친코를 하는 것은 10년 만이었다. 낯선 전자음이 가게 안 여기저기에서 울려 퍼졌다. 뜻대로 되지 않아서 얼마 지나지 않아 3천 엔을 잃었다. 자판기에서 커피를 뽑고는 한숨을 돌렸다. 이번에는 자리를 바꿔서 해보았지만 그래도 구슬은 줄어들기만 했다.

문득 생각이 나 몇 개의 구슬을 가지고 프런트로 갔다. 그것을 마일드세븐 한 갑과 라이터로 바꾸었다. 자리로 돌아와 담배를 입에 물고 불을 붙였다.

가볍게 기침을 했다. 쓴맛이 입안으로 퍼졌다. 사나에가 임신했을 때 담배를 끊었다. 그래서 거의 8년 만에 맛보는 담배 맛이었다. 특별히 그리웠던 것은 아니다. 그냥 안 피웠을 뿐이었다.

그래도 한 개비를 반쯤 피웠다. 폐 안으로 탁한 기체가 퍼졌다가 사라질 때쯤이 되어 손발 끝까지 뭔가가 스며드는 듯한 느낌이 들었다.

시곗바늘은 아직 8시 반도 가리키지 않았다. 문 닫을 때까지 있을 셈일까. 구노는 오직 유리문에 비친 시게노리를 눈으로 좇고 있었다. 잘 맞지 않았는지 시게노리는 번번이 자리를 옮겼다. 그럴 때마다 눈앞에서 튀어오르는 구슬을 물끄러미 바라보았다.

구노는 두 번째 담배에 불을 붙였다. 이번에는 약간 맛이 익숙해진 듯했다. 이어서 바로 세 번째도 피웠다. 어느덧 쓴맛이 사라지고 있었다. 이렇게 또 담배를 피우기 시작하는 것인가 하고 한숨을 내쉬며 생각했다.

결국 시게노리는 10시 가까이까지 파친코가게에 있었다. 빈손으로 나가는 것을 보면 성과는 없는 모양이다. 적당히 한다고 했던 구노조차 만 엔 정도를 잃었으니 시게노리는 더 많이 몰아넣었을 것이고, 더 나아가 아깝기 짝이 없는 지출이었음에 틀림없다.

시게노리는 역을 향해 걸어갔다. 보기에 따라서는 무거운 발걸음이었다. 이미 길거리에 인적은 드물었고 대부분의 가게들이 셔터를 내리고 있었다. 귀가를 서두르는 여자 회사원들의 하이힐 소리가 아케이드 천장으로 울리고 있었다.

역에 도착해 파출소에 있을 핫토리를 데리러 갔다. 핫토리는 기다리다 지친 듯 졸린 눈으로 "피곤하네요"라고 말했다.

구노를 보자 젊은 순사가 경례를 한다. 가볍게 목례로 되받았다.

"그 작자는요?"

"벌써 역으로 들어갔어요."

"그럼 가볼까요."

귀찮은 듯 일어섰다.

"어쨌든 일이니까요."

두 사람 모두 개찰구를 지나 플랫폼에 있는 시게노리를 확인했다.

거리가 제법 떨어져 있었으므로 얼굴 표정까지는 알 수 없었다. 다만 얼굴빛이 좋지 않다는 것만은 전체적인 분위기로 상상할 수 있었다. 어깨가 축 처져 있어서 양복까지 피곤에 절어 있는 것처럼 보였다.

전철이 와서 둘 다 옆 칸에 올라탔다. 혼잡하지는 않았지만 자리는 꽉 차 있었다.

"결국 오이카와는 밥을 먹고 파친코를 한 것뿐인가요."

핫토리가 천장에 매달린 손잡이 위의 봉을 잡고 말했다.

"네."

작게 고개를 끄덕였다.

"귀가 거부증이라는 건가. 불쌍하게도."

그 말에는 대답하지 않았다. 유리창 너머로 시게노리를 보니 그는 머리 위 벽 쪽에 붙어 있는 광고를 멍하니 바라보고 있었다.

"마누라가 꼬치꼬치 따져 묻지 않는가 보죠."

"글쎄요, 어떨지."

"하지만 그만큼 우리가 흔들어놨는데 부부 사이에 아무 말도 주고받지 않았다는 건 좀 이상한데요. 특별히 사이가 좋지 않은 부부라면 또 다른 문제지만. ……분명 내일도 파친코하러 갈걸."

핫토리는 그렇게 중얼거리며 의심을 털어버리듯 머리를 좌우로 흔들었다.

"회사에서는 일이 없고, 집에 돌아와도 있을 곳이 없으니, 또 방금 전 역에서 내리지 않겠습니까. ……그럼 그 파출소에 선물이라도 사 가야 하는 거 아냐."

아마 그렇게 될 것이라고 구노는 생각했다. 갈 곳이 없는 시게노리는 오늘 밤처럼 또 어딘가에서 시간을 보낼 것이다.

"핫토리 씨."

구노가 말했다.

"네."

"오이카와의 부하 직원이 있었죠. 그 혼조 지사 경리과에요."

"네, 사토라는, 작은 몸집의 젊은 녀석."

"조금 있다가 가보지 않을래요?"

"왜요?"

"회사에서는 소문이 어떻게 났을지, 좀 알고 싶어서요."

"그만두죠."

사이를 두지 않고 바로 핫토리가 대답했다.

"괜한 짓은 하지 않는 게 좋을 거예요. 그 관리관, 열 받아서 혈관이 터질지도 몰라요."

관리관을 화나게 한 것은 당신이잖아요. 그렇게 말하고 싶었지만 그 말은 그냥 삼켰다.

혼조 역에 도착해 시게노리가 내렸다. 이번에는 아무 데도 들르지 않고 역 앞 교차로에 있는 버스 정류장에 섰다. 손목시계를 보자 10시 10분을 가리키고 있었다.

같은 버스에 탈 수는 없었으므로 구노와 핫토리는 택시를 타고 먼저 가 있기로 했다. 이제 다른 데 들를 일은 없을 듯싶어 시게노리 집 근처에 잠복했다.

10시 25분, 완전히 정적에 감싸인 주택가에 시게노리가 나타났다. 가로등 불빛에 비친 그 얼굴이 더욱 창백해 보였다.

집 초인종을 누르자 잠시 후 문이 열렸다. 시게노리의 아내, 교코의 하얀 팔만 문틈으로 보였다.

"아무리 그래도 이 시간에는 너무하잖아요."

아니나 다를까 잠옷 차림의 사토는 맨션 현관 입구에서 굳은 얼굴로 바로 앞에 서 있는 형사들에게 항의했다. 두 사람의 체격에 압도됐는지 콘크리트 바닥으로 내려서려 하지 않는다. 떨떠름하게 생각하던 핫토리였지만 결국 구노의 뜻에 따라 서로 돌아가 차를 바꿔 타고 심야의 방문을 했던 것이다.

"그래요, 그래. 저희도 실례라는 건 압니다."

구노가 달래려 했다.

"옷 안 갈아입어도 되니까 잠깐만 저희 차로 가시죠?"

"낮에 회사로 오면 안 됩니까?"

"회사에서는 여러 이야기를 하기가 좀 어렵잖아요."

"아닙니다. 요즘 매일같이 형사가 와서 괜찮아요."

"그것과는 다른 이야기를 듣고 싶어서요."

"싫습니다."

사토가 구노를 바라보며 말했다.

"어쨌든 저한테 물어봤자 더 이상 말해줄 수 있는 것도 없어요. 회사 일이라면 본사에 물어보십시오."

"어, 그래요?"

핫토리가 옆에서 말했다.

"당신네 지사에서 상품을 몰래 판 건에 대해서도 물어보려는데……."

애당초 오고 싶지 않았기 때문인지 말하는 게 약간 거칠어졌다.

"그건 제 착각이었습니다. 그런 일 없었어요."

사토의 볼이 경련을 일으켰다. 눈을 마주치지 못했다.

"당신, 우리 가지고 놀면 안 돼요."

"아뇨, 그러는 거 아닙니다."

목소리가 작아졌다.

"당신네 직원 전부 몇 명이죠? 모두 입을 봉하기로 했나 보죠? 하지만 지난번엔 몰래 빼낸 물건들이 어디로 가는지까지 다 이야기했잖아요. 재판을 하게 되면 당신은 꼭 증언대에 설 거요. 거기서 거짓말하면 위증죄라고요."

"그런……."

사토가 얼굴을 찡그리며 말을 잇지 못한다.

"거짓말은 어딘가에서 들통이 나게 돼 있는 법이에요. 업무상 횡령으로 경시청이 조사에 나서면 회사란 데는 결국 사원을 자르게 마련이죠. 조직이 지키려는 것은 조직일 뿐이에요. 누가 일개 사원을 지킨답니까? 물 먹는 건 당신 혼자죠."

"형사님, 도와주면 저한테는 아무 피해 없을 거라고 하셨잖습니까."

사토가 속삭이듯 말한다.

"그거야 마지막까지 도와줬을 때 이야기죠."

잠옷 차림의 젊은 남자가 입을 반쯤 벌린 채 할 말을 잃고 있었다.

"사토 씨, 이번엔 저희가 빚을 좀 지겠습니다. 꼭 갚을 테니까요."

구노가 미소를 지으며 구슬렸다.

"사토 씨에게는 절대 피해가 가지 않도록 하겠습니다. 시내에서의 교통 위반 딱지 정도라면 어떻게 해줄 수도 있고요."

사토는 크게 한숨을 내쉬며 "옷 갈아입고 오겠습니다" 하고 힘없이 말했다.

고개를 떨어뜨리고 있는 사토를 데리고 밖으로 나왔다.

핫토리와 사토가 차 뒷자리에 타고, 구노는 운전석에서 이야기를 했다.

"먼저, 하이텍스에서 함구령이라도 내려왔습니까?"

"함구령이라니, 무슨 말씀이신지."

"경찰한테 쓸데없는 소리 하지 말라고 말이에요."

"……네. 그리고 매스컴에도요."

"신문사에서도 왔나요."

"신문기자뿐만 아니라 주간지 기자까지 왔어요."

"주간지요?"

"네. 지사장님이 만났지만요."

구노가 핫토리와 눈을 마주쳤다.

"그래서 그랬나."

핫토리가 흥 하고 콧방귀를 뀌었다.

"폭력단 방화라면 기삿거리가 안 돼도 직원의 자작극이라면 덤벼들 만하지. 이러면 더욱 시간문제인데. 신문과 달리 아무렇지 않게 마구 기사를 날려 쓸 테니까. 사토 씨. 당신네 회사, 알면서도 시치미 떼고 있는 거 아뇨?"

"제가 그런 걸 어떻게 압니까."

"그래서 회사에서는 오이카와 씨 관련해서 무슨 소문이 좀 났나요?"

구노가 하던 이야기를 계속 이었다.

"아뇨……."

두세 번 눈을 깜박이더니 입을 열었다.

"적어도 겉으로는 그 이야기는 하지 않습니다. 모두 아무 일 없었던 것처럼 행동하고 있죠. 하지만 사람들이 모이다 보면 이야기하지 않겠습니까. 저는 더욱이 직속 부하였고 해서 본사 동기들이 전화를 걸어오기도 하고요. 불 지른 게 너희 과장이라며, 하고요."

"회사는 숨겨줄 생각인가요?"

"모르겠습니다, 그런 건."

"본사가 이전하면 어차피 허물 사옥이니까 손해는 대단한 게 아니겠죠. 그보다 회사의 이미지 실추가 더 두렵다 보니."

"아뇨, 정말 저한테 그런 걸 물어보셔도."

"물건을 뒤로 빼돌리면서 오이카와 씨는 개인적으로 어느 정도나 착복했을까요?"

"정말 모릅니다. 거짓말 아니에요."

사토가 열심히 고개를 가로저었다.

"당신 말이야."

핫토리가 사토의 어깨로 팔을 둘렀다.

"여기까지 와서 협조하지 않을 셈이야? 소문이든 뭐든 좋아. 무엇보다 당신은 오이카와의 부하 직원이었잖아. 생각해보면 대충은 알 텐데. 아니면 물건 빼돌린 이야기는 당신한테서 들었다고 본사에 말해줄까."

"잠깐만요. 형사님, 그건……."

역시 흥분했는지 사토의 얼굴이 벌게졌다.

"대충이라도 괜찮아요. 천만 엔? 2천만 엔인가요?"

구노가 물었다.

"무슨 말씀이세요. 알루미늄 포일이라든가 에어로 파츠• 같은 것에 그런 큰돈이 움직일 리가 없죠. 우리 장사는 아주 작아요."

"그럼 어느 정도."

"대충 2, 3백 정도일 겁니다."

내뱉듯이 말했다.

"어렴풋이 눈치는 채고 있었죠?"

사토는 아무 말도 하지 않았다. 거친 숨결만 토해내면서 창밖으로 얼굴을 향하고 있었다.

"부탁입니다. 대답해주십시오."

"……지금 와서 생각해보면 그렇습니다."

불쑥 말했다.

• aero parts. 자동차의 공기저항을 줄이는 등의 효과를 발휘하는 부품.

"재고 수와 전표가 이상하게 안 맞는 경우가 몇 번 있었거든요."

"돈 씀씀이가 헤퍼졌다거나 하지는 않았나요?"

"네. 특별히는. 마작 때 거는 돈이 좀 커진 정도 아닐까요."

빈정거리듯 입꼬리를 들어 올렸다.

"하지만 무엇보다 호화판으로 놀 만한 정도의 금액도 아니었을 겁니다."

"오이카와 씨는 물건을 뒤로 빼돌려 사원여행 비용을 조달하는 척하면서 자신의 용돈벌이도 같이 했다 이거군요."

"글쎄요, 거기까지는."

"그리고 본사의 회계감사가 들어올 거라는 말을 듣고 당황한 거죠."

"저한테 그렇게 말해봤자 전 몰라요. 회사는 이제 그 건에 대해서는 거의 금기시해서. ……다른 사람들도 다 그것과 관련되는 것을 두려워하고 있습니다. 인간이란 그런 거잖아요. 안 좋은 일은 되도록 보지 않으려고 하죠. 경영진도, 본사를 신축 이전하면서 마침내 도쿄 증권거래소 2부•에 막 상장하려는 시점에 이런 사건이 발생했으니……."

사토가 머리를 긁적였다. 이제는 될 대로 되라는 듯이 구노를 보고 있었다.

• 도쿄 증권거래소 1부 시장은 대기업, 2부 시장은 중소기업이 상장한다.

"상장을 하는군."

핫토리가 좌석 등받이에 몸을 기대며 살짝 웃었다.

"시기가 안 좋았어. 무마시키려는 기분도 알 것 같군."

"아무튼."

사토가 한 번 기침을 했다.

"저한테 오는 건 이번이 마지막이겠죠?"

"에이, 그렇게 말하지 마세요."

표정을 싹 바꾸며 핫토리가 친한 척 말했다.

"다음엔 식사라도 같이 하죠."

"됐습니다."

"두 번째 범행이 공연한 짓이었어요."

핫토리가 이죽거리고 있었다.

"무슨 말씀이세요?"

"당신 상사 말입니다. 유쾌범의 소행인 것처럼 보이게 할 작정이었겠지만 다른 사람 차를 태워버렸거든요. 이게 자기 회사 땅 안에서 일어난 일이었다면 아직은 수습할 수 있었을 텐데. 아, 고마워요. 이제 그만 돌아가죠. 미안했습니다, 이런 시간에."

사토가 어이없다는 표정으로 차에서 내렸다. 샌들을 끌면서 맨션 현관 너머로 사라졌다.

핫토리는 조수석으로 옮겨 앉으며 팔을 머리받침대 뒤로 돌려 끼었다. 작게 기지개를 켜면서 "재수 없는 남자야" 하고 중얼거렸다.

"과거에 기요카즈회와의 말썽이 없었다면 본청에서 출장 나올 일도 없었을 테고, 매스컴이 주목하는 일도 없었을 텐데. 토막 기사도 되지 않을 사건이었는데 말이에요."

"네, 그렇죠."

자동차 키를 돌린 후 차를 출발시켰다.

"아니, 그랬다면 바로 잘렸겠죠. ……그러면 재수가 있는 건가, 없는 건가."

핫토리는 혼자 쓴웃음을 짓고 있었다.

"하지만 뭐, 2, 3백 정도 되는 돈 때문에 불을 지를 필요까지는 없었을 텐데. 아이들이 공부하기 싫다고 학교에 불 지르는 거나 똑같죠."

핫토리는 완전히 긴장이 풀린 모양이었다. 상층부에서 시간을 벌어주고 있는 동안 시게노리의 행적을 확인만 하면 되는 것이었으므로 그도 당연할 것이다.

"오이카와 그 친구, 자기 부인한테는 뭐라고 변명했을까요?"

평소대로 은단을 입에 털어넣는다.

구노는 시게노리의 아내를 생각했다.

그 교코라는 여자야말로 최대 피해자일지도 모른다.

한 집안의 가장이라고 믿어온 남자가 회사에서 하찮은 부정 때문에 불을 질렀다. 이것이 밝혀지게 된 시점에서 교코는 지금까지 살아온 모든 것을 잃게 되는 것이다. 아무리 남편을 믿고 있다 해도 태연할 수는 없을 것이다. 마음이 흔들리고 있을 것이다. 교코는 자신과 마찬가지로 잠들 수 없는 밤을 보내고 있다…….

액셀을 밟았다. 낮은 배기음이 뒤에서 울려 퍼졌다.

서로 돌아와 일지를 쓰고 있는데 사에키가 형사부실에 훌쩍 나타났다.

"어이, 늦게까지 고생이 많다."

살짝 수염이 난 턱을 문지르며 나른한 목소리로 말했다.

"당직이세요?"

"그래. 아까 마누라랑 한바탕하고 뛰쳐나온 지 얼마 안 된다."

"힘드셨겠네요."

구노가 쓰게 웃었다.

"……차라리 민영화돼서 돈이라도 좀 버는 게 낫지 않을까, 경찰은."

사에키는 그렇게 혼잣말을 하면서 자신이 직접 차를 타고 있었다.

"아, 맞다."

돌아보며 한 번 헛기침을 했다.

"과장 책상 위에 있는 주간지 한번 봐라. 내일 발매되는 거야. 하이텍스의 그 첫 번째 발견자 실렸어."

"벌써요?"

놀라서 얼굴을 들었다.

"주간지는 거리낄 게 없잖아. 실명만 싣지 않으면 아무리 말도 안 되는 억측이라 해도 그냥 쓰잖아."

과장의 책상으로 가서 주간지를 들었다. 페이지를 넘기자 아무래도 마감일에 촉박해 겨우 끼워 넣은 듯한 작은 기사가 실려 있었다. 제목은 '하이텍스 방화 사건의 새로운 사실, 경찰의 터무니없는 경솔함'이었다.

기사는, 증거도 없이 기요카즈회를 닦달한 경찰을 야유하는 한편, 시게노리에 대해 자세히는 아니었지만 그래도 첫 발견자가 새롭게 수사 선상에 떠올랐다는 것을 분명히 시사하고 있었다. 대충 기사를 훑어보고 나서 원래 있던 자리에 돌려놓았다.

"관리관은 완전히 새 됐어."

사에키가 맞은편 책상에 걸터앉았다.

"과장은 새파랗게 질려 있고."

"이제는 임의동행하는 게 나을 것 같은데요."

"그것도 안 돼. 이렇게 된 이상 뭔가 물증이 필요하거든."

"그럼 더욱더 힘들어질 텐데요. 기사를 보면 증거인멸의 우려가 있어요."

"……그건 그렇지."

"횡령 쪽으로 연행하죠."

"그게, 하이텍스 본사의 총무부장이 해외출장을 갔대."

코로 흥 하고 웃었다.

"총무 담당 임원도 같이."

"웃긴 놈들이군요. 도망친다고 해결될 것도 아닌데."

"그리고 보험회사에는 화재 손실에 대한 보험금을 청구한 모양이야."

"어쩔 수 없는 선택이라는 건가요."

"본청에서 문의한 모양이야. 그러니 청구하지 않으면 의심만 살 게 뻔하니."

"그럼 보험회사에서도 조사에 착수하겠군요."

"아니. 안 할 거야, 그놈들은."

사에키가 내뱉듯이 말했다.

"그냥 무시하고 지불하지 않을걸. 보험회사는 자신들이 먼저 재판을 걸지 않아. 고객이 걸기를 기다렸다가 그때부터 진행하지. 그게 놈들의 상투적인 수법이야. 그러니까 시간 벌기가 되는 거야."

"이놈이나 저놈이나 다 똑같군요."

"모르겠어, 나는. 정말 어떻게 되는 세상인지."

사에키가 의자 등받이에 몸을 기대며 담배에 불을 붙였다. 그것을 보고 구노 역시 자신의 담배를 꺼냈다.

"뭐야. 너, 담배 피웠냐?"

가볍게 고개를 끄덕였다.

"본청에 있을 때는 피웠습니다."

"흐음……. 그런데 하나무라 말이야, 기요카즈회 가택수색에서 차용증이 나왔대. 정말 멍청한 자식이지."

"그랬군요."

어젯밤 분노로 불타던 그 눈이 떠올랐다.

"이걸로 징계는 확실해졌어. 그 자식, 순순히 사표 쓰는 게 나을 텐데."

"아, 그러고 보니."

구노가 서류를 작성하던 손놀림을 멈췄다.

"제 사표는 분명 올리지 않았을 테죠."

"응? 무슨 말이야?"

알 수 없다는 듯이 구노를 보았다.

"뭡니까, 모르셨어요? 사카타 과장님이 쓰라고 해서 썼어요. 지난달 꼬마들한테 상처 입힌 건으로요."

"설마."

"아뇨, 정말이에요. 과장님 지시로 폭력계에서 조서 받아갔어요."

점점 사에키의 얼굴이 붉어졌다.

"과장이 말이야?"

"네, 그런데요."

"우다 계장은 알고 있고?"

"당연히 알겠죠."

사에키는 일어나 과장 책상으로 가서 서랍을 마음대로 열기 시작했다.

"뭐하시는 겁니까?"

"뻔하지. 그런 건 찢어버려야 해."

"안 돼요, 그건."

서둘러 달려가 사에키를 말렸다.

"바보 자식. 너 이런 짓을 당하고도 괜찮냐?"

"괜찮지는 않지만."

"그럼 화를 내. 한바탕 난리 쳐. 왜 가만히 있는 거야!"

"가만히 안 있으면요."

"꾸물거리다가는 수리돼버릴 거야. 그런 것 정도는 너도 잘 알고 있을 텐데."

"주임님, 목소리가 너무 커요."

방에 남아 있던 형사들 몇 명이 이쪽을 바라보았다.

"들으라고 하는 소리야. 우리는 장기 말이 아니야. 피가 흐르고 있다고. 그놈들 보신을 위해 쓰고 버려질 셈이냐?"

사에키의 거친 숨결이 구노의 얼굴에 와 닿았다.

"아무튼 진정하세요."

간신히 자리에 앉혔다.

"알겠냐. 절대 그만두면 안 돼. 죽어도 그만두면 안 된다고."

사에키가 충혈된 눈으로 으르렁거렸다.

23

아침에 시게노리가 쓰레기봉투를 들고 집을 나섰다. 남편이 자가용으로 출근하지 않고 버스 정류장까지 걸어가기 때문에 가는 길에 쓰레기 집하장에 버려달라고 부탁한 것이다.

다녀오세요, 라고 현관 앞에서 배웅한 후 부엌으로 발걸음을 돌리다가 교코는 쓰레기봉투가 하나 더 있다는 사실을 깨달았다. 아이들 방에서 나온 쓰레기를 그대로 2층에 두었던 것이다.

서둘러 가져와 샌들을 신고 밖으로 나왔다. 시게노리의 모습은 길 한참 앞에 있었다. 할 수 없지, 내가 직접 버리는 수밖에. 그렇게 중얼거렸을 때 대각선 앞쪽에 왜건이 정차해 있는 것을 눈치챘다. 운전석의 남자와 눈이 마주쳤다. 남자는 재빨리 시선을 피했다.

갑자기 가슴이 뛰었다. 뒷좌석에도 사람이 보였다. 분명히 비디오카메라 같은 것을 어깨에 메고 있었다. 그 렌즈는 시게노리의 등을 향하고 있었다. 퇴원하던 날과 똑같았다. 경찰일까. 등골이 오싹해진다. 뒤에도 비슷한 왜건이 있었다. 남자들 몇 명이 타고 있었다.

돌아보자 버스 정류장과는 반대 방향 길 위에도 왜건이 정차해 있었다. 모두 세 대였다. 머리가 빙글빙글 돈다. 경찰은 아니다. 방송국이다. 왠지 확신할 수 있었다. 시게노리의 얼굴을 찍기 위해 아침부터 집 앞에서 기다리고 있었던 것이다.

제일 앞쪽의 왜건이 시동을 걸었다. 교코는 무의식적으로 달려가 그 앞을 막아섰다. 쓰레기봉투를 땅에 내려놓고, 보닛을 탕탕 하고 쳤다. 정체를 알 수 없는 감정이 솟구쳤다.

차 안의 남자들 얼굴이 일제히 굳어졌다. 운전사가 창밖으로 얼굴을 내밀며 “죄송합니다. 좀 비켜주지 않으실래요?” 하고 조심스럽게 말했다. 교코는 지체없이 운전석 옆으로 걸어갔다.

“당신들, 여기에서 뭐하시는 거죠?”

강한 어투로 물었다.

“그게, 길을 잃어서요.”

운전사가 뻔한 거짓말을 한다.

“그럼 그 카메라는 뭔가요?”

“로케 마치고 돌아가는 길이에요.”

“그런 거짓말을 믿으라는 거예요?”

“거짓말 아닙니다.”

"당신들, 내 남편 찍고 있었죠?"

"그런 거 아닙니다."

"이봐, 됐어."

그때 안에서 리더인 듯한 남자가 몸을 내밀며 운전사에게 말했다. 뒷좌석의 슬라이드식 문을 열고 콧수염 난 남자가 내렸다.

"오이카와 씨 부인 되시죠."

그렇게 말하며 명함을 내밀었다.

"주오 방송국입니다. 혹시 어제 발매된 『주간 재팬』 보셨습니까?"

"아뇨……."

"아, 그러신가요. 실은 남편 분 기사가 나와서 실례지만 잠깐……."

"잠깐 뭔가요?"

"그게, 취재 때문에요."

"역시 남편을 찍고 있었군요."

다그치는 가운데 남자의 말이 머릿속에서 점점 부풀어올랐다. 주간지에 시게노리가 실렸다고? 온몸의 피가 빠져나갔다. 턱이 약간 떨렸다.

"그게, 찍고 있긴 했습니다만……. 그래도 찍어봤자 우리 세계에서는 흔한 일이고, 예를 들면 기요카즈회 간부들 얼굴도 이미 다 찍었습니다. 물론 방영되지는 않습니다. 그러니까 뭐랄까."

"오이카와 씨세요?"

옆에서 다른 목소리가 들려왔다. 다른 왜건에서 내린 젊은 남자가 어느새 옆으로 와 있었다.

"당신들은 저리 가."

콧수염 남자가 날카로운 목소리로 말했다.

"오이카와 씨는 우리와 이야기하고 있잖아."

"상관없잖아요. 우리도 끼워주세요."

발소리가 들리고 반대쪽에 정차해 있던 왜건에서도 남자들이 다가오고 있었다. 게다가 비디오카메라를 어깨에 메고 있었다.

"뭡니까, 당신들? 마음대로 찍지 마세요."

순간적으로 손을 들어 막았다. 일고여덟 명 정도 되는 남자들에게 둘러싸이자 목이 바싹 말랐다.

"이봐, 카메라는 내려. 오늘은 남자만 찍기로 했잖아."

콧수염 남자가 갑자기 거칠게 말하기 시작했다.

"그럼 주오만 따로 나서지 마세요."

"이 사람이 먼저 말을 걸어온 거야. 그리고 제일 먼저 온 건 우리야. 나중에 와서 멋대로들 말하지 말라고."

"오이카와 씨, 방화가 있던 날은 원래 남편 분이 숙직하기로 예정됐던 날이 아닌 모양이던데요."

카메라가 자신을 향하자 교코는 자신도 모르게 몸을 뒤로 젖혔다.

"그만두라고 했을 텐데."

콧수염의 목소리가 더욱 거칠어졌다.

"당신이나 조용히 해요. 소리가 묻히잖아요."

"멍청한 자식. 하청업체의 제일 말단 주제에 뭐라는 거야. 너희 대장 데려와, 대장."

남자들은 마치 불량배들처럼 말다툼을 벌이고 있었다. 문득 정신을 차리고 주변을 둘러보았다. 옆집 주부가 창으로 바깥을 엿보고 있었다. 비탈길 건너편 집에서는 노파가 문 있는 곳까지 나와 거리낌 없이 시선을 보내고 있었다.

현기증이 났다. 점점 심하게 몸이 떨려왔다.

"오이카와 씨, 어떠세요. 잠깐 시간을 내서 개별적으로 이야기 좀 할 수 없을까요?"

누군가가 말했다.

"바로 방송에 내보내지는 않을 겁니다. 우린 이래 봬도 인권을 침해할 생각은 없으니까요."

귀에 잘 들어오지 않았다.

아이들을 그냥 내버려두고 나왔다는 데 생각이 미쳤다. 아침 식사 도중에 밖으로 나온 것이다.

교코는 남자들을 밀치며 쓰레기봉투를 집어 들었다.

"아, 쓰레기라면 우리가 버리겠습니다."

콧수염이 말했다.

"그래요, 그래. 그러니까 시간 좀" 하고 말하는 다른 남자.

"이봐. 나는 그럴 생각으로 말한 게 아니야."

"상관없잖아요. 왜 주오가 나서서 우리한테 이래라저래라 하는 거요?"

"너희, 치사한 짓 좀 하지 마."

"너희라뇨. 말 좀 가려서 하세요."

"시끄러워요!"

교코는 째질 듯한 목소리로 외쳤다. 자신의 목소리 같지가 않았다.

그러고는 자신도 모르게 쓰레기봉투를 바로 앞의 남자들을 향해 휘둘렀다.

"잠깐만요, 뭐하시는 겁니까?"

"시끄러워, 시끄러워."

이번에는 얼굴이 뜨거워졌다. 그렇게 차례대로 남자들을 쓰레기봉투로 후려쳤다.

마침내 이 소동은 더욱 커져 동네 사람들까지 다 길가로 나왔다. 눈을 마주칠 수 없었다.

"이봐, 찍지 마."

누군가의 목소리에 카메라가 돌고 있었다는 사실을 알았다. 이보다 더한 굴욕은 없을 것 같았다. 카메라를 메고 있던 남자를 몸으로 밀치며 교코는 단숨에 집까지 달려 들어갔다.

현관문을 잠그고는 그 자리에 그대로 주저앉았다. 심장이 입 밖으로 튀어나올 것 같았다.

"엄마, 왜 그래?"

거실에서 가오리가 얼굴을 내밀며 물었다.

"으응, 아무것도 아니야."

애써 환하게 대답했다. 온몸에서 흠뻑 땀이 흘러내리고 있었다.

"벌써 밥 다 먹었니?"

"응. 겐타는 아직 먹고 있지만."

"그럼 다 먹은 그릇 씻게 내놔."

가오리가 안으로 들어갔다. 교코는 한 번 심호흡을 하고 나서 다시 밖으로 나왔다. 아이의 얼굴을 보자 이것만은 꼭 해야 한다고 생각했기 때문이다.

아직 길거리에 서 있는 남자들에게 다가갔다.

"아이들이 학교 갈 때는 절대 찍지 말아주세요."

감정을 억누르며 말했다.

"아, 네……. 무, 물론입니다."

교코의 험악한 표정에 질렸는지 콧수염 남자가 더듬거리며 말했다.

맞은편 비탈길 집의 노파가 남자들 틈에 파묻혀 있었다. 조심스럽게 인사를 해온다. 대강의 정보 수집을 하고 있었던 듯하다. 이 노파에 의해 오늘 아침 일에 대한 소문은 동네에 퍼질 것이다.

기운 없는 발걸음으로 집까지 돌아왔다. 어금니를 악물고 주먹을 꼭 쥐었다. 지금은 아이들을 학교에 보내는 일에 전력을 쏟아야 한다. 아이들에게 허둥대는 어머니의 모습을 보여주고 싶지 않았다. 그렇게 자신을 타이르며 부엌에 섰다.

"엄마, 왜 그래?"

가오리가 불안한 표정으로 물었다. 큰아이라 그런지 엄마가 이상한 것을 눈치챈 모양이었다.

"으응, 아무것도 아니야."

웃으며 대답했다. 목소리가 약간 가늘긴 했지만.

"오늘 엄마, 볼일이 좀 있으니까 아동관에서들 놀아. 6시까지는 돌아올게."

"응."

"알았어."

가오리와 겐타가 번갈아가며 끄덕였다.

"냉장고에 케이크 있으니까 집에 오면 먹고."

겨우 평소처럼 말할 수 있게 되었다.

하지만 오래 버틸 수는 없을 것 같았다. 물을 갖다주며 "잊은 물건 없는지 잘 챙겨"라고 말하고 나서 화장실에 있는 세탁기 앞까지 걸어갔다. 세탁물을 안에 넣고, 세제를 풀었다. 스위치를 누르자 물이 소리와 함께 흘러나왔다.

다시 몸이 떨려왔다. 마치 체온을 다 뺏겨버린 것 같았다.

방송국 남자들은 주간지에 기사가 나왔다고 했다. 대체 뭐라고 쓰여 있는 걸까. 그러고 보니 시게노리의 숙직에 대해 물은 것 같았다. 아무튼 주간지를 사보자. 읽고 싶지는 않았지만 안 읽으면 더 무섭다.

교코는 아침밥도 먹지 않고 줄곧 세탁기 앞에 있었다. 8시에 아이들이 나가자 서둘러 자전거를 타고 근처 편의점까지 갔다. 방송국 남자가 말했던 주간지를 그 자리에 서서 넘겨보았지만 기사는 좀처럼 찾을 수 없었다. 회사원들을 대상으로 하는 주간지는 거의 본 적이 없었으므로 목차를 찾는 것만 해도 꽤 힘들었다. 작게 늘어서 있는 머리기사를 눈으로 좇았다. '방화 사건'이라는 글자를 발견하고 일단 호흡을 가다듬고 나서 그 페이지를 찾았다.

3분의 1페이지 정도 되는 작은 기사였다. 재빨리 훑어보니 '하이텍스'라는 회사 이름이 쓰여 있었다. 시게노리의 이름은 없었다. 굳이 말하자면 증거도 없는데 폭력단을 마구 두들긴 경찰을 조롱하는 내용이었다. 훨씬 굉장한 것을 상상해서였는지 최악의 사태만은 피한 기분이었다.

살까 말까 생각하다가 그만두기로 했다. 이런 꺼림칙한 것을 가까이에 두고 싶지 않았다.

그럼 이제 어떻게 할까. 이대로 바로 슈퍼마켓으로 가기에는 시간이 너무 일렀고, 집에는 돌아가고 싶지 않았다.

일단 자전거 페달을 밟으며 우연히 눈에 띈 공원 앞에서 멈췄다. 안으로 들어가 벤치에 앉았다.

시간이 일렀기 때문인지 아이들을 데리고 나온 주부들도 없었다. 교코는 멍하니 하늘을 올려다보았다. 일을 쉬고 싶었지만 그래서는 안 된다. 오늘은 아르바이트를 끝낸 후 고무로와 변호사 오기와라도 함께 사장에게 면담을 신청할 예정이었다.

골치 아픈 문제들이 산더미 같았다. 한숨이 나왔다. 오늘이 며칠일까. 4월 15일이다. 이제 곧 황금연휴였다. 홋카이도 여행은 이미 예약을 끝마친 상태였다. 과연 우리 가족은 홋카이도에 갈 수 있을까. 그 무렵 자신은 어떻게 되어 있을까.

그 주간지는 과연 어느 정도나 영향력이 있을까. 알 수 없었다. 하지만 짐작 가는 게 있는 사람이 읽으면 바로 소문을 퍼뜨릴 것이다. 아마 시게노리의 회사에서도.

온몸이 진정되질 않았다. 몸 안에서 벌레라도 꿈틀거리는 것 같았다.

주간지라……. 역시 이것은 결정적인 사건이다. 탁류가 마침내 제방을 타고 넘기 시작한 것이나 마찬가지다.

교코는 벤치에서 일어섰다. 혹시 자신이 실수로 시게노리의 이름을 보지 못한 것은 아닐까. 그런 기분이 들어 가만히 있을 수 없었다. 서둘러 자전거를 몰아 아까 그 편의점으로 돌아갔다.

다시 잡지 코너에 서서 주간지를 펼쳤다. 남편의 이름은 없었지만 하이텍스 혼조 지사에 당일 회계감사가 들어갈 예정이었다고 적혀 있었다. 안 된다. 누가 봐도 첫 발견자를 수상하게 여길 만한 내용이었다.

왜 아까는, 아무리 잠깐이라고는 해도 안도했을까. 그런 자신이 믿기지 않았다. 이거야말로 최악의 사태가 아닐까. 무엇보다 이 기사를 읽고 방송국에서 취재에 나섰던 것이다.

문득 옆을 보자 큰 거울에 자신이 비치고 있었다. 곧바로 눈을 돌렸다. 거기에는 창백한 얼굴을 한, 삼십 대 여자가 있었기 때문이다.

주간지를 사기로 했다. 사지 않으면 어차피 신경이 쓰여 견딜 수 없다. 남편 눈에 띄지 않도록 그 페이지만 찢어서 가지고 있으면 된다.

아이들은 괜찮을까. 갑자기 거기에 생각이 미쳤다. 부모님이 주간지를 보고 몰려올 가능성도 컸다.

싫었다. 오늘이 시작되는 것도, 내일이 있다는 것도.

교코는 일단 집으로 돌아가기 위해 자전거 페달을 밟았다. 파란 하늘이 원망스러웠다.

슈퍼마켓에서 일을 하고 있어도 안정이 되질 않았다. 창고의 젊은이들은 평소와 다름없었으므로 아마 주간지에 대한 것은 모르는 것 같았다. 도시코나 구미도 여전했지만 언젠가는 모두에게 알려질 것이라고 생각했다. 작은 직장이라 이런 소문이 안 퍼지는 게 이상하다. 그러면 어떻게 될까. 지금보다 더 견디기 어려울 것이다.

차라리 아르바이트를 그만두면 어떨까 싶었다. 안고 있는 문제 하나는 그렇게 하기만 하면 간단히 해결된다. 아니, 그럴 수는 없다. 고무로 일행에게 미안하기도 하고, 무엇보다 지금은 혼자가 되고 싶지 않은 것이다. 집에 혼자 있으면 더욱 우울해지고 만다.

짐을 쌓고 내리는 작업을 하면서 교코는 몸 저 밑바닥에서 솟구치는 불안감과 싸우고 있었다. 땅에 발이 닿지 않는 느낌이었고, 팔에도 힘이 들어가질 않았다.

"오이카와 씨."

뒤에서 소리가 들려 돌아보자 과장인 이케다가 서 있었다.

"오늘 무슨 꿍꿍이가 있는 것 같던데요."

얼굴이 어두웠다. 교코는 질문에는 대답하지 않은 채 이마의 땀을 목장갑으로 닦았다.

"오기와라라는 변호사한테서 본점으로 전화가 왔는데 오늘 꼭 사장님을 만났으면 한다고 했대요."

"그래요?"

"'그래요'라니, 오이카와 씨, 당신도 그들과 한패잖아요."

"네, 그렇습니다만."

"한 가지 확인하고 싶은 게 있는데요. 오이카와 씨, 만약 요구가 받아들여지면 그때도 계속 우리 가게에서 일할 생각인가요?"

"……그럴 생각인데요."

"그래요?"

이케다가 어색한 웃음을 지어 보였다.

"나는 그럴 생각이 없는 줄 알았는데. 여러 직장 돌아다니면서 금방금방 그만두지 않으셨나요?"

"그렇지는……."

"하긴 견디기 힘들 거예요, 보통 신경으로는. 오이카와 씨, 그렇게 무딘 사람이었군요."

"아무튼 계속 일할 생각입니다."

눈을 맞추지 않으며 대답했다.

"하지만 이런 일에 열중하실 때가 아닐 텐데요. 오이카와 씨 집안 문제가 더 큰일일 것 같은데."

교코가 얼굴을 들었다. 등골이 오싹했다.

"남편 분을 걱정하는 게 더 좋지 않을까요?"

그렇게만 말하고 이케다는 자리를 뜨려 했다.

"잠깐만요."

등에 대고 불러 세웠다.

"무슨 말씀이시죠?"

"무슨 말이냐뇨……."

이케다가 멈춰 서서 우물거렸다.

"주간지에 실려 있는 걸 봤겠죠?"

이번에는 얼굴이 뜨거워졌다.

"뭐, 그렇습니다만……."

"그런 거 다 거짓말이니까 믿지 마세요. 자기 생각만 가지고 아무렇게나 소문 퍼뜨리지 말라고요. 저희 남편은 결백합니다. 매스컴 같은 데서는 증거도 없는데 추측만 가지고 떠들어댈 뿐, 재미만 있으면 된다고 무책임한 말을 태연히 쓰거든요."

스스로도 놀랄 만큼 큰 목소리였다. 그 기세에 눌린 건지 이케다는 조용히 있었다. 주변에서 작업하던 젊은이들이 일손을 멈추고 이쪽을 보고 있었다.

"마츠모토 사린 사건 역시 이런 식으로 아무 짓도 안 한 사람을 범인 취급했죠. 이런 일은 한번 의심을 사면 우리들 같은 보통 시민은 어쩔 수 없이 궁지에 몰리게 됩니다. 과장님, 소문이 사람을 얼마나 상처 입히는지 생각해보셨나요?"

"아, 아뇨……. 나는 별로."

"그러니까 멋대로 소문 퍼뜨리지 말아주세요. 알고 싶은 게 있다면 저한테 직접 물어보세요."

이케다가 눈을 내리깐 채 도망치듯이 가버렸다. 젊은이들이 여전히 교코를 보고 있었으므로 그들에게도 말했다.

"너희들도 주간지 봤니?"

"아, 아뇨, 저희는 안 봤는데요."

리더 격인 젊은이가 조심스럽게 대답했다.

"하지만 과장님한테 들었겠지."

"아, 네."

"뭐라고 말했는지는 모르겠지만 전부 거짓말이야. 정말, 전부 조작된 거라고."

"네……."

한바탕 떠들어대고 나서 교코는 거친 숨을 내쉬었다. 그랬나. 모두들 알고 있었나. 모른 체하고 있었던 것뿐이다. 도시코도 구미도.

마침내 올 것이 왔다. 그렇게 생각하다가 교코는 바로 자기가 틀렸다는 걸 알았다. 온 것이 아니라 이게 시작인 것이다. 오늘 뭔가를 향해 카운트다운이 시작된 것이다. 그게 뭔지는 생각하고 싶지도 않았다.

일을 끝마치고 그대로 약속한 카페를 향해 자전거를 몰았다. 여기에서 만나 고무로가 운전하는 차를 타고 본점으로 가기로 했던 것이다. 도착해서 안으로 들어가려 했을 때 마침 고무로 일행이 차로 막 도착했다. 분명히 자가용일 거라고 생각했는데 눈앞에 정차한 것은 지붕에 확성기가 달린 소형 버스였다.

"오이카와 씨, 가죠."

고무로가 조수석에서 얼굴을 내밀었다. 소형 버스 안을 들여다보자 모르는 사람까지 포함해 일고여덟 명의 남녀가 타고 있었다.

접이식 문을 열고 변호사인 오기와라가 내렸다.

"자, 빨리 타세요. 드디어 단체교섭을 할 날이 왔습니다."

그렇게 말하며 웃어 보였다.

등을 떠밀려 차에 올라탔다. 고무로가 빠른 말로 사람들을 소개했다. 지난번에 만났던 다른 지점 사람도 있어서 웃으며 인사를 나눴다. 그 밖에 다른 사람들은 아마 고무로와 같이 시민운동을 하는 동료들인 모양이었다. 저마다 "잘 부탁해요" 하며 악수를 청해왔다.

"저기요, 이분인가요. 스마일 사장을 상대로 한 발자국도 물러서지 않았다는 사람이?"

상당히 적극적일 듯한, 눈에 자신감이 넘치는 서른 정도의 여자가 말했다.

"그래요. 내가 스카우트했어요."

자랑하듯이 고무로가 대답했다.

"믿음직스럽네요. 오이카와 씨, 우리 같이 열심히 해보도록 해요."

이번에는 어깨를 잡고 흔들었다.

교코는 당황스러우면서도 웃음으로 대답했다. 문득 발치를 보자 종이 상자에 담긴 전단지가 있었다. '슈퍼마켓 〈스마일〉의 노동기준법 위반을 규탄한다!'라는 격렬한 손글씨체 글자가 보였다. 가슴이 두근거렸다. 고무로는 이것을 나눠줄 작정일까. 앞자리의 콘솔 박스에는 마이크도 있었다. 자신이 생각했던 것보다 일은 훨씬 커질 듯했다.

"오이카와 씨."

오기와라가 말을 건넸다.

"학생 시절 웅변대회에 나갔다든가 응원단을 했다든가 그런 경험 있으세요?"

"아뇨."

"그럼 처음엔 긴장할 수도 있는데, 일단 큰 소리로 외치고 나면 익숙해지니까 너무 걱정 마세요."

“네…….”

“통쾌해요.”

고무로가 돌아보며 통통 튀는 목소리로 말했다.

“뒤에 앉은 오노 씨가 그랬나, 처음에는 다리가 덜덜 떨리더래요. 하지만 마이크를 잡고 ‘사장 나와!’ 하고 소리치고 났더니 그다음부턴 점점 목소리도 커지고, 마지막엔 한바탕 연설까지 해버렸대요.”

“그래요.”

이번에는 그 오노라는, 지긋한 나이에 머리를 세 갈래로 땋은 여자가 친밀하게 교코의 팔을 잡았다.

“오이카와 씨도 분명 익숙해질 거예요.”

혹시 자신이 마이크에 대고 뭔가 소리쳐야 되는 것일까. 그런 이야기는 듣지 못했었다. 단체교섭이라고는 해도 어디까지나 경영자 측과 무릎을 맞대고 담판 짓는 것이라고만 생각하고 있었다.

그래도 교코는 겁나거나 하지는 않았다. 그러기는커녕 바라던 바였다는 기분도 들었다. 어차피 아침부터 엉망인 하루였던 것이다.

차 안은 소란스러웠다. 저마다 왠지 흥분상태여서 사장을 반드시 법정으로 끌어내야 한다든지, 다음번엔 『아카하타』• 에 기사로 실려야 한다든지, 평소에는 교코가 들어보기 힘들었던 활

• 『赤旗』. 일본 공산당의 기관지 이름.

기찬 대화가 오갔다.

그런 그들의 모습을 보면서 교코의 기분도 서서히 풀어져 갔다. 이런 세계가 있다는 데 놀라는 한편 새삼 자신이 있던 곳의 폐쇄성을 생각했다.

지금까지는 자신에게 득 되는 일이 아니면 전혀 하려고 하지 않았다. 성가신 일들에 얽히는 것은 어떻게 해서든 피해왔다. 하지만 여기 있는 사람들은 달랐다. 신념을 가지고 있었다. 싸우는 것을 전혀 두려워하지 않는다. 자신은 싸우지 않으니까 언제까지나 늘 겁만 먹고 있었던 것이다.

도시코나 구미는 자신을 도와주지 않았다. 원망스러운 것은 아니었지만 왠지 그들을 깔본 것도 사실이었다. 여자들 관계라는 것은 어차피 수다 상대에 불과한 것이다.

15분 정도를 달려 다마에 있는 본점에 도착했다. 외부인전용 주차장에 버스를 주차시킨 후 총 아홉 명이 출입구로 향했다.

출입구는 제복 차림의 경비원들이 지키고 서 있었다. 체격 좋은 남자가 두 명, 입구를 가로막듯이 서 있었다. 그 뒤로는 양복을 입은 초로의 직원이 긴장한 얼굴로 두 팔을 펼치고 있었다. 젊은 직원들도 몇 명 있었다.

"사장 있나?"

오기와라가 분명한 목소리로 말했다. 갑자기 시비조로 바뀌는 바람에 교코는 놀랐다. 아까까지의 그 온화했던 표정이 거짓말 같았다.

"사장님은 당신들과는 만나지 않으십니다."

몸이 마른 초로의 직원이 뺨의 근육을 실룩이며 말했다.

"당신 누구야?"

"전무인 고바야시입니다."

"당신한테 고용에 관한 결정권이 있나?"

"네, 있습니다."

"거짓말 마. 당신하고는 이야기가 안 된다. 사장을 만나게 해줘."

오기와라가 앞으로 가려고 했다. 경비원이 앞을 막아서자 뒤로 넘어질 뻔했다.

"뭐야, 비켜."

상관하지 않고 걸어갔다. 몸과 몸이 접촉했다. 경비원이 미는 바람에 오기와라가 비틀거리다 엉덩방아를 찧었다. 일부러 넘어진 것처럼 보이기도 했다.

"폭력이다, 폭력. 당신들 어디 경비회사야? 이름을 대."

"잠깐만요. 무슨 짓입니까. 마음대로 찍지 마세요!"

전무의 목소리가 뒤집혔다. 뒤를 보자 동료 가운데 한 명이 비디오카메라를 돌리고 있었다. 그 용의주도함에 교코는 놀랄 따름이었다.

"찍으면 안 되는 일이라도 있나?"

"아니, 아무튼, 잠깐만……."

"사장을 내보내지 않으면 가게 앞에서 가두연설을 시작하겠습니다."

고무로가 틈을 주지 않고 바로 소리쳤다. 전무는 허둥대기만 할 뿐이다.

"전단지도 준비했습니다. 조금 있다가 모든 점포 앞에서 나눠 주겠습니다. 그래도 좋으십니까."

고무로는 상대방을 노려보았다. 지금까지와는 전혀 다른 사람이었다. 다른 동료들도 저마다 "사장 나와라" "단체교섭에 응하라" 하며 소리치고 있었다. 소리치지 않는 사람은 교코 한 명뿐이었다.

이래서는 안 된다고 생각해 한 마디 외쳤다.

"사장을 내보내라."

자신의 목소리였는데 고막 바깥쪽에서 들렸다. 다시 한 번 더 외쳤다.

"사장을 내보내라!"

목소리를 힘껏 쥐어짜 냈다. 뭔가가 속에서 뭉클 빠져나온 기분이었다. 긴장이 확 풀렸다.

"시간제근무노동법으로 인정한 권리를 어길 셈인가! 아르바이트 사원들이 언제까지고 말하지 않을 거라고 생각했다면 큰 오산이다!"

술술 말이 나왔다. 고무로가 흘낏 이쪽을 보았다. 표정에 변화는 없었지만 눈을 보고 알았다. 자신은 동료로서 인정받았다고 생각했다.

"아무튼 돌아가 주십시오."

전무가 얼굴을 찌푸렸다. 앞머리가 축 흘러내려 머리카락 속의 두피가 다 보였다.

"당신들 너무하는 거 아닙니까. 갑자기 몰려와서 큰소리나 치고."

"우린 분명 연락하고 왔다. 경영자로서의 책임을 다하라" 하고 말하는 오기와라.

"당신 같은 개와는 말이 안 된다. 주인 나오라고 해" 하고 말하는 고무로.

"개라니, 뭐야, 개라니!"

머리를 다시 고치면서 전무가 얼굴을 붉혔다.

"개는 개지. 먹이를 얻기 위해서라면 뭐든 하니까."

"맞다, 맞아. 개답게 세 번 멍멍멍 하고 짖어봐."

"웃기지 마!"

전무의 목소리가 완전히 뒤집혀 있었다.

"나, 나는."

목소리가 떨렸다.

"30년 동안 이 일을 해왔어. 진지하게 해왔다고."

"그게 어쨌다는 거지? 개의 일생 따위는 우리는 듣고 싶지 않은데?"

"사람을 모욕하지 마."

"모욕하는 건 그쪽이지. 법도 제대로 지키지 않으면서 떳떳한체 말라고.”

전무가 뭔가 말하려고 입을 빼끔거렸다. 눈은 분노로 가득했고 관자놀이에는 굵은 핏대가 도드라져 있었다.

“저기, 뇌출혈 같은 거 일으키기 전에 비켜, 어서. 가서 사랑하는 손자랑 노시라고.”

고무로는 가차없었다. 전무 뒤에 있는 젊은 직원들은 전혀 쓸모가 없었다. 아마 사회에 나와 처음 하는 체험일 것이다. 창백한 얼굴로 우두커니 서 있을 뿐이었다. 어느샌가 물건을 반입하러 왔던 업자들이 멀리에서 바라보고 있었다.

“어떻게 할까? 이대로 점포 측에 대한 항의 행동으로 옮겨갈까?”

오기와라가 지금이다 싶었는지 전무를 향해 한 걸음 더 나아갔다.

“곤란한 건 그쪽이야. 시간을 줄 테니 가서 사장과 의논하고 와.”

“다, 닥쳐. 너희들 명령은 안 들어. 돌아가지 않으면 경찰을 부르겠다.”

전무가 마침내 이 말을 입에 담았다.

“이봐, 110에 전화해.”

부하 직원에게 호통을 친다. 흥분한 모양이었다.

“110이라…….”

오기와라가 갑자기 말투를 바꾸었다.

"그건 좀 곤란한데."

팔짱을 끼며 뭔가를 생각했다.

"여기는 슈퍼마켓 입구니까 건물 안이고, 가두선전을 하려면 또 도로 사용 허가도 받아야 하는데……."

"그래. 당신들은 불법침입이야. 알았으면 당장 돌아가."

"아니, 잠깐만. 불러도 괜찮을 거 같은데."

오기와라가 고개를 들었다.

"이 앞의 길, 평소에 주차 위반 차로 늘 혼잡하잖아. 여기 슈퍼마켓은 주차장이 없으니까. 경찰한테 이것을 어떻게 생각하는지 한번 물어보는 것도 괜찮을 것 같은데. 아니, 그 전에 또 이런 것도 있네. 대형 할인점이 주차장도 없이 영업을 하니까 앞의 골목에 늘 주차 위반 차들만 있는 거야. 그래서 조사해보면 가게 측이 이 지역 경찰서에 매년 얼마씩 뇌물을 바치는지도 알 거고……."

더욱더 전무의 얼굴이 새파래진다.

"그럼 부르자. 마침 잘됐네. 일석이조야."

"아, 아니, 그건."

전무가 횡설수설한다.

"어이!"

오기와라가 버럭 소리쳤다.

"당장 사장 나오라고 해. 공연히 시간 벌어보겠다고 애쓰지 말고. 당신 같은 개 따위가 우리 상대나 될 줄 알았나."

경비원을 밀치며 안으로 들어가려고 했다. 고무로들이 뒤를 따랐다. 동료 한 명이 교코의 팔을 잡았다. 모두 스크럼을 짜고 앞으로 나아갔다.

경비원이 당황해하며 입구를 막으려 했다. 밀고 밀리는 싸움이 시작됐다.

"돈만 받으면 뭐든 하는 거냐!" 하고 소리치는 고무로.

"그래. 누가 옳은지 당신 머리로 생각해봐!"

교코 역시 큰 소리로 외쳤다.

그때 통로 안쪽에 사람이 보였다. 바지 호주머니에 손을 찔러 넣은 채 험악한 표정을 짓고 있었다. 사장이었다. 자란 파마머리가 배추 잎처럼 서 있었다.

"여러분, 저 사람이 사장이에요."

교코가 몸을 내밀며 가리켰다.

"저 뚱뚱한 사람이 여기 사장이에요."

"야, 내가 뚱뚱하다고?"

사장이 화가 났는지 고함을 쳤다. 턱살이 흔들렸다. 얼굴빛이 바뀌며 다가왔다.

"사장님, 여기는 저희들한테."

전무가 몸을 돌려 사장을 막으려고 했다.

"시끄러워. 너한테 맡기라고 해서 맡겨놨더니, 너, 저 할망구들한테 꼼짝도 못하고 있잖아."

"할망구라니."

“닥쳐. 너희들, 내 가게가 싫으면 당장 그만두면 되잖아. 유급 휴가가 갖고 싶어? 퇴직금을 달라고? 무슨 잠꼬대 같은 소리를 하는 거야!”

“당신, 지금 내 가게라고 했나?”

오기와라가 사장과 마주 섰다.

“그랬다. 어쩔래.”

“자기가 하고 싶은 대로만 하고 싶으면 회사 같은 걸 만들면 안 되지. 구멍가게 그대로 건어물이나 팔아. 회사가 된 이상은 종업원에 대해서도, 사회에 대해서도 책임을 져야 한다. 그런 것도 모르나, 이 멍청한 사장아.”

“멍청한 사장이라고? 뭐야, 이 빨갱이가.”

사장이 오기와라에게 덤벼들려고 했다.

“너 말이야, 뒤에서 누가 조종하고 있지?”

“안 됩니다. 상대하시면.”

전무가 끌어안았다.

“놔, 이 자식아. 이제 더 이상 못 참겠어. 그 나이에 공산주의에 물들다니. 너희들, 고용당한 처지라고 멋대로들 떠들지? 경영자가 돼봐. 제일 먼저 비명 지를 게 뻔해. 벌레 먹은 감자 나왔을 때 너희가 도와줬어? 반찬 때문에 식중독 일으켰을 때 너희들 월급 토해냈냐고. 아무렇지도 않은 얼굴로 그냥 집에 갔을 뿐이잖아.”

사장은 미친 듯이 날뛰었다. 눈을 부라리며, 이를 뿌드득 소리나게 갈고 있었다.

“어음이 결제되지 않아서 잠 못 이룬 밤이 있냐고. 깡패들이랑 말썽이 나서 마누라, 자식 모두 처가로 보낸 적 있어? 거래처에서 멍청이 취급당하고 돌아오는 길에 저녁노을을 보면서 아아, 나는 고독하다고 생각해본 적 있어? 있으면 나와봐. 너희는 먹이가 적다고 꽥꽥대는 돼지나 마찬가지야.”

“이거 용서할 수 없는데. 방금 그 발언은.”

오기와라가 흥분해 말했다.

“뭘 용서할 수 없냐. 전단지 같은 거 마음대로 뿌려봐. 당장 가게 접고 부동산에 팔아치울 테니. 그러면 아르바이트 사원은 물론이고 동네 주부들한테도 욕먹을걸.”

“그런 웃기지도 않은 협박에 누가 넘어갈 줄 알고.”

“그럼 해봐. 마음대로 해. 나는 절대 안 꺾여. 평생 살 만큼 돈도 있어.”

“이제 당신은 절대 용서 못 해. 강제로라도 법정까지 끌고 갈 거야.”

“그러니까 그 전에 가게 다 접어버릴 거라고 했잖아.”

“사장님, 제발 부탁이니…….”

전무는 거의 울 듯한 얼굴로 안절부절못하고 있었다.

“시끄러워.”

사장은 전무를 뿌리치고는 출입구 안으로 사라졌다. 남은 직원들은 그 자리에 선 채 아무 말도 못하고 있었다.

"뭐야, 저 사람. 어떻게 저런 식으로 회사를 꾸려온 거지?"

오기와라는 분노로 얼굴이 새빨개져 있었다. 귓불까지 빨개졌다.

"변호사님."

전무가 지금까지와는 전혀 다른 애원하는 듯한 목소리로 말했다.

"제발 좀 참아주시면 안 되겠습니까. 우리 사장님 성격이 저래서……."

금방이라도 울 것 같은 얼굴로 깊이 고개를 조아린다.

"안 돼. 정 그러면 당신들도 살길을 찾아. 내일이라도 당장 조합을 만들라고. 내가 상담해줄 테니."

"보신 대로예요. 제발 좀 참아주세요."

오기와라에게 매달렸다.

"안 돼, 안 돼. 당신들이 말하는 대로 다 들어주니까 오랜 세월에 걸쳐서 저런 이상한 인격이 만들어진 거라고."

"그러니 어쩝니까."

초로의 남자가 필사적으로 고개를 조아렸다. 또 머리카락이 흘러내려 두피가 드러났다. 그 모습을 보며 교코는 가엾다고 느꼈다. 하지만 나쁜 건 자신들이 아니다. 저 사장이 부하 직원들까지 괴롭히고 있는 것이다.

"그럼 여러분. 빨리 항의 행동으로 옮깁시다."

오기와라가 정색을 하며 말했다.

"차를 이동해 오세요. 가게 앞에서 전단지를 나눠줍시다. 마이크는 고무로 씨에게 부탁해도 될까요?"

"맡겨주세요. 우리를 화나게 만들면 어떻게 되는지 똑똑히 보여주겠습니다."

"정말, 어떻게 안 되겠습니까. 사장님에게는 비밀로 하고, 아르바이트 사원 여러분에게는 별도의 수당을 드려도 좋고, 화해금을 드려도 좋고요."

"이제 당신한테는 용무 없소. 돌아가서 사장 구두라도 닦으쇼."

오기와라는 정말 개라도 쫓아내듯 손을 흔들어 보였다. 전무의 얼굴이 일그러졌다.

오기와라의 지휘로 슈퍼마켓 입구 앞으로 이동했다. 전단지를 건네받고 근처에 자리를 잡았다. 슈퍼마켓 건물 안으로는 들어가지 말라는 오기와라의 지시가 있었으므로 인도에서 사람들에게 전단지를 나누어주었다. 문득 고개를 들어보니 버스 옆구리에 플래카드가 걸려 있었다. '아르바이트 사원은 노예가 아니다'라는 커다란 글씨가 보였다. 이것만으로도 스마일이 커다란 타격을 입으리라는 걸 쉽게 상상할 수 있었다. 고무로가 마이크를 잡았다.

"행인 여러분. 죄송하지만 잠깐 소란을 피우도록 하겠습니다. 여러분이 매일 이용하시는 슈퍼마켓 스마일은 법률로 정해진 시간제근무노동법을 지키지 않고 있습니다. 아르바이트 사원의 유급휴가를 인정하지 않을 뿐만 아니라 만족할 만한 고용계약조차 체결하지 않았습니다."

정중한 말투였지만 그 목소리에는 힘이 가득 차 있었다. 원고도 없는데 거침없이 말을 내뱉었다. 경험이 많다는 걸 바로 알 수 있었다. 넋을 잃고 들었을 정도였다.

교코는 입가에 미소를 띠고 전단지를 나누어주었다. 그러는 편이 효과적일 거라고 생각해서 그렇게 했다. 신기한 충실감이 느껴졌다.

"저기, 오이카와 씨."

고무로가 옆으로 왔다.

"오이카와 씨도 마이크 잡고 뭐라고 말해보세요."

"아뇨, 그런 건, 난."

당황해서 고개를 저었다. 그런 경험은 어렸을 적부터 한 번도 없었다.

"괜찮아요. 아무렇게나 말해도 돼요. 사장은 숨지 말고 나와라, 라든가. 그 정도로만 말해보세요."

"하지만 난."

"용기를 내요. 긴장하는 건 처음 한 번뿐이에요."

억지로 마이크를 넘겨받았다. 머릿속이 멍했다. 얼굴로 온몸의 피가 몰리는 것 같았다. 등을 떠밀려 버스 옆에 섰다.

"저는……."

거절할 생각이었는데 목소리가 나왔다. 누군가에게 조종당하는 느낌이었다.

"좀 더 크게요."

고무로가 사교성 있는 미소를 보였다.

"저는."

속에서 목소리를 끌어올렸다.

"혼조 점에서 일하고 있는 아르바이트 종업원입니다."

확성기를 통해 흘러나오는 자신의 목소리가 건물에 부딪혀 울려 퍼졌다.

"이 슈퍼마켓의 아르바이트 사원에 대한 처우는 약간 이상하다고 생각합니다."

"그래요, 그런 식으로, 잘하고 있어요."

고무로가 손뼉을 치고 있었다.

"법률에 의해 아르바이트 사원에게도 유급휴가를 인정해줘야 한다고 되어 있음에도 불구하고 스마일은 그것을 지키려 하지 않았습니다. 이의를 제기했더니 저는 계산대 근무에서 창고의 육체노동 근무로 돌려졌습니다. 이것은 명백한 괴롭힘입니다. 가정주부를 상대로 장사를 하는 슈퍼마켓이 사실은 주부의 적이었습니다. 여기 사장은 손님을 우습게 여깁니다. 근처에 경쟁 상대가 없다는 점을 이용해 어느 정도 자기들 마음대로 해도 손님이 줄지 않을 거라고 우습게 여기고 있는 것입니다."

행인들이 쳐다보고 있을 텐데 왠지 신경 쓰이지 않았다. 들떠 있던 목소리도 완전히 가라앉았다.

"그리고 여기에서 팔고 있는 고기 무게는 그릇을 포함한 무게입니다. 또한 네기토로•는 진짜 참치 대뱃살이 아닙니다. 팔고 남은 다른 붉은 살 생선에 기름을 섞어 만든 것일 뿐입니다. 이것도 역시 사기라고 생각합니다."

오기와라가 배를 잡고 웃었다. 다른 동료들도 싱글거리고 있었다. 주변을 살필 여유도 생겼다. 서서 교코의 연설을 듣고 있는 사람도 있었다. 가게 안에서는 종업원들이 곤혹스러운 얼굴로 이쪽을 보고 있었다.

"여러분, 다른 사람들한테 미움받을까 봐 그냥 참아보려고 했습니다. 제가 그냥 참으면 평지풍파도 안 일 테고. 하지만 가만히 있으면 이 세상은 아무것도 변하지 않을 거라고 생각했습니다. 한 사람 한 사람은 약해도 모두가 힘을 합치면 바꿀 수 있을 겁니다. 예를 들어 앞으로 일주일 동안 스마일에서는 물건을 사지 않겠다고 결심하고 다소 불편하더라도 옆 동네 슈퍼로 다니든가, 그렇게 하는 것만으로도 스마일은 당황해서 물건 값을 내리거나 중량을 속이지 않게 될 겁니다. 중요한 건 우리들은 바보가 아니라는 걸 알려줌으로써……."

너무 이야기가 엇나가는 것 같았지만 멈추지 않았다. 그보다 자신이 이렇게나 당당할 수 있다는 데 놀랐다. 자신도 폐품은 아니었다. 지금까지 싸울 기회가 없었을 뿐인 것이다.

• 파와 참치 대뱃살을 잘게 썰어 버무린 것.

발치에서 뭔가가 깨지는 소리가 들렸다. 동시에 액체 같은 것이 바지에 튀었다. 뭘까 생각할 틈도 없이 하얀 물체가 교코를 향해 날아왔다. 반사적으로 몸을 숙여 피했다. 물체는 버스 창에 가 부딪히며 기분 나쁜 소리를 냈다. 돌아보자 날달걀이 깨져 있었다.

"이봐, 뭐하는 거야."

오기와라의 성난 목소리가 날아왔다.

"닥쳐."

사장이 새빨간 얼굴을 하고 입구 근처에 우뚝 서 있었다. 손에는 달걀 꾸러미를 들고 있었다. 사장이 던진 달걀이라는 것을 겨우 알 수 있었다.

"중학생 같은 소리 하고 있네. 세상은 학급회의가 아니야. 너희 남편들도 사소한 거짓말을 하고, 속이고, 다른 사람을 밀어내며 그렇게 월급을 벌어오는 거야. 너희는 그 돈으로 밥을 사먹거나 옷을 사 입는 거고. 어차피 똑같이 다 더러운 주제에 깨끗한 척 말하고 있네."

입에 거품을 물면서 큰 소리로 떠들어댔다. 당황한 것은 교코들보다 스마일 직원들이었다. 전무가 얼굴을 찡그리며 사장을 말렸고, 젊은 남자들도 합세해 사장을 안으로 데리고 들어가려 했다. 너무나 소란스러웠다.

"불쌍한 남자네요……."

옆으로 온 고무로가 더러운 것이라도 보는 듯한 눈으로 말했다.

"이걸로 이긴 거나 다름없어요."

"아, 네."

"하지만 방심하면 안 돼요. 저 사장은 철저하게 규탄해야 하니까."

사장은 사원들 손에 이끌려 안으로 들어갔고, 마이크는 다시 고무로에게 넘겨졌다. 스마일이 아르바이트 사원을 차별하고 있다는 현실을 조목조목 다시 설명했다. 연설하고 있는 고무로는 빛나 보였다. 그러는 게 사는 보람이라는 듯이.

교코는 백 장 이상이나 되는 전단지를 나누어주었다. 이걸로 마음이 개운해진 것은 아니었지만 한창 이걸 하고 있는 동안에는 모든 것이 잊혀졌다. 오기와라가 당분간 항의 행동을 계속할 텐데 참가할 수 있겠느냐는 물음에 교코는 두 번씩이나 할 수 있다고 대답했다.

자신도 마음 한편으로는 그것을 기대하고 있었다. 고무로나 오기와라에게 끌려 나오고 싶었다. 이대로 어딘가 데리고 가주었으면 싶을 정도였다.

24

시게노리가 퇴근길에 혼조 바로 전 역에서 내리는 것은 거의 매일같이 반복되고 있었다.

시간도 정해져 있었다. 오후 7시 10분에 도착해서 무표정하게 역 앞의 상점가를 향한다.

당연히 회사에서는 정시에 나왔다. 늘 혼자, 동료 비슷한 직원과 이야기를 나누는 일도 없었다. 시게노리의 회사 내 일상이 어떨지, 그 불안정한 등을 보고 있으면 쉽게 상상이 됐다. 시게노리의 뒷모습은 왠지 긴장감이 서려 있어서 집으로 어서 돌아가 쉬고 싶은 사람들 틈에서 분명 이질적인 것으로 보였다.

구노는 행적 확인을 계속하면서 머리에서 감정을 몰아내려고 애를 쓰고 있었다. 시게노리를 단순한 대상물로 보고 싶었다. 있을 곳이 아무 데도 없는 중년 남자를 미행하는 것은 증오보다 안타까움이 앞서는 일이었다.

최근 며칠 수사본부의 분위기는 더욱 악화되고 있었다. 본청 4과에서 온 수사관들은 완전히 흥미를 잃은 채 기요카즈회를 완전히 박살 낸 후 그 뒤처리를 혼조 서에 미루려 하고 있었다. 물론 그들은 이렇게 된 원흉이 본청의 핫토리라는 것을 알고 있었다. 그래서 더욱 화풀이할 곳이 없었을 것이다.

핫토리는 얼굴 가죽이 상당히 두꺼운지 태연했다. 어차피 앞으로 일주일만 지나면 하이텍스가 굴복하여 시게노리를 업무상 횡령으로 고발하고, 그 구류 기간 동안 본 사건에 대해서도 자백할 것이라고 마치 남의 일처럼 설명했다.

오늘 밤도 핫토리는 역 앞 파출소에서 대기했다. 대신 미행할까요, 라고도 말하지 않았다.

시게노리는 평소에 늘 가는 식당에서 저녁을 먹었다. 즉, 그 말은 구노가 맞은편 라면가게에서 라면을 먹었다는 소리이기도 했다.

다 먹고 나서 구노는 담배에 불을 붙였다. 니코틴이 점점 몸속으로 스며드는 것을 스스로도 느낄 수 있었다. 특별히 후회는 하지 않았다. 사나에의 말을 듣고 끊었던 담배였지만 지금은 너무 건강해도 곤란할 것 같았다.

구노는 자신의 앞일을 상상하는 게 싫었다. 평균수명까지 산다면 40년이나 더 남았다. 사나에가 없는 인생……. 생각만으로도 헛된 것 같았다.

시계노리가 이쑤시개를 물고 가게에서 나왔다. 구노 역시 계산을 마치고 길거리로 나왔다.

아케이드를 나와 역과는 반대 방향으로 걸어간다. 또 파친코에 갈 것이다. 벌써 사흘 연속이었지만 시게노리는 한 번도 따지 못했다. 경품 교환소로 발걸음을 하지 않았기 때문에 알 수 있었다.

구노 역시 합계 5만 엔 정도를 잃었다. 제대로 판을 보지 않으니 어쩔 수 없는 일이었지만 경비로 청구할 수도 없어서 기분이 우울해졌다.

걸으면서 엉덩이 쪽 호주머니에 있는 지갑으로 손을 가져갔다. 오늘은 만 엔어치만 하자고 생각했다. 어차피 뒷문은 없으니까 다 떨어지고 난 후에는 밖에서 기다리면 된다.

그런데 시게노리는 파친코가게 앞을 그냥 지나쳤다. 곁눈질로 안의 모습을 엿보기만 했을 뿐 멈춰 서지도 않고 계속 걸어갔던 것이다.

어쩔 셈인가 싶어 의아해하고 있는데 두 집 건너에 있는 극장으로 들어갔다. 아마 오늘 밤은 처음부터 극장에서 시간을 보낼 작정인가 보다. 시게노리는 자연스러운 발걸음으로 입구를 지나갔다.

길가에서 간판을 올려다보았다. 들어본 적 없는 외국 영화 제목이 본 적도 없는 배우의 얼굴 위를 덮고 있었다. 밖에서 기다릴까 들어갈까 잠시 망설이다가 자신도 들어가기로 했다. 핫토리에게는 전화로 보고했다.

매표소 앞에서 몸을 구부려 플라스틱 밑에 뚫린 구멍으로 천 엔짜리 지폐 두 장을 밀어 넣었다.

사무 복장을 한 중년 여성이 어리둥절한 표정을 지었다.

"벌써 시작했는데요."

"아, 그런가요. 그래도 상관없어요."

"하지만 이게 오늘 마지막 회인데요."

그 말에 눈앞에 있는 시간표를 보았다. 시작한 지 벌써 한 시간 가까이나 지난 상태라 들어가봤자 두 시간짜리 영화의 후반부밖에는 볼 수 없다는 것을 알았다.

"그래도 상관없으니까."

아마 시게노리에게도 똑같이 물었을 것이다. 연달아 두 사람이나 이상한 손님이 온 것이다. 여자는 믿을 수 없다는 듯이 거스름돈과 입장권을 내주고는 기분 나쁘다는 듯한 눈으로 구노를 바라보았다.

매점에서 캔 커피를 샀다. 한 모금 마신 커피를 손에 든 채 문을 열었다.

정말 작은 극장이었다. 좌석은 2백 개 정도밖에 없었고, 스크린도 작았다. 어둠에 익숙해질 때까지 잠시 뒤에 서 있기로 했다.

손님은 손으로 꼽을 수 있을 정도였다. 아마 스무 명 정도나 될까. 둘러보자 시게노리를 금방 찾을 수 있었다. 중간쯤에 위치한 좌석에 얕게 앉아 있었다. 스크린의 빛 때문에 그 옆얼굴이 하애졌다가 빨개졌다. 눈은 정면을 향하고 있었지만 아무 데도 초점을 맞추고 있는 것 같지 않았다.

구노는 제일 뒤의 끝자리에 깊이 몸을 묻었다. 스크린에서는 남자와 여자가 말다툼을 벌이고 있었다. 도중에 보는 것이라서 내용은 알 수 없었다. 아마도 가벼운 느낌의 로맨틱코미디인 것 같았지만 객석에서는 아무 반응도 없었고, 영화 속 음성만이 날카롭게 공간 안에 퍼지고 있었다.

파친코보다는 싸게 먹히는 건가. 입속으로 그렇게 중얼거렸다.

매일 밤 시간을 보내기 위해 만 엔 이상을 쓰고 있다면 지금쯤 시게노리의 지갑은 보나 마나 텅 비어 있을 것이다. 앞으로는 야근비도 못 받을 게 틀림없다. 그리고 시간이 더 지나면…….

생각하지 말자 싶었는데 구노의 머리에 향후 시게노리의 모습이 떠올랐다.

언제일지는 모르지만 틀림없이 시게노리는 체포될 것이다. 그러면 시게노리의 가족은 커다란 파도에 휩싸일 것이다. 아이들은 학교에서 손가락질을 당할 것이고, 아내인 교코는 동네에서 고립될 것이다. 산 지 얼마 안 되는 그 집에서 계속 사는 것도 곤란해질 것이다. 무엇보다 시게노리는 직장을 잃게 될 게 분명했다. 방화는 중죄라서 실형이 확실하기 때문이다.

사소한 절도만으로도 가족의 울타리는 간단히 붕괴된다. 그런 예를 수없이 보았다. 이 나라에서는 범죄자가 되면 그 가족도 같은 범죄자가 되는 것이다.

눈을 감았다. 손바닥으로 얼굴을 문질렀다.

경찰이 되고 나서 10년이 넘어가니, 젊었을 때는 아무렇지도 않게 생각됐던 것들이 최근 들어선 상당히 마음에 걸렸다. 평범한 사람이 우연찮게 범한 범죄는 해결이 된다 해도 뒤끝이 안 좋다.

영화는 9시가 넘어서야 끝났다. 극장 안의 조명이 켜지기 전에 밖으로 나왔다. 휴대전화로 핫토리에게 보고했다. 시게노리는 극장을 나와 손목시계를 본 뒤 제자리에서 잠시 뭔가를 생각하고 있었다.

아직 시간을 충분히 보냈다고 생각하지 않았는지 시게노리는 역으로 향하지 않고 아케이드 아래쪽, 더 안쪽으로 나아갔다. 상점은 대부분 닫혀 있었다. 언제 방향을 바꿀지 알 수 없었으므로 구노는 쫓는 것을 멈추고 골목 그늘에 숨어 바라보기로 했다. 잠시 걷다가 멈춰 서서 천장을 올려다보고는 다시 또 걸음을 옮겼다. 그야말로 갈 곳이 없는 남자의 발걸음이었다.

그러던 도중 붉은 제등이 걸린 가게 안을 유리창 너머로 들여다보았다. 안주머니에서 지갑을 꺼내 돈을 센다. 들어가는가 싶었지만 그냥 지나친 뒤 이번에는 요란한 네온이 반짝이는 가게 앞에서 멈췄다. 구노가 약간 다가갔다. '비디오 개인감상실'이라는 간판이 보였다. 2천 엔 남짓한 가격도 쓰여 있었다.

시게노리는 그 건물의 좁은 계단을 올라갔다. 지금 시게노리는 성인용 비디오를 보고 싶은 심정은 아닐 테니, 아마도 그 전

가게에서 돈이 모자랐던 것 같았다.

핫토리에게 연락은 하지 않기로 했다. 잔인하게 비웃을 게 뻔했다.

구노는 길가의 그리 눈에 띄지 않는 곳에서 기다렸다. 담배를 몇 개비나 피워댔다. 행인은 이제 드물었고, 아케이드 내에 흐르는 음악 소리도 그쳐 있었다. 때때로 술집에서 노랫소리가 새어나왔다. 길에 바람이 불어왔다. 눈을 가늘게 뜨며 그 바람을 맞았다.

비스듬히 맞은편 식당에서 늙수그레한 여자가 발을 들치고 있었다. 그 모습을 보자 갑자기 장모의 목소리가 듣고 싶어졌다. 호주머니에서 휴대전화를 꺼냈다.

오늘 밤은 바로 장모가 받았다. 단지 한밤중에 걸려온 전화이니만큼 경계하는 듯한 목소리였다.

"어머니, 가오루예요."

"아아, 가오루."

안도의 한숨을 내쉬고 있는 것을 알 수 있었다.

"아직도 이상한 남자한테서 전화 걸려와요?"

"아니……. 이제 괜찮아."

그 부끄러워하는 듯한 대답을 듣고 구노 역시 안심했다. 웃는 얼굴까지 상상할 수 있었다.

"감기 같은 거 안 걸리셨죠?"

"건강해. 이제 날씨도 많이 따뜻해서."

"그렇긴 해요."

"가오루도 건강하지?"

"네, 건강해요. 아, 맞다. 지금쯤 사나에 꽃 갈아줘야 하는데. 낮에는 시간 있거든요. 그래서 내일쯤 찾아뵐까 하는데."

"어머, 그래? 그럼 집에 있을게. 혹시 점심 식사도 할 거니?"

"그럴 것 같은데요. 그래도 너무 신경 쓰지 마세요."

"뭐 먹고 싶은 거 있어?"

"귀찮지만 않으시면 전 치라시즈시가 좋은데."

"응, 알았어. 가오루는 치라시즈시를 너무 좋아해."

"부동산 업자는 또 안 왔나요?"

"그 후로는 안 왔는데."

"판다는 소리 하지 마세요."

"후후……, 그래."

장모는 기분이 좋은 듯했다. "그럼 내일 뵐게요" 하고 전화를 끊었다.

장모의 목소리를 들었기 때문인지 우울한 기분이 약간 가셨다. 내일 슬쩍 양자 문제에 대해서 말해볼까. 그런 생각을 했다. 진짜 가족이 되면 장모 역시 노후가 안심될 것이다.

다시 또 담배에 불을 붙였다. 시게노리가 들어간 빌딩을 멍하니 바라보며 흰 연기를 내뿜었다.

목뼈를 꺾었다. 담배의 빨간 불씨를 보며 이걸로 당분간 자신은 흡연가가 됐다고 메마른 기분으로 생각했다.

밤 10시가 지나서야 시게노리는 나왔다. 종종걸음으로 그곳을 벗어나자마자 다시 느린 걸음으로 돌아왔다. 그대로 역까지 걸어가 개찰구를 통과했다.

역 앞에서 합류한 핫토리가 플랫폼에서 기지개를 켰다. 하품을 참으며, "영화 보고 나서는 또 파친코했어요?" 하고 물었다.

"네."

구노는 핫토리의 얼굴을 보지 않은 채 고개만 끄덕였다.

"저 자식, 좀 따던가요?"

"아뇨."

"엎친 데 덮친 격이군."

혼잣말처럼 뇌까리고는 어깨를 으쓱했다.

플랫폼에 선 시게노리를 기둥 뒤에서 살폈다. 평소에는 플랫폼 한가운데쯤에 서는 편이었는데 오늘 밤은 한참 뒤쪽을 선택했다.

구노는 비스듬히 뒤쪽에서 시게노리의 창백한 얼굴을 보고 있었다.

"그래, 오늘 안으로 들어갈 거야……."

옆에서는 핫토리가 아내에게 전화를 걸고 있었다.

멀리에서 건널목 경보기 울리는 소리가 들리고, 이어서 플랫폼 확성기에서 열차가 오고 있다는 것을 알리는 방송이 나왔다.

그때 시게노리가 불쑥 한 걸음 앞으로 나섰다.

구노의 마음속에서 시커먼 뭔가가 점점 커져갔다.

눈이 부시게 밝은 열차 불빛이 저편에서 보였다. 경적이 한달음에 달려와 플랫폼 지붕을 울렸다.

시게노리가 다시 또 한 걸음 나왔다. 시게노리는 전철을 보고 있지 않았다. 텅 빈 눈으로 물끄러미 앞만 보고 있었다.

구노의 등골이 오싹해졌다. 생각할 틈도 없이 콘크리트 바닥을 차고 나갔다. 20미터 정도 되는 거리를 달려가 시게노리의 어깨에 손을 얹었다.

시게노리가 놀란 표정으로 돌아봤다. 멱살을 잡고 혼신의 힘을 다해 끌어당겼다. 그러는 바람에 구노는 엉덩방아를 찧고 말았다. 전철이 굉음과 함께 플랫폼에 들어섰다.

"뭐야, 당신. 무슨 짓이야!"

시게노리가 구노 위에서 소리쳤다. 구노는 시게노리에게 깔려 있었다. 말이 나오지 않았다. 아무튼 차가 완전히 멎을 때까지 잡고 있어야만 한다…….

"이봐요, 구노 씨. 무슨 짓이에요?"

위에서 핫토리의 날카로운 목소리가 내려왔다. 핫토리는 시게노리를 구노로부터 떼어놓으려 했다.

"떨어져요. 대체 무슨 일이요?"

눈앞으로 빛의 행렬이 달려간다. 전철의 창문이, 영화 필름처럼 빠르게 흘러갔다. 그 속도가 점점 느려지며 승객들의 얼굴이 보였다. 무표정하게, 혹은 무슨 일인가 싶어서 저마다 이쪽을 보고 있었다.

“구노 씨, 어쩔 셈이요?”

“행적 확인 대상자, 자살 미수.”

목소리가 쉬어 있었다.

“아니, 그게, 이 남자가 선로에 뛰어들려고 해서요.”

순간 핫토리의 얼굴빛이 바뀌었다.

“당신, 정말이야?”

시게노리의 넥타이를 잡고 바싹 당겼다.

“웃기지 마.”

시게노리의 목소리가 거칠었다.

“당신들, 당신들…….”

무릎을 꿇은 자세로 입술을 떨고 있었다.

“분명히 대답해. 당신, 뛰어들 생각이었어?”

“그런 짓을 할 리가 없지.”

핫토리가 구노를 보았다. 구노는 반사적으로 고개를 가로저었다.

“아니, 분명히 비틀비틀 선로 쪽으로 갔어요.”

“이봐, 그렇다잖아.”

“걸어갔어. 걸어가면 안 되나. 노란색 선 한참 안쪽에 있었으니까.”

시게노리가 핫토리의 손을 뿌리쳤다. 일어서며 바지를 털었다. 붉게 충혈된 눈으로 구노를 노려보고 있었다.

“아, 그게 말이죠, 우리 기억하고 계시네요.”

당황한 핫토리가 그렇게 말했다. 헛기침을 한 번 한다.

"그러니까 우린 일 끝내고 돌아가는 길이었어요. 우연히 여기에서 당신을 보게 된 거죠."

시게노리는 거기에는 대답하지 않은 채 거친 숨만 토해내고 있었다.

"제 동료가 좀 성급했던 것 같네요. 요즘 중년 남자들의 자살이 부쩍 늘어서 말이죠."

어떻게든 수습해보려고 핫토리가 어색한 웃음을 지었다.

시게노리는 두 사람과 눈을 마주치지 않으며 계속해서 양복에 묻은 먼지를 털어내고 있었다. 더럽지도 않은 팔과 어깨 부근까지 뭔가에 홀린 듯이 바지런히 손을 움직이고 있었다. 그 부자연스러운 행동 때문에 문득 손으로 눈이 갔다. 시게노리는 가만히 있을 수 없을 정도로 떨고 있었다. 숙이고 있는 얼굴은 창백했다.

"오이카와 씨, 당신 이제 그만 자수하시죠."

자신도 모르게 그렇게 말했다.

"이봐요, 무슨 말을 하는 겁니까."

핫토리가 구노를 말리려 했다.

"현실을 직시해요, 당신. 집에도 돌아가지 않고. 아내도 뭐라고 할 테죠. 의심받고 있는 것 정도는 알 테니 말이오."

"그만둬."

"회사에 가서는 매일 뭘 하죠? 어차피 일도 없을 거잖아요. 주변 사람들한테 무시당해도 말도 한마디 못하면서, 이런 상태를 언제까지 지속할 생각입니까."

"구노."

핫토리가 불렀다.

"주간지는 봤나요. 오늘 아침에는 방송국에서 당신 집을 에워쌌어요. 조금 이상하다고 생각했을 거요. 당신을 몰래 찍고 있었을 겁니다."

"그만두라는 소리가 안 들리나."

핫토리에게 멱살을 잡혔다.

"당신은 조용히 해."

"뭐야?"

"처음부터 바로 임의동행을 했으면 좋았을 텐데. 그걸 당신이."

"그게 지금 할 소리야? 그보다 어쩔 셈이야. 난 몰라."

"그건……."

그때, 시게노리가 가방을 주워 들고 자리를 떠나려 했다.

"이봐요, 잠깐만."

그 등에 대고 구노가 소리쳤다.

"지금 서로 갑시다. 깨끗이 다 털어놔요. 편해질 겁니다."

시게노리가 돌아보았다.

"영장 있습니까?"

아직 목소리가 떨리고 있었다.

"임의동행이오."

"그건 말도 안 돼요. 미행이나 하고 말이야."

볼도 경련을 일으키고 있었다.

"이게 우리 일이에요. 내일도, 내일 모레도 당신 뒤에는 우리가 있을 거요. 죽을 셈인가요. 가족을 생각해봐요."

"이봐."

핫토리가 구노의 가슴을 밀쳤다.

"나는 아무 짓도 하지 않았어요. 결백합니다. 무엇보다 증거 있습니까?"

"원한다면 얼마든지."

기세 좋게 말했다.

"하지도 않았는데 있을 리가 없죠."

마지막 말은 거의 울 것 같은 목소리로 말했다. 시게노리는 오른손으로 머리를 쓸어올리며 숨결을 고르듯이 가슴을 젖혔다가 강렬한 눈길을 보내왔다. 술이라도 진탕 마신 듯 붉은 눈이었다.

다음 전철이 도착했다. 시게노리가 올라탔다. 똑바로 앞을 본 채 칸과 칸을 건너 걸어갔다.

구노와 핫토리는 타지 않았다. 얼마 안 되는 승객을 태운 열차를 묵묵히 눈으로 좇았다.

"당신, 정말 어쩔 셈이오."

다시 핫토리가 구노를 다그쳤다. 험악한 눈으로 노려보고 있었다.

"그러니까 전철에 뛰어들려고 했다니까요, 오이카와가."

"본인은 아니라고 하잖아요."

"아뇨, 위험한 상태였어요. 오이카와는 지금 제정신이 아닌 상태입니다."

"뻔하잖소."

"핫토리 씨는 보지 않아서 몰라요. 몽유병자처럼 비슬비슬……."

변명을 하고 있는 동안 점점 마음이 흔들렸다. 자신의 성급한 판단이었던가. 아니, 망막에는 아직도 그때의 잔상이 남아 있었다. 시게노리의 행동은 분명 수상했다.

"게다가 만약 그런 일이 진짜 일어났다면 얼마나 큰 실수였겠어요."

"그럼 그 뒤의 말은 또 뭐요. 미행한 건 들키면 안 됐잖아요. 당신, 내일부터 어쩔 셈이오?"

"계속해야죠. 정 뭣하면 같이 걸으면서 사는 이야기라도 하든지."

"어쩌자는 건지, 정말."

핫토리가 하늘을 올려다보았다.

"완전히 입을 다물게 만들었어요, 오이카와를. 방화는 현장 체포가 아니면 진술뿐이오. 그 정도는 알고 있을 텐데."

"다 불게 만들겠어요, 그런 놈."

"농담 마쇼. 끌고 갈 권한도 없는 주제에."

보란 듯이 한숨을 내쉬며 고개를 저었다.

"나는 이 자리에 없었던 걸로 할 테니까 알아서 해요. 화장실이라도 간 걸로 해달라고요."

"마음대로. 아예 내일부터는 나 혼자 행적 확인을 계속할까요?"

"웃기지 마쇼."

핫토리가 눈을 부라렸다.

"아무튼 앞으로는 자살 걱정도 해야만 하게 생겼어요."

"당신 말이 사실이라면 이제 오이카와는 안 죽을 거요. 인간이란 한 번 죽었다 살아나면 오히려 묘한 배짱이 생긴답디다. 죽음보다 무서운 게 없다고 생각해버리는 거죠."

핫토리는 넥타이를 느슨하게 하며 다시 한 번 구노를 노려본 후 "오늘은 끝냅시다" 하고 말하고는 발길을 돌렸다. 호주머니에 손을 찔러넣은 채 큰 키를 구부정하게 굽히고는 잰걸음으로 가버렸다.

구노는 잠시 그 자리에 서 있었다. 담배를 꺼내 불을 붙였다. 금연 간판이 눈에 들어왔지만 개의치 않고 연기를 내뿜었다.

시게노리는 정말로 죽으려 했던 것일까. 생각해보려 했지만 도저히 알 수 없을 것 같아서 그냥 포기했다. 눈을 감았다. 어느 샌가 시게노리를 불쌍하게 생각했던 마음이 가셔 있었다. 잡범이라면 잡범답게 빨리 재판이나 받았으면 좋겠다고 생각했던 것이다.

한숨을 쉬며 어깨를 한 바퀴 돌렸다. 등짝에 착 달라붙어 있던 피로가 마치 살아 있는 듯 움직였다.

고개를 꺾자 날카로운 통증이 등으로 치달았다.

서로 돌아온 것은 밤 11시가 지나서였다. 형사부실에는 이노우에가 어두운 얼굴로 의자 등받이를 삐걱대고 있었다. 구노를 보자 천천히 몸을 일으키며, "피곤하시겠습니다만" 하며 우울한 듯 입을 열었다.

"그 꼬마 녀석, 도망쳤습니다."

"그래."

상의를 벗어 의자 위로 던졌다.

"무슨 말이 그래요. 너무 태연하잖아요. 사에키 주임한테는 무지 혼났는데."

"아, 미안. 내 일인데."

마주 보고 앉았다.

"집에도 안 돌아오고……. 열 받아서 학교로 쳐들어갔어요. 출두시키지 않으면 공무집행방해로 체포해버리겠다고."

"야, 그럼 거래가 안 되잖아."

"상관없어요. 그 꼬마 자식. 그보다 아까 얼핏 들은 건데요……."

이노우에는 그렇게 말하고 주변을 둘러보았다. 약간 떨어진 책상에 다른 계 형사만 한 사람 있을 뿐이었다. 목소리를 낮추었다.

"본청 감찰이 온 모양이에요."

"……그래?"

"서장이 파랗게 질렸대요. 구도 부서장도, 사카타 과장도요."

"너무 요란스러운 거 아냐? 어차피 조사하는 건 하나무라의 복무규정 위반과 내 건 하나뿐일 텐데."

"아뇨, 그게."

이노우에가 한층 더 목소리를 낮췄다.

"관리관하고 같이 온 모양이에요."

"본청 4과의 그 사람?"

"그래요. 벌써 몇 명인가 위층으로 불려 올라갔어요."

"뭐야. 어떻게 된 거지?"

"글쎄요."

어깨를 으쓱거렸다.

"불려 올라간 건 형사과 사람들인가?"

"아뇨, 지역과도, 생활안전과도 포함돼 있어요. 여기저기 다요."

"어떻게 된 거야?"

"저한테 물어봤자 모르죠."

"아, 그렇지. 사카타 과장은?"

자신이 쓴 사표에 대해 물어보고 싶었다.

"그게 말이죠……. 사실대로 말하면 과장도 불려 갔어요."

이노우에가 곤혹스러운 얼굴로 구노를 바라보고 있었다.

25

항의 행동을 한 다음 날에도 교코는 아르바이트 일을 쉬지 않았다. 해고나 자택 대기를 각오하고 있었지만 변호사인 오기와라가 선수를 쳤다. 혼조 점 사카키바라 점장에게 처분을 내릴 거면 문서로 먼저 통지하라고 연락을 한 것이다. 가게 측은 증거를 남기고 싶지 않았을 것이다. 오기와라 말로는 사카키바라가 "현 시점에서 처분은 고려하고 있지 않습니다"라고 했다는데, 그걸 보면 진퇴양난인 모양이었다.

"오이카와 씨, 출근할 건가요?"

어제 오기와라는 교코에게 그렇게 물었다. 미안한 듯한 말투였다. 쉬게 되면 상대의 계략대로 되는 것이고, 자리를 지키는 게 중요한 전략이었다.

"네, 괜찮습니다" 하고 교코는 주저없이 대답했다.

오기와라와 동료들에게 도움이 되고 싶기도 했고, 집에 있고 싶지 않기도 했다. 만약 혼자 집에 있으면 초인종 소리에도 놀라 펄쩍 뛰었을 것임에 틀림없다. 뭔가 볼일이 있다는 것은 지금의 자신에게는 정말 고마운 일인 것이다.

물론 오기와라 일행이 그런 사정을 알 리 없었으니, 교코는 바로 용감한 동지로서 박수를 받았다.

"대단해요, 오이카와 씨. 나 절대 안 떨어질 거예요."

고무로가 얼마나 감격했는지 교코를 꽉 끌어안았다. 다음번 시의회 의원으로 입후보하세요, 그런 말까지 할 정도로 흥분해 있었다.

스마일에 도착해서 누구와 이야기를 나누는 일도 없이 바로 창고로 향했다. 어제 일은 이미 다 퍼진 듯 모두 교코와 눈을 맞추려 하지 않았다. 통로에서도 계단에서도 비슷한 또래의 사원들조차 피하고 있다는 것을 알 수 있었다.

오늘 아침에도 집 앞에 매스컴에서 나와 있었다. 남편을 배웅하고 바깥을 살피는데 또 익숙지 않은 차가 길가에 세워져 있었다. 안에서 카메라 모습이 보였다.

남편이 골목을 꺾는 걸 보며 교코는 차로 다가갔다. 창문을 두드리자 젊은 남자가 놀란 얼굴로 애써 변명을 했다. 명함을 요구하자 건네주었다. 주간지 사진기자였다.

그들 수법은 대충 알았다. 피의자 단계에서 영상이나 사진을 찍어놓고 체포되면 일제히 내보내는 것이다. 이러면서 무슨 '인권 배려'라는 건지 묻고 싶었다.

교코는 묵묵히 창고에서의 작업을 처리해나갔다. 젊은이들은 아예 옆으로 오려고도 하지 않았다. 자신이 직접 일을 찾아서 선반을 정리하거나 필요 없어진 종이 상자를 접거나 했다. 휴식시간도 스스로 결정해 구석에서 담배를 피웠다.

문득 남편은 회사에서 뭘 하고 있을까 생각했다. 아마 자신과 비슷한 처지일 것이다. 누구도 말을 건네지 않는 상태에서 고독하게 책상 앞에 앉아 있을 것이다. 부부가 모두 사면초가인 셈인가……. 스스로를 비웃듯 혼자 웃었다.

교코가 견뎌내고 있으니까 시게노리도 견뎌내야만 한다. 그래서 전혀 동정은 하지 않았다.

점심시간, 대기실 탁자에서 주먹밥을 먹고 있는데 이소다가 말을 걸어왔다. 오늘은 샛노란 블라우스였다.

"저기, 오이카와 씨."

왠지 상냥한 목소리였다.

"나, 아무래도 신경이 쓰여서 말이에요."

"네?"

무슨 말인가 싶었다.

"저기, 최근에 오이카와 씨, 재난의 연속이잖아요. 남편이 용의자 취급을 받거나 아르바이트 처우 문제로 가게 측과 옥신각신이고."

"네……."

"내가 생각해봤는데 이게 다 태아의 혼령 때문이 아닌가 싶어요."

작은 소리로 말했다.

"무슨 말씀이세요?"

"굳이 당신에게 중절수술의 경험이 있느냐고 말하는 건 아니에요. 오해하지 마세요. 선조를 말하는 거니까요. 선조 중에 그런 짓을 한 사람이 있으면 아무래도 자손에게 화가 미친다는 거죠."

"화요?"

"그래요."

한숨이 나왔다.

"……오가닉 얘기를 하려던 게 아니었나요?"

"오가닉은 입구예요. 자연이란 어떤 것인지를 알고, 인간이 어디에서 와서 어디로 가려 하는지를 이해하기 위한 수단인 거죠. 하지만 그 끝에는 다른 차원이 있어서 영적 인식이 필요한 법이지요."

"그래요?"

"그래요. 말하자면 오가닉은 본성이에요. 그것을 기반으로 해서 행복 추구가 시작되는 거죠. 오이카와 씨의 경우 머리도 좋고 본성도 훌륭한 것 같아요. 그러니까 만약 충분한 행복을 얻고 있지 못하다면 태아의 혼령 때문일 가능성이 높아요."

"저기, 왠지 무서운데요."

교코가 볼에 손을 갖다 댔다. 이소다의 눈이 빛났다.

"어때요, 내가 아는 사람 중에 그런 데 밝은 사람이 있는데, 한번 만나보지 않을래요? 그 사람이 여러 가지로 충고를 해줄 거예요."

"그렇군요. 만약 태아의 혼령 때문이라면 굿이라도 해야겠네요."

"그렇죠, 그래요."

몸을 바싹 내민다.

"항아리나 탑 같은 그런 걸 사서 제사드리는 편이 좋을지도 모르고요."

"으음. 우리는 그런 게 아닌데요. 피라미드 형태로 된 거예요. 삼각추라는 것이 집안의 악령을 물리치고, 이익이 되는 혼령만을 불러들여요."

"웃기지 마세요."

조용히 말했다.

"네?"

"웃기지 말라고 했어요."

이소다의 얼굴빛이 점점 변해갔다.

"어떤 종교인지는 모르겠지만 나는 그런 데 홀릴 만큼 어수룩하지 않거든요."

이소다를 노려보며 일어섰다.

"저기, 기시모토 씨."

탁자 구석 쪽에 있던 구미를 불렀다.

"이소다 씨한테서 산 물 말인데, 내가 환불받아줄게. 괜찮아. 이런 건 계약 위반도 아무것도 아니니까. 계약서 내일 가져와. 내가 책임지고 파기시켜줄 테니. 더 이상 돈 내면 안 돼, 절대."

"잠깐만요, 오이카와 씨……."

이소다가 차마 말을 잇지 못하고 있었다.

"또 물이나 야채 사기당해 산 사람 없나요? 해약하고 싶은 사람은 나한테 알려주세요. 본부든 어디든 가서 내가 말해줄 테니까요."

대기실에 있던 주부들이 어리둥절한 모양이었다.

"괜찮습니다. 두려워할 건 아무것도 없어요."

"너무해요, 오이카와 씨. 이건 명백한 명예훼손이에요."

이소다의 목소리가 거칠어졌다. 같이 일어나 교코와 대치했다.

"그럼 고소하세요. 나한테는 제대로 된 변호사가 있으니까. 법정에서 결판을 내죠. 내가 당신 명예를 훼손했는지, 당신이 먼저 사기를 쳤는지 이참에 확실히 해두죠."

"사기라니……."

입술을 떨고 있었다.

"이소다 씨, 당신이야말로 태아의 혼령에 씐 것 아닌가요? 아, 등에."

교코가 손으로 뒤를 가리키자 이소다가 자신도 모르게 돌아보았다.

"거기에 갓난아기 혼령이 있는 것 같았는데. 인상 험악하게 생긴 게."

이소다가 거칠게 숨을 몰아쉬며 이를 갈았다.

"너 정말…… 정말……."

말이 잘 안 나오는 모양이었다.

"산드리아 님의 천벌이 내릴지어다!"

"뭐야, 그건. 바보같이."

이소다는 눈물을 흘리며 대기실에서 뛰쳐나갔다. 그러다 마침 건드린 의자가 문이 닫히는 것과 동시에 넘어졌다. 쇳소리의 여운만이 대기실에 남겨져 있었다.

작게 심호흡을 하고 나서 교코는 마저 주먹밥을 먹었다. 구미가 쭈뼛쭈뼛 다가와 "저, 정말로 해약해주실 건가요?" 하고 조심스럽게 물었다. 괜찮다고, 억지로 웃음을 지으며 대답해주었다.

그 외에는 아무도 말하는 사람이 없었다. 조용한 대기실에서 식사를 하면서 교코는 화살이든, 대포든 가져올 테면 가져와 보라는 심정이 되어 있었다.

오후 2시에 일을 마치고 오기와라 일행과 소형 버스를 타고 또 본점으로 향했다. 그들의 밝은 미소를 보자 자랑스럽다는 감정이 솟구쳤다.

"저, 힘들지 않았나요?"

고무로가 걱정스럽게 물었다.

"으음, 괜찮았어요."

웃어 보이며 고갯짓을 했다.

"미안해요, 이런 공연한 수고를 끼치게 해서."

"아니에요. 정말 괜찮다니까요. 모두들 나를 너무 무서워하는 것 같아."

"여러분."

고무로가 차 안에서 큰 목소리로 말했다.

"오이카와 씨의 수고가 헛되지 않도록 스마일 사장을 철저히 규탄합시다."

"그래요. 지지 말아요."

"그런 사장은 무릎을 꿇고 쩔쩔매게 만들어야 해요."

거센 목소리가 여기저기에서 터져나왔다. 교코는 체온이 서서히 올라가는 게 느껴졌다. 고무로나 오기와라를 알게 되길 잘했다고 진심으로 생각했다.

본점에 도착해서 어제와 마찬가지로 항의 행동을 개시했다. 사장과의 면담은 요구하지 않았다.

"상대가 면담을 요구해올 때까지 계속할 겁니다. 앞으로는 대화에 응해줄지 말지를 결정하는 건 우리입니다" 하고 오기와라가 말했다. 이것이 그들의 전법일 것이다.

교코는 입구 근처에서 전단지를 나눠주었다. 이제는 나름대로 요령을 터득했다. 잘 부탁합니다, 하고 웃는 얼굴로 말하면 대개의 주부들은 잘 받아주었던 것이다.

전혀 부끄럽지는 않았다. 그렇기는커녕 약간의 우월감까지 느끼고 있었다. 자신은 집과 슈퍼마켓과 공원만 오가는 심심한 주부가 아닌 것이다. 남편도 자식들도 모르는, 또 한 사람의 내가 여기에 있었다. 그리고 어쩌면 이것이 진정한 나인지도 모른다.

이날 항의 행동을 방해하는 사람은 없었다. 경비원이 두 명, 인도에 서 있을 뿐이었다. 사장은 모습을 보이지 않았다. 도망쳤다면, 그래도 상관없었다. 상대가 나오지 않는다는 것은 자신들에게는 전진인 셈이다.

전단지가 다 떨어져서 버스로 더 가지러 갔다. 무심코 길가로 눈길을 던지자 하얀 승용차에서 어떤 남자가 이쪽으로 카메라를 들이대는 것이 보였다.

심장박동이 빨라졌다. 어떤 자들일까. 왜 나를…….

"오이카와 씨, 무슨 일이세요?"

오기와라가 어깨를 쳤다.

"아, 아뇨. 아무것도."

바로 눈을 피했지만 오기와라는 교코의 시선이 어디를 향했는지 알고 있다는 듯 "신경 쓸 필요 없어요" 하며 씩씩하게 웃어 보였다.

"공안의 저능아들이에요."

"네?"

"공안 경찰. 시민운동을 눈엣가시로 여기는 세금 도둑놈들이죠."

쉽게 이해되지 않았다.

"우리가 행동을 시작하면 저렇게 늘 따라붙어요. 정말 한가한 사람들이죠."

"그렇군요……."

"어라, 시동까지 걸어두고. 세금만 헛되게 쓰는 줄 알았더니 공기까지 오염시키고 있네."

매스컴 따위가 아니었던가. 교코는 가슴을 쓸어내렸다.

오기와라는 길 반대편을 향해 "이봐, 주차 중에는 시동 정도는 꺼두는 게 어때" 하고 소리쳤다. 익히 얼굴을 알고 있는지 운전석의 남자가 쓴웃음을 짓고 있었다.

어쩌면 이 일로 공안 명부에 자신의 이름이 올라갈지도 모르겠지만 아무래도 상관없었다. 오히려 경찰조차 두려워하지 않는 오기와라 일행이 믿음직스러웠다.

가게 앞에서는 고무로가 마이크를 잡고 있었다. 통쾌한 연설이었다. 자신도 과연 저렇게까지 말을 잘할 수 있을까 생각했을 정도였다.

그때 작업복을 걸친 종업원들이 손수레를 몇 대 밀면서 나타났다. 입구 옆에 나란히 서서 손수레에 덮인 천을 걷어냈다. 팩에 담긴 달걀이 산더미처럼 쌓여 있었다.

마이크를 손에 든 초로의 남자가 걸어왔다. 분명 고바야시라는 전무였다. 고무로의 말이 잠깐 끊어지기를 어림짐작해서는 큰 소리로 떠들어대기 시작했다.

"에, 길을 가시는 여러분. 매번 스마일 다마 점을 이용해주셔서 정말 고맙습니다. 에, 당점에서는 감사의 의미를 담아 지금부터 오늘 한정으로 타임 세일에 들어가겠습니다. 상품은 달걀. 달걀 열 개들이 한 팩이 고작 50엔. 소비세도 안 붙습니다. 딱 50엔만 받겠습니다. 한정된 수량이므로 여러분, 빨리 정면 현관 옆 특판 장소로 가십시오."

그 즉시 주부들 무리가 점포 앞으로 몰려들었다. 교코가 사람들 물결에 떠밀렸다. 들고 있던 전단지를 떨어뜨리는 바람에 아스팔트 위에 흩어졌다.

"밀지 마세요. 한 사람당 한 팩입니다."

젊은 종업원의 목소리도 날아다녔다.

교코는 서둘러 전단지를 주우려고 몸을 굽혔다. 달려온 주부들에게 떠밀려 비틀거렸다. 손을 뻗었다가 누군가의 샌들에 밟히고 말았다.

"아야."

자신도 모르게 소리를 질렀다.

"오이카와 씨, 괜찮아요?"

동료 가운데 한 명이 일으켜주었다.

손을 밟은 여자는 교코를 거들떠보지도 않고 손수레를 향해 돌진하고 있었다.

얼굴을 찡그리며 손등을 문지르고 있는데 또 뒤에서 밀려든다. 등뼈가 마구 비명을 질렀다.

"잠깐만요, 이런 데 서 있지 좀 말아요."

나이 든 여자가 불평을 해댄다.

"저기요, 그쪽이야말로 밀지 마세요……."

"뭐예요, 전단지 나눠줄 거면 다른 데로 가요. 방해되니까."

누군가의 장바구니에 얼굴을 맞았다. 콧속이 찡했다.

정말 꼴사나운 여자들이었다. 자신에게 이득 되는 것밖에는 관심이 없는 것일까. 이 세상이 어떻게 되든 자기만 괜찮으면 되는 건가.

"오이카와 씨, 화내면 안 돼요."

고무로가 교코의 팔을 잡고, 사람들 밖으로 힘껏 끌어내 주었다.

"벌써 핏대가 섰네."

그렇게 말하며 이마를 살짝 쳤다.

"이게 대중이라는 거예요. 체제에 곱게 길들여진 사람들이죠. 하지만 우습게 보면 안 돼요. 이런 사람들을 눈뜨게 하고 일깨워 주는 게 우리들의 운동이랍니다."

"아, 네……."

"적도 제법이군요. 우리 쪽 항의 행동에 맞대응하기 위해 특판 세일을 하다니."

"네…… 그러게요."

"열 개 한 팩이 50엔이라니. 완전 거저나 다름없네. 나도 좀 사갈까."

교코는 자신도 모르게 웃음을 터뜨리고 말았다.

"하지만 우리도 지면 안 되죠. 끈기 싸움이에요."

고무로가 잡고 있던 팔에 힘을 주자 교코는 조용히 고개를 끄덕였다.

산더미처럼 쌓였던 달걀은 10분도 되지 않아 모두 팔렸다. 달걀이 떨어지자 주부들은 깨끗이 사라졌다. 발밑에는 전단지가 흩어져 있었다.

교코는 그것을 주워 모았다. 더 이상 화는 나지 않았다. 생각해보면 자신도 얼마 전까지는 달걀을 향해 달려들던 주부였던 것이다. 귀찮은 일은 다른 사람에게 떠넘기고, 자신은 안전지대에 있고 싶었던 것이다.

돌아가는 차 안에서 교코는 집으로 전화를 걸었다. 오늘은 아동관이 쉬는 날이어서 아이들에게 집을 맡겨두었다.

"지금 갈 거야. 집은 잘 보고 있었어?"

"응. 마이가 놀러 왔거든."

가오리가 대답했다.

"그래, 다행이네. 별일은 없었고?"

"신문 사람이 왔었는데."

가슴이 두근거렸다.

"신문 사람이라니, 신문대금 받으러 온 건가?"

"아니. 배달하는 오빠가 아니라 아저씨였어. 어른 계시냐고 하던데."

"그래서?"

어두운 기분이 점점 끓어올랐다.

"안 계시다고 했더니 그럼 됐다면서 돌아갔어."

"아, 그래."

태연함을 가장하는데 식은땀이 흘렀다. 사진을 찍는 것만으로도 모자라서 집에까지 오다니.

전화를 끊고 생침을 삼켰다. 아이들만은 무슨 일이 있든 지켜야만 한다. 어떤 소문도 귀에 들어가게 하고 싶지 않았다.

신문은 기사로 다룰까. 설마, 증거도 없는데 쓰리라고는 생각되지 않았다.

아니, 자신만 모를 뿐 매스컴이나 경찰은 증거를 잡고 있는 게 아닐까. 등에 오한이 일었다.

"오이카와 씨, 왜 그러세요? 안색이 안 좋은데."

동료 가운데 한 명이 물었다.

"아, 좀 피곤해서요."

"그렇군요. 미안해요, 너무 부담을 줘서. 오늘 밤엔 푹 주무세요."

가볍게 웃어주면서 잠이 올 리가 없다고 생각했다. 최근 제대로 잠이 든 적이 없었던 것이다.

문득 뒤를 돌아보자 오기와라가 제일 뒷자리에서 혼자 노트북 컴퓨터를 만지작거리고 있었다.

오기와라에게 도움을 요청해볼까. 혼자 끙끙대기에는 너무나도 힘들었다.

통로를 지나 오기와라 옆에 앉았다.

“잠깐 괜찮으세요?”

“아, 괜찮습니다. 무슨 일이라도?”

밝게 말하며 고개를 갸웃거린다.

“실은 저, 경찰과 매스컴이 따라다녀서 꽤 힘들어요.”

말하고 말았다. 비교적 아무렇지 않게.

“지난달에 남편이 근무하는 회사에서 방화 사건이 있었는데, 처음에는 폭력단의 소행이라고 생각했지만 서서히 분위기가 바뀌더니…….”

오기와라는 진지한 얼굴로 컴퓨터를 닫고 몸을 앞으로 내밀었다. 교코의 하소연에 꼬박꼬박 맞장구를 쳐주었다.

“남편은 결백합니다. 그런데 우연히 숙직하며 처음 화재를 발견했다는 이유만으로 몇 번이나 형사의 사정 청취에 응해야 했고, 마침내 지난번에는 주간지에 그 비슷한 이야기까지 실려서…….”

말이 끊임없이 나왔다. 가슴에 숨겨두고 있었던 데 대한 반동 때문일까, 지금까지의 경과를 숨도 쉬지 않고 다 쏟아냈다.

“경찰이 의심하는 근거는 그 밖에 또 뭐가 있나요?” 하고 묻는 오기와라.

“아뇨. 없어요.”

교코는 고개를 흔들었다. 형사가 흥미를 갖고 있는 회계감사

이야기라든가, 회사에서 물었던 새 차 구입 비용의 출처라든가 그런 것은 말하지 않았다.

"그럼 동기가 상당히 애매한데요."

"네."

"더구나 물증도 없고요."

"그렇습니다."

"알겠습니다. 제가 한번 알아볼게요."

오기와라가 자신의 가슴을 탕 하고 쳤다.

"정말이세요?"

자신도 모르게 오기와라의 무릎에 손을 올렸다.

"괜찮습니다. 놈들이 하는 짓은 기본적인 인권침해입니다. 경찰에게 협력할 필요는 전혀 없고요, 매스컴에는 당당히 항의하면 됩니다. 빨리 행동으로 옮겨야겠네요. 우선은 혼조 서 서장에게 면회를 요청해서, 앞으로는 어떤 임의의 사정 청취든 전부 저를 통하도록 말해놔야겠어요. 그리고 주간지에는 항의 전화를 걸도록 하죠."

털어놓길 잘했다. 온몸의 힘이 빠지는 것을 느꼈다.

"집 앞에서 몰래 촬영한다는 그 사람들, 어디 주간지인지 아세요?"

"네, 몇 명한테서 명함 받아놨어요."

"잘하셨어요. 역시 오이카와 씹니다."

칭찬하는 말을 들으니 기뻤다.

오기와라는 돈 걱정은 하지 않아도 된다고 말했다. 무료까지는 안 되지만 최저요금으로 처리해주겠다며 교코를 안심시켰다.

"좋아요, 내일 당장이라도 혼조 서로 쳐들어가죠."

마치 즐거운 일이라도 있듯이 두 팔을 앞으로 내뻗었다.

"경찰이라. 그놈들은 약한 사람에게는 강한 척하지만 법률 지식이 있는 사람에게는 그야말로 쩔쩔맨답니다. 전에 마치다 서의 형사를 한 명 몰아붙인 적이 있었는데요. 검문하면서 트렁크를 열지 않은 회사원을 체포영장도 없이 경찰서로 연행한 거예요. 그때는 우리 사무실 변호사 다섯 명이 한꺼번에 몰려갔더니 새파래져서 그야말로 방아깨비처럼 연신 꾸벅이면서……."

유쾌한 듯 말하는 오기와라의 옆얼굴이 마치 아이 같았다.

"매스컴도 마찬가지예요. 때리기 쉬운 것만 때리죠. 그놈들은요, 평소에는 폼만 잔뜩 잡지만 어차피 샐러리맨에 불과해요. 우리가 내용증명 한 통만 보내면……."

아아, 그런가……. 오기와라의 스스럼없는 이야기들을 들으면서 교코는 왠지 수수께끼가 풀리는 듯한 기분이 들었다.

이 사람들은 투쟁을 좋아하는 것이다. 권력자나 부자를 굴복시키는 일에 보람을 느끼는 것이다.

하지만 그런 것은 아무래도 좋았다. 지금은 자신의 유일한 아군이었으니까.

"저기, 오이카와 씨."

고무로가 교코를 불렀다.

"오이카와 씨 찍혔어요."

고무로는 디지털 비디오카메라를 손에 들고 있었다.

자리에서 일어나 가까이 다가갔다.

"어제 오이카와 씨가 한 연설이요. 이리 와서 좀 보세요, 제법 당당하신데요."

교코가 마이크를 들고 말하는 장면이었다.

"멋지네요."

미소를 지어 보였지만 실은 충격을 받았다.

자신이 생각했던 것보다 훨씬 늙어 보였기 때문이다.

그날 밤 동생인 게이코에게서 전화가 왔다. 황금연휴 때 홋카이도로 여행 가기로 했던 계획을 취소하고 싶다는 내용이었다.

"미안해. 우리 남편이 그때 딱 접대 골프가 있대. 그렇다고 나하고 유사쿠만 갈 수도 없고."

거짓말이라고 생각했다. 왠지 어색한 말투였던 것이다.

게이코는 주간지의 기사를 읽은 것이다. 그리고 그 방화가 시게노리의 짓이라고 여기는 것이다.

"그래, 신경 쓰지 마. 우리도 이것저것 좀 바빠서 어떻게 될지 모르겠다."

애써 태연한 척했다.

"정말, 미안해."

여동생은 정말 미안한 듯이 말하고 서둘러 전화를 끊었다.

마음 어딘가에서 안도의 한숨을 내쉬었던 것도 사실이었다.

지금 상태에서는 도저히 여행을 즐길 기분이 아니었다.

하지만 아이들에게는 뭐라고 하나.

시게노리는 오늘 밤에도 늦게 돌아왔다. 어디에서 뭘 하다 오는 것일까.

부부끼리의 대화도 거의 없었다. 하고 싶지도 않았다.

26

아침에 시게노리가 회사에 출근하는 것을 확인하고 구노는 하치오지의 장모 집으로 향했다.

낮에는 어차피 한가했지만 긴급연락이 올 수도 있었으므로 이노우에에게 행선지만은 알려두었다.

가는 도중 슈퍼마켓에 들러 치라시즈시 재료를 샀다. 연어알 젓도 싸서 그것도 샀다. 계란 지단 위에 뿌려주면 더욱 때깔이 좋아진다. 장모도 좋아할 것이다.

시게노리의 행적 확인은 이제 거리를 두지 않았다. 어차피 이쪽 존재를 숨길 수 없었던 것이다.

같은 차에 탔고, 똑바로 쳐다보기도 했다. 시게노리는 눈을 마주치려 하지 않았다. 무표정하게 앞만 바라보고 있었다.

이날 발매된 주간지에 다시 또 방화 사건에 대한 기사가 실려 있었다. 전철 안에 있는 광고를 보고 알았다. 작았지만 '하이텍스 방화 사건에 새로운 사실?'이라는 머리기사가 눈에 들어왔던 것이다.

그 광고는 시게노리의 머리 바로 위에 있었다. 어이, 당신 기사가 실렸어, 하며 어깨라도 쳐주고 싶은 기분이었다.

굳이 말하지 않아도 시게노리는 어차피 알게 될 것이다. 눈과 귀를 막고 살아갈 수는 없을 테니까.

핫토리는 구노와 거의 말을 나누려 하지 않았다. 흘낏 보니 워크맨으로 음악을 듣고 있었다. 희미하게 새어 나오는 소리로 보아 클래식이었다.

장모는 평상시와 변함없는 웃음으로 구노를 맞이해주었다. 봄답게 연분홍 블라우스를 입고 있었다.

평소처럼 먼저 2층으로 올라가 장에 들어 있던 이불을 창에 걸어 말렸다. 2층에서 바라보는 하치오지 마을은 봄 햇살을 받아 조용히 빛나고 있었다. 이렇게 보니 숲도 제법 많네. 그렇게 혼잣말을 해보았다. 약간 높은 언덕에 위치한 장모의 집을 부동산 업자들이 탐내는 것도 당연하다고 생각했다.

1층으로 내려와 부엌에 있는 장모에게 물어보았다.

"저, 어머니. 부동산 업자는 아직 안 왔나요?"

"으응. 최근에는 안 오네. 오면 시끄러웠는데 안 오니 좀 섭섭하기도 해."

앞치마를 한 장모가 개수대 앞에 서 있었다.

"또 그런 말씀을……. 아, 맞다. 제가 없을 때 서에 왔었나 보던데요. 어머니가 가르쳐주셨어요?"

"응. 그래."

돌아보며 가볍게 웃었다.

"사위한테 다 맡겼으니까 그리로 가보라고 말이야."

"아, 그래서 왔구나."

"가오루가 알아서 해도 돼."

"그런 말씀 마세요. 이 집 정도 되면 억대라고요."

"집 같은 거야, 뭐. 남편이 이 집 샀을 때는 쌌어. 회사원도 살 수 있을 정도였으니까. 촌구석이었지."

"시대가 달라졌어요. 하치오지도 지금은 그럴듯한 주택가예요."

"아무튼 가오루한테 다 맡길게."

장모가 요리를 더는 긴 젓가락을 들고 냄비 속 내용물을 콕콕 누르고 있었다. 거실에 누워 있을까 생각했지만 좀 더 이야기를 나누고 싶어서 자신도 옆에서 돕기로 했다.

"초밥은 제가 만들게요."

"아아, 그래. 고마워."

준비한 나무통에 방금 지은 밥을 담고 식초를 살짝 뿌렸다. 주걱으로 솜씨 좋게 섞으며 왼손으로는 부채질을 했다.

"야, 잘하네."

장모가 뒤에서 보며 감탄했다.

"많이 해봤거든요."

"안 돼. 남자가 요리 같은 거 익숙해지면. 점점 더 결혼하고는 멀어질 거야."

"안 해요. 결혼 같은 거."

"어머니는 했으면 하는데. 손자도 보고 싶고."

그렇구나, 손자. 생각해본 적도 없었는데…….

"후후, 하지만 이상해. 가오루 아이는 내 손자가 아닌데."

"어머니 손자예요. 어차피 전 규슈 집하고는 사이가 멀어져서요. 아, 그래요."

말을 꺼내기에 마침 좋은 기회라고 생각했다.

"전부터 생각했던 건데요……. 저 양자로 들이시지 않을래요? 그러는 편이 어머니도 더 안심이 될 것 같은데."

장모가 침묵했다. 얼굴을 보자 뭐가 이상한지 웃고만 있었다. 안도했다. 장모는 이 이야기가 싫지만은 않은 것 같았다.

"물론 어머니는 아직 젊으시고, 건강하시고, 혼자서도 괜찮으시겠지만요. 하지만 10년 후를 생각하면 역시 옆에 누군가가 있는 편이 좋을 것 같아요. 간호보험• 같은 것도 있긴 하지만 그런 나라의 정책이란 게 별로 실효성도 없고, 마지막엔 역시 가족밖에 없잖아요. 제가 여기로 이사 와도 좋고요. 아, 어머니가 혼자 있는 게 더 좋다면 할 수 없지만요."

• 노후에 재택 간호 등의 복지 서비스를 받을 수 있는 사회보험.

"후후, 고마워. 어머니를 이렇게 생각해줘서."

"그럼 좋으신 거죠?"

자신도 모르게 목소리의 톤이 올라갔다.

"하지만 그 전에 먼저 재혼할 것."

장모가 장난꾸러기처럼 턱을 내밀었다.

"그러니까 재혼은……."

"사나에도 그걸 바랄 것 같은데."

"그럴까요?"

"그래. 사나에는 자신의 행복보다 다른 사람의 행복을 더 원하는 아이였어. 그게 가오루라면 더욱더……."

장모가 냄비의 불을 껐다.

"자, 다른 재료들이 다 됐으니까 섞자."

맛이 적절하게 밴 재료들이 초밥 위에 올려졌다. 구노가 재빨리 밥과 재료를 섞었다. 좋은 냄새가 통에서 올라왔다.

접시에 담으며 계란 지단과 연어알젓을 뿌렸다. 노란색과 빨간색이 더욱 신선함을 돋보이게 했다. 거실 탁자로 옮겼다. 차도 준비했다.

"음, 맛있다."

장모의 얼굴에 웃음이 번진다.

"재료의 간이 적당해서 그래요."

"으응, 초밥이 맛있게 됐어. 치라시즈시는 역시 밥이 맛있어야 돼."

잠시 두 사람은 묵묵히 식사를 했다. 오늘은 신기하게 식욕도 났다.

"실은."

구노가 입을 열었다.

"괜한 참견 좋아하는 상사가 한 명 있는데요, 맞선을 자기 마음대로 진행시켰어요."

"어머, 잘됐네. 어떤 사람인데?"

"그 상사의 친척인데 포목점 딸인 모양이에요."

"만나봤어?"

"네, 딱 한 번."

"기회니까 도망치면 안 돼."

장모는 아무렇지도 않게 웃고 있었다.

그때 마당에서 사람 그림자 같은 것이 움직였다. 마당 쪽 문은 아래 절반이 간유리로 되어 있었다. 그곳으로 뭔가 움직이는 게 비쳤던 것이다.

"누가 있나?"

"글쎄요, 잠깐 보고 올게요."

일어나서 밖을 보았다. 마당에서 한 남자가 허리를 숙이고 문 쪽으로 달려가고 있었다. 그 뒷모습이 낯익었다.

잘못 봤나. 신발을 신고 따라 달려갔다. 앞의 도로로 나가 닭처럼 고개를 좌우로 움직였다.

언덕 밑에 차가 한 대 정차해 있었다. 운전석에 사람이 타고 있었다. 언덕을 달려 내려갔다. 자신의 구두 소리가 등 뒤로 울려 퍼졌다. 차의 시동이 걸렸다. 출발 직전에 겨우 따라붙어 사이드미러를 손으로 잡았다.

"야, 이노우에. 여기에서 뭐하는 거냐."

유리창을 두드렸다.

이노우에는 굳은 표정으로 눈을 내리뜨고 있었다.

"야, 열어봐. 뭐하는 거야."

이번에는 약간 세게 유리창을 두드렸다.

잠시 후 창문이 모터 소리를 내며 천천히 내려갔다.

"아, 안녕하세요."

이노우에는 얼굴을 찌푸리고 있었다.

"안녕하세요가 아니지. 너, 여기에서 뭐하는 거냐. 긴급상황이냐? 나 데리러 온 거야?"

"아뇨, 그게……."

"나한테 용무가 있어서 온 거 아니야?"

"네, 저……."

이노우에는 왠지 안절부절못하고 있었다. 얼굴에서 땀이 흘렀다.

"확실히 말해. 나한테 용무가 있는 거냐?"

"네, 그게."

"이상한 놈이네. 휴대전화로 하면 되잖아."

어깨를 가볍게 찔렀다.

"그나저나 너, 이 집은 어떻게 알았냐? 가르쳐준 적도 없는데."

"구노 씨 뒤를 따라왔어요."

무슨 의미인지 바로 알 수 없었다.

"……따라왔다고?"

"오이카와 행적 확인 후 일단은 댁으로 돌아오실 거 같아서 맨션 앞에서 대기하고 있었어요. 그러다가 구노 씨의 어코드 뒤를 쭉……."

이노우에는 아직 구노의 눈을 똑바로 보려 하지 않았다. 긴장한 얼굴로 핸들에 손을 올려두고 있었다.

"나한테도 행적 확인이 붙은 건가."

"아뇨, 그건 아니에요. 사에키 주임이 구노 씨가 걱정된다면서……."

"사에키 주임이?"

생각지도 못했던 대답이었다.

"네, 그래요. 저더러 좀 보고 오라고……."

"무슨 말인지 모르겠네. 내 뭐가 걱정된다는 거지?"

"최근 피곤해 보이셔서."

"뭐야, 너, 왜 갑자기 말투가 깍듯해진 거야? 평소처럼 말해. ……뭐, 됐다. 아무튼 여기까지 왔으니 좀 올라왔다 가라. 밥은 먹었냐? 너도 치라시즈시 좀 먹을래?"

"아뇨, 배는 안 고픈데요."

"아무튼 차에서 내려."

구노가 문을 열었다. 이노우에의 팔을 잡고 차에서 잡아 내렸다. 이노우에는 한숨을 쉬며 목뼈를 좌우로 꺾었다. 처음으로 눈이 마주쳐 서로 쓰게 웃었다. 하지만 이노우에의 웃음은 어색했다.

둘이서 언덕을 올라갔다. 하늘에서 종달새가 울고 있었다.

"어떠냐, 이 동네 좋지?"

"네, 그러네요."

"장모님이 사신다. 너한테도 소개해줄게."

"네……."

문을 지나 자갈길 위를 걸어갔다. 현관으로 들어서며 안쪽을 향해 소리쳤다.

"어머니. 경찰서 후배가 왔어요."

대답이 없다. 구두를 벗고 올라섰다. 거실 문을 열었다.

"어라, 어디 가셨지?"

장모의 모습이 안 보였다. 탁자에는 치라시즈시 접시가 두 개 그대로 놓여 있었다.

"화장실 가셨나."

복도로 나와 또 불러보았다. 그래도 장모가 있는 기척은 나지 않았다.

"이상하네. 아까까지 같이 식사하고 있었는데."

"저기, 구노 씨."

이노우에가 속삭이듯 말했다.

"아무래도 저는 이만 실례할게요."

벌써 뒷걸음질 치고 있었다.

"무슨 소리야. 여기까지 와서."

"일이 잔뜩 밀렸거든요. 게다가 그 피해 서류 낸 꼬마 녀석, 빨리 찾아야만 해요."

"야. 왜 그래. 얼굴빛도 안 좋고."

"그럼 이만."

이노우에는 발길을 돌려 허둥지둥 신발에 발만 겨우 끼고는 집 밖으로 뛰쳐나갔다.

"이상한 놈이네."

할 수 없이 거실에 앉아 다시 치라시즈시를 먹었다. 장모가 만든 국을 입으로 가져갔을 때 문득 이노우에가 한 말이 떠올랐다.

사에키 주임이 뒤를 따라가라고 했다고? 대체 어쩔 셈인가. 도저히 짐작이 가질 않았다. 특별히 무슨 속셈이 있는 것 같지는 않았다. 2년 동안 알고 지낸 만큼 사에키의 강직한 성격은 알고 있었다. 단순한 착각일 것이다.

그때 장모가 부엌에서 나타났다.

"와, 놀랐네."

구노가 자신도 모르게 몸을 움츠렸다.

"어머니, 식사 도중에 어디 가셨어요?"

"응, 뒷집에 음식 좀 나눠주려고."

"뭐예요, 놀라게 하지 좀 마세요."

"그런데 밖에 누가 있었어?"

장모가 영차 하며 탁자 앞에 앉았다.

"서에 같이 있는 후배예요. 이노우에라고, 들어오라고 했는데도 빨리 돌아가야 한다고 갔어요."

"어머, 그래? 인사했으면 좋았을 텐데."

"다음에 한번 데려올게요."

장모가 마저 식사를 했다. 천천히 입을 움직이며 먹는 모습이 품위 있어 보였다.

"물하고 같이 드세요."

"응, 고마워."

"마당에 나무 좀 다듬어야겠던데요."

"가오루는 형사 그만둬도 정원사 하면 되겠다."

"가정부도 할 수 있어요."

장모가 방울이 굴러가는 듯한 소리로 웃었다.

결국 오후 3시가 넘어서까지 장모의 집에 있었다. 돌아오는 길에 묘지에 들러 참배도 했다. 늘 그렇듯 꽃집을 지나가는데 그 집의 젊은 주인이 "평일인데 웬일이야" 하고 말을 걸어왔다.

"집이 저렇게 커서 유지하는 것도 큰일이겠네."

"으응. 뭐, 별로."

그렇게 대답하면서, 유지해온 것은 장모 혼자였으니 마치 내가 하는 것처럼 말하지 말라고 구노는 마음속으로 생각했다.

서에는 들르지 않고 직접 하이텍스 본사로 갔다. 도착하자, 정문 옆에는 이미 핫토리가 서 있었다. 기분 나쁜 듯한 얼굴로 팔짱을 끼고 있었다. 이제 이 임무에 완전히 질린 모양이었다.

"오늘 나온 주간지, 봤어요?"

핫토리가 콧등에 주름을 모으며 물었다.

"아뇨. 읽을 틈이 없어서."

"두 페이지에 걸친 기사인데, 우리가 못 들었던 사실들이 잔뜩 있어요. 정말 불쾌한 관리관이에요."

"무슨 말이세요?"

"2년 전 하이텍스 공갈사건 후 경시청 4과 출신의 OB가 총무부를 마음대로 주무른 모양이에요."

"OB가요?"

"그래서 그렇게 수색하기가 어려웠나 봅니다. 우리가 회계감사 사실을 알린 시점에 바로 나서기 시작한 게 뻔해요. 도다 부장을 뻔히 해외로 도피시키고."

"그 OB가 관여했다는 겁니까, 그럼?"

"글쎄요. 아무튼 바보짓을 한 건 현장 놈들이에요. 방화가 있었고, 그래서 기요카즈회를 닦달했다가 아니, 사원이 수상한 것 같다, 상태를 좀 지켜보자, 갈팡질팡했죠. 그게 다 OB솜씨예요. 웃기지도 않는군."

핫토리가 은단을 입에 털어넣었다. 손바닥에 숨결을 뱉어내고는 그 냄새를 맡았다.

"아, 그리고 오이카와가 변호사를 고용한 것 같아요."

"변호사를요?"

"그것도 공산당 계열로. 어떻게 되려는 건지, 원. 오늘 혼조서에 나타나서 임의동행이든 뭐든 이야기를 듣고 싶은 게 있으면 전부 자신을 통해서 하라고 씩씩거린 모양이에요. 정말 뭐가 뭔지 모르겠어요."

손을 들어 올리며 졌다는 시늉을 한다.

"게다가 수사본부는 한참 전부터 해산상태입니다. 오늘 아침에도 회의 같은 건 없었나 보던데요."

"그렇군요."

"자기 자식 외에는 전부 무시하겠다는 겁니다. 정말이지 그 관리관은."

핫토리는 그렇게 내뱉으며 문기둥을 발로 찼다.

오후 6시가 되어 시게노리가 회사에서 나왔다. 시야 어딘가에 두 형사가 보일 텐데 모르는 척 역으로 걸어갔다.

오늘부터 바로 돌아갈까? 집에 있기가 힘들다고는 하지만 설마 형사를 데리고 다니며 시간 때우는 짓은 하지 않으리라 생각했다.

그런데 시게노리는 당당히 늘 하던 대로 시간을 보냈다. 오늘 밤은 터미널 역에서 내려 극장으로 들어갔던 것이다.

"봐요, 더 깐깐해졌잖아요."

핫토리가 혀를 찼다.

영화는 신작 오락물이었다. 당연히 보고 싶어서 선택한 것은 아닐 게다. 젊은 커플들에 섞여 시게노리는 스크린을 바라보고 있었다. 그 공허한 옆얼굴은 이제 확실히 눈에 익고 말았다.

구노는 잠깐 졸았다. 얕은 꿈 속에서 장모가 나왔다. 같이 살아도 좋다며 입가에 웃음을 띠고 있었다. 아주 잠깐이었지만 따뜻한 기분이 들었다.

영화가 끝나자 시게노리는 덮밥 집에서 식사를 하고 집으로 향했다. 역에서는 같은 버스에 탔다. 이제 택시를 타고 먼저 가 기다리는 짓은 하지 않아도 된다고 핫토리가 말해서, 그렇게 했다. 늦은 시간이었으므로 승객은 드물었지만 양쪽 다 시선을 어디에 둘지 몰라 곤란해하지는 않았다. 시게노리는 차창을 통해 밖을 물끄러미 보고 있었고, 구노와 핫토리는 뒷자리에서 시게노리의 발밑을 보고 있었다.

집 옆의 버스 정류장에서 내릴 때는 일부러 바로 뒤에 섰다. 아무래도 이때만큼은 시게노리의 등이 긴장하고 있음을 알 수 있었다.

고른 간격으로 서 있는 가로등 불빛을 받으며 주택가를 걸었다. 시게노리의 집은 가로등 바로 옆이어서 하얀 벽이 어둠 속에서 차갑게 떠올라 있었다. 시게노리가 등을 웅크리며 문을 지나는 것을 보자 어느 쪽이 먼저랄 것도 없이 한숨을 쉬었다.

서로 돌아온 것은 밤 11시가 지나서였다. 이노우에는 없었다. 형사부 사무실은 휑하니 조용했고, 군데군데 야근 중인 형사들이 책상 앞에 앉아 있었다. 구노는 직접 차를 타고, 호주머니에서 안정제를 꺼내 잠시 생각한 후 네 알을 먹었다. 이걸로 집에 도착할 무렵이면 잠이 찾아올 것이다.

"어이, 구노."

목소리에 돌아보자 사에키가 입구에 서 있었다.

"피곤하지?"

"아뇨, 주임님이야말로."

"기다리고 있었어."

"그러셨어요?"

"그래."

샌들 소리를 내며 다가와 뒤에서 구노의 어깨를 주물렀다.

"와, 어깨가 너무 뭉쳐 있다. 제대로 휴가 좀 받아서 쉬지 그러냐?"

"그럼 보름 정도 내도 될까요? 결혼할 사람을 찾아 하와이라도 갔다 올게요."

그렇게 농담을 했다.

"그래? 과장한테는 내가 말해둘게."

어딘가 메마른 말투가 의외다 싶어 돌아보았다.

"잠깐 할 이야기가 있어. 빈 방으로 가자."

"네……, 그건 좋은데요."

사에키가 먼저 걸어가고 뒤를 따랐다. 구노도 묻고 싶은 게 있었다. 복도의 형광등 하나가 수명이 다했는지 깜박이고 있었다.

취조실로 들어가자 사에키가 문을 닫았다.

"너도 담배 피웠지?"

그렇게 말하며 옆의 선반에서 재떨이를 꺼냈다.

"인생에는 독도 필요한 법이야. 물이 너무 맑으면 물고기가 살지 못해."

"하실 말씀이라는 게 뭐죠?"

탁자 위에 팔꿈치를 올렸다.

"낮에는 미안했다. 우선은 그것 먼저. 이노우에에게 따라가 보라고 했어."

사에키가 고개를 좌우로 꺾었다.

"이노우에는 내 명령에 따랐을 뿐이야. 너무 기분 나쁘게 생각하지 말아줘."

"아뇨, 별로 안 그래요. 하지만 왜 그런 짓을……."

"아까 이야기를 마저 하자면, 너 어떠냐, 좀 쉬어보는 게."

무슨 말인지 알 수 없어서 사에키의 얼굴을 바라보았다.

"과장님한테 승낙은 내가 받아줄 거고, 경무에게도 내가 이야기해둘게. 이래 봬도 내 말발이 좀 먹히잖냐. 아무 말 말고 내 말대로 해."

"어떻게 된 겁니까, 대체?"

"너는 피곤해. 단지 그뿐이야."

"주임님, 말씀하시는 의미를……."

"어이, 이봐."

사에키가 몸을 앞으로 바싹 내밀었다. 작은 탁자에서 서로 이마를 맞대고 있는 듯한 모습이 되었다.

“네 안사람이 죽은 게 언제였지?”

“뭡니까, 갑자기.”

“그러니까 언제야?”

“……7년 전입니다만.”

“덤프트럭하고 충돌했던 거지?”

“네……, 그렇습니다.”

“그때 차에 타고 있던 건 안사람뿐이었나?”

“아뇨, 장모님도 같이 타고 계셨는데요.”

사에키의 눈이 순간 반응했다. 뭔가 할 말을 찾고 있었다.

“그 장모님은 어떠셨냐.”

“정말 뭡니까? 휴가를 가라느니, 마누라가 죽은 게 언제였냐느니.”

“부탁한다. 대답해줘.”

사에키의 목소리가 올라갔다.

“너에 대해서 알고 싶어서 그래.”

방 안에 잠시 침묵이 흘렀다. 구노는 몸을 세워 의자에 등을 기댄 후 담뱃불을 붙였다.

“……장모님은 중상이셨습니다.”

“그럼 사셨겠군.”

“당연하잖습니까. 지금도 살아 계신데.”

"그럼 오늘도 만나고 온 거냐?"

"네."

"연세는 얼마나 되셨지?"

"예순다섯입니다."

"흐음, 그래……."

사에키가 볼을 씰룩이면서 숨을 토해낸다. 다시 두 사람은 침묵했다.

"저기……."

구노가 입을 열었다.

"오늘은 그만 가서 자고 싶은데요."

아까 먹은 약의 효력이 느껴졌다. 네 알은 너무 심했나. 머릿속에 뿌연 안개가 낀다.

"아, 그래. 미안하다."

사에키가 시선을 밑으로 향하며 손으로 목덜미를 주물렀다. 한 번 헛기침을 했다.

"저기, 짧게 말할게. 네 장모님은 훨씬 전에 돌아가셨어."

무슨 말을 하는지 알 수 없었다.

"정신 똑바로 차려."

말투가 바뀌었다.

"너한테는 내가 있어. 그리고 이노우에도 있고, 세키도 있고, 하라다도, 우리 계는 전부 네 편이야. 그리고 교통과의 수다쟁이 여자애들 있잖아. 그 3인조, 걔네도 네 팬이야. 전부 같은 편이지. 걱정할 건 아무것도 없어. 얼마든지 네 투정 다 받아줄 수 있다고."

빠르게 말하고 있었다.

"잠깐만요, 대체, 무슨 말씀이세요."

"돌아가셨다고. 네 장모님은 죽었어."

구노가 얼굴을 찌푸렸다.

"주임님, 주임님이야말로 어떻게 된 거 아닙니까?"

"이걸 봐."

사에키가 안주머니에서 종잇조각을 꺼냈다.

"신경이 쓰여서 조사해봤어. 하치오지 공제병원에 가서 복사해 온 거야. 사망진단서지. 네 장모님 거야. 사고 이틀 후 의식불명인 채 돌아가셨어."

탁자 위에 펼쳐져 있는 복사 서류로 눈을 떨어뜨렸다. 본격적으로 약이 효과를 발휘하는지 초점이 잘 맞질 않았다.

얼굴을 들자 사에키의 모습까지 흐릿하게 보였다.

27

"오늘 아침에도 집 앞에 매스컴 사람들이 나와 있었나요?"

소형 버스 안에서 오기와라가 물었다.

"아뇨, 정차해 있는 차가 한 대도 없었어요."

"각 방송국 보도국장 앞으로 팩스를 보내놨습니다. 신문사에도요."

"그러셨어요? 정말 고맙습니다."

교코가 정중하게 고개를 숙였다. 오기와라의 신속한 행동에 감탄했지만 동시에 이걸로 본격적인 싸움이 시작됐다는 생각도 들었다. 건방진 주부라고, 점점 더 그들의 흥미를 끌게 될 것이다. 가만히 있으면 의심을 사고, 뭐라고 하면 켕기는 게 있어서 그런다고 지레짐작한다. 어느 쪽으로 구르든 늪에서 빠져나올 수가 없는 것이다.

"경찰에도 못을 박아놨습니다. 사정 청취는 전부 변호사를 입회하게 한 뒤에 하라고요."

"저, 그렇게까지는……."

그 요구는 좀 곤혹스러웠다. 시게노리에게는 변호사에 대해 한 마디도 하지 않은 상태였다.

"안 됩니다. 우물쭈물하면요. 방화는 진술이 절대적이라서 한 번 찍은 용의자는 억지로라도 자백을 시키려고 하는 법이에요, 경찰은. 나한테 맡겨주세요."

오기와라가 밝은 목소리로 가슴을 쳤고, 교코는 미소로 대답하는 수밖에 없었다.

이날 항의 행동에 대해서도 본점은 특판 세일로 대항해왔다. 오늘은 화장지 특판이었다. 마찬가지로 주부들이 몰려들었고, 겨우 나눠준 전단지가 아스팔트에 어지럽게 흩어졌다.

이 돼지들 같으니. 교코는 자신도 모르게 그런 욕설을 마음속으로 뇌까리고 말았다. 어제는 고무로가 애원하는 바람에 반성했지만 역시 그렇게까지 대범할 수는 없었다. 눈앞에 있는 여자들은 오직 추할 뿐이었다.

사장은 여전히 물러서 있었다. 그 자기중심적인 남자는 어째서 승산이 없는 싸움을 계속하려는 것일까. 무슨 생각을 하는지 전혀 알 수 없었다.

돌아가는 차 안에서 교코는 왜 노동기준감독서에 빨리 고발하지 않는지 오기와라에게 물었다.

"처음에는 개선 권고만 해요. 관청이라는 데가 원래 느리거든요."

오기와라는 자판을 치던 손을 쉬며 알려주었다.

"게다가 재판에 들어간다 해도 모든 것은 밀실에서 행해지죠. 세상에 알릴 수가 없는 겁니다. 고발당한 것도, 재판에서 진 것도 근처에 있는 주부들에게는 알려지지 않죠. 그런 것보다는 우리가 눈에 띄는 항의 행동을 하는 게 그 가게에게는 더 타격이 큽니다."

납득이 되는 설명이었지만 그보다 교코는 이 단체교섭이 당분간 계속되는 편이 더 고마웠다. 오기와라나 고무로와의 관계를 유지할 수 있었고, 무엇보다 시간을 충실하게 활용할 수 있었기 때문이다.

오후 4시가 지나 집에 도착하자 가오리와 겐타가 거실에서 비디오를 보고 있었다. 왠지 건성으로 소파 위에서 무릎을 안고 있다.

"웬일이야? 공원에서 놀고 있을 줄 알았는데."

가오리가 말없이 돌아보았다. 침울한 표정을 하고 있었다. 안 좋은 예감이 들었다.

겐타를 보자 텔레비전을 향한 채 시선을 맞추려 하지 않았다. 몸을 숙여 얼굴을 들여다보자 눈이 빨개져 있었다.

핏기가 가셨다. 우려했던 일이 벌어졌다고 생각했다.

"무슨 일 있었어? 서로 싸움이라도 한 거야?"

애써 웃음을 지어 보였다.

"저기, 엄마."

가오리가 멍하니 입을 벌렸다.

"아빠가 회사에 불 질렀어?"

"누구야, 그런 소리 한 게."

마구 뛰기 시작하는 심장을 필사적으로 억눌렀다.

"아오키랑 요시무라가."

동네 남자아이들이었다. 늘 겐타와 노는 상급생들이다.

"공원에서 겐타한테 그랬대. 너네 아빠가 회사에 불 질렀다고."

"거짓말이야, 그건. 거짓말일 게 뻔하잖아."

교코의 입술이 떨렸다.

"봐, 엄마가 거짓말이라고 하잖아."

가오리가 겐타를 나무랐다. 겐타는 그래도 고개를 푹 숙이고 있었다.

"겐타가 거짓말이라고 했지만 믿어주지 않았대."

심장이 소리를 내며 뛰기 시작했다. 고막이 안쪽에서부터 울리고 있었다.

"그래서 밀쳤다가 자기가 오히려 밀려 넘어졌는데, 그걸 또 발로 막 찼대."

"됐어."

겐타가 소리쳤다. 눈을 부릅뜨고 있었다.

"아빠는 그런 짓 하지 않았어."

이미 예전에 체온을 잃었을 텐데 이젠 온몸에서 땀이 솟아 나왔다.

"그냥 놔두면 또 뭐라고 할 거 아냐. 이제 놀아주지도 않을 거고."

"상관없어, 같이 안 놀아도 돼."

"아니야. 아오키 걔네들 아직 공원에 있니?"

"됐어. 안 가도 돼."

겐타가 부르짖듯이 말했다.

교코는 그 목소리를 마저 다 듣지도 않고 현관을 향해 걸어갔다.

"저기, 엄마."

등 뒤에서 겐타의 목소리가 쏟아졌다. 대답하지 않았다. 그냥 놔두면 안 된다고 생각했다. 아니, 그런 한가한 이유 때문이 아니다. 이제 싸우는 것 외에 다른 방법은 없는 것이다. 아이들을 지키기 위해. 이 집을 지키기 위해.

샌들을 신고 밖으로 나가 주택가를 종종걸음으로 뛰어갔다. 가슴속이 시커멓게 가라앉아 있었다. 지난 보름 동안 내내 그랬다. 아무 걱정 없던 지난날들이 그리웠다. 밋밋하긴 했지만 평온했다. 행운은 없었지만 밤에 잘 수 있었다.

자신의 인생에, 진심으로 웃을 수 있는 순간은 이제 찾아오지 않는 걸까. 그런 기분조차 들었다.

익숙한 동네 풍경일 텐데 처음 보는 느낌이었다. 비슷비슷한 하얀 벽의 집들이 그저 차가운 상자 같았다.

소년들은 아직 공원에서 공놀이를 하고 있었다. 뚜벅뚜벅 걸어가 한 남자아이를 잡았다.

"아오키, 잠깐만. 요시무라도 이리 좀 와볼래."

한구석에 있는 급수대까지 끌고 갔다. 소년들은 무슨 일인지 눈치채고 얼굴이 굳어졌다.

"우리 겐타한테 뭐라고 했니."

두 아이 모두 아래를 보고 있었다.

"가만히 있으면 모르잖아. 겐타에게 뭐라고 했어?"

그래도 잠자코 있었다.

"우리 아저씨가 회사에 불을 질렀다든가 그런 소리 했지?"

다른 남자아이들이 멀리에서 바라보고 있었다.

"왜 그런 소리를 했지? 누구한테 들었어? 아빠? 엄마?"

아기를 태운 유모차를 끌고 나온 젊은 주부들도 시선을 이쪽으로 보내고 있었다. 위가 쪼그라드는 듯했다.

"말해봐. 어서."

좀 더 강경하게 묻자 소년들은 떨듯이 몸을 움츠렸다. 교코의 감정이 더욱 격앙됐다.

"말해두는데, 우리 아저씨는 그런 짓 안 했거든. 무엇보다 너희가 본 것도 아니잖니? 보지도 않았으면서 왜 그렇게 말한 거야? 아마 아빠나 엄마가 그렇게 말했겠지. 그 집 아저씨가 주간지에 나왔다면서 말이야. 알겠니? 그런 거 다 거짓말이거든. 앞으로 그런 소리 또 하면 아줌마가 가만 안 있을 거야."

소년의 귀를 잡아당겼다. 소년이 얼굴을 찡그렸다. 순간 가슴 안에서 격정이 치밀었다. 교코는 손을 들어 아이의 볼을 때렸다. 찰싹 소리가 났다. 다른 아이에게도 똑같이 했다. 자기 아이들에게도 한 번도 손을 댄 적이 없었는데.

얼굴을 들자 공원에 있던 모두가 교코를 보고 있었다. 멀리에서 두부 장수의 두부 사라는 소리가 한가하게 들려왔다.

모래가 있는 곳에 동네 어린이회 회장을 맡고 있는 6학년 남자아이가 있었으므로 다가가서 말을 걸었다. 이번에는 웃음을 지어 보였다.

"저, 부탁이 있는데."

목소리도 상냥하게 냈다.

"우리 겐타가 말이야, 아오키랑 요시무라에게 혼이 났단다. 겐타네 아빠가 나쁜 짓을 한 것 같다는 소문도 냈고 말이야……. 하지만 그런 짓은 옳지 않잖아."

"아, 네."

남자아이가 얌전히 끄덕였다.

"학교에서 선생님도 말씀하셨을 거야, 남을 괴롭히는 건 좋지 않다고. 그러니까 동네 아이들이 겐타를 괴롭히려고 하면 네가 좀 말려다오."

"네……."

"네가 겐타를 좀 도와줬으면 해."

"네……."

"고맙다. 다음에 우리 집에 한번 놀러 오렴. 아줌마가 맛있는 거 줄게."

당황해하는 남자아이의 어깨 위에 손을 올리고 마지막으로 웃음을 보냈다.

공원을 뒤로했다. 무릎에 힘이 들어가지 않아서 잘 걸을 수가 없었다. 등 뒤로 아플 만큼 시선들이 꽂히고 있다는 것을 알 수 있었다.

면바지 호주머니에 두 손을 넣고 교코는 집까지 걸었다.

너무나 우울해서 한숨도 나오지 않았다.

이걸로 된 것일까. 자문해본다. 실패할 것 같은 기분도 든다. 하지만 달리 어떤 방법이 있었을까. 잠자코 있으면 점점 소문은 퍼져갈 것이다.

가오리와 겐타는 학교에서 뒷손가락질을 당할까. 무사히 넘어가지 않을 것 같았다. 학교에 가고 싶지 않다고 하면 그땐 어떻게 하면 좋을까.

시게노리의 얼굴이 떠오른다. 자신은 이렇게 괴로워하고 있는데, 남편은 무엇을 하고 있을까.

게다가 원인은 남편이었다. 불공평하다고 생각했다. 이렇게 불공평해도 되나 싶었다.

집으로 돌아와 저녁 식사 준비를 시작했다.

"주의를 주고 왔으니까 이제 괜찮을 거야."

그렇게 알려주기만 했다. 거실에서 조용히 텔레비전을 보고 있는 아이들은 아무 반응이 없었다. 만화영화였지만 웃음소리도 나지 않았다. 교코는 밥솥 스위치를 누르고 나서 거실로 갔다.

"아, 맞다."

아이들에게 해줘야 할 말이 있다는 게 떠올랐다. 자꾸만 미루다 보면 점점 더 말하기가 어려워진다. 어차피 알게 될 일이다.

"연휴에 홋카이도로 여행 가기로 했던 거 취소됐어. 게이코 이모네가 못 간단다."

"흐음……."

가오리가 대수롭지 않다는 듯 대답했다.

"우리끼리 갈 수도 있겠지만 아빠도 요즘 바쁘신 것 같고."

"응, 괜찮아."

"겐타는?"

"나도 괜찮아."

그렇게만 말하고 다시 텔레비전으로 향했다. 두 아이 다 전혀 항의하지 않았다.

좀 더 아이들답게 떼를 썼으면 싶었다. 평소 같았으면 그랬을 것이다.

"그 대신 어디 다른 데 가서 하루 자고 올까? 그 정도는 갈 수 있을 것 같은데."

"안 가도 상관없어."

가오리만 대답하고 겐타는 조용했다.

"그렇게 말하지 말고, 어딘가 가자. 멀리는 힘들겠지만 오다와라나 하코네 같은 곳이라면 차로 갈 수도 있고."

"응, 좋아."

겨우 희미하게 웃어주었다.

셋이서 저녁 식사를 했다. 텔레비전을 켜둔 채였다. 아이들은 방영되고 있는 음악 프로그램을 보며 밥을 먹었다.

집 안 분위기가 무거웠다. 뭔가 이야기를 해야 한다.

"정원 화단, 아직 다 안 끝났어."

교코가 말을 꺼냈다.

"응, 그래" 하고 말하는 가오리.

"튤립 묘목 사다가 심어볼까?"

"튤립은 너무 늦은 거 아니야?"

"묘목이라면 괜찮아. 여러 종류가 있는 것 같더라고."

"흐음."

"학교 화단에는 지금 튤립 피어 있어."

마침내 겐타가 입을 열었다.

"어머, 그래?"

"아니야. 그건 수선화야."

가오리가 그렇게 말하며 입을 삐죽였다.

"겐타는 꽃이라면 뭐든 튤립이라니까."

"선생님이 그렇게 말씀하셨어."

"선생님이 그랬을 리가 없어."

"잘못 들은 것뿐이야. 맞지?"

교코가 구원병으로 나섰다. 다소 원래대로의 식탁으로 돌아왔다.

전화가 울렸다. 보조 전화기는 부엌 장식장 위에 있었다. 식사를 멈추고 전화를 받았다.

"전 아오키라고 합니다."

수화기 너머에서 날카로운 여자의 목소리가 들려왔다.

"네?"

"아오키 츠바사의 엄마입니다."

"아, 네……."

바로 기분이 어두워졌다.

"오이카와 씨, 좀 심한 거 아닌가요? 남의 아이를 때리다니요."

쉽게 넘어가지는 않을 것 같아서 교코는 부엌을 나와 침실로 갔다.

"아이들끼리의 싸움에 부모가 나서는 건 문제가 아닐까 싶습니다. 츠바사에게는 엄마인 저도 손을 댄 적이 없어요."

문을 닫고 방의 불을 켰다.

"하지만 댁의 아드님은 4학년이고 저희 겐타는 2학년이에요. 괴롭힘을 당했는데 가만있을 수는 없잖습니까."

"괴롭혔다니요, 무슨 그런 말도 안 되는 소리를. 그냥 장난치다 그런 것뿐이잖아요."

"아뇨, 그렇게는 생각하지 않습니다. 게다가 댁의 아드님은 우리 겐타를 발로 걷어차기까지 했습니다."

"그런 말은 못 들었습니다."

"그럼 댁의 아드님이 솔직하게 말하지 않은 겁니다. 애가 멍까지 들었어요. 정 못 믿으시겠다면 진단서라도 떼서 보내드릴까요?"

단숨에 그렇게 말했다.

"그런……."

아오키가 할 말을 잃은 모양이었다.

"그러니까 아오키 씨, 애 앞에서 쓸데없는 소리 떠들지 마세요."

"쓸데없는 소리라니요?"

"쓸데없는 소리가 쓸데없는 소리지요."

"……무슨 말씀인지 모르겠네요."

아오키가 분명 빈정거림을 담아 말했다.

"아무튼 앞으로 우리 겐타에게 손대면 법적인 조치를 취하도록 하겠습니다. 우리에게는 고문 변호사도 있으니까 보호자 책임을 물을 수 있습니다."

"뭐예요, 당신……. 믿을 수가 없네."

"이제 됐나요? 식사 중이었으니 끊겠습니다."

일방적으로 전화를 끊었다. 눈을 감았다. 바닥에 웅크리고 앉아서 잠시 그대로 있었다.

마치 전쟁 같다. 몸에 힘이 들어가질 않았다. 이런 것도 전부 시게노리 때문이다.

수화기를 문을 향해 가볍게 던졌다. 창호지에 작은 구멍이 났지만 어떻게 되어도 상관없었다.

거실로 돌아와 식탁에 앉았다.

"누구였어?"

가오리가 불안한 듯 물었다.

"아르바이트하는 곳 친구야."

이제 억지웃음 짓는 건 익숙했다. 하지만 식사는 거의 할 수가 없었다.

아이들이 2층으로 올라가자 마치 그것을 기다리기라도 한 듯이 이번에는 친정어머니에게서 전화가 왔다. 주간지 기사를 어머니도 읽었을 것이다. 예상은 하고 있었다.

"저기, 네 남편은 괜찮니?"

친자식에게 하는 말이라고는 생각되지 않는, 조심스러운 목소리였다.

"응. 괜찮아요. 진작 직장에도 복귀했고, 병원에는 일주일에 한 번, 붕대 갈 때만 가요."

"그게 아니라……."

어머니가 우물거렸다.

“아, 혹시 주간지 그거?”

자신이 먼저 밝게 말을 꺼냈다.

“뭐야, 그거였다면 전혀 걱정하지 않아도 되는데.”

“으응, 엄마는 걱정하지 않는데, 아빠가 자꾸 전화해보라고 해서.”

“당신이 하라고 했잖아.”

뒤에서 화난 듯한 아버지의 목소리가 들렸다.

“괜찮아요. 그런 거 다 사기 기사예요. 그냥 소문일 뿐, 시게노리 씨가 그런 짓을 할 만한 사람이 아니잖아. 하도 화가 나서 나 변호사 고용했어요.”

“그렇구나.”

“그래요. 아는 사람 중에 변호사가 있어서. 상담했더니 이건 용서할 수 없다, 그야말로 마츠모토 사린 사건이라고 하더라고. 그래서 매스컴과 경찰에게 서면으로 경고했어. 그랬더니 바로 얌전해지더라고요.”

“뭐야, 그랬구나.”

어머니의 목소리가 마침내 밝아졌다.

“자기들 쪽이 뭔가 켕기는 게 있으니까 알아서 쏙 들어간 것 같아.”

“교코, 너 변호사도 다 아니?”

“아는 사람이 있는 정도야. 나 이래 봬도 아는 사람 많거든요.”

"흐음, 그렇구나……."

일단은 안심한 모양이었다.

"게이코도 언니네 집 괜찮을까 걱정하더라."

"괜찮다고 말해줘요. 그런 일로 너무 걱정하지 않아도 된다고."

"응, 알았다."

한숨 쉬는 것까지 알 수 있었다.

어머니는 그 뒤로 지병인 신경통 이야기 같은 걸 좀 더 하다 전화를 끊었다. 어디까지 믿었는지는 알 수 없다. 백 퍼센트까지는 아닐 것이다. 하지만 희망은 준 것이다. 그것이 자식으로서 부모에게 해줄 수 있는 전부였다.

완전히 지쳤다. 이제는 씻고 싶지도 않았다.

소파에 깊이 몸을 파묻고 천장을 올려다보았다. 이제 시게노리가 돌아올까. 몇 번이나 한숨이 나왔다.

돌아오지 않으면 좋을 텐데. 차라리 무슨 사고로 죽어줘도 좋을 것 같다.

교코는 그런 생각을 하는 자신이 전혀 나쁘다고도 생각하지 않았다.

시게노리가 집으로 돌아온 것은 밤 10시가 지나서였다. 술 냄새는 나지 않았다.

"목욕물 데울까?"

넥타이를 풀고 있는 남편에게 그렇게 묻자 혼자 알아서 들어가 주었다.

오늘 야근? 식사는 했어? 일일이 물어볼 기력도 없었다. 시게노리 역시 전화 한 통 없었던 것이다.

먼저 침실로 들어가 두 사람분의 요를 깔았다. 평소보다 이르긴 했지만 자도록 하자.

잠옷을 갈아입고 이불 속으로 들어갔다. 남편 요와는 미묘하게 느껴질 만큼 거리를 두었다. 최근 쭉 그랬다. 관계를 가지고 싶은 생각은 조금도 일지 않았다.

자리에 누워 눈을 감았다. 쉽게 잠이 안 와 온갖 생각을 하고 말았지만 그래도 최악의 상상을 피하는 기술만은 알고 있었다. 누구라도 좋으니까 오늘 만났던 남자에게 안기는 상상을 하는 것이다. 교섭단체 동료 가운데 적당한 남자가 있었으므로 그를 이용하기로 했다. 허벅지 사이로 살짝 손을 끼워 넣으면서.

잠시 후 시게노리가 들어왔다. 라이터로 불을 붙이는 소리가 들렸다. 머리맡의 스탠드를 켜고 담배를 피우는 모양이었다. 교코는 등을 돌리고 누워 있었다.

"이봐."

시게노리가 입을 열었다.

"교코, 자나?"

"응?"

건성으로 대답했다.

"나……."

"피곤하거든."

입이 멋대로 움직이고 있었다. 동시에 심장이 경종을 울리기 시작했다.

"나, 피곤해."

시게노리가 입을 다물었다. 재떨이에 담배를 비벼 끄는 소리가 들렸다.

"저기, 교코."

또 이름을 부른다.

"뭐예요?"

"할 말이 있는데."

"나중에 해요. 자고 나서."

"이미 눈치챘을 거라고 생각하는데."

"듣고 싶지 않아."

날카로운 목소리로 말했다. 등을 돌린 채 두 팔로 가슴을 안았다.

"안 되나……."

"안 될 게 뻔하잖아."

"그런가……."

시게노리는 아직 자리에 들 생각이 없는 듯했다. 침묵이 흘렀다. 교코의 몸이 뻣뻣하게 굳었다.

"……미안해."

시계노리의 목소리가 메말라 있었다.

"뭐가 미안한데. 그렇게 말하고 끝날 문제가 아니잖아."

빠르게 내뱉었다.

"그런가……."

"당연하잖아."

시계노리가 또 담배에 불을 붙였다.

"농담하지 마."

이를 악물며 말했다.

"농담하지 말라고."

마침내 이날이 왔는가. 교코는 안간힘을 다해 눈을 감았다. 모든 것을 거부하듯이 숨까지 멈추고 있었다.

시계노리는 담배를 다 피우고 나서 부스럭부스럭 이불 속으로 들어갔다.

전기스탠드를 끄는 소리.

몸의 떨림이 멈추지 않았다.

28

사나에의 교통사고를 안 것은 아직 본청에서 근무할 무렵 잠복 중일 때였다. 강도상해 사건의 용의자를 쫓고 있었다. 용의자 여자 친구의 아파트 앞, 차 안에서 밤을 새우고 있었는데 무전으로 서둘러 하치오지의 공제병원으로 가보라는 지시가 왔다.

"부인이 교통사고를 당한 것 같아요."

무전이었기 때문인지 그리 심각하지 않은 말투였다.

교대 요원이 오기를 기다렸다가 택시를 잡았다. 가슴이 뛰긴 했지만 설마 하는 마음이 강했다. 전날 밤에 건강한 목소리를 들었다. 어머니와 아침에 서는 시장에 갈 거라고 이야기했었다.

"그래, 아기 이름 생각났어. 아사이치(朝市)라고 하자."

구노는 마치 그때 생각났다는 듯이 말했다. 당연히 "바보"란 말과 함께 거절당했다. 그 전날 밤에는 구노가 잠복 때문에 "밤

낮이 바뀌었어" 하고 투덜대자 사나에가 "아, 아기 이름 생각났어. 주야(晝夜)라고 하자"라며 웃었다. 배 속의 아기가 남자아이라는 것을 안 이후 두 사람 사이에서 유행하던 게임이었다.

아버지가 된다는 것을 의심하지 않았다. 교통사고라니, 세 식구가 같이 살 날을 눈앞에 두고 꿈에도 생각하지 않았던 일이었다.

병원에 도착하자 간호사가 구노를 집중치료실로 데려갔다. 여자의 파랗게 질린 얼굴을 보며 사태를 짐작했다. 복도에서 기다리라고 했지만 경찰수첩을 보이며 억지로 안으로 들어갔다. 타일이 깔린 바닥에 발을 올려놓으며 소리치고 싶어졌다. 이런 변소 같은 방에서 빨리 사나에를 꺼내달라고. 그리고 수술대를 들여다보고는 할 말을 잃었다. 눈을 감고 누워 있는 것은 사나에가 아닌 장모였다. 무수히 많은 튜브가 몸에 연결돼 있었다. 어떻게 된 것일까.

의사의 성난 목소리를 들으며 복도로 끌려나갔다. 간호사가 죄송하다며 울 것 같은 목소리로 말했다. 모두가 혼란스러워하고 있었다. 착각했습니다, 부인께서는 지하 영안실에 계십니다. 그 말을 들었을 때 구노의 머리 회전은 끊겼다.

생각해보려 해도 그 뒤는 새하얀 어둠이었다. 하얀 어둠이라는 게 있다면 말이지만. 손을 뻗어보아도, 휘둘러보아도 닿는 게 아무것도 없었다.

장례식은 치렀을까. 묘는 자신이 수배했을까. 그것조차 자신이 없었다.

"이것도 운명이니까."

장모가 조용히 말했다.

"신이 결정한 일이니까."

"그렇게 생각하세요?"

구노가 물었다.

"천국이 있다고 생각해. 천국이라는 건 인류 최대의 발명인지도 몰라. 누구나 평생 동안 몇 번인가는 사랑하는 사람을 잃으니까."

"그렇게 간단히 생각이 안 돼요."

"가오루. 안 돼. 현실을 받아들여야만 해."

"그런 거, 어머니, 천국이나 현실 같은 거……."

몸이 흔들리기 시작했다. 저기, 구노 씨…….

느리게 각성해가는 느낌이 든다. 불을 쪼이듯 의식이 색을 띠어간다. 자신의 육체에 온도와 체중이 느껴진다.

"일어났어요, 구노 씨?"

와키타 미호가 팔을 잡고 있었다.

"그래…… 뭐야?"

목소리가 갈라졌다. 천장이 보였다.

"뭐야가 아니죠. 괜찮아요?"

"괜찮냐니, 뭐가?"

"죽은 줄 알았어요. 아무리 흔들어도 깨질 않아서."

전등불이 안구로 스며들었다.

“전화.”

귀에 의식을 집중했다. 호출음은 들리지 않았다.

“아까부터 세 번 정도 울렸는데. 내가 받을 수는 없어서.”

미호는 침대 옆에 쪼그려 앉아 있었다.

“이렇게 깊이 자는 사람은 처음 봤어요. 구노 씨다운 거 같아.”

그 말에는 대답하지 않고 목을 비틀어 자명종을 보았다. 오전 10시가 가까웠다. 작게 신음하며 다시 또 베개에 머리를 파묻었다.

“너무 피곤한 거 아니에요? 어젯밤에도 돌아왔을 때부터 몽롱한 상태에서 그대로 침대에 쓰러지던데. 내가 옷 벗겨줬어요.”

“……담배.”

오른손을 내밀었다.

미호가 호주머니에서 담배를 두 개비 꺼내 하나는 자신의 입에 물었다. 불을 붙이고 나서 나머지 하나를 구노에게 건네주었다.

미호가 우연히 구노의 집에 머문 이후 자신의 집으로 돌아가지 않은 것은, 그 맨션이 하나무라의 중개로 입주한 점유 물건을 다시 또 임대한 곳이었기 때문이다. 이야기 중에 오쿠라의 이름도 나왔다. 아마 채권의 담보로 빼앗은 것이었을 게다.

오쿠라는 처음에 와키타 미호를 모른다고 했었다. 제법 연기를 잘했다.

"일, 괜찮아?"

"괜찮지는 않죠……."

연기와 한숨을 동시에 내뱉었다.

전화는 핫토리에게서 온 것이었다. 핫토리는 분명 화를 내고 있을 것이다. 멍하니 천장을 바라보았다.

그보다 머릿속에서 뭔가가 잡아당기고 있는 듯한 느낌이 들었다. 뭐지. 마음속으로 중얼거려본다. 꿈이 생각날 것 같았지만 그 또한 애매했다. 아아, 그런가. 어젯밤의 일이었다. 사에키와 만나 이야기를 했던 것 같은데, 아무래도 기억이 흐릿했다. 그러고 보니 장모에 대해 말했었다.

"아침 드실래요? 그래 봤자 빵이지만."

"그래……."

사에키가 주선한 맞선 이야기에 장모와 같이 살아줄 수 있다면, 하고 대답했던 적이 있었다. 그 건에 대한 것이었을까. 아니다, 그런 게 아니었다.

미호가 부엌으로 걸어갔다.

머리를 굴려본다. 머릿속이 여전히 뿌옇다. 그렇다, 분명 장모는 죽었다고 사에키가 말했었다. 뭐야, 대체 무슨 그런 농담이 다 있는가.

눈을 감아보았다. 역시 꿈이었던가. 약을 먹은 게 서로 돌아와서니까…….

순간 이상하게 머리가 아팠다. 머리 전체가 아닌 뇌의 일부만

꼬집히는 듯한 통증이었다.

“여기요.”

미호가 식빵과 컵에 담긴 수프를 가져왔다. 탁자로 눈길을 주었다.

“구워주지 않을래?”

“그런 건 미리 말했어야죠. 토스터 어디 있어요?”

“……됐어. 그냥 줘.”

몸을 일으키고는 빵을 먹었다. 목으로 잘 넘어가지 않아서 냉장고에서 우유를 꺼내 팩째 들이마셨다. 몸을 움직이자 겨우 정신이 드는 듯했다.

커튼을 젖혔다. 하늘이 눈이 시리도록 파랗다. 두 팔을 쭉 뻗으며 가슴을 뒤로 젖혔다.

“저기, 하나무라 씨 잘리는 거 맞죠?”

미호가 탁자에 팔꿈치를 괴며 물었다.

“글쎄, 어떨까. 퇴직할 가능성이 높긴 하지.”

“그러면 나 싫은데.”

“……왜.”

“현직에 있는 동안에는 함부로 대하지 않았거든요. 하지만 그만두고 나면 무슨 짓을 할지 모르는데.”

“그런 남자와 잤으니까 그렇지.”

“구노 씨한테 차였기 때문이에요.”

“웃기지 마.”

구노가 노려보았다.

와키타 미호는 주변의 남자라는 남자의 마음은 모두 빼앗지 않으면 만족하지 못하는 유형의 여자였다. 전근 온 지 얼마 안 돼서 그녀의 유혹을 받고 선뜻 관계를 가졌다. 그 후 평판을 듣긴 했지만 분개하지도, 어깨를 움츠리는 일도 없었다. 스스로도 원했기 때문이었을 것이다. 미호가 다른 젊은 경찰을 만나기 시작하면서 관계는 끊어졌다. 미련도 아무것도 없었다. 다만 서 안에서 얼굴을 마주쳤을 때 "안녕" 하고 인사하는 데는 좀 놀랐다.

"전부터 물어보고 싶은 게 있었는데……. 너 왜 여경이 된 거야?"

"부모님이 되라고 하셔서요. 아버지가 경찰이었거든요."

"그래, 그런 말은 못 들었네."

눈살을 찌푸렸다.

"굳이 그런 이야기를 왜 하겠어요."

"소속과 계급은?"

"나도 몰라요."

"경찰 생활, 힘들었어?"

"너무 힘들어서 펑펑 울곤 했었죠."

미호가 콧등에 주름을 모으고 대답했다.

구노는 옷을 갈아입기 위해 옷장을 열었다.

"……저기, 우리 해요."

미니스커트를 입은 미호가 무릎을 꿇었다.

"무슨 소리야."

불단의 문은 지난 며칠 동안 닫힌 채였다.

서에 도착한 것은 점심 무렵이었다. 도중에 핫토리에게 연락을 해보았다. 몸이 좀 안 좋아서 못 일어났다고 사과했다. 아침 행적 확인은 혼자 한 모양이었다.

"몸조심하세요."

핫토리는 냉담하게 위로의 말을 했다.

복도에서 사에키와 마주쳤다.

"이봐, 몸은 좀 어때?"

평소보다 낮은 목소리였다.

"괜찮습니다. 그런데 주임님, 어젯밤에는 무슨 말씀 하셨던 거죠?"

사에키가 곤혹스러운 얼굴로 구노의 얼굴을 빤히 들여다보았다.

"……아니, 아무것도 아니야. 신경 쓰지 않아도 돼."

"저희 장모님이 뭐 어떻다고 말씀하셨던 거 같은데요."

"됐어."

"뭐가 됐단 말씀이세요."

"네가 너무 졸린 것 같아 보여서 그만뒀어."

"뭘 그만뒀다는 말씀이시죠?"

"……맞선 이야기였어."

미간이 모아졌다.

"그랬나?"

"저기 말이야."

사에키가 어깨에 팔을 둘렀다.

"반나절이라도 상관없으니까 언제 한번 나랑 좀 같이 가주지 않을래?"

"어딜요?"

"병원."

"병원이요?"

"그래. 요즘 위 상태가 안 좋아서. 경찰병원은 가기 싫고, 어디 다른 데 가볼까 하는데. 혼자서는 아무래도 좀 그래서. 길동무 같은 거야."

"아이처럼 왜 그러세요."

쓴웃음을 지었다.

"아무튼 같이 가줘. 알았지?"

사에키는 구노의 등짝을 탕 하고 두드리고 나서 샌들 끄는 소리를 내며 복도를 걸어갔다. 수사본부에서 나온 사에키는 완전히 한가한 모양이었다. 꺾이는 모퉁이에서 여경을 놀려대고 있었다.

형사부실로 들어갔다. 제일 안쪽 책상의 사카타 과장과 눈이 마주쳤다. 바로 사카타가 눈을 피했다.

5초 정도 생각하다가 과장 자리로 갔다. 빚을 받을 게 있는 것 같아서 당당한 기분이었다.

"과장님."

"뭐냐."

서류에 눈을 떨어뜨린 채 사카타가 대답했다.

구노는 얼굴을 가까이 가져가서 속삭이듯 말했다.

"제 사표, 분명히 과장님 선에서 더 안 올라갔죠?"

사카타는 서류를 바쁘게 넘기더니 책상 서랍을 열고 도장을 꺼내 들었다. 아무 대답도 하려 하지 않았다.

"어떻게 된 겁니까. 설마 위로 올라간 건 아니죠?"

"올라갔다."

퉁명스러운 말투였다. 구노는 자신의 귀를 의심했다.

"올라갔다고요? 무슨 말씀이세요?"

여전히 소리를 낮춘 채 좀 더 강경하게 물었다.

"별거 아니야. 그냥 올라갔을 뿐이야."

사카타가 화난 듯 얼굴이 뻣뻣해졌다. 아직도 구노를 보려고 하지 않았다.

"약속이 다르잖아요."

책상에 손을 올렸다.

"무슨 약속 말이야."

"과장님 선에서 가지고 있을 거라고 했잖아요."

"방에서 나가라."

"네?"

"제2취조실로 가. 비어 있을 거야. 뒤따라갈게."

얼굴이 뜨거워졌다. 어금니를 악물고 발걸음을 돌렸다. 무슨 일이 벌어졌는지 전혀 알 수 없었다.

취조실로 가서 기다리고 있는데 머지않아 사카타가 나타났다.

"구노, 침착해라. 아직 결정 난 거 아니야."

문을 닫으며 갑자기 그렇게 말했다. 의자에 앉았다.

"다만 각오는 해둬라."

처음으로 구노의 눈을 보았다.

"각오라뇨?"

"본청에서 감찰이 들어왔어. 엄정하게 할 모양이더라."

"그럼 사정 청취 정도는 해주셔야죠. 저도 할 말이 잔뜩 있으니까요."

"결국 그렇게 될 거야. 다만 최악의 사태도 생각해두란 얘기야."

"어째서 이렇게 된 거죠? 하나무라가 분풀이 삼아 꼬마를 이용해 낸 피해 서류잖아요. 그런 것에 왜 본청이 나서는 거죠? 이야기가 이상하잖아요."

"별로 이상할 거 없어. 조직이란 그런 거야."

"대답이 되지 않습니다."

"재취직은 내가 책임지고 알아봐 줄게."

구노가 미간을 찌푸렸다.

"만약의 경우에 말이야."

"말도 안 돼요!"

책상을 쳤다.

"작은 회사에는 절대 안 넣어. 너는 대학 출신의 경부보다. 그럴듯한 회사에서 그럴듯한 위치에 반드시 있게 될 거야."

"농담하지 마세요."

"나쁘게는 하지 않을게."

"나쁘게 했잖아요."

"그러니까 서류송검 가능성도 있으니까 대충 속으로 계획은 세워두라고."

"당신, 진심으로 말하는 거요?"

"말조심해. 나는 네 상사야."

"그러면 상사답게 약속을 지켜……."

"이상이다."

사카타가 의자에서 일어섰다.

"현시점에서는 아무 말도 소용없어."

구노가 올려다보자 시선의 끝에는 이미 사카타의 뒷모습만 보일 뿐이었다.

"잠깐만……."

문이 닫혔다. 붙잡을 틈이 없었다. 10년 넘게 경찰관으로 일해오면서 이처럼 어이없는 일은 처음이었다. 한 사람의 인생이 이런 식으로 결정되어도 좋은 것인가. 걷잡을 수 없이 분노가 치밀었다.

구노는 취조실을 나와 계단을 달려 올라갔다. 층계참에서 젊은 경찰서 직원과 부딪혔다. 바닥에 바인더들이 흩어졌다. "미안"이라고만 말하고 그대로 달렸다.

5층까지 단숨에 올라갔다. 숨이 차다. 약이 남아 있을까, 현기증이 나듯 머리가 순간 어지러웠다. 복도를 성큼성큼 걸어 부서장실의 문을 열었다.

"뭐냐, 구노. 부르지도 않았는데."

구도가 듣기 좋은 목소리로 물었다. 평소에는 쓰지 않는 안경을 쓰고, 손에는 펜을 들고 있었다.

"제 사표가 여기 있나요?"

"무슨 말이야, 뜬금없이."

"제가 쓴, 아니 과장님이 쓰게 한 사표 말입니다. 부서장님이 가지고 계신가요?"

구도가 천천히 안경을 벗었다. 손가락으로 두세 번 미간을 문질렀다. 매부리코가 위를 향했다.

"마지막까지 선처할 것이다. 아직 처리되지는 않았어."

"하지만 수리할 테죠."

그 물음에 구도는 대답하지 않았다.

"상식적으로 생각해주십시오. 어린아이를 상대로 문제가 좀 있었다고 그만둬야만 하는 건가요. 전례를 보더라도 훈계나 감봉이 더 타당하다고 생각합니다."

"만에 하나 재취직 자리는 내가 책임지고 찾아주겠다."

구도는 의자가 삐걱대도록 가슴을 젖히며 말했다.

"아까 과장님한테서도 똑같은 말을 들었습니다."

"날 사카타와 같이 취급하지 마. 내 쪽이 훨씬 더 발이 넓으니까."

"저는 그럴 마음이 전혀 없습니다."

구노의 입에서 침이 튀었다.

"전별금도 내가 직접 모아주겠다. 본청에도 요청해 모아주지. 최소한 5백만이야. 그리고 재취직 자리에서도 사전준비금을 줄 수 있어. 합치면 천만 정도 될 거다."

"무슨 일이 있었던 겁니까?"

"아무 일도 없었다."

"그럴 리가 없습니다. 그저 단순한 의원면직이라면 왜 이렇게까지."

"열 내지 마. 냉정하게 생각해."

"제 일생이 걸린 문제입니다."

"네게 안 좋게 하지는 않을 거야."

"그것도 과장님이 하신 말씀입니다."

"그러니까 사카타랑 같이 취급하지 말라니까."

"아무튼 납득할 만한 설명을 좀 해주십시오."

"그만 물러가."

구도가 다시 안경을 썼다. 아무 일도 없었던 듯이 서류를 본다.

"얼버무리지 마세요."

"나가."

구도의 날카로운 목소리가 방에 울려 퍼졌다.

잠시 그대로 서 있었다. 구도는 이제 구노를 보려고도 하지 않았다.

기묘한 공백감을 맛보며 부서장실을 뒤로했다. 몸에 힘이 들어가지 않았다. 머리도 잘 돌아가지 않는다. 계단을 어색한 발걸음으로 내려왔다.

형사부실로 가고 싶지 않아서 그대로 밖으로 나왔다. 약간 이른 초여름 날씨였다. 윗도리를 벗어 어깨에 걸쳤다.

경찰을 그만두게 되는 건가. 마음속으로 생각해보았다. 하지만 실감이 나지 않았다. 경찰서 건물을 나와보니 왠지 다른 사람일 같았다.

휴대전화를 꺼내 장모에게 전화하려 했지만 잠시 생각해보다 그만두기로 했다.

지금부터 걱정을 끼칠 일이 아니다. 결정되고 나서 말해도 된다. 게다가 장모는 그리 충격을 받지도 않을 것이다. 너무 위험한 일이라며 전부터 구노를 걱정했었으니까.

또 머리가 아파 왔다. 장모를 생각하면 머리가 아파 오는 것 같았다.

공원까지 비틀비틀 걸어갔다. 벤치에 앉아 오후까지 시간을 보냈다.

저녁부터 하는 시게노리의 행적 확인에는 나갔다. 핫토리가 몹시 기분 나빠하고 있을 것이라 생각했지만 그렇지도 않았고, 오히려 구노의 건강을 걱정해주었다.

"구노 씨, 쭉 독신이라고 생각했습니다만 예전에 결혼했었나 봐요."

왠지 목소리까지 상냥했다.

"1과에 오사와라는 사람 있잖아요. 오늘 그 친구와 점심 먹으면서 들었어요."

"아, 그러세요."

"7년이나 전 일인데, 공연히 말해서 죄송합니다."

허리를 펴며 말했다.

"아, 아뇨."

서둘러 구노도 자세를 바로했다.

"한꺼번에 두 분이나 잃다니……."

"아……, 네. 임신 중이었죠."

"그랬어요?"

핫토리의 얼굴이 일그러졌다.

"그거 정말……. 오사와가 가끔 본청에도 좀 놀러 오고 그러라더군요."

"네, 잘 지내고 있죠? 그 친구."

"바보라서 감기에도 안 걸립니다."

구노가 자신도 모르게 쓴웃음을 지었다. 핫토리의 농담을 들은 것은 이번이 처음이었다.

핫토리는 새로운 정보를 갖고 있었다. 도다 총무부장이 해외 출장에서 돌아온 모양이었다. 본청 수사관들이 곧 임의로 사정을 듣게 될 것이다.

"OB의 방해를 받겠지만요."

핫토리가 빈정거리듯 입꼬리를 들어 올렸다.

시게노리의 퇴근 후 다섯 시간은 여전히 비참한 것이었다. 이 날 밤은 손님도 거의 없는 극장에서 난해한 흑백영화를 보았다. 저녁 식사는 서서 먹는 메밀국수. 시게노리의 볼이 퇴원 이후 점점 야위어가고 있는 것처럼 보였다.

역의 개찰구 바로 앞에서 구노는 젊은 두 명의 회사원을 잡아 세웠다.

"이봐, 잠깐 좀 보자."

돌아보는 한 명의 팔을 잡았다. 이십 대 후반으로 보이는 남자의 얼굴이 금세 새파래졌다.

핫토리가 다른 한 남자의 허리띠를 뒤에서 낚아챘다. 핫토리도 진작 눈치채고 있었던 모양이었다.

"왜 따라오는 거지? 시나가와에서부터 줄곧."

개찰구 위의 발차 시각 안내표를 보았다. 혼조 방면 급행 열차는 아직 10분 정도의 여유가 있었다. 두 사람을 기둥 밑으로 끌고 갔다.

"무슨 말씀이세요. 사람 잘못 본 거 아닙니까?"

남자의 목소리가 떨리고 있었다.

"시치미 떼지 마. 경찰이다. 신분을 증명할 만한 걸 줘봐."

기세에 눌렸는지 남자가 어색한 손놀림으로 안주머니에서 정기권을 꺼낸다. 그 안에 있는 면허증을 보았다.

"명함도 내놔."

"너무 난폭해요, 요즘 경찰은."

또 다른 한 명이 굳은 얼굴로 말했다.

"영장이라도 가지고 계신 겁니까."

"시끄럽다. 당장 꺼내봐. 짐작 가는 게 있으니까."

구노가 을러댔다.

포기했는지 남자가 명함을 내민다. 생각했던 대로 '하이텍스 총무부'라는 이름이 인쇄되어 있었다.

"노는 거냐, 아니면 상사의 명령이냐."

장난인 것은 알고 있었다. 그들은 싱글대면서 따라왔던 것이다.

"장난이었습니다……."

둘 다 눈을 내리떴다.

"직장 동료가 형사에게 미행당하는 게 재밌나."

"아뇨……."

모깃소리만 한 목소리였다.

"어차피 회사 내에 소문이 파다하겠지. 내일쯤 이 일에 대한 보고회도 있을 테고."

그들은 짓궂은 장난을 치다 혼나는 초등학생들처럼 한결같이 아래만 보고 있었다.

"이제 됐다. 그만 돌아가. 다음에 또 보면 공무집행방해로 연행할 거야."

놓아주자 두 남자는 가볍게 고개를 숙이며 빠른 걸음으로 가버렸다.

핫토리와 얼굴을 마주하며 누가 먼저랄 것도 없이 목을 움츠렸다.

시게노리가 느낄 직장에서의 고독에 대해 생각했다. 아니, 집에서도 마찬가지로 고독할 것이다.

불쌍하다기보다는 화가 났다.

"구노 씨, 괜히 말 걸거나 하지 마세요."

핫토리가 속마음을 들여다보듯이 말했다.

"우리는 아침과 저녁 오이카와의 행동을 확인하기만 하면 되는 임무거든요."

"네, 알고 있습니다."

시게노리는 밤 10시가 넘어 집으로 돌아갔다. 현관의 외등에 비친 그의 옆얼굴은 거의 흙빛에 가까웠다.

서로 돌아가자 형사부실에 이노우에가 남아 있었다. 다른 몇 명도 있었지만 이노우에 외에는 얼굴을 마주치려고 하지 않았다.

분위기가 이상했다. 방금 전 여기에서 사건이라도 있었던 것 같은 그런 무거운 공기였다.

"무슨 일 있었냐?"

자리에 앉으며 작은 목소리로 물었다.

"사에키 주임이 과장 목을 졸랐어요."

이노우에가 낮은 목소리로 대답했다.

무슨 말인지 알 수 없었다. 이마를 찡그렸다.

"아까 무도장에서 유도 대련 중에요."

"이런 시간에?"

자신의 귀를 의심했다.

"그리고 경추염좌로 병원에 실려 갔어요."

"누가 말이야?"

"사카타 과장이요."

"잘 좀 설명해봐."

"저도 잘 모르겠어요."

"모르겠다니."

"아무도 가르쳐주지 않았어요."

한층 더 목소리를 낮췄다.

"여기에서 일하고 있는데 교통과 사람이 달려와서 '당신네 과장이랑 주임이 무도장에서 싸운다'라고 하더라고요. 그래서 전부 4층으로 올라갔더니 무도장 불이 켜 있고, 과장이 뻗어 있더라고요."

"어떻게 된 건지 잘 모르겠네."

"저도요."

"사에키 주임은 어디 있는데?"

"일단 병원에 따라간 것 같던데요."

주변을 둘러보았다. 역시 아무도 구노 쪽을 보려 하지 않았다.

어떻게 된 사정인지 알고 싶어 방에 남았다. 의자 등받이에 몸을 기대고 몇 개비나 담배를 피웠다. 니코틴이 혈관 속으로 잔뜩 스며들 것이다.

형사부실에서 대화를 나누는 사람은 아무도 없었다.

자정에 사에키가 돌아왔다. 입을 일자로 굳게 다물고 있었다. 사에키는 구노와 눈이 마주치자 턱짓을 하며 복도로 나갔다.

구노와 이노우에가 뒤를 따랐다.

그러자 사에키가 "야, 이노우에. 넌 오지 마" 하고 말했다.

"왜요."

이노우에가 불만스럽게 소리친다.

"다 너 생각해서야. 알면 나중에 귀찮아진다. 아직 젊잖아. 경찰서 안에서 괜히 입지 좁게 만들 필요 없어."

손으로 쫓아내자 이노우에는 납득되지 않는 듯 떨떠름한 표정으로 돌아갔다.

"밖으로 나가자."

사에키는 그렇게 말하고는 앞장서서 걸었다.

"조용한 곳이 좋겠어. 안뜰로 가자."

당직자와 스쳐 지나갔지만 사에키에게는 눈을 내리뜨고 인사만 할 뿐이었다. 도중에 사에키가 자판기에서 캔 커피를 두 개 사서 잠자코 하나를 구노에게 건네주었다. 출입구를 통해 밖으로 나왔다. 달빛이 자갈을 하얗게 비추고 있었다.

"여기가 좋겠다."

사에키가 정원수 옆에 앉았다. 구노는 그 앞에 섰다.

"네가 낸 사표, 위로 올라간 모양이더라."

"네, 과장님한테 들었어요."

"그런 것치고는 너무 담담한데."

"그렇지도 않았어요. 낮에는 항의도 했고, 부서장님한테도 소리쳐보고."

"그랬나."

캔의 따개를 당겼다.

"부서장은 뭐라더냐."

"재취직 자리 알아봐 주겠다고."

"흥."

코웃음을 쳤다. 사에키는 목울대를 울리며 커피를 단숨에 들이켰다. 구노도 커피에 입을 댔다.

"그래, 차례대로 이야기를 해줄게."

크게 한숨을 쉬며 손등으로 입을 닦았다.

"하이텍스 방화 사건 직후 기요카즈회 가택수색에서 아주 귀찮은 걸 압수했다. 그게 발단이 됐다."

"귀찮은 거라뇨?"

"그래. 오쿠라라는 간부가 하나 있는데, 그놈 사무실에서 말이야."

번들거리는 피부의 얼굴이 떠올랐다. 파충류의 눈을 연상시켰었다.

"오쿠라는 자동차 금융을 하는데, 그중에 담보로 잡았던 차를 우리 경찰서 사람들한테 싸게 처분했어. 하나무라를 창구로."

"그런가요……."

"그래, 그래서 명의변경 때 갖춰야 할 서류라든가, 주민표의 사진 같은 걸 몽땅 다 내줬지."

"네……."

"스물다섯 대분을."

"네?"

"그러니까 우리 경찰서 사람 스물다섯 명이 하나무라를 경유해 폭력단으로부터 차를 산 거야. 형사과는 물론이고 교통과나 지역과도……."

사에키가 담배에 불을 붙였다. 어둠 속에서 천천히 연기를 내뿜는다.

"1년 지난 마크 Ⅱ가 80만 엔이야."

"그건 너무 싼데요……."

"원래대로는 기요카즈회 계열의 중고차 판매상에게 맡겨 정식으로 팔았을 테지만 뭐, 경찰이라고 특별 세일해준 거겠지."

그러고 보니 오쿠라가 BMW를 사지 않겠느냐고 말했었다. 오쿠라가 경영하는 술집에 갔을 때였다.

"그래서 본청 4과에서 온 관리관이 그 사실을 알고 무지 화가 난 모양이야. 혼조 서를 싹 물갈이하겠다면서. ……우리가 탐문 수사를 하고, 너희가 하이텍스를 수사하고 있는 동안 그 관리관은 기요카즈회와 서의 유착관계에 대해 조사하고 있었지. 몇 명의 졸개들을 시켜서. 방화 사건 같은 건 그 관리관에게는 아무래도 상관없는 일이 돼버렸어."

"그랬던 건가요……."

"그런데 이 정도 규모의 물갈이가 되면 경시 정도의 계급으로는 마음대로 할 수가 없는 법이지. 당연히 본청의 좀 더 높은 사람이 왔어. 그래서 결정 난 게 단계적 처벌이야."

"단계적 처벌이요?"

"한 번에 스물다섯 명을 어떻게 처분하겠냐. 바깥에 다 알려질 거라고. 각자 다른 복무규정 위반을 적용해서 2년에 걸쳐 한 명씩 감봉하고 또 강등 처분을 할 모양이야."

구노는 어깨를 흔들며 웃었다.

"출세한 사람들은 머리도 참 좋네요."

"하지만 하나무라는 별개야. 이놈만은 본청에서도 도저히 용서할 수 없었겠지. 원래부터 문제가 많은 놈이었잖아. 부서장에게 대든 것도 본청에서는 진작부터 알고 있었어. 그래서 징계하기로 결정이 났어."

여기까지 말하고 사에키가 한숨을 쉬었다.

"다만, 하나무라도 할 말이 없는 건 아니었지. 순순히 잘릴 놈이 아니잖아. 입 다물 테니 대가를 지불하라고 했어."

"돈 말인가요?"

"설마, 누가 현금 같은 걸 주겠냐. 자신은 의원면직 처리하고, 그리고 부서장과 너를 사직시키라고 했어."

온몸에서 천천히 힘이 빠져나갔다. 구노도 사에키와 나란히 앉았다.

"너, 하나무라 여자 건드렸냐?"

"하나무라의 오해예요."

"마른하늘에 날벼락이 바로 너야."

"부서장님은 어떻게 할 생각이래요?"

"부서장도 사표 쓸 모양이더라."

놀라서 사에키를 보았다.

"조금은 다시 보게 됐다고나 할까……. 아니 이 정도 일로 다시 보면 안 되는 건가."

머리를 긁적였다.

"애당초 가치관들이 모두들 이상했어."

구노는 담배에 불을 붙였다. 잠시 두 사람은 침묵했다. 밤바람이 불어와 발치에 놓여 있던 빈 캔이 데굴데굴 소리를 내며 굴러갔다.

"아, 맞다."

구노가 입을 열었다.

"사카타 과장님하고 대련하신 모양이던데."

"그 과장도 스물다섯 명 가운데 한 명이야."

말이 나오지 않았다.

"도장으로 불러내서 혼 좀 내줬지. 포기했을 거야. 별로 저항도 않더라."

"문제되지 않으시겠어요?"

"둘 다 유도복 입고 있었어. 멋진 한밤중의 결투였지."

"서먹서먹해질 텐데."

"네가 걱정할 일은 아니야. 게다가 과장이 제일 먼저 강등될 거야."

멀리 국도에서 폭주족들이 달리는 소리가 났다. 새된 클랙슨 소리가 밤바람을 타고 날아왔다.

"내가 네게 해줄 수 있는 건 이제 없는 것 같다."

사에키는 그렇게 말하고 구노의 어깨에 손을 얹었다.

"하나무라가 죽어주지 않는 한 되돌리기는 어려울 것 같아."

그 손으로 구노의 어깨를 주물렀다.

"하지만 생각하기 나름이야. 다른 인생을 사는 것도 좋을지 몰라. 잠시…… 그래, 반년쯤 남쪽에 있는 섬에라도 가 쉬어보는 게 어때. 형사 노릇하면 퇴직할 때까지 평생 할 수 없는 일이잖아."

"네, 그러네요."

"넌 너무 착해. 나 같았으면 난리 쳤을 거야."

"방화 사건은 어떻게 되는 겁니까?"

"모르겠어. 본청이 하이텍스 본사를 위협해 첫 발견자를 먼저 업무상횡령 혐의로 체포하지 않을까."

"하이텍스 총무부를 경시청 OB가 좌지우지하는 모양이던데요."

"그런가. 너도 별걸 다 아네."

"같이 다니는 그 본청 사람한테 들었어요. 주간지에 나왔다던데요."

"흐음. 그럼 좀 길어지려나. 어차피 상관없어. 결론이 어떻게 나든 하찮은 사안이야. 매스컴도 금방 손 뗄 거야."

사에키가 두 손을 들어 기지개를 켜면서 엄청나게 큰 소리로 하품을 했다. 그 소리가 사방의 건물에 울려 퍼졌다.

29

힘을 넣어 문지르자 거품으로 미끄러웠던 손에서 걸레가 빠지는 바람에 변기에 손바닥이 직접 닿고 말았다.

유스케는 자신도 모르게 욕을 했다. 물방울이 입가에 튀어 변기를 향해 몇 번이고 침을 뱉었다.

옆에서 요헤이가 웃고 있었다. 요헤이는 바닥에 수세미질을 하고 있었다.

"야, 변기는 네가 해."

유스케가 입을 삐죽이며 말했다.

"어제는 내가 했잖아. 차례대로 해야지."

요헤이가 팔로 이마의 땀을 닦으며 말했다. 자기 방조차 청소하지 않으면서 여기에서는 정말 열심이다. 오늘 아침에는 오쿠라의 벤츠를 스포크 휠까지 샅샅이 닦았다.

유스케와 요헤이가 오쿠라 종합상사에서 살기 시작한 지 사흘이 지났다. 유스케는 떨떠름했지만 요헤이는 자신이 지원했다. 요헤이는 정말 야쿠자가 되고 싶은 모양이었다. 부모가 이혼하여 따로 떨어져 살았으므로 말리는 사람이 없었을 것이다. 도시락가게는 바로 때려치웠다.

유스케는 당초 들어와서 지내라는 오쿠라의 협박에 겨우겨우 사정해 히로키 집으로 피난하기로 이야기가 됐었는데, 그 이노우에라는 형사가 일을 얼마나 열심히 하는지 금방 거처를 알아내어 찾아왔다. 덕분에 태어나서 처음으로 지붕에서 도로까지 뛰어내리는 곡예를 해보기도 했다.

뿐만 아니라 쭈뼛쭈뼛 학교에 나갔더니 바로 체육교사들이 에워싸고는 혼조 서로 연락을 했다. 이번에는 화장실 간다고 거짓말한 뒤 창을 통해 도망쳤다.

이제 갈 곳은 오쿠라의 사무실밖에 없었다.

오쿠라는 씨익 입꼬리만으로 웃으며 “지난번엔 거절했지만 언젠가 돌아올 줄 알았어” 하고 말했다. 만일의 경우에 대비해 ‘있을 데가 없어서 들어온 것’으로 해두고 나이도 열아홉으로 해두기로 했다.

이걸로 고등학교 생활은 끝인가……. 유스케는 더욱 메마른 마음으로 생각했다. 어차피 진학해봤자 사류 대학일 텐데 부끄러울 것은 없다. 그렇게 자신을 위로하기로 했다.

야쿠자가 될 마음은 추호도 없었다. 오쿠라는 구노라는 형사가 그만두는 시점에 해방될 거라고 했다. 자신의 턱뼈를 금 가게 했던 형사다. 어떤 사정인지는 설명도 해주지 않았지만 어쨌든 그 형사가 곤란해진다니 고소했다.

이 건이 해결되면 아파트를 빌리자. 학교에서 잘리면 부모들도 포기할 것이다. 여자를 데려다 놓고 매일 밤 섹스하며 살고 싶었다.

요헤이가 야쿠자가 되고 싶어하는 마음은 어느 정도 이해할 수 있었다. 오쿠라와 함께 밤에 신마치로 갔을 때였다. 벤츠 앞에서 기다리고 있다가 오쿠라가 나올 때 문을 열어주며 시킨 대로 "고생하셨습니다" 하고 소리쳤다. 그때 마침 안면 있던 폭주족 출신이 길에 서 있었다. 놀란 눈으로 유스케와 요헤이를 바라보고 있었다. 그 남자가 앞으로 자신들에게 초대권을 판매하는 일은 없을 것이라고 생각했다.

그저 지금은 청소와 처신법을 배우고 있을 뿐이었다. 한번은 형님들 중 한 명이 담배를 물었을 때 멍하니 있다가 재떨이로 머리를 맞은 적이 있었다. 그것도 유리로 된 재떨이였다.

"야, 끝났냐?"

그 재떨이 형님이 화장실 문을 열며 말했다.

"네, 이제 금방 끝납니다."

요헤이가 싹싹하게 말했다.

"너희가 제대로 하지 않으면 혼나는 건 우리거든."

그렇게 말하고 형님이 허리를 굽혀 꼼꼼히 소변용 변기를 점

검했다.

"핥아봐."

유스케를 향해 턱짓을 했다.

"네……."

배에 힘을 주며 마음속으로 기합을 넣은 후 핥았다. 어제는 요헤이가 했으므로 미리 각오를 해두었다.

"바닥은 물로 씻고 나서 흔적 남기지 마라."

형님은 그렇게 말하고 화장실에서 나갔다.

바로 침을 뱉었다. 요헤이는 말없이 씨익 웃고 있었다.

일이 없을 때는 사무실 구석에 서 있었다. 형님이 담배를 물면 달려가 불을 붙여주어야 했고, 손님이 오면 차를 내가야 했다.

이날은 오후에 하나무라가 나타났다. 이놈은 아직 형사를 그만둔 것도 아닐 텐데 반질반질 빛이 나는 옷감의 양복을 입고 있었다. 셔츠는 빨간색이었다.

"오쿠라. 구노를 괴롭힐 방법이 있는데 말이야."

하나무라가 소파에 깊숙이 몸을 파묻으며 담배를 꺼냈다. 요헤이가 급히 달려갔다.

"네, 뭔데요?"

오쿠라는 안쪽 큰 책상에서 컴퓨터를 마주하고 있었다.

"놈이 차에 탔을 때 덤프트럭으로 확 받아버리면 어떨까 싶은데."

"덤프로 말입니까?"

오쿠라가 컴퓨터를 하던 손길을 멈추며 의자를 돌렸다.

"그럼 혼조 서와 전쟁을 해야 할 텐데요."

"물론 그만두고 나서지."

"하지만 어쨌든 OB가 될 텐데, 치고 도망친다고는 해도 꼼꼼하게 수사 들어올걸요. 페인트 하나로도 들켜버릴 수가 있어요."

"괜찮아. 가나가와까지 도망쳤다가 거기에서 재빨리 해체해 버리면 돼."

"그래도."

오쿠라가 담배를 물자 이번에는 유스케가 달려갔다.

"덤프는 어떻게 하고요?"

"너희랑 연결되는 산업폐기물 업자 있잖아. 폐차 직전의 것이면 돼. 수배 좀 해줘. 그리고 젊은 애 두 명 정도 빌렸으면 싶은데."

하나무라는 한쪽 다리를 자기 무릎에 올려 에나멜 구두의 먼지를 털어냈다.

"그건 좀."

오쿠라가 의자에 깊이 기댔다. 담배 연기를 천장으로 뿜어낸다.

"뭐야, 내 부탁 안 들어주겠다는 거냐?"

"구노와 저는 아무 관계가 없거든요."

"그렇게 말하지 마. 나와 너 사이에 말이야."

"하지만 젊은 애를 빌려달라는 건 좀……."

"내가 지금까지 얼마나 뒤를 봐줬냐."

"어라, 그랬던가요?"

오쿠라가 책상 위로 다리를 뻗었다. 그것을 보며 하나무라가 얼굴빛을 바꾸었다.

"야, 오쿠라. 네가 하는 흥신소에 범죄자 명단을 준 게 나였어."

"분명히 그때 백만 엔 지불했던 걸로 기억하는데요."

"여기저기 다른 과 형사들 소개해준 게 누구지?"

"하지만 식대는 전부 내가 지불했어요. 뿐만 아니라 몇 대씩이나 차도 싸게 넘겼고."

"뭐야?"

하나무라가 험상궂은 눈으로 오쿠라를 노려보았다.

"차 건 때문에 우리도 곤란해 죽겠어요. 하나무라 씨가 알아서 다 처리하겠다고 해서 서류 전부를 내줬던 건데, 그래서 결국 우리 사무실은 본청에까지 찍혀버렸어요. 경찰한테 받을 빚이 있다고 해서 믿었는데."

유스케는 요헤이와 눈을 맞추었다. 자신들이 보기에도 사태가 심상치 않게 흘러가고 있다는 걸 알 수 있었다. 다른 형님들도 정색을 하고 사태의 추이를 지켜보고 있었다.

"범죄자 명단으로 꽤 해먹지 않았냐."

하나무라가 으르렁거리듯 말했다.

"그건 벌써 처분했지요. 무엇보다 지난번에 가택수색이 들어왔잖아요. 그런 위험한 걸 누가 남긴답니까. 그보다 하나무라 씨, 언제까지 형사 행세할 작정이십니까. 고작 일주일밖에 안 남은 목숨이면서."

하나무라는 대답할 말이 없었는지 주먹을 쥔 채 얼굴 전체를 붉히고 있었다.

"그리고 앞으로는 말투도 주의해야 할 겁니다. 차마 씨를 붙이라고까지는 말하지 않겠지만 앞으로 나는 사장이라고 불러주세요."

"……볼일 다 봤다고 태도가 달라지는 거냐?"

"하나무라 씨, 충고 하나 해도 될까요? 신마치에서 술집을 하는 모양이던데, 손님 상대로 장사하는 건 쉬운 일이 아니에요. 머리도 숙여야만 하고, 손님들 억지도 들어줘야만 해요. 지금 그런 태도로는 반년도 못 버틸 겁니다."

오쿠라는 책상에서 발을 내리며 일어나 상의의 옷깃을 매만졌다.

"그리고 미호인가 하는 그 여자는 도망친 것 같던데. 새 마담을 찾아야……."

"닥쳐!"

하나무라가 소리쳤다. 옆에 있던 요헤이가 움찔 움직였다.

"하나무라 씨, 조용히 하시죠."

"이제 너한테는 부탁하지 않겠다. 조장한테 가보지."

"만날 수 없을 겁니다."

"웃기지 마."

"하나무라 씨, 우리는 필로폰 금지돼 있습니다."

"……무슨 얘기냐."

"아시잖아요. 가나이네서 일하는 젊은 애한테 조달을 시키려는 거 아니었나요? 조장에게 알려지면 가나이는 어떻게 될까요? 그 사람 입장도 좀 생각해주세요."

하나무라의 얼굴이 붉으락푸르락했다. 귓불까지 새빨개져 있었다.

"본부의 중간급들도 어렴풋이 눈치채고 있습니다. 그래서 조장을 면회시키지 않을 거라는 거예요."

하나무라가 탁자를 박찼다. 찻잔이 바닥에 떨어져 깨지며 날카로운 소리가 사무실 안에 울려 퍼졌다.

"야, 돌아가신다."

오쿠라의 그 말에 유스케는 문으로 달려갔다. 문을 열고 옆에 섰다. 하나무라는 천천히 다가와 유스케의 발치에 침을 뱉었다. 자신도 모르게 몸을 비켰다. 얼굴을 보자 시합 전의 프로레슬러 같은 눈을 하고 있었다. 복도로 나가자마자 문을 닫았다.

"흥, 언제까지 형사인 줄 아는 거야. 필로폰에 푹 빠져 있는 주제에."

오쿠라가 잔인한 미소를 짓고 있었다.

저녁이 되자 요헤이는 심부름하러 나갔다. 같은 계열의 조에게 술을 전하는 일이었는데, 요헤이는 형님으로부터 인사 방법을 손짓 발짓 다 해가며 배웠다. "실수하면 이를 뽑아버린다"는 위협에 얼굴이 새파래졌다.

그동안 다른 잡무는 유스케 혼자서 처리해야만 했다. 차가 미지근해졌다고 맞고, 창으로 들어오는 석양이 눈이 부시다고 엉덩이를 걷어차였다.

해가 다 저물었을 때 또 손님이 찾아왔다. 초인종이 울려 유스케가 서둘러 수화기를 들었다. "누구십니까"라는 게 가르쳐준 대응 방법이었다.

"하이텍스의 도다라고 합니다."

너무나 긴장한 듯한 정중한 말투여서 맥이 빠졌다.

"사장님, 하이텍스의 도다 씨라는 분입니다만."

안쪽으로 가서 전하자 오쿠라는 금 자수가 들어간 넥타이를 조이면서 나왔다.

"그래, 정중히 안으로 모셔라."

문을 열고 소파로 안내했다. 약간 관록은 있어 보였지만 어디에나 있는 회사원 같은 분위기였다. 야구의 홈베이스를 연상시키는 얼굴이었다. 자신의 아버지 정도 되는 나이일까. 남자는 굳은 표정을 하고 있었다.

개수대로 가서 차 준비를 했다. 저 아저씨, 협박당하고 있는 건가. 물을 끓이면서 유스케는 그런 생각을 했다. 야쿠자 사무실에 불려 온 것이다. 노성이 오갈지도 모른다.

그런데 차를 탁자에 내려놓으려니 오쿠라가 정중한 목소리로 말했다.

"어떻게, 생각은 해보셨습니까. 그쪽한테도 나쁜 거래는 아니라고 생각합니다만."

눈은 웃고 있지 않았지만 적어도 협박하는 분위기는 아니었다.

"하지만 3억이라는 건 좀……."

3억이라는 말을 듣고 자신도 모르게 차를 바닥에 흘리고 말았다.

"야, 뭐하는 거야!"

즉시 오쿠라의 날카로운 목소리가 날아와 유스케는 몸을 움츠렸다. 서둘러 걸레를 가지러 달려갔다. 형님이 쫓아와 바로 한 대 때렸다.

방으로 다시 돌아가 걸레로 남자의 발밑을 닦았다.

"도쿄 증권거래소 2부에 상장하실 예정이죠? 이미지가 떨어지는 것만은 피하셔야죠."

오쿠라는 그렇게만 말했다. 무슨 이야기인지 모르겠다. 단지 3억이라는 말이 신경 쓰여 귀가 절로 쫑긋해졌다.

"윗분들에게 상담을 했는데, 금액이……."

"뭐, 금액은 좀 더 조정해도 돼요. 우리가 먼저 한 제안이니까요. 하지만 빨리 결정해주시는 편이 좋을 겁니다. 보세요, 주간지에도 나왔어요. 서두르지 않으면 당신네 사원, 체포될 겁니다."

"아뇨, 그건 우리도 시간을 좀 벌어놔서요."

"호오, 어떻게요?"

"우리 총무부 상담을 해주시는 분이 경시청 출신이어서 그 선으로……."

오쿠라의 얼굴이 굳어졌다.

"설마 이 건도 상담하신 건 아니겠죠."

"네, 이 이야기는 나온 지 얼마 되지 않은 것이고 해서. 아는 것은 저와 담당 중역 두 사람뿐입니다."

오쿠라의 표정이 풀어졌다.

"그럼 됐습니다. 경찰 OB라는 건 회사에 대해서는 전혀 생각하지 않거든요. 멍멍 하고 짖기만 하는 집 지키는 개일 뿐 경영이라는 걸 몰라요."

"네, 정말 그래요."

남자는 딱딱한 웃음을 지으며 말했다.

"야, 언제까지 닦을 거야."

오쿠라의 말에 그 자리에서 벗어났다. 유스케는 다시 옆에 서서 대기했다.

두 사람은 속닥속닥 이야기하기 시작했다. 목소리는 들리지 않는다.

3억이라……. 문제는 돈이다, 역시. 유스케는 그 액수의 규모에 놀라 오쿠라를 다시 보았다. 초대권을 팔아서 용돈벌이를 하는 폭주족들은 역시 꼬맹이들이었던 것이다.

요헤이는 이런 세계로 들어가는 건가. 그렇게 생각하니 조금 부럽기도 했다.

도다라는 남자는 30분 정도 오쿠라와 이야기한 후 곤란한 얼굴을 하고 돌아갔다.

밤이 되자 오쿠라는 요헤이만 데리고 술을 마시러 나갔다. 유스케는 사무실에 남아 형님들에게 혹사당했다. 족자가 비뚤어졌다고 맞고, 음식 배달이 늦다고 볼을 꼬집혔다.

오쿠라와 요헤이는 12시가 지나 돌아왔다. 오쿠라는 자기 집으로 돌아가고, 유스케와 요헤이는 안에 있는 방에 요를 깔고 누웠다.

"야, 유스케. 나 아우가 될 것 같다."

알전구가 초라하게 켜져 있는 방에서 요헤이가 멍하니 말했다.

"들어온 지 겨우 3일밖에 안 됐어. 그렇게 간단히 잔을 받을 수 있을까?"

"그래. 사장님이 주겠다고 했어. 그래서 나, 소년원에 갈지도 몰라."

그 말에 놀라 요헤이를 보았다. 요헤이는 얼굴을 천장으로 향한 자세 그대로였다.

"무슨 말이야?"

"지난달에 나카초의 무슨 회사에서 방화 사건이 있었잖아. 기억하냐?"

"아니, 모르겠는데."

"유스케, 너 신문 정도는 좀 봐라."

"네가 그런 말할 자격이 있냐?"

"어쨌든 그 방화 사건, 내가 덮어쓰라신다, 사장님이."

"그게 무슨 말이야?"

"대신 들어가는 거야. 누가 했는지는 모르겠지만 내가 한 걸로 하는 거지."

"거짓말 마. 네가 교도소 같은 데 들어간다고?"

유스케가 몸을 일으켰다. 요헤이를 내려다보았다. 요헤이는 팔을 머리 뒤로 하며 왠지 아득한 눈을 하고 있었다.

"사장님이 말했어. 교도소는 남자를 단련시키는 데 적합한 곳이라고. 무슨 말이냐면, 전국에서 못된 놈들이 잔뜩 몰려오는데 거기에서 얼굴을 익혀두는 거래. 사장님도 후추 교도소에서 3년 살았는데 그때 인맥이 지금도 상당히 힘이 된다더라. 방화는 죄가 무거울지도 모르지만 어차피 나는 열일곱이라 1년 이내로 끝날 것 같대. 돌아오면 포커 카페 하나 맡겨주신대. 그리고 무엇보다 아우로 삼아주신다니……. 끝내주지 않냐. 1년 동안 얹혀살며 아우가 될지, 아니면 1년 들어가 살고 나와서 아우가 될지 선택하면 되는데. 훗날을 생각하면 들어가 살고 나오는 편이 나을 것 같아."

"다시 한 번 잘 생각해봐. 그런데 너 정말 야쿠자 될 생각이냐?"

"그래, 될 거야."

"다른 길도 있잖아."

"뭐가 있는데. 고등학교 중퇴에 부모는 어디로 가버렸고, 일을 할 수 있을지도 잘 모르는데. 또 도시락가게 들어가라고? 설사 들어간다 해도 그거 해서 뭐할 건데?"

"그건 그렇지만……."

유스케가 우물거렸다. 다시 이불 속으로 들어가 베개에 머리를 누였다.

"지난번에 신마치에서 폭주족 조커 멤버였던 다카노 눈 동그래진 거 봤냐?"

요헤이가 말했다.

"그래, 봤어, 봤어."

역시 요헤이도 알고 있었나.

"오쿠라와 같이 있는 것만으로 우리한테 겁먹었잖아. 나, 그때 진짜 야쿠자 되기로 생각했어."

"사실 나도 약간은 생각해봤어."

"그렇겠지. 나는 들어가 살고 나오면 서고의 소네라든가, 상고의 야마다 같은 놈들이 고개 빳빳이 들고 못 다니게 할 거야. 잡아다가 돈 바치게 해야지."

"네가 나올 무렵이면 이미 졸업했을 텐데."

"그럼 폭주족 놈들을 다 족쳐서 상납금을 바치도록 하는 건 어떨까."

"나한테도 좀 나눠줄 거야?"

"너는 모금을 맡아서 해줘."

"멋진데."

무심코 웃음을 터뜨리고 말았다.

"1년이면 순식간이야."

"……아, 그건 그래."

"나오면 간부 후보겠네."

"……그래."

왠지 이제는 말리고 싶은 기분은 사라지고 없었다.

"불 꺼도 되냐."

요헤이가 일어나 전등 끈을 잡아당겼다. 방이 어둠으로 덮였다.

"나, 깜깜하지 않으면 잠이 안 와."

부스럭부스럭 이불 속에서 꼼지락거리는 소리. 요헤이가 재채기를 한 번 했다.

"……그런데 교도소는 밤에도 불 안 끄지 않나?" 하고 유스케가 말했다.

"정말?"

"어딘가에서 본 것 같아."

"……그럼 안 되는데."

둘 다 조용해졌다. 유스케는 눈을 감고 콧김도 한숨도 아닌 공기를 토해냈다.

하루 종일 너무 혹사당했기 때문인지 수마가 금세 코앞까지 덮쳐왔다.

잠시 지나자 옆에서 새근거리는 숨소리가 들렸다. 태평스러운 녀석이었다.

요헤이는 야쿠자가 될 수 있을까……. 그렇게 생각하며 이불을 다시 덮었다.

나는 장래에 뭐가 될까.

뭔가 될 것 같기도 했고, 뭔가 기회가 굴러 들어올 것 같기도 했다. 하지만 그래 봤자 가게를 운영하는 정도일 것이다. 고등학교 중퇴니만큼…….

벌써 열일곱이었다. 언제까지 바보처럼 살 수는 없었다.

이게 끝나면 집에 한번 돌아가 볼까.

몸을 뒤척였다. 크게 하품이 나오고, 입을 닫았을 땐 잠 속으로 떨어지고 있었다.

30

전단지 배포와 항의 행동은 다마 본점뿐만 아니라 각 지점을 돌면서까지 했다. 교코는 아르바이트가 끝난 이후의 시간은 모두 그것에 투자해 고무로 일행과 매일 행동을 같이하고 있었다. 오늘은 혼조 점에서, 점장인 사카키바라가 어떤 얼굴을 하는지 볼 것이다.

마이크를 잡는 일엔 완전히 익숙해졌다. 스스로 먼저 잡겠다고 말하는 경우도 있었다. 연설을 하고 있으면 안에서 신기한 힘이 용솟음쳐, 황홀하다고까지 하면 좀 과장이겠지만 일종의 무아지경에 빠질 수 있었다.

어제는 가오리가 학교에서 울며 돌아왔다. 가오리는 운 이유를 절대 말하려 하지 않았다. 겐타는 공원으로 놀러 가지 않게 되었다. 비디오 게임은 하루에 30분만 해야 한다는 규칙은 어느

덧 흐지부지되었다.

시게노리에게는 토요일과 일요일에도 어딘가로 가달라고 말했다. 거침없이, 냉철하게 말했다. 시게노리는 볼을 씰룩이면서 약한 눈빛으로 끄덕였다.

“장을 보러 나오신 여러분, 잠시 소란을 끼치게 됐습니다. 저는 스마일 혼조 점에서 아르바이트를 하고 있는 오이카와라고 합니다. 여러분에게 꼭 알려드리고 싶은 게 있습니다. 그것은 스마일이 아르바이트 사원들에게 강요하는 노동조건에 대한 것입니다…….”

자신의 목소리가 사방에 울려 퍼지고 있었다. 싫어했던 자기 목소리였지만 이제는 아무렇지도 않게 생각되었다.

“나라에서는 시간제근무노동법에 의해 고용자에게 아르바이트 사원이라도 유급휴가와 각종 보험혜택을 주도록 지도하고 있습니다. 여기에는 벌칙 규정도 있어서, 이것은 고용자의 의무라 할 수도 있는 것입니다. 그럼에도 불구하도 스마일은 아르바이트 사원에 대해 구태의연한 노동조건을 강요하고, 개선하려는 태도도 보이지 않고 있습니다…….”

가게 유리창에는 자신의 모습이 비치고 있었다. 어차피 구경거리가 될 텐데 싶어 제대로 화장을 했다. 빨간 립스틱도 발랐고, 손톱에는 매니큐어도 칠했다.

다른 사람들에게 계속 노출되는 게 젊음을 유지하는 비결이라고 무슨 책에서 읽은 기억이 났다. 지난번에 보았던 비디오가 역시 마음에 걸렸다. 늙어 보였던 것은 자신이 긴장감과는 아무 관계없는 생활을 해왔기 때문이었다.

유리창 너머 계산대에서는 구미가 목을 늘어뜨리고 보고 있었다. 눈이 마주쳐서 손을 흔들자 어색하게 웃어 보였다. 일을 마치고 사복으로 갈아입은 도시코가 가게 앞에 서 있다가, 특판 세일을 할 것 같아서, 하고 기분 나쁜 듯 교코에게 말했다.

교코에게 같은 여자들을 내려다보는 감정은 이제 없었다. 오히려 하찮은 친분 관계로부터 해방되었다는 개운함마저 들었다. 자신은 이미 다른 장소에 있었던 것이다.

사카키바라와 이케다는 어두운 얼굴로 교코들의 행동을 지켜보고 있었다. 멍청한 사장이 있는 것만으로 사원들은 안절부절못하게 되는 모양이었다.

오기와라는 다른 볼일이 있는 듯 얼굴을 내보이지 않았다. 그도 그럴 것이다. 매일 이런 일만 하고 있어서는 안 된다. 그는 변호사인 것이다.

교코는 20분 이상이나 연설을 했다. 대본이 없었는데도 말이 막히는 일은 없었다. 가게 측이 화장지 특판 세일을 시작했을 때는 "한 사람당 두 팩까지인 것 같아요"라고 조롱하기까지 했다.

뭔가에 저항하듯이 교코는 계속 허리를 꼿꼿이 펴고 있었다. 마음을 풀어놓으면 현실로 다시 돌아가 버릴 것 같았다.

항의 행동이 끝나고 카페에서 이런저런 이야기를 했다. 최근 교코의 이야기 상대라면 시민운동 모임의 동료들뿐이었다. 이 동료들밖에 이야기 상대가 없다고 말해도 좋았다. 동네 주부나 직장 사람들과는 꽤 오래전부터 이야기를 하지 않았다.

모임에서는 신입인 주제에 늘 대화의 중심에 있었다. 여기에서는 자신이 인정받고 있음을 실감할 수 있었다.

"오이카와 씨도 이제 완전히 투사 다 됐네요."

이십 대 중반의 여자가 존경의 눈빛으로 말했다.

"그것 보세요. 내 말대로죠."

고무로가 옆에서 끼어들었다.

"처음 봤을 때 찡 하고 느낌이 왔어요. 겉보기로는 조용했지만 마음속에는 뜨거운 게 들어 있는 사람이라니까요."

"설마요."

교코는 수줍어하며 손을 좌우로 흔들었다.

"그게 그래요. 보통 사람이라면 이렇게까지는 못 할 것 같아요. 무엇보다 동네 사람들 눈치를 보겠죠. 남편도 반대할 테고. 대개는 꽁무니를 빼고 마는 법이라고요."

"오이카와 씨, 남편 분은 뭐라고 하세요?" 하고 다른 여자가 물었다.

"별로요."

교코는 그렇게 대답했다. 절대 알게 해서는 안 된다.

"이해하시는 모양이네요."

"아뇨, 포기한 것뿐이죠."

가볍게 웃으려는데 볼이 굳어졌다.

"그런데 오기와라 씨는요?"

누군가가 물었다.

"오기와라 씨는 본점에 있어요. 사장이랑 직접 담판 지으러 갔어요."

고무로가 대답했다.

몰랐다. 그래서 오늘은 없었던 건가.

"스마일도 이쯤해서 항복해올 모양이에요. 사장이, 아니 그렇다기보다는 주변 간부들이겠지만요, 실은 오늘 아침에 마침내 저쪽에서 먼저 만나고 싶다고 연락이 왔나 봐요."

"그럼 이제 끝인 건가?"

"모르죠. 그 사장, 히스테리를 잘 부리는 사람이라서."

"또 달걀 던지려나?"

다른 누군가가 그렇게 말하자 모두 웃었다.

교코는 마음 한구석에서 아직 이 항의 행동이 계속되기를 바라고 있었다. 만약 끝이 난다면 내일부터 어떻게 살면 좋을지 알 수 없었다.

그때 가게 문이 열리고 오기와라가 기세 좋게 들어왔다. 갈색 봉투를 흔들며, 상기된 얼굴로 "교섭 성립" 하고 소리쳤다.

"이긴 거예요?"

고무로가 벌떡 일어섰다. 그 말에 동료들이 술렁였다.

"우리가 요구한 대로 거의 통과됐다고 해도 되지 않을까 싶은데요."

오기와라는 빈자리에 앉아 누군가가 따라준 물을 단숨에 다 비우고는 마치 맥주를 마신 후처럼 크게 숨을 토해냈다.

교코도 가슴이 두근거렸다. 이기기 위해 싸워왔으므로.

"어서, 어서 자세히 좀 알려주세요."

고무로가 오기와라의 팔을 잡고 흔들었다.

"자자, 초조해 마시고. 음료수부터 주문 좀 할게요."

하지만 역시 일말의 쓸쓸함도 있었다. 아아, 이걸로 끝인가. 멍하니 그런 생각을 했다.

"그 사장, 결국 사장실에서 안 나왔어요. 고바야시라는 전무가 우리를 상대했는데, 우리가 조건을 낼 때마다 자리에서 일어나 따로 지시를 받고 오더라고요. 왠지는 모르겠지만 은행 관계자들까지 와 있었는데, 아마 그건 사장이 행패 부리지 못하도록 사장 측근들이 불러온 것 같더라고요. 정말 어찌나 우습던지."

오기와라가 마침 나온 아이스커피를 손에 들었다. 빨대를 빼낸 후 직접 입을 대고 마셨다.

"저기, 그래서 어떻게 됐어요?"

고무로가 재촉했다.

오기와라는 젖은 입술을 손등으로 닦으며 씩씩하게 웃음 짓고는 입을 열었다.

"향후 5년간 매년 3백만 엔의 헌금."

"그거 대단하네요."

누군가가 눈을 빛내며 말했다.

"그렇죠."

"응접세트, 새걸로 바꿔야지" 하고 이어서 또 다른 여자가 말했다.

"그 전에 컴퓨터. 슬슬 새걸로 바꿀 때가 됐어."

"프린터도."

이게 대체 무슨 소리인가. 스마일에 요구가 관철된 게 아니잖은가.

"멍청한 사장이 있어서 다행이에요."

고무로가 웃고 있었다.

"역시 조사했던 대로예요. 전에 조합 만들려고 했을 때 마구 저항을 했었죠. 그 이야기를 듣고 나서 이거 쉬운 상대인데 싶었어요."

교코만이 이야기 속으로 들어가지 못하고 있었다. 역시 자신이 생각했던 것과는 다른 것 같았다.

여자들은 흥분한 듯 그들이 얻어낸 전과에 대해 이야기를 나누고 있었다.

"저……."

조심스럽게 말해보았다.

"유급휴가는 인정해주었나요?"

"아, 그건."

오기와라가 교코 쪽을 보았다.

"우리 단체에 연간 3백만 엔을 헌금하기로 이야기됐어요."

"……헌금이요?"

"그래요. 찬조금이라고 해야 하나. 5년 동안 우리의 활동비가 될 겁니다."

더욱더 알 수가 없어졌다. 그 곤혹스러워하는 얼굴을 보며 오기와라가 고무로에게 "뭐야, 설명하지 않았어요?" 하고 물었다.

"미안해요. 언젠가 이야기하려고는 했는데."

고무로의 밝은 말투에는 변함이 없었다.

"요구가 받아들여지면 그걸로 좋은 거죠. 그렇지만 만약 저항할 것 같으면 찬조금으로 대체하자는 게 우리의 전술이었어요."

"네……."

"활동을 하려면 아무래도 자금이 필요하죠. 사무실을 유지하기 위해서도 연간 2백만 엔 정도는 들고, 보세요, 버스를 빌리는 것도 쉬운 일이 아니에요. 회원의 기부만으로는 모자라서 아무래도 기업헌금이 없으면……."

"고무로 씨들은 공산당원 아니셨나요?"

"아뇨. 옛날에는 그랬지만 지금은 독립하여 '버찌회'라는 단체의 운영위원이죠. 벚나무의 그 버찌예요. 오기와라 씨는 거기 고문이고, 여기 있는 모든 분들은 거기 회원들이죠. 원래 느슨한 조직이라 결정된 회비도 없고, 강제로 해야 하는 것은 아무것도 없어요."

교코의 표정이 어두워지는 것을 보고 고무로가 "미안해요" 하며 손을 잡았다.

"차차 설명하려고 했어요. 갑자기 우리 단체 이름을 대면 무슨 영업을 하려나 의심할 거 같아서요. 하지만 속일 생각은 없었어요. 시민 차원의 운동인 것에는 변함이 없고, 여성이나 약자에게 좀 더 친절한 사회를 만들자는 뜻은 모두 공감하고 있을 테니까요."

"네."

교코는 쉽게 웃음을 지을 수가 없었다.

"오이카와 씨에게 다시 부탁할게요. 우리 모임의 운영위원이 돼주지 않으실래요? 당신은 분명 리더가 돼야 할 사람이고, 가능하면 혼조 시의 차기 시의원 선거에 입후보하면 좋겠다 싶을 정도예요."

고무로는 여전히 웃음을 잃지 않았다. 다른 여자들도 밝은 얼굴로 그렇게 하라는 권유의 말을 건넸다.

"저기…… 그래서 결국 아르바이트 사원의 처우 개선에 대해서는 찬조금과 맞바꾼 게 됐나요?"

"음. 그렇긴 합니다만."

오기와라가 자세를 바로하며 몸을 내밀었다.

"이것은 전술로 이해해주셨으면 합니다. 공산당 같은 데는 조직이 너무 커서 융통성이 없어요. 우리는 그것이 불만이었습니다. 좀 더 현명하게…… 아니, 이런 말을 쓰면 안 되지만…… 좀 더 현실적으로 사회와 맞서는 게 좋지 않을까 싶어서요. 그 스마일은 앞으로 5년간 방치해두어야 하지만 그럼으로써 우리는 총액 천만 엔이 넘는 활동 자금을 얻을 수 있었습니다. 이것은 소를 버리고 대를 취하는 사고방식이므로, 결코 우리의 뜻을 왜곡했다고 할 수는 없을 겁니다."

"하지만 아르바이트 사원의 유급휴가는 얻어내지 못했잖아요."

점점 마음속에 그림자가 드리웠다. 목소리까지 작아졌다.

"그러니까 그게 사고방식의 차이라는 겁니다. 저런 작은 슈퍼마켓을 혼내줘서 가령 아르바이트 사원의 유급휴가를 획득했다해도 성과치고는 대수롭지 않은 것입니다. 그보다는 자금을 획득하고 그것을 운동의 기초체력으로 삼아 거대한 악과 맞서는 쪽이 훨씬 더 효과적이지 않을까요. 환경보호단체 같은 곳들도 이런 방법을 쓰는 사람들이 많습니다. 작은 경우는 찬조금을 얻기만 하고 그냥 놔두자, 대신 큰 환경오염은 철저히 규탄하자는 거죠. 우리도 그렇습니다. 최종적으로 타도해야 할 것은 자민당과 대기업에 지배당하는 배금주의 사회이지, 저런 스마일 같은 하찮은 것이 아닙니다."

쉽게는 납득할 수 없었다. 하찮은 것이라는 말이 도시코와 구미를 바보처럼 여기는 말 같기도 했다.

"저 스마일 입장에서 보아도."

고무로가 말을 이어받았다.

"만약 모든 아르바이트 종업원들의 유급휴가나 고용보험 등을 받아들이면 아마 연간 천만 엔 이상 되는 인건비가 공연히 나가는 겁니다. 그보다는 우리와 합의하여 연간 3백만 엔을 지불하는 편이 절대 이득이죠. 무엇보다 고발당하면 재판에서 승산이 없거든요. 그 사장은 멍청하지만 측근들은 제대로 계산한 겁니다. 오이카와 씨, 혹시 돈을 받는다는 데 거부감을 느끼는 것인지도 모르지만 우리는 정당으로서 신고도 했고, 정치헌금을 받는 것은 전혀 나쁜 짓이 아니에요. 이해해주셨으면 해요."

"처음부터 이럴 작정이었나요?"

"아뇨. 아까도 말씀드린 대로 요구를 받아들이게 되면 그걸로 좋고, 만약 저항을 하면 조건을 제시하겠다는 2단계 작전이었어요. 애당초 그 사장의 성격을 조사한 것은 사실이지만요."

"그럼 고무로 씨가 스마일에 아르바이트 사원으로 들어온 건 잠입 같은 건가요……."

"잠입이라고 말하면 좀 과한 듯한데, 하지만 고용계약이 허술했다는 건 처음부터 알고 있었고, 때를 봐서 이의를 제기하려고 한 건 사실이에요."

교코는 침묵했다. 어떤 태도를 보이면 좋을지 모르겠다. 자신은 아르바이트 사원의 권리를 얻어내기 위해 그렇게 열심이었던 것인데.

"미안해요. 좀 더 일찍 말했어야 했는데."

고무로는 미안한 듯 다시 교코의 손을 잡았다.

"하지만 고마워요. 오이카와 씨는 이미 우리들의 동료고, 앞으로도 같이 활동하고 싶어요."

"이걸로 항의 행동은 끝난 거겠군요."

"네. 목적을 달성했으니까요."

"전 내일부터 아르바이트하러 가기 힘들 것 같네요……."

"설마. 아직도 갈 생각을 했단 말인가요. 그만두세요, 그런 곳."

너무 멋대로 이야기하는 것 같아서 울컥 화가 났다. 취미 삼아 일하는 게 아니었다. 살림에 보탬이 되려고 일했던 것이다.

"괜찮아요. 다마에 우리 재활용품가게가 있거든요. 오이카와 씨가 생각만 있으면 대환영입니다. 늘 일손이 부족해서 곤란하거든요."

"다마라니, 그렇게 멀리까지는 다닐 수 없습니다."

"버스와 전철 타면 30분이면 충분해요."

"전 초등학교에 다니는 아이들이 있어서 근처가 아니면 힘듭니다."

약간 강경한 말투로 말해버렸다.

"어머, 그러시군요……."

교코의 기분은 완전히 침울해지고 말았다. 대신 화가 고개를 쳐들고 있었다. 가방에서 담배를 꺼내 불을 붙였다. 모두가 깜짝 놀란 표정을 지었다.

"역시, 그런 건 처음부터 말씀해주셨어야죠."

천천히 연기를 내뱉었다.

"왠지…… 이용당했다고까지는 할 수 없어도 그것과 비슷한 것 같네요."

"이용이라니요."

"그러니까 그렇게는 말하지 않을게요. 처음부터 '버찌회'라고 이름을 대고, 이런 전술을 운용할 계획이라고 가르쳐줬다면."

"참여하지 않았겠죠?"

"……그건 알 수 없죠."

"분명 오이카와 씨에게 권유한 건 저였지만 최종적으로 결단을 내린 건 오이카와 씨 자신입니다. 당신이 먼저 전화를 걸어왔으니까요."

자리가 완전히 조용해졌다. 물론 자신이 그렇게 만든 것이긴 하지만.

"오이카와 씨, 일단 우리 취지에는 찬성하고 계신다고 생각합니다만."

"네, 찬성합니다."

"그럼 모임의 이름이라든가 전술 같은 것은 사소한 문제 아닐까요."

다시 교코가 입을 다물었다. 자신은 무엇에 화가 나 있는 것일까. 분명히 운동에 참가한 것은 자신의 의지였다. 한 번은 거절했지만 그 후 자신이 먼저 전화를 걸었던 것이다. 하지만 기분은 개운하지가 않았다.

"저는……."

교코가 불쑥 입을 열었다.

"혼조 점의 아르바이트 사원들의 얼굴을 볼 수가 없겠네요. 면목이 없다고나 할까."

"오이카와 씨, 요구가 통과됐다면 정말 계속해서 일할 생각이셨나요?"

"그건 알 수 없습니다만……. 하지만 고무로 씨들은 결국 슈퍼의 아르바이트 주부들이 유급휴가를 얻게 되든 얻지 못하게 되든 아무래도 상관없다고 생각한 거군요."

"으음, 그런 건 아닙니다. 중요한 문제죠. 하지만 몇 번이나 말씀드린 대로 소를 버리고 대를 취한다는 생각은 필요합니다."

"제 직장 친구들은 버려진 겁니다."

"친한 사람들이 있었나요?"

"있어요, 그 정도는."

"전 오이카와 씨가 우리 쪽에 참가한 그 시점에 직장은 포기했다고 생각했어요."

말이 나오지 않았다. 도시코나 구미와의 관계는 끝났다고 생각했다. 동네에 마침내 친구들이 없어졌다. 두 번째 담배에 불을 붙였다.

"저기, 모두들 기뻐하니까 괜한 트집은 잡지 말아주세요."

단발머리를 한 여자가 말했다.

"공연한 트집이 아니죠."

교코가 자신도 모르게 되받았다.

"잡고 있어요."

"자자."

오기와라가 끼어들었다.

"제대로 설명하지 않은 우리도 잘못이니까요."

"그러니까 운동에는 돈이 필요하다는 것 정도는 알 만하잖아요."

"그 정도는 압니다. 하지만 공갈 협박 비슷한 짓을 해서 얻어내리라고는 생각지도 못했어요."

그렇게 말한 순간 큰일 났다고 생각했다. 사람들의 안색이 달라졌다.

"오이카와 씨, 공갈 협박이라뇨. 너무 심하신데요."

고무로도 얼굴빛이 바뀌어 있었다.

"그러니까 항의 행동은 결국 돈을 받아내기 위해 한 거잖아요."

주워 담기에는 너무 늦었다. 두 번째 화살도 쏘아버렸다.

"웃기지 마세요. 그 말 상당히 문제가 있어요. 사이비 우익들과 똑같이 취급하지 말라고요."

단발머리의 목소리가 거칠어졌다. 오기와라까지 표정이 굳어졌다.

"오이카와 씨, 혹시 그 돈으로 우리 개인들의 배를 채운다고 생각하는 거 아니에요?"

다른 여자까지 가세했다.

"그건 모르지요."

"모른다니요, 그럼 의심한다는 겁니까? 우리들, 각자 부담하는 게 더 많아요. 어이가 없군요. 사과하세요."

"그쪽이야말로 사과하세요. 제가 애써 찾아낸 아르바이트 자리를 헛되게 만들고, 이제 내일부터 저는 어디에서 일하면 되나요."

말한 순간부터 후회하고 있었다. 자신은 왜 뻔한 말을 하고 있는 걸까.

"이럴 수가. 오이카와 씨, 그것 때문에 지금 화를 내고 있는 건가요. 믿을 수가 없군."

"저, 일해야 하거든요. 여러분처럼 한가하지 않다고요."

"한가하다니, 무슨 소리예요. 우리도 모두 일하면서 활동하고 있어요."

얼굴이 점점 뜨거워졌다. 더 이상 대꾸할 말이 떠오르질 않았다.

"혹시 오이카와 씨 자신의 유급휴가나 퇴직금을 욕심냈던 것뿐 아닌가요?"

"다릅니다."

"어떻게 다르다는 거죠? 그렇다면 세상을 좀 더 크게 보세요."

"그게 아니라."

"실망했어요. 동료가 될 만한 사람이라고 생각했는데."

"저기, 잠깐만 냉정해지죠."

오기와라가 여자들을 진정시키려 했다.

"하지만 먼저 트집을 잡은 것은 오이카와 씨예요."

"트집이라뇨?"

"그럼 트집이 아니고 뭐죠?"

더 이상 참을 수가 없어서 교코는 일어섰다.

"뭐예요, 도망치는 건가요?"

아까까지의 우호적인 분위기는 어디에도 없었고, 모두들 적의를 드러내고 있었다. 고무로는 슬픈 눈으로 교코를 바라보고 있었다.

"전 이만 실례하겠습니다."

목소리가 떨렸다.

"아아, 불쾌해."

단발머리의 그 말을 듣고 손가락까지 떨렸다.

도망치듯이 카페에서 나왔다. 밖에 세워두었던 자전거에 올라탔다.

심장이 마구 뛰고 있었다. 바보 같은 짓을 했다. 눈앞이 새까매졌다. 아마 고무로 일행은 나쁘지 않을 것이다. 자신이 나쁜 것이다. 고작 미리 알려주지 않았다는 이유만으로.

아니, 그런 것은 아무래도 상관없다. 진짜 문제는 자신이 마침내 혼자가 돼버렸다는 것이다.

생각 없는 자신을 저주했다. 다소 불만스럽더라도 맞춰 가기만 하면 되었던 것이다.

서쪽 해가 교코를 비추어 만든 긴 그림자가 아스팔트 위를 달렸다. 고독이 몸 안에 가라앉는다. 남은 것은 아이들과의 매일뿐이다.

갈 곳도 없다. 할 일도 없다. 오직 남편의 체포를 두려워하며, 혼자 흠칫흠칫 놀라며 살아갈 뿐인 것이다. 집으로 돌아가고 싶지 않았다. 이대로 증발하면 어떻게 될까.

자전거 페달을 밟으며 교코는 울고 싶어졌다.

31

시게노리의 초췌한 모습은 마침내 멀리서 보고도 바로 알 수 있을 정도가 되었다. 눈 밑에는 선명하게 그늘이 드리워 있었고, 입술 색도 거의 없었다. 아내가 다림질도 해주지 않는지 바지의 주름은 사라지고 없었고, 구두도 광택을 잃었다. 하이텍스 본사 앞에서 행적 확인의 인수인계를 받을 때 본청 수사관은 "못 봐주겠던데요" 하고 내뱉듯 말했다.

"3층 창가 자리인데."

그렇게 말하며 턱으로 가리켰다.

"하루 종일 거기에 혼자 앉아 있어요. 화장실 갈 때 빼고는 자리에서 일어서는 일도 없고, 말을 거는 사람조차 없어요. 이따금 창밖으로 눈길을 주는데 눈동자가 마치 유리구슬 같더군요."

회사에서도 시게노리가 경찰에게 행적 확인을 당하고 있다는 것은 알고 있었다. 밖에도 내보내지 않을 것이다.

구노에게는 아직 직무가 주어지고 있었다. 사표가 언제 수리될지, 자세한 이야기는 전혀 없었다. 우다 계장은 시선을 마주치려고도 하지 않았고, 본청의 관리관은 묵묵히 어깨만 두드려주었다. 핫토리에게는 말하지 않았다. 이런 이야기는 들어도 곤란할 테지만.

"오이카와는 변호사와 끊긴 모양이에요."

역까지 가는 길에 핫토리가 말했다.

"낮에 변호사가 혼조 서로 와서 의뢰인과는 앞으로 관계없다고 말하고 갔나 봅니다."

"무슨 일 있었나요?"

"글쎄요, 공산당 계열의 변호사라니까, 회사가 고용한 것도 아닐 테고, 우리는 오이카와가 변호사와 접촉하는 걸 보지도 못했으니…… 수수께끼죠."

핫토리는 이렇게 말하고 늘 그렇듯이 은단을 입에 넣은 뒤 냄새를 맡았다.

시게노리의 뒤를 따라 시나가와 역까지 걸어갔다. 개찰구를 지나는데 휴대전화가 울렸다. 통화 버튼을 누르고 귀에 댔다.

"나다. 사에키야."

속삭이는 듯한 낮은 목소리였다.

"너, 지금 어디냐."

"시나가와 역입니다."

“본청의 그 2미터짜리, 옆에 있냐?”

“네, 있습니다만…….”

“그럼 지금부터 하는 말에는 전부 ‘네’와 ‘아니오’라고만 대답해. 알았지?”

“네.”

사에키의 말투가 심상치 않은 것을 느꼈다.

“우리 경무과에 있던 전 여경이 칼에 찔렸다. 와키타 미호. 당연히 알겠지?”

“네.”

“하나무라 짓이다. 범행시간은 오후 5시 20분. 장소는 네 맨션. 흉기는 부엌에 있던 식칼이다. 현장에서 채취 끝냈다.”

역 안의 통로에 우뚝 멈춰 섰다. 핫토리가 돌아보았다. 구노는 튕기듯 다시 발을 떼었다.

깊이 숨을 들이마신 후 평정을 유지하려 했다.

“피해자는 경찰병원으로 옮겨졌다. 119 연락은 피해자 본인이 직접 했다. 자세한 상태는 모르겠지만 생명에는 지장이 없다고 한다. 나는 지금 네 맨션에 있다. 같이 있는 그 친구가 눈치 못 채도록 달려올 방법 있겠냐?”

“아뇨.”

“그런가. 그럼 됐다. 이 사건은 구도 부서장이 직접 지휘한다. 긴급배치는 하지 않았다. 움직이는 건 나와 이노우에를 포함한 몇 명이지만 경시 이하에게는 모두 비밀이다. 사카타 과장도 모른다. 입원 중이기도 하고. 너, 와키타 미호의 아버지가 경찰이었던 거 알고 있었나?"

"네."

"하지만 소속과 계급까지는 못 들었겠지."

"네."

"경찰학교 교장이다. 캐리어• 출신이지."

말이 나오지 않았다.

"하나무라는 신병을 확보하는 대로 정신감정을 받을 수 있도록 입원 조치. 와키타 미호는 전 애인의 자택에서 자살미수. 이렇게 간다."

"……그렇게 빨리 그림을 잘도 그리시네요."

"'네'와 '아니오'로만 대답해."

"네."

"전례가 있을 거야. 우리가 모르는 세계지."

사에키의 잔뜩 성난 목소리였다.

"하나무라가 그 후 어디로 갔을지 짐작하겠냐?"

"아뇨."

"현 밖으로 도망쳤을 가능성이 있을 것 같나?"

"아뇨."

"그럼 다음은 네가 위험하다는 소리야."

• 일본의 국가공무원으로 상급시험에 합격한 사람을 가리키는 용어.

"네."

"하나무라는 이제 정상이 아니다. 뒤를 조심해."

"네."

"오이카와의 행적 확인이 끝나는 대로 집으로 바로 가. 그리고 기뻐해라. 그만두지 않아도 될지 모른다."

"네……."

전화가 끊어졌다. 자신도 모르게 뒤를 돌아보았다. 통로를 걸어가는 귀갓길의 사람들 얼굴을 한 사람 한 사람 보았다. 핫토리가 "무슨 일이에요?" 하고 물었지만 적당히 얼버무렸다. 시게노리의 뒤를 쫓아 플랫폼을 내려갔다.

언제였던가 맨션 복도에서 내려다보았던 하나무라의 눈이 떠올랐다. 질투에 불타는 중년 남자의 눈이었다. 하나무라는 몇 살이었던가. 마흔은 한참 넘었을 것이다. 하늘에서 내려온 듯한 젊은 여자와의 연애를 죽어도 놓치고 싶지 않았을 것이다.

미호가 칼에 찔렸단 말인가. 생명에 지장이 없다는 말이 사실이라면 좋겠는데.

아버지가 경찰학교의 교장이라면 경시청의 경시감에 해당한다. 자신이 평생 말도 붙여볼 수 없는 계급이다.

미호는 아버지의 권유로 경찰이 되었다고 말했다. 거짓말이라고 구노는 생각했다. 캐리어가 자신의 딸을 여경으로 만들고 싶었을 리는 없다. 대체 어떤 부녀지간이기에.

가슴이 두근거렸다. 시커먼 공기가 목 안에서 소용돌이치고 있었다. 상처가 내장까지는 못 미쳤다 해도 출혈성 쇼크사를 당할 수 있다. 맥박이 빨라진 것 같았다.

전철이 도착하자 시게노리와 함께 올라탔다. 또 영화를 보며 시간을 보낼 셈인가. 5미터 정도 떨어진 장소에 서 있는 시게노리가 역겹게 느껴졌다.

고작해야 작은 방화다. 언제까지 도망쳐 다닐 셈일까. 서서히 피가 끓는다. 얼굴이 뜨거워지고 있었다.

몸 여기저기에서 세포가 제멋대로 꿈틀대고 있었다. 사나에가 죽은 이후 쭉 시달려왔던 신경증 특유의 초조감이다.

오랜만에 왔나……. 지난 몇 년간 충분히 길들였다고 생각했었다. 그저 불면증이라고 생각하고 싶었고, 의식하지 않으려 해왔다.

구노는 자신도 모르게 호주머니에 손을 찔러넣으며 그곳에 약이 있는 걸 확인했다.

터미널 역에서 역시 시게노리는 밖으로 나갔다. 집으로 곧바로 돌아가지 않았다. 오늘 밤에도 극장에 가고, 거리를 헤맬 것이다.

갑자기 화가 밀려왔다. 설명할 길 없는 초조함에 숨이 가빠졌다. 구노는 걷는 속도를 올려 거리를 좁힌 후 뒤에서 시게노리의 어깨를 잡았다.

"잠깐 할 이야기가 있는데."

구노의 말에 돌아서는 시게노리의 얼굴이 창백했다. 눈은 겁에 질려 있었다.

“뭐하는 거요, 당신” 하고 말하는 핫토리. 쫓아와서 얼굴을 찌푸리고 있었다.

“또요? 정말 제정신이요?”

“핫토리 씨는 잠자코 있어주십시오.”

“웃기지 마요. 대체 어쩔 셈이요?”

무시하며 시게노리의 정면으로 돌아섰다.

“오늘은 빨리 집으로 돌아가 줘. 나도 용무가 있다고.”

“뭡니까.”

시게노리의 목소리가 떨리고 있었다.

“걱정 마. 체포하는 건 아니니까. 임의동행도 아니야. 빨리 집으로 돌아가 달라고 부탁하는 거야.”

“이봐. 어지간히 해두지 않으면 당신네 서장에게 보고할 거야.”

핫토리가 끼어들려고 했다. 구노는 두 손으로 핫토리의 가슴을 밀쳤다. 핫토리는 믿을 수 없다는 얼굴로 하늘을 올려다보았다.

다시 한 번 시게노리와 마주했다.

“당신, 언제까지 이렇게 매일을 보낼 셈이야. 매일 밤 보고 싶지도 않은 영화를 보고, 식당에서 푸석푸석한 밥을 먹고. 마누라는 뭐라고 안 하나.”

“당신이 무슨 상관이오.”

시게노리는 창백한 얼굴이었다.

"당신을 한참 전부터 쭉 미행하고 있었어. 먼저 보낸다고 뭐 어떻게 되는 것도 아니겠지. 그냥 빨리 자수하는 게 어때. 실형은 피할 수 없을 테지만 고작해야 2년이야. 성실하게 지내다 보면 1년으로 줄 거고. 그렇게 하고 다시 시작해. 아이들도 있잖아."

"쓸데없는 참견이오."

"아무튼 오늘 밤에는 집으로 바로 돌아가. 난 꼭 가야만 할 곳이 있다고."

"가면 되잖아요. 그게 나와 무슨 상관입니까."

"PC 불러서 집까지 데려다주라고 하겠다."

"뭡니까, PC라는 게."

"패트롤 카야."

그때 멱살이 잡혔다. 핫토리가 구노를 힘껏 잡아당겼다.

균형이 무너지면서 비틀거리다가 엉덩방아를 찧었다.

주변을 둘러보자 어느새 사람들이 몰려들어 있었다.

"당신, 병원 좀 한번 다녀와요."

핫토리가 눈을 치켜뜨며 말했다.

"본청에서 여러 소문을 들었어요. 아내가 죽은 건 정말 안타깝게 생각하지만 그 뒤로 이따금 이상한 짓을 하는 것 같던데."

구노는 천천히 일어서서 바지를 털었다.

"당신네 구도 부서장이 돌봐주지 않았다면 틀림없이 내근직으로 돌았을 거라고 하더군요."

핫토리는 확실히 시게노리의 팔을 잡고 있었다. 시게노리는 별다른 저항도 없이 우두커니 서 있었다.

"우수한 경찰이었다는 말도 들었어요. 구도 씨 눈에 들 정도였으니까. 하지만 지금 당신은 어떻소. 나쁘게 말하지는 않을 테니 상사와 의논해서 장기 휴가라도 가쇼. 그렇게 하지 않으면 내가 본청 인사과에 가서 이야기할 테니."

"이봐, 무슨 소동이야."

그 목소리에 돌아보았다. 사람들을 가르며 몇 명의 제복 경찰들이 나타났다.

"싸움인가. 길가에서 무슨 짓이야."

"아, 그래. 잠시 파출소 좀 빌리자" 하고 말하는 핫토리.

"뭐야? 파출소는 휴게실이 아니야!"

갓 이십 대에 접어든 듯한 경찰이 불량스럽게 말했다.

핫토리가 안주머니에서 경찰수첩을 보였다. 즉시 젊은 순사의 안색이 바뀌었다.

"본청 형사부 수사 1과 핫토리다. 말투 좀 조심해라."

순사가 튕기듯 경례를 했다.

"안내해. 아, 그리고……."

핫토리는 호주머니에서 동전을 꺼내 순사에게 주었다.

"너는 우롱차 좀 사와라. 세 개야. 차가운 걸로."

쏠 듯한 눈으로 노려보았다.

제복 경찰관들이 앞장서서 인도를 걸어갔다. 말없이 10미터 정도를 걷자 마침내 값싼 장난감가게 같은 모양의 파출소에 도착했다. 세 사람만 안쪽 방으로 들어갔다.

"오이카와 씨, 미안하지만 좀 전 일은 없었던 일로 좀 해주지 않겠소?"

핫토리가 먼저 말을 꺼냈다. 시게노리의 입술에는 빛깔조차 없었다.

"이제 와서 시치미 뗄 생각은 없소. 당신은 행적 확인 대상자요."

구노는 의자에 앉아 불안신경증의 습격을 견디고 있었다. 이를 악물고 두 손을 꼭 쥐고 있지 않으면 온몸에 가려움과 비슷한 떨림을 느낀다. 얼굴에서 땀이 솟고 있었다.

"나는 이 이상의 짓을 할 생각은 없어요. 여러 사정이 얽혀 있어서. 우리 사정도, 당신네 회사 사정도 포함해서 말이요. 당신이 자수하고 싶다면 말릴 수는 없겠지만 적어도 내가 당신에게 동행을 요구하는 일은 없을 거요. 내 일이 아니거든요. 여기에 있는 또 한 사람은……."

핫토리가 구노를 턱으로 가리켰다.

"오늘 이후로는 제외될 거요. 내일부터는 다른 사람이 맡을 겁니다. 부디 안심하시오."

시게노리는 얼굴을 들려고 하지 않았다. 팔짱을 낀 채 의자에 가만히 앉아 있었다.

"그러니 당신, 오늘은 그만 돌아가 주지 않겠소? 당신 역시 어슬렁어슬렁 돌아다니고 싶은 심정도 아닐 테니 말이오."

"혼자 있게 해주시지 않겠습니까……."

시게노리가 중얼거렸다.

"혼자요, 당신은. 우리는 공기라고 생각해줘요."

"어떻게 그렇게 생각할 수 있겠습니까."

입술이 떨리고 있었다.

"생각해주기를 바랄 수밖에 없죠."

핫토리는 의자에 깊이 몸을 기대며 다리를 쭉 뻗었다.

"그런데 어이, 구노 씨. 완전히 얌전해져 버렸네."

"돌아가도 될까요?"

구노는 겨우 목소리를 쥐어짜 냈다.

"그래요, 좋도록 해요. 당신과는 이제 끝이요."

"폐를 끼쳐서 미안합니다."

"그래요."

핫토리가 깔보는 듯한 눈으로 대답했다. 그 말투에 화가 났다.

"핫토리 씨, 원래는 4과에 대한 당신의 짓궂은 심술 때문에 시작된 거예요."

"무슨 소리야."

태연히 가슴을 뒤로 젖힌다.

"이 남자를."

시게노리를 가리켰다.

"중요 참고인으로 빨리 불러들였으면 이렇게까지 꼬이지는 않았을 거라고요."

"난 다 들었어요. 꼬이게 만든 건 당신네 경찰서지. 기요카즈 회와의 유착과 방화 사건이 무슨 관계가 있다고. 수사가 진전되지 않은 게 나 때문이라고? 오히려 관리관의 관심을 엉뚱한 데로 돌린 혼조 서의 멍청이들 때문일 텐데?"

"멍청이들이라니."

"그럼 멍청이가 아니고 뭐야."

구노가 일어섰다. 탁자 앞으로 몸을 내밀어 핫토리의 멱살을 잡았다.

"이봐, 이 양복 비싼 거야. 당신이 입고 있는……."

힘을 실어 잡아당겼다. 핫토리가 쓰러지며 구노에게 덮쳐왔다. 두 사람 모두 그대로 바닥에 쓰러졌다.

옆구리에 격렬한 통증이 느껴졌다. 핫토리의 주먹이 가격해 들어왔다.

"이봐, 당신들 무슨 짓이야?"

개인실 입구에서 파출소 제복 경찰이 소리쳤다.

"전부 이리 와."

여럿의 발자국 소리가 들리고 즉시 구노는 경찰들에게 깔려 엎어졌다. 뺨이 바닥에 닿았다. 왁스 냄새가 코를 찔렀다.

"당신들, 본청의 대학물 좀 먹은 형사들인지 뭔지는 모르겠지만."

오십 대 정도 된, 성실해 보이는 경찰이 소리치고 있었다.

"이게 무슨 꼴이야. 부끄러운 줄 알라고. 우리 파출소 근무자들은 말이야, 매일 열심히 일한다고. 취객들이 시비를 걸어도, 동네 사람들이 불평불만을 털어놓아도 가만히 다 참고 있어."

"상관없는 이야기는 하지 마쇼."

핫토리가 떠들어댔다.

"심부름센터 같은 일도 해. 그런데 당신네 출세 좋아하는 놈들이 턱으로 마구 부려 먹으려고 하면 안 되지."

"시끄러워요. 빨리 이거나 놔."

핫토리는 벽에 밀어붙여져 있었다.

구노는 일단 몸의 힘을 빼고 두 손을 가볍게 들어 저항하지 않겠다는 의사를 표시했다. 제복 경찰들에게서 풀려났다. 천천히 일어나 호흡을 가다듬었다.

시게노리를 보자 생기 없는 눈으로 허공을 바라보고 있었다. 이제 만날 일도 없을 것이다. 구노는 눈을 내리뜨며 방에서 나왔다.

"이봐, 인사도 안 하냐?"

나이 지긋한 경찰의 날카로운 목소리가 등 뒤로 쏟아져 내렸다.

길로 나와 택시를 잡았다.

호주머니에서 신경안정제 몇 알을 꺼냈다. 물이 없어서 그대로 씹어 삼켰다.

자신이 어떤 감정에 지배되고 있는지 전혀 알 수 없었다.

화난 것도 아니고, 슬픈 것도 아닌, 어쩌면 그것은 자신이 살아 있다는 데 대한 위화감인지도 몰랐다.

괜히 장모를 만나고 싶었다. 어리광을 부리고 싶었다.

다만 지금의 구노에게는 휴대전화를 향해 손을 뻗을 만한 용기가 없었다. 본능이 그만두라고 말하고 있었다. 설령 모래 위에 지어진 성이라 해도, 아주 잠깐이라도 그곳에서 살고 싶었다…….

구노가 맨션에 도착하자 방 안에서 사에키가 기다리고 있었다.

"야, 너 안색이 안 좋다."

들어가자마자 식탁에 팔꿈치를 괴고 앉았다.

"사에키 주임님 혼자세요?"

"밖에 복면 패트롤 카 있을 거야. 이노우에야. 그런 것도 눈치 못 챘나. 하나무라의 목표물은 너야. 좀 조심해."

방 안을 둘러보았다. 이미 어질러진 모습은 없었다. 안쪽 침실로 향했다. 카펫 위의 시커먼 핏자국이 눈에 들어왔다.

"소파에도" 하고 말하는 사에키.

검은 가죽제품이어서 두드러지지는 않았지만 분명 마른 피가 얼룩져 있었다.

"와키타 미호는 무사한가요?"

"그래. 구급대원의 말로는. 하지만 그 뒤로 우리한테 소식 들어온 건 없어. 알고 싶으면 구도 부서장에게 직접 물어봐."

"병원에 가보고 싶은데, 면회 되나요?"

"안 될 게 뻔하잖아. 게다가 상대는 경시청이야. 뻔뻔스럽게 가봐. 너 뭇매질당할 거야. 부서장이 '구노야말로 피해자'라고 애써 변명해주는 모양이지만, 부모가 자식 문제 앞에서 그런 게 귀에 들어오겠냐."

바닥에 무릎을 꿇었다. 온몸이 무너져내리는 듯한 느낌이었다.

"야, 왜 그래?"

겨우 일어나 그대로 침대에 쓰러졌다.

"뭐, 그래. 자라. 너는 너무 피곤해. 난 이따가 부엌에서 자야겠다."

인터폰이 울렸다.

"누구냐."

사에키가 난폭하게 물었다.

"뭐야, 이노우에냐."

이노우에가 집으로 올라왔다. 침대 옆까지 걸어와 귓가에 대고 낮게 말했다. 구노는 눈을 감은 채 들었다.

"구노 씨. 방금 PC 무선으로 들었는데요. 하이텍스 방화 범인이 자수했답니다."

"그래? 오이카와가 자수했나?"

간신히 말했다.

"아뇨, 열일곱 살 소년이랍니다. 데라다 요헤이. 들어본 적 없으세요? 지난달에 구노 씨가 팔 부러뜨렸던 그 꼬마입니다."

의식이 녹아들듯이 형태를 잃어갔다. 어머니……. 말로 해보았지만 아마 목소리로 나오지는 않았을 것이다. 하얀 어둠 속으로 구노는 흔들흔들 떨어져 갔다.

32

단체교섭이 결정 난 다음 날 교코가 스마일에 출근하자 복도에서 마주친 이케다 과장은 "이럴 수가" 하며 눈을 휘둥그레 떴다.

교코가 말없이 인사를 했다. 왜 뻔뻔스레 나왔는지 스스로도 알 수 없었다. 그저 집에 있으면 답답해서 가만히 있을 수가 없었던 것이다.

"……아, 나머지 월급을 받으러 나오신 건가요? 하지만 아시는 바와 같이 우리는 월말에 정산 끝내고 다음 달 5일에 지불하니까 오늘 나와봤자 돈 못 드려요. 아니면 나중에 은행으로 넣어드릴까요? 계좌번호 가르쳐주시면 제때 넣어드리죠."

이케다는 팔짱을 낀 채 그렇게 말하고는 어색하게 웃음을 지어 보였다.

"저, 일하러 나온 건데요."

이케다가 눈살을 찌푸렸다.

"그게, 무슨 말씀이시죠?"

"아직 그만두고 싶지 않다는 건데……."

"버찌회시잖아요. 거기하고는 이미 이야기 다 끝난 걸로 아는데요."

"거기와는 관계없이 저는 좀 더 여기에서 폐를 끼치고 싶어서요."

이케다가 더욱더 이상해한다. 콧등을 긁으며 "저기, 아직 다른 요구가 더 있는 건가요?" 하고 경계하듯이 물었다.

"아뇨, 그러니까 저는 버찌회와는 아무 관계도 없어요."

"관계가 없다고요?"

"네. 좀 안 맞는다고나 할까, 뒤에서 그런 거래를 하리라고는 생각도 못해서……."

여전히 이케다는 고민스러운 얼굴로 뭔가를 생각하고 있었다.

"물론 창고 업무라도 상관없어요. 앞으로도 계속 일하고 싶어요."

"거짓말."

"정말이에요. 저, 잘리는 건가요?"

"설마, 그런 무서운 말씀 하지 마세요. 또 노동기준감독서 같은 데 가겠다고 하면 정말 못 견딜 거 같으니까."

"그런 짓 안 해요. 그냥 일하고 싶을 뿐입니다."

"모르겠군요."

이케다가 턱을 문지르며 신음하고 있었다.

"우리 가게를 그렇게나 엉망으로 만들어놓고 왜 또 여기서 일하겠다는 건지. 일이 하고 싶으면, 아르바이트 사원을 모집하는 다른 가게도 많은데요……."

"집에 있고 싶지 않아요."

교코의 뇌리에 몇 시간 전의 광경이 떠올랐다. 오늘 아침에도 집 앞에 형사가 있었던 것이다.

"네?"

"일단 앞으로 며칠만이라도요."

"무슨 소릴 하시는 겁니까, 오이카와 씨?"

"어딘가로 면접을 보러 가더라도 바로 일을 할 수 있을지 없을지 모르잖아요."

입에 거품을 물고 있다는 걸 알 수 있었다. 정말 자신은 무슨 소릴 하고 있는 걸까.

"다음 주부터 일하라고 하면 전 그때까지 뭘 하면 좋을지 도저히 모르겠거든요, 그래서……."

"잠깐만요, 오이카와 씨. 진정하세요."

"저, 안 될까요? 잘리는 건가요?"

"그러니까 자를 수 없다고 했잖아요."

"그럼 일하게 해주세요."

이케다는 눈에 곤혹스러운 빛을 띠며 교코의 얼굴을 들여다보았다.

"창고라도 괜찮으세요?"

"물론입니다."

"또 유급휴가가 어쨌다거니, 말하지 않을 건가요?"

"말하지 않을게요."

"그럼 됐습니다만……."

"정말 고맙습니다."

깊이 고개를 숙였다.

계속 갸우뚱거리며 이케다가 물러갔다. 비참하다는 생각은 들었지만 할 수 없다. 교코의 머릿속에는 점심시간을 어떻게 보내야 하나, 그 생각밖에 없었다.

창고에서는 젊은이들이 눈에 띄게 교코를 경원했다. 그들이 어제의 거래를 알고 있을 것 같지는 않았으므로 아마 이 가게 앞에서 항의 행동을 했던 게 원인인 모양이었다. 아무리 불만이 있어도 자신들의 직장을 안 좋게 말하면 화가 날 것이다.

할 수 없이 스스로 일을 찾으며 선반 정리를 시작했다. 깡통 상자류를 쌓고 내리는 것은 여자에게는 중노동이었지만 할 수밖에 없었다. 바로 이마에서 땀이 배어 나왔다. 목장갑으로 닦자 화장이 점점 지워졌다.

대체 자신은 무엇을 하고 있는 것일까. 숨을 헐떡이며 교코는 생각했다. 지난달까지는 무엇 하나 부족함 없는 생활을 했다. 살림에 도움이 될 정도의 아르바이트를 하고, 집에서 아이들과 남편이 돌아오기를 기다렸다. 심심하긴 했지만 특별히 불만은 없었다. 화단을 만들려는 여유도 있었다. 그랬는데, 대체 어디에서부터 톱니바퀴가 어긋나버린 것일까.

아아, 그렇다……. 교코의 사고는 그제야 시게노리가 아닌 화단으로 향했다. 화단을 만드는 중이었던 것이다. 꼭 연휴 기간 중에는 완성시키고 싶다. 그리고 초여름의 태양이 내리쬘 무렵에는 우리 집 정원에 꽃이 핀 것을 보고 싶다. 단독주택을 가졌을 때부터의 꿈이었다.

열심히 꽃을 사랑해주고 싶다. 부지런히 물을 주고, 잡초를 뽑고, 벌레를 잡고, 예쁘게 꽃을 피우고 싶다. 찾아온 손님에게는 정원을 보여주자. 동생인 게이코에게도 자랑하자. 게이코는 사택에서 살기 때문에 몹시 부러워할 것이다.

하지만 그런 날이 올까. 무엇보다 내일 자신이 어떻게 될지조차 모르는 것이다

"오이카와 씨."

목소리에 돌아보자 이케다가 서 있었다. 아까까지의 당혹스러운 태도가 아닌 입가에는 엷은 미소마저 띠고 있었다.

"방금 버찌회에 전화해봤습니다. 이제 결판도 났으니 어떻게 할 생각이냐고 물었죠. 그랬더니 그 모임의 사람이 '오이카와 씨는 이제 우리 모임과는 전혀 관계없습니다'라고 하더군요."

"그렇다고 저도 아까 말했잖아요. 이제 버찌회와는 아무 관계도 없어요. 어제 좀 싸움 비슷한 걸 하기도 했고요……."

"배짱 한번 대단하네요."

"네?"

"우리한테 연간 3백만 엔의 손해를 끼쳤으면서 다시 일하겠다고 하다니."

"역시 잘리는 건가요."

"그러니까 회사라는 건 아르바이트 사원이나 종업원을 쉽게 해고할 수 없다고 했잖아요."

이케다는 허리에 손을 대고 한쪽 입꼬리만 들어 올리고 있었다.

"죄송합니다."

그 말밖에는 달리 할 말이 없었다.

"사장님이 만나러 온대요."

"……사장님, 이요?"

"그래요. 어제까지 항의 행동을 한 사람이 어떤 얼굴로 일하는지 보러요. 악취미이긴 하지만 기분은 알 것 같아요. 골탕을 먹었거든요."

의미도 없이 인사를 했다.

"아무튼 알려드리러 왔어요."

이케다가 가려고 했다.

"아, 그리고."

멈춰 서서 얼굴만 다시 돌렸다.

"시급은 50엔 깎을 거예요. 창고는 계산대보다 단순노동이라서요."

이케다가 창고에서 나갔다. 교코는 잠시 그 자리에 우두커니 서 있었다. 이건 아마도 굴욕적인 일일 것이다. 한숨을 쉬었다. 하지만 분노도, 슬픔도 솟지 않았다. 어떤 감정을 가지면 좋을지, 교코로서는 그조차 판단할 수 없었다.

사장은 한 시간쯤 후에 창고에 나타났다. 작업복 차림으로 허리에는 수건이 걸려 있었다. 사카키바라와 이케다를 거느리고 창고 밖의 햇살을 받으며 그 실루엣만 입구에 드러났다.

"오, 정말 있네."

마치 신기한 동물이라도 보는 듯한 사장의 말투였다.

"호오, 설마 했는데……."

바로 옆까지 걸어와 아무렇지 않게 교코의 얼굴을 들여다보았다.

"우리 남자들 같으면 할 수 없는 일이죠."

뒤에서 사카키바라가 말했다.

"우리한테는 자존심이라는 게 있거든요."

이케다도 만족스러운 듯 싱긋 웃고 있었다.

교코는 무표정하게 고개를 숙였다.

무슨 말을 하든 상관없다. 지금 자신의 바람은 집 외의 장소에서 몸을 움직이고 싶다는 것뿐이었다.

"너희 바보냐?"

그때 사장이 두 부하 직원을 노려보았다.

"뭐가 자존심이냐. 뭐가 남자는 할 수 없는 일이야. 너희들은 그렇게 체면만 따지니까 출세를 못 하는 거야."

낮은 목소리로 나무라고 있었다.

"장사에 방해되는 게 뭔지 아나? 명예라든가 쓸데없는 고집 같은 그런 거야. 너희, 몇 년이나 더 이 일을 할 수 있을 것 같나."

사카키바라와 이케다의 얼굴에서 웃음기가 사라졌다. 칼끝이 자신들을 향하고 있는 것에 당황하고 있는 듯했다.

"이 아주머니를 봐. 살아가는 데 필사적이잖아. 너희는 이 아주머니처럼 필사적이었던 적이 있었나."

두 부하 직원의 몸이 뻣뻣하게 굳어 있었다. 분위기가 정반대로 바뀌었다. 잔뜩 놀림감이 되리라 생각했었는데. 아니면 이건 또 다른 방식의 빈정거림일까.

"오이카와 씨라고 했던가요."

"네……."

"당신, 버찌회와는 사이가 틀어졌다고 하던데, 왜죠?"

"그게, 찬조금이 목적이라는 소리는 못 들었거든요……. 저는 그저 아르바이트 사원의 권익을 인정받고 싶어서, 그 생각밖에는 없었습니다."

기분은 가라앉아 있었지만 겨우 정면을 바라보며 말했다.

"그럼 당신은, 정말 이해득실을 따지지 않고 우리한테 대들었다는 건가요?"

"네, 그런 셈이죠."

"이봐, 사카키바라, 이케다. 너희 들었냐?"

더한층 목소리가 높이 올라갔다.

"훌륭한 아주머니 아닌가. 대단한 의지의 소유자잖아. 너희라면 오직 혼자서 이렇게까지 할 수 있었겠어? 늘 몰려다니며 사람들 눈치나 보잖아. 이봐, 사카키바라."

이름이 불리자 사카키바라가 허리를 곧추세웠다.

"너, 사람 보는 눈이 있는 거냐? 이런 아르바이트 사원이 있으면 정사원으로 고용하거나 아줌마들 책임자로 쓰든가, 왜 그런 지혜를 발휘하지 못한 거지? 이봐, 이케다."

이번에는 이케다가 찔끔했다.

"언제까지 이 사람을 창고에 처박아둘 생각이냐?"

"아, 그게, 그건 본점 쪽에서……."

"뭐야."

"아뇨, 그게, 바로……."

이케다의 얼굴이 흙빛으로 변했다.

사장은 대체 무슨 생각인 걸까. 교코는 도저히 짐작도 가지 않았다.

"저기, 당신."

사장이 교코를 보았다.

"내 비서를 하지 않겠소?"

"네?"

교코는 귀를 의심했다.

"비서 말이에요, 사장 비서. 처음 봤을 때부터 생각했었어요.

아, 이런 인재는 우리 가게에 없다고. 이놈 저놈 할 것 없이 다 내 눈치만 본다오. 물론 그런 인간만 쓴 내 책임이기도 하지만 그래도 매일같이 눈치나 보니 이젠 질렸어요. 당신 같은 사람이, 좋아요. 정말 좋아요."

교코는 할 말을 잃었다. 진심인지, 놀리고 있는 것인지 도저히 판단이 서질 않는다.

"할 생각 없소, 내 비서?"

"저는 초등학생 아이들이 있어서……."

겨우 대답했다.

"그런 건 가정부를 고용하면 되잖아요. 토요일하고 일요일은 휴무고, 9시부터 6시까지. 본점 사장실 근무. 이케다 정도의 월급을 주겠소. 어때요, 합시다."

"전 회사에 근무하지 않은 지 거의 10년 가까이 됐거든요. 게다가 컴퓨터도 다룰 줄 몰라요."

"괜찮소, 그런 건 배우면 돼요. 그보다 목장갑 당장 벗고."

사장이 교코의 손을 잡았다. 자신도 모르게 피했다.

"뭐요, 내가 그렇게 싫소?"

"아, 아뇨. 그런 건."

사장은 교코의 손에서 목장갑을 벗기고 출구로 향하며 턱을 들었다.

"본점으로 가서 이야기합시다. 당신도 조건이 있을 테니까, 이것저것 제시해보고."

교코는 어안이 벙벙했다. 거짓말이겠지. 이 상황을 믿을 수가 없었다.

"자, 어서 갑시다."

허둥대다가 발을 밟았다. 망설이면서도 사장의 뒤를 따랐다. 사카키바라와 이케다는 망연자실, 그 자리에 우두커니 서 있었다.

뒤쪽 주차장에 은색 벤츠가 있었다. 사장이 먼저 올라탄다. 교코는 시키는 대로 조수석에 탔다.

"이 차, 3천만 엔이요."

사장이 벤츠를 출발시켰다.

"중동의 왕족이 타던 것 그대로 주문했어요."

"네……."

"여기저기에 금도금도 돼 있소. 그러고 보면 벼락부자도 괜찮은 것 같죠?"

"네, 아, 아뇨……."

차는 상점가를 거침없이 달렸다. 위압적인 벤츠의 겉모습에 다른 차나 보행자는 곧바로 길을 비켰다. 교코는 멍하니 생각했다. 아, 지금까지 해보지 못했던 경험이다. 사람들이 차를 피하다니.

"좋아 보이네요, 당신. 그렇게 씩씩하게 사는 게."

사장이 앞만 보며 말했다.

"아뇨, 그렇지도 않습니다."

"여자라는 건 분명 수다만으로 사는 생물이라고 생각했었는데. 당신은 달라요. 그리고 그 버찌회인가 하는 여자들하고도 달라요. 그자들 역시 혼자서는 아무것도 할 수 없는 자들이죠."

"아뇨, 그게, 저 역시도……."

"이케다한테서 당신이 버찌회와 헤어진 것 같고, 그래서 오늘 아침에 창고에 나타났다는 이야기를 들었을 때, 왠지 기뻤소. 도망치지 않는 사람이 여기 있구나 하고요."

차는 국도로 들어섰다. 고급차인 만큼 미끄러지듯이 아스팔트 위를 나아간다.

"연봉 5백만 엔 어떻소. 과장인 이케다가 딱 그 정도인데."

"5백만 엔이라고요?"

주부가 한 번에 벌 수 있는 돈은 아니다. 너무나 갑작스러워서 믿기 어려웠다.

"야근을 하면 좀 더 올라갈 테지만."

대체 어디까지가 진심일까. 교코는 냉방이 잘돼 있는 차 안에서 팔을 문질렀다.

하지만 돈은 필요하다. 앞으로 어떻게 될지 모른다. 적어도 시게노리의 월급만으로 앞으로 생활할 수 있으리라고는 생각되지 않는다.

차가 옆길로 빠졌다. 논이 펼쳐져 있었다. 그 끝으로 모텔 간판이 보였고, 이상한 예감이 들었다.

"잠깐 쉬었다 갈까요."

무뚝뚝하게 사장이 말했다.

현기증이 났다. 두 시간짜리 삼류 드라마였던가.

"내려주세요."

교코가 완강하게 말했다.

"무슨 생각이시죠?"

"알고 있어요, 나. 당신 남편이 회사에 불 질렀다는 거."

할 말을 잃었다. 순간적으로 얼굴이 뜨거워졌다.

"주간지에도 나왔잖소. 혼조 점에 소문도 다 났고. 앞으로 힘들지 않겠소. 이력서 봤는데, 어린아이들이 둘이나 있던데. 내가 생활은 보살펴주겠소. 당신, 내 취향이오."

"농담하지 마세요. 누가 당신 같은 사람한테."

"좋아요, 바로 그런 점이. 기가 센 여자를 보면 난 견딜 수가 없소."

사장의 얼굴이 상기되었다. 콧김이 거칠어졌다.

"세워주세요."

옆을 보며 항의했다. 완강한 말투로 몇 번이나 말했다.

"일단 안으로 들어가고 나서. 보시오, 논에 일하는 사람도 없잖소. 이런 데 세우면 눈에 띄어요."

"눈에 띄어도 좋으니까 세워주세요."

사장은 전혀 속도를 줄이려 하지 않았다.

"아무튼 들어가죠. 이야기는 그 후에 하기로 하고."

교코가 두 손으로 볼을 감쌌다. 분노보다, 슬픔보다 탈력감이

들었다. 공포도 무엇도 아닌, 오로지 지금 상황이 피곤할 뿐이었다.

교코가 잠자코 있자 그것을 승낙의 신호라고 생각했는지 사장은 더욱 씩씩대며 차를 모텔 안으로 집어넣었다. 주차 공간에 차를 세우고 나서, "여기까지 왔으니 창피한 짓은 하지 말아줘요"라고 어울리지 않게 애교를 섞어 말했다.

교코는 허무한 기분으로 앞만 바라보고 있었다.

"저기, 부탁할게요. 솔직히 말해 나, 이런 기분이 된 거 정말 오랜만이오."

아무 생각도 떠오르지 않았다.

"마누라가 죽고 나서 술집 여자와는 몇 번쯤 관계했어요. 하지만 보통 여자와는 못 만났었는데."

주차장 입구에 늘어져 있는 주렴 같은 비닐시트가 바람에 흔들흔들 움직이고 있었다.

"자자, 가죠."

사장이 차에서 내렸다.

교코는 말없이 사장을 뒤따랐다. 자신이 어떻게 하고 싶은지 알 수 없었다. 다만 마음이 무겁게 가라앉아 있었다.

자동문이 열리고 한 쌍의 남녀가 나왔다. 젊은 여자가 재빨리 눈을 내리떴다. 한눈에 보기에도 불륜인 것을 알 수 있었다. 자신과는 인연이 없던 세계였다. 멍하니 그 뒤를 바라봤다. 교코는 빨려들듯이 건물 안으로 들어갔다.

“앗, 화실(和室)이 있네. 이걸로 하죠.”

방의 사진들이 쭉 있는 게시판 앞에서 사장이 방을 고르고 있었다. 그 뒷모습을 보았다.

눈앞의 남자가 자신이 좋아하는 취향이었다면 주저없이 안겼을 것이다. 누군가에게 보호받고 싶었다. 자신은 이미 한참 전에 한계가 왔던 것이다.

어슴푸레한 복도를 걸어 방으로 들어갔다. 화실이라고는 해도 한쪽 구석에만 높게 다다미가 깔려 있을 뿐이었다. 다다미 위에 요가 깔려 있었다. 사장이 흥분한 얼굴로 작업복을 벗기 시작했다.

“어떻게, 내가 먼저 씻을까요? 그게 좋겠네. 나도 땀을 좀 흘려서.”

사장이 목욕탕으로 들어갔다. 수도꼭지에서 세차게 물 쏟아지는 소리가 들리기 시작했다.

교코는 여전히 잠자코 있었다. 소파에 앉아 머릿속을 정리해보려고 했다. 새하얀 뇌리 속으로 어떻게든 현실을 반추해보려고 했다.

고무로나 오기와라와 인연을 끊은 지금, 자신을 도와줄 사람은 아무도 없었다. 이 고독을 과연 언제까지 견딜 수 있을까. 더 나아가 시게노리가 이대로 무사히 끝나리라고는 생각할 수 없으니 현재의 생활은 그야말로 풍전등화 상태였다.

이르면 바로 다음 달에 수입이 끊길 것이다. 그렇게 되면 자신은 어떻게 가오리와 겐타를 기르면 좋을까. 그 집에서는 언제까지 살 수 있을까. 연간 2백 50만 엔의 대출금을 갚아야만 한다. 그런 수입은 현재의 자신으로서는 기대할 수 없었다.

갑자기 억센 손이 교코의 팔을 힘껏 잡았다. 너무 놀라 튕길 듯이 뿌리쳐냈다.

"뭐야, 그럴 생각이 있었던 게 아니었나."

사장이 어느샌가 옆에 있었다.

서둘러 소파 구석으로 도망쳤다. 몸을 내미는 사장에게 "다가오지 마세요"라고 강한 말투로 말했다.

"왜 그래요. 무서운 얼굴을 하고."

달래듯 어리광스러운 목소리였다.

"아직 OK한 거 아니에요."

아직이라니, 자신의 귀를 의심했다. 그렇다면 이 남자에게 안길 생각이 조금이라도 있단 말인가. 새삼 사장을 보았다. 이마와 볼에 지방이 뒤룩거린다. 품위가 없는 얼굴이었다. 비누로 아무리 닦아도 불결한 느낌이 가실 것 같지 않은 얼굴. 지난달까지의 자신이었다면 1억 엔을 주어도 싫다고 말했을 것이다.

"괜찮아요. 이리 오세요."

사장은 생글거리며 손까지 내밀었다.

"가까이 오지 마! 손대지 마!"

교코가 날카롭게 소리쳤다.

"나도 취향 정도는 있어요."

갑자기 나온 난폭한 말에 스스로도 놀랐다. 아마 어른이 되고 나서는 처음으로 해보는 말투일 것이다.

"이봐, 너무 심한 거 아니야?"

"심하다니, 뭐가요. 아무튼 당신은 내 취향이 아니에요."

그야말로 닳고 닳은 여자 같다. 하지만 위화감은 없었다.

"재수 없게 이런 일을 당하다니. 하마하고는 자고 싶지 않다고요."

"하마라고? 그런 말은 못 들어봤는데."

사장은 잠시 움직이지 않다가 이내 신이 난 얼굴로 일어나 교코를 덮쳐온다.

"샤워는 나중에 해요. 자자, 비서가 되면 연봉이 5백만이야."

입 냄새가 났다. 자신도 모르게 얼굴을 피했다. 가슴을 가리는 한편 왼손으로 사장의 목을 잡고는 그대로 밀어 올렸다. 신기하게도 허둥대지 않았다. 이어서 사장의 엄지손가락을 잡고, 반대 방향으로 비틀었다.

"아야야."

사장이 소리를 질렀다. 교코에게서 떨어지며 소파 밑으로 굴렀다.

"뭐하는 거야. 아프잖아."

얼굴을 붉히고 있었다.

"더 이상 계속하면 고소할 거예요."

일어서며 사장을 노려보았다.

"이번에는 형사사건이니까 간단히 끝나지는 않을 거예요. 신문에도 실리겠죠. 당신의 슈퍼도 끝장날걸요."

"좋아, 좋아. 엄청 좋아. 점점 더 좋아지는데."

사장은 떨리는 목소리로 다시 또 손을 뻗는다. 교코는 그 손을 찰싹 소리 나게 때렸다.

"당신, 너무 차갑네요."

사장은 교코 앞에 무릎을 꿇고 있었다. 왠지 즐거워하는 듯한 말투였다.

"웃기지 마요. 싫은 건 싫은 거예요."

천장까지 울릴 만큼 큰 소리였다. 외치고 나서 그대로 소파를 걷어찼다.

"부탁이에요. 나, 못 참겠어요."

"섹스가 하고 싶으면 사창가라도 가세요."

"나는 당신이 좋아요."

"나는 싫어."

"부탁이에요. 제발 내 비서가 돼줘요."

"비서? 애인이겠죠."

"응. 뭐, 그렇긴 하지만. 5백이 적은가요? 그럼 더 생각해줄 테니까."

"천만 엔 줘요."

무심코 그렇게 말했다. 잔인한 기분이 몰려왔다.

"천만은 너무하네. 전무도 그렇게는 못 받는데."

"그럼 이 이야기는 없던 걸로 해요."

"그런 소리 마세요. 나도 당신 마음에 들도록 노력할게요."

"어떻게? 성형수술이라도 할 건가요. 하지만 이제는 키를 늘일 수도 없고, 젊음도 되돌릴 수 없잖아요."

"그렇게 괴롭히지 마세요."

사장이 애원하듯이 말했다. 정말 손을 맞잡고 있었다.

"나 아직 서른넷밖에 안 됐어요. 마음만 먹으면 술집에도 나갈 수 있다고요."

"6백으로 하죠. 그걸로 타협해요."

"9백."

멋대로 입이 움직였다.

"그럼 7백."

"8백."

"딱 반 잘라서 7백 50 하죠. 이걸로 됐죠. 그렇죠, 네?"

"흥."

교코가 코웃음쳤다. 시게노리의 연봉이 딱 7백 50만 엔이었다. 그저 단순한 우연일 뿐인데도 운명처럼 생각됐다.

"그럼 나 빨리 샤워하고 올게요."

대답도 하지 않았는데 사장이 흥분한 듯 몸을 일으켰다.

"깨끗이 씻고 와요."

대체 자신은 무슨 말을 하고 있는 걸까.

"그래요."

"이도 닦아요."

마치 다른 사람 일인 것처럼 말하는 기분이었다.

"당연하죠."

교코는 사장이 목욕탕으로 사라지는 것을 차갑게 보았다. 소파에 몸을 깊이 묻는다. 다리를 탁자 위에 올리고 담배를 꺼내 불을 붙였다. 피어오르는 연기를 가만히 바라보았다.

모든 것이 귀찮아졌다. 울고 싶은 생각도 안 들었다.

다만, 이제 정말로 시게노리가 필요 없게 되었다고 생각했다. 정작 그렇게 됐는데도 자신은 똑같은 돈을 벌 수 있다.

타락해볼까……. 헐떡임과도 비슷한 작은 한숨이 나왔다. 한 번 더럽혀지고 나면 그 더러움이 아무렇지 않게 될 것이다. 깨끗하고 싶어서 쓸데없이 괴로움이 늘어나는지도 모른다.

탁자에 조명 리모컨 장치가 있었다. 손에 들고 방을 어둡게 했다.

어둠 속, 담배 불씨만이 빨갛게 불타고 있었다.

시게노리는 밤 10시가 넘어서야 집으로 돌아왔다. 본사에서 근무하고 나서부터 집에서 저녁 식사를 한 적이 없다. 어디에서 무엇을 먹는지, 묻고 싶지도 않았다. 어차피 혼자서 식당에서 먹을 것이다. 지금 상태에서 시게노리에게 대화 상대가 있으리라고는 도저히 생각할 수 없었다. 그 전에 식욕이 있기나 할까. 교코는 3킬로그램이 빠졌다. 가슴까지 쪼그라들었다.

시게노리는 자기가 알아서 물을 데우고 목욕하러 들어갔다. 예전보다 오래 목욕을 했다. 교코가 먼저 잠들기를 기다리고 있을 것이다. 물론 교코는 잘 수가 없었다.

이불을 푹 뒤집어쓰는데 시게노리가 침실로 들어와 머리맡에서 조용히 담배를 피웠다. 뭔가 할 이야기가 있는 것처럼 느껴졌지만 무시하기로 했다.

일부러 코를 고는 척했다. 아예 내일부터는 시게노리의 이부자리를 손님방에 깔아둘까.

그러는 편이 시게노리로서도 편히 잘 수 있을 것이다. 그런 생각을 하고 있는데 "이봐" 하는 목소리가 교코에게로 내려왔다.

대답하지 않았다. 다만 자신의 몸이 움찔한 것을 알았으리라 생각했다.

"안 자고 있지."

그 말에도 대답하지 않았다.

"나는……."

갑자기 시게노리의 목소리가 뒤집혔다.

"이제 한계야."

마치 오열하듯 목소리가 떨리고 있었다.

자신도 모르게 눈을 떴다. 등은 돌린 채였다.

"매일 형사가 뒤를 따라와. 그것도 바로 뒤에서. 식당에 들어가면 밖에서 가만히 기다리고 있어. 그동안 쭉 그랬어. 오늘은 드디어 '빨리 집으로 돌아가라'고 소리까지 쳤어. 행패를 부리는 바람에 파출소까지 끌려갔지. 게다가 회사에서는 일도 주지 않고 여덟 시간 꼬박 책상에 앉아 있게 하고, 화장실만 가도 과장의 허락을 받아야 해. 누구도 말을 걸어주지 않아. 나, 더 이상 못 견디겠어."

시게노리가 손을 짚으며 옆으로 왔다. 소리와 기척으로 알 수 있었다.

"정말 미안해. 나, 내일 자수할 거야. 여러 가지를 조사받을 테고, 방화는 중죄지만 초범이고 해서 2년 정도로 끝날 것 같아. 안에서 더 열심히 형을 살면 그 반으로 줄어들 것 같기도 하고."

"참으세요."

갑자기 그런 말이 튀어나왔다. 칼로 도려내는 듯한 목소리였다.

"교코……."

교코는 이불을 젖히며 천천히 몸을 일으켰다. 시게노리는 이불 위에 바르게 앉아 있었다. 열 살은 더 어려 보였다.

그 한심한 모습을 보니 화가 치밀어올랐다.

"당신은 말이야, 내가 얼마나 참고 있는지 알고는 있어? 동네에 소문 다 나고, 가오리와 겐타는 학교에서 따돌림당하고, 얼마나 힘들게 지내는지 알고나 있냐고."

낮에 슈퍼마켓 사장에게 안겼던 일이 떠올랐다.

목덜미를 기어오르던 남자의 혀. 유방을 잡던 남자의 손. 끈적끈적한 애무와 함께 다리가 크게 벌려졌었다.

"웃기지 마. 무슨 이유인지는 모르겠지만 자기 회사에 불을 지르고, 그게 들킬까 두려워 다른 사람 차와 스쿠터에 불을 질렀다가 너무 허술해서 경찰에게 의심이나 사고, 당신 정말 바보 아냐?"

한창 행위에 들어가서는 감정의 회로를 끊어두었다. 하지만 옷을 입을 때 사장의 축 늘어진 배를 보자 소름이 돋았다. 어둠 속에서의 일이었다고 모른 척할 수는 없었다. 집으로 돌아오자마자 목욕물을 데워 미친 듯 몸을 씻었다.

"이 집 대출, 어쩔 셈인데? 우리도 이제는 이 집에서 더 이상 살 수 없게 됐잖아. 가오리하고 겐타는 어떻게 되는 거야. 방화범의 자식으로 살아가는 거라고."

"미안해……."

"당신, 그냥 죽어."

"이봐……."

"가오리와 겐타는 범죄자의 자식이 안 돼서 좋고, 생명보험도 나올 테니 다 좋을 거 같은데."

시게노리가 괴로운 듯 얼굴을 찌푸렸다.

"왜 불 같은 걸 지른 거야."

고개를 숙이며 입을 일자로 굳게 다물었다.

"말해봐요. 가만히 있으면 모르잖아."

"……회사 상품을 빼돌려서 용돈으로 좀 썼어. 그걸 본사에 들켜서."

"얼마나."

"……3백만 정도."

"그렇다고 불을 지르면 안 되잖아."

"미안해……. 들키면 잘릴 테고, 그러면 당신한테도, 친척들한테도 볼 면목이 없어서."

"정말 바보 아니야? 방화범 쪽이 더 면목 없잖아."

"미안……."

"회사에서는 뭐래?"

"아무 말도."

"아무 말도 안 하지는 않았을 텐데."

"방화에 대해서는 거의 아무 말도 안 했어. 경찰이 물어도 아무 말도 하지 말라고만 하고……. 상품을 빼돌린 것에 대해서는 조사받으면서 실토했으니까 곧 해고될 거라고 생각했었는데."

교코의 입에서 한숨이 새어 나왔다.

"그럼 혹시 퇴직금도 못 받는 거야?"

"그래, 아마도."

교코가 눈을 감았다. 손으로 얼굴을 덮었다.

"방화 말인데, 뭔가 조그만 증거라도 남겼어?"

"아니, 증거는 없을 거라고 생각해. 목격자도 없었고."

"그럼 자수 같은 거 하지 마."

시게노리가 얼굴을 들었다.

"경찰의 취조를 받더라도 무조건 모른다고 하면 되니까."

시게노리가 침을 삼키는 소리가 들렸다.

"나는 반드시 가오리와 겐타를 지킬 거야. 죽어도 그 아이들을 범죄자의 자식으로는 만들지 않을 거야."

"하지만……."

"하지만 뭐. 남자잖아. 각오를 해. 회사에서 고립됐다거나 형사가 따라다닌다거나 고작 그 정도잖아. 당신만 참으면 그만이야."

"하지만 체포되면……. 상황증거만 가지고도 체포될 수 있어."

"그래도 시치미를 떼면 되잖아. 나, 아이들한테나 부모님한테 당신은 절대 하지 않았다고 말했거든."

"나……."

시게노리가 다시 얼굴을 찌푸렸다.

"힘들어."

"웃기는 소리 마. 나는 열 배, 스무 배 더 힘들어. 당신은 교도소에 들어가면 그만일지도 모르겠지만, 여기서 사는 우리는 어떻게 되는데? 난 도망치지 않을 거야. 집 대출은 무슨 일이 있어도 갚을 거야."

"당신, 앞으로도 나하고 계속 살고 싶어?"

시게노리가 울 것 같은 목소리로 물었다.

"아이들을 위해서라면 무슨 일이든 참을 수 있어. 적어도 겐타가 중학교 올라갈 때까지……. 5년 동안은 아무리 괴로워도 이대로 갈 거니까. 이혼은 그 후에 해."

"당신, 그런 생각을 하고 있었어?"

"생각하지 않으면 어떡해. 나는 여자야. 집과 아이들이 없으면 살아갈 의미 따위는 없어."

시게노리의 눈이 새빨개졌다. 잔뜩 풀이 죽어 있는 모습이었다.

"당신이란 사람은 왜 그런 쓸데없는 사기를 친 거야."

대답이 없었다. 얼굴을 돌렸다.

"하나 물어봐도 돼? 우리 결혼식 날 2차 갔었잖아. 그때 아버님이 당신한테 돈 줬지? 그걸로 계산하라고 말이야. 아버님이 내주시려고 했던 거지? 그런데 당신은 계산할 때 사람들 모두에게서 돈을 걷었어."

"아니, 그건…… 분명히 계산하라고 준 게 아니라 아버지가 준 축의금이었던 것 같은데."

"거짓말. 누가 그 말을 믿을 줄 알고."

교코는 완전히 포기했다. 이런 때까지도 거짓말을 하는 남자였던 것이다.

손을 뻗어 시게노리의 담배를 집어 들었다. 하나를 꺼내 불을 붙였다. 폐 한가득 깊이 빨아들였다. 교코 안에서 시커먼 감정이 점점 커져갔다.

"저기, 당신 말이야. 왜 나하고 결혼하려고 했어?"

시게노리를 노려보았다.

"그건……."

"그게 뭐."

"당신이 좋았고……."

"그리고."

"서른 전까지는 결혼하고 싶었고……."

"흐음."

천장을 향해 한껏 연기를 뱉어냈다.

"저기, 나한테도 물어봐."

시게노리는 힘없는 눈으로 교코를 보았다.

"괜찮으니까 물어봐."

"……왜 나와 결혼했어?"

"스물네 살 전까지는 결혼하고 싶었으니까."

시게노리가 묵묵히 다시 고개를 숙였다. 입술이 보라색으로 변했다.

"아, 맞다. 연휴 때 하코네에서 하루 자고 올 거니까 알아둬. 가오리와 겐타에게 약속했거든. 홋카이도 여행이 취소됐으니 그 정도는 해야지."

"그래……."

시게노리가 힘없이 끄덕였다.

"그럼 이만 잘게."

교코는 담배를 끄고 누워 이불을 덮었다.

"아, 그리고 내일부터 당신 이부자리는 손님방에 깔아둘 테니까 그렇게 알아."

눈을 감았다. 담배 연기가 혈관 속 구석구석까지 스며드는 것 같았다.

잘 수 있을 것 같았다. 물론 숙면과는 거리가 멀 테지만.

악몽아, 오고 싶으면 와라. 어차피 현실보다 더한 악몽은 없는 것이다.

33

면회를 요청했는데도 관리관은 회의실에서 나오려 하지 않았다. 구노는 숙직실로 우다 계장을 불러내 마구 항의했다. 우다는 다다미 방의 벽에 기대어 불쾌한 듯이 입을 꼭 다물고 있었다.

"그래서 아까부터 말했잖아요. 3월 16일에 나는 그 소년의 오른팔을 부러뜨렸어요. 지난번에 피해 서류를 내러 왔으니 진단서도 있을 겁니다. 재판 때 그걸 제출하면 어쩔 셈입니까. 깁스를 한 팔로 스쿠터를 운전하기라도 했단 말인가요?"

"일주일쯤 지나면 액셀 조작 정도는 할 수 있잖아. 젊은 애들은 낫는 것도 빨라."

"진심으로 말씀하시는 겁니까?"

우다가 시선을 피한다. 셔츠 호주머니에서 담배를 꺼내 입에 물었다.

"하지만 브레이크는 못 잡잖아요."

"스쿠터는 가벼워. 뒷바퀴 브레이크만으로도 충분히 세울 수 있어."

담배에 불을 붙인 후 천장을 향해 연기를 내뱉었다. 뺨의 근육이 약간 떨렸다.

"그럼 실황 검사•는 어떻게 하실 건데요? 하이텍스 사옥이라면 그나마 다행이지만 두 번째 발생한 세 건 연속 방화에 대해서는 당사자가 어딘지도 모를 게 뻔하잖아요."

"나한테 묻지 마."

"그럼 관리관한테 전해주세요. 구노가 그 소년은 아니라고 말한다고요."

"저기 말이야."

우다가 다리를 바꿔 꼬았다.

"나도 이제는 정보를 받을 수 있는 입장이 아니야. 사카타 과장도 없고, 우리 서에서 관리관에게 의견을 말할 수 있는 건 서장뿐이야."

"그럼 서장님에게 말해주세요."

"내가 보고할 수 있는 건 과장 선까지야. 그 정도는 너도 잘 알잖아."

"그럼 제가 취조할 수 있도록 해주실 수는 없나요?"

• 범죄 수사에 대한 검증 시 관계자의 임의의 승낙을 얻어 함께 가는 것.

"안 돼. 너는 어제부로 수사에서 제외됐어. 왜 그렇게 됐는지는 모르겠지만."

"소년의 범행 동기는 뭐래요?"

"몰라."

"범행 수법은요?"

"몰라."

우다가 담배를 재떨이에 비벼 끈다. 코를 풀고 나서 두 손으로 머리를 쓸어올렸다. 구노는 우다에게서 눈을 떼지 않았다. 숙직실 괘종시계가 한 번 울렸다.

"……아, 주워들은 말에 따르면."

우다가 불쑥 말했다.

"그 소년은 시너를 하도 해서 이가 엉망이더래. 시너 상습 복용자는 진술도 애매한 부분이 많을 수밖에 없겠지."

"웃기지 마."

"야, 너 지금 누구한테 한 소리야."

우다의 얼굴빛이 바뀐다.

"혼잣말입니다."

침묵이 흘렀다. 구노는 허공을 더듬듯 천장으로 시선을 향했다. 복도에서 여경들이 요란하게 걸어갔다. 그 떠들썩한 목소리가 방 안까지 들려왔다. 그 시점에 구노는 오늘 아침부터 생각했던 것을 말해보기로 했다.

"……그 소년은 왜 자수할 생각을 하게 됐답니까?"

구노는 몸을 앞으로 내밀며 바닥에 손을 짚은 채 우다에게로 다가갔다.

"몰라."

"이상하잖아요. 시너를 상습 복용하는 비행 청소년이 왜 기특하게도 자수를 했을까요?"

"나한테 묻지 마."

"누가 이득을 보게 될까요? 그 소년이 자수를 하면."

"이상한 소리 하지 마. 우리는 이제 관계없어."

"오이카와일까요, 하이텍스일까요?"

"그만 해."

"오이카와에게는 무리일 겁니다. 놈은 이제 도망치기만 하죠. 그렇다면 하이텍스일 겁니다. 하지만 기업이 직접 그런 위험을 부담할 리가 없죠."

"그만두라고 하는 말 안 들려?"

"사이에 누군가 있는 거 같지 않으세요? 이 동네에서 하이텍스와 인연이 있다면 기요카즈회인데."

"구노, 적당히 좀 해라."

우다의 목소리가 거칠어졌다.

"아직 체포가 결정된 것도 아니잖아. 취조 중이야. 담당 수사관도 바보가 아니야. 애매한 진술만으로 체포할 수 있겠냐?"

"계장님. 아까 한 말과 다르잖아요. 시너 중독이라 진술이 애매하더라도……."

"시끄러워. 조용히 해. 원래 너는 오늘부터 휴가 받았잖아. 왜 출근한 거냐. 그냥 집에서 쉬어."

우다는 일어나 샌들을 끌며 숙직실에서 나갔다. 문이 소리를 내며 닫혔다. 구노는 다다미 위에 대자로 누웠다. 눈을 감고 다시 한 번 생각을 더듬었다. 사에키는 예전에 기요카즈회와 하이텍스의 유착관계에 대해 말했었다. 하이텍스 신사옥에 기요카즈회 계열의 청소회사가 들어감으로써 화해가 성립됐다고. 양쪽이 연결됐다는 것은 거의 틀림없었다. 누가 계획한 것인지는 모르지만 기요카즈회에서 두뇌가 명석한 자를 꼽으라면 제일 먼저 떠오르는 이름은 오쿠라였다.

몸을 일으켜 고개를 저었다. 어젯밤부터 쭉 뇌 속의 일부분이 쑤시는 것 같았다. 크게 숨을 내쉬며 자신에게 힘을 불어넣었다.

윗도리를 손에 들고 숙직실에서 나왔다. 복도를 성큼성큼 걸어갔다.

"구노 씨."

이노우에였다. 층계참에서 얼굴을 내밀고 있었다.

"어디 가시는 거예요. 함부로 돌아다니지 마세요. 제 눈 닿는 범위 안에 계셔야만 한다고요."

"아, 미안. 그럼 담배 좀 사다 줘. 마일드세븐이다."

돈을 건네주었다. 이노우에가 안뜰의 자판기로 달려갔다. 구노는 1층 교통과를 가로질러 밖으로 달려나갔다. 운 좋게 택시가 지나갔다. 서둘러 올라타고 운전사에게 "신마치"라고 알렸다. 휴대전화는 꺼버렸다.

오쿠라 종합상사의 인터폰을 누르자 마이크를 통해 젊은 남자의 목소리가 들려왔다.

"누구십니까."

약간 겁을 주려고 하는 듯한, 왠지 어린 티가 남아 있는 목소리였다.

"경찰이다. 잠깐 물어보고 싶은 게 있다."

아무 일도 아니라는 듯이 말했다.

잠깐의 시간이 흘렀다. 도어체인이 벗겨지는 소리가 나고 문이 열렸다. 머리를 은색으로 물들인, 분명히 미성년자임을 알 수 있는 소년이 얼굴을 내밀었다. 눈이 마주친 순간 소년의 표정이 굳어졌다.

구노는 주저없이 소년의 셔츠 자락을 잡았다.

"이봐, 꼬마. 이런 우연이 있나. 분명 와타나베 유스케라고 했던 것 같은데. 왜 네가 여기 있지?"

소년은 잔뜩 움츠러든 채 뒷걸음질 쳤다. 구노는 조바심이 났다.

"구노 씨."

안에서 목소리가 들렸다. 오쿠라가 모습을 나타냈다.

"이거 구노 씨 아니십니까. 어떻게 된 겁니까. 무슨 용무라도?"

"한 가지 묻고 싶은 게 있는데, 왜 이 꼬마가 여기 있지?"

오쿠라가 일단 눈을 내리떴다. 몇 초의 침묵이 흐른 후 얼굴을 들었을 때는 엷은 미소를 띠고 있었다. 바지 호주머니에 두 손을 찔러넣으며 가슴을 뒤로 젖혔다.

"여기는 개방된 회사입니다. 여러 사람이 출입하죠. 이 주변에서 노는 아이들도 자주 옵니다. 뭐, 제가 덮밥 같은 걸 사주니까 그걸 노리고 오는 모양이에요. 이 녀석들한테는 식당 대신이나 마찬가지입니다."

메마른 웃음소리가 울려 퍼졌다.

"어이, 꼬마."

소년에게 말했다.

"데라다 요헤이가 네 동료였지?"

소년이 구노의 눈을 외면했다. 그 얼굴에 핏기라고는 전혀 없었다.

"그 말은 말이지, 그 데라다도 여기에 출입했다는 건데. 안 그래, 그렇지?"

"구노 씨."

오쿠라가 이야기 도중에 끼어들었다.

"기본적인 것을 물어보고 싶은데요, 수색영장은 가져오셨나요?"

"오쿠라. 네가 꾸민 짓이냐?"

"어라라, 갑자기 아무 호칭도 없이 부르시깁니까? 게다가 너라니요? 구노 씨는 그런 사람이 아닌 줄 알았는데."

어깨를 으쓱인다.

"됐으니까 대답해. 데라다 요헤이를 자수시킨 게 너냐?"

"무슨 말이세요? 그보다 그 아이부터 놔주세요."

구노는 소년의 옷자락을 잡은 채 앞뒤로 흔들었다.

"이봐, 꼬마. 말해라. 네 동료는 왜 자수했지? 오쿠라의 명령이냐?"

"구노 씨, 정말 무슨 말씀을 하시는 겁니까?"

소년을 밀쳤다. 소년은 벽까지 비틀대며 갔다가 엉덩방아를 찧었다.

"그런 거였군. 이 자식들이 다 한패였어."

"구노 씨, 진정하세요. 그 데라다 뭔가 하는 게 누굽니까? 그놈이 어쨌다고 그러세요?"

"이봐, 오쿠라. 편히 베개 베고 잘 수 있는 건 잠깐이다. 넌 내가 반드시 잡아들인다."

"정말 무슨 소리인지."

구노는 똑바로 오쿠라를 노려보다 오쿠라의 뺨이 희미하게 옥죄어 들 무렵 발길을 돌렸다.

등 뒤로 문 닫히는 소리를 들으면서 내려가는 엘리베이터에 올라탔다.

몸속에서 뜨거운 피가 휘몰아치고 있었다. 구노는 확신했다. 하이텍스는 기요카즈회와 거래를 한 것이다. 시게노리를 체포하지 못하도록. 회사의 이익을 위해.

"구노 씨."

빌딩에서 밖으로 나오는데 익숙한 목소리가 들렸다. 이노우에였다.

"부탁합니다. 제 입장이 뭐가 됩니까."

불만스러운 눈으로 구노를 보고 있었다.

"어떻게 여기 있는 줄 알았냐?"

이노우에는 그 말에는 대답하지 않고, 턱으로 뒤쪽을 가리켰다. 그 끝에 복면 패트롤 카가 정차해 있었다. 안에 같은 계 형사가 두 명 있었다.

"하나무라가 들를 수 있는 곳 중에 하나거든요. 당연하잖아요."

코를 한 번 훌쩍였다.

"혼났어요, 선배들한테요. 왜 구노 씨가 여기에 있냐고."

이노우에가 구노의 팔을 잡고 그대로 차에 태웠다.

"여기 마일드세븐이요."

무릎 위로 던져줬다. 포장을 벗기고 담배에 불을 붙였다. 연기가 폐 안에서 천천히 소용돌이쳤다.

34

“바보 자식. 2억이다. 깎였다고는 하지만 2억이라고. 포기할 수 있겠냐?”

오쿠라는 얼굴을 붉히며 소리쳤다. 구노라는 형사가 돌아가고 난 후부터 의자에 앉았나 싶으면 다시 일어서고, 일어섰나 싶으면 다시 소파에 앉는 등 넓지도 않은 사무실 안을 바삐 걸어다니고 있었다.

유스케는 눈이 마주치지 않도록 잔뜩 긴장한 채 벽 앞에 서 있었다. 아까 이유도 없이 몇 번이나 걷어차였던 것이다.

“뭐야, 구노 그 자식. 수사팀에서 빠졌을 텐데. 하나무라 이야기로는 회사원 미행만 하고 있다고 했는데.”

이렇게 날뛰는 오쿠라를 보는 건 처음이었다. 늘 쿨하게, 점잔 빼던 남자였는데 거친 숨을 토해내며 눈마저 부라리고 있었다.

"야, 와타나베."

또 왔다.

"너 왜 이름을 묻지 않았냐. 혼자 온 경찰이라고 해서 또 마루보에 있는 놈이 시간 죽이러 왔다고 생각했잖아!"

유스케는 눈을 감았다. 이를 악물고 배에 힘을 주었다.

검은 그림자가 다가오는 걸 알 수 있었다. 다음 순간 허리에 충격을 느꼈다. 오쿠라의 무릎 차기가 들어온 것이다. 자신도 모르게 바닥에 무릎을 꿇었다.

문을 열어도 된다고 한 것은 오쿠라였고, 비디오 모니터로 방문객을 확인한 것은 다른 형님이었다. 자신은 그저 시키는 대로 했을 뿐인데.

"휴우."

오쿠라는 기분을 전환시키려는 듯 크게 한숨을 내쉬었다.

"세상이란 게 다 이런 거야. 나는 지지리도 재수가 없는 놈이야. 하필 구노와 와타나베가 우리 사무실에서 마주치다니. 이제는 데라다가 어디까지 버텨줄 것인가가 문제네."

요헤이가 자수한 이유는, 소년원에라도 들어가 규칙 바르게 생활하며, 그렇게 해서라도 시너 중독에서 헤어나오고 싶었기 때문이라고 이야기한다는 시나리오였다. 요헤이가 몰래 가르쳐 주었다. 시너를 하고 있으면 자신이 무슨 짓을 저질렀는지 몰라 무서운 모양이었다. 하지만 그런 거짓말이 통할까.

"하이텍스나 우리가 시치미를 뗀다 해도 2억이 날아가 버리는 거야. 이런 바보 같은 이야기가 또 있냐? 난 그럴 수 없어. 야!"

아우 중에 한 명을 신경질적으로 부른다.

"그 구노라는 자식, 무슨 일에 말려들게 할 수 없을까? 2천만, 아니 3천만 정도 쥐여줘도 좋아."

그 말을 들은 아우가 거북이처럼 목을 잔뜩 움츠렸다.

"뭐, 좋은 방법 없냐? 너희도 머리 정도는 있을 거 아니냐. 조직을 위해 지혜를 좀 짜내 봐."

그 아우를 마구 들볶는다. 오쿠라가 화분에 심어진 나무를 걷어차는 바람에 칸막이까지 함께 쓰러졌다. 손에 닿는 대로 마구 부수고 있었다.

이번에는 머리를 싸매고 소파 등받이에 기댔다. 다리를 뻗으며 몇 번이고 한숨을 쉬었다.

"하느님한테 기도라도 해볼까. 데라다의 진술이 통해서 체포되게 해달라고. 어떠냐, 와타나베."

엷게 웃음을 띠며 묻는다. 유스케는 "네" 하고 대답했다.

"뭐가 네야, 이 자식아."

찻잔이 날아와 서둘러 피했다.

오쿠라는 손으로 얼굴을 감싸고 소파 팔 받침대에 머리를 기댄 채 잠시 그대로 있었다.

형님에게 팔을 잡혀 유스케는 깨진 찻잔 파편들을 쓸어 모았다. 파편을 줍다가 살짝 손을 베었다. 곧바로 피가 배어 나온다.

이제 그만 집으로 돌아가고 싶어졌다. 왜 자신이 이런 일을 당해야만 하는 건가. 걷어차인 허리가 욱신거렸다. 내일부터 황금 연휴가 시작된다는데 이 무슨 재앙이란 말인가.

"아."

오쿠라가 몸을 일으켰다.

"하나무라가 있었지."

그렇게 말하며 일어섰다.

"하나무라가 있었잖아. 그 아저씨, 구노에게 복수하겠다고 했었지?"

흥분했는지 누구에게랄 것도 없이 말을 걸었다.

"분명히 덤프트럭으로 치고 도망치겠다고 했던 거 같은데. 하나무라한테 맡기면 혹시……."

시선이 허공을 마구 헤집고 다녔다.

"안 되려나?"

바로 고개를 숙였다.

"아무리 그래도 죽일 생각까지는 없을 거야."

또다시 소파에 걸터앉았다.

"그건 그래. 현직 형사를 죽이면 일이 엄청 커져. 아무리 머리 꼭대기까지 화가 났다고 해도 하나무라가 그렇게까지 하지는 않을 거야. 게다가 구노가 사직하고 난 뒤의 이야기잖아."

오쿠라는 머리를 두 손으로 움켜쥐고 가만히 있었다.

"사장님."

형님 가운데 가장 높아 보이는 사람이 조용히 입을 열었다.

"일단은 하나무라에게 덤프트럭을 줘보는 게 어떨까요. 안 돼도 뭐 상관없잖습니까. 운 좋으면 구노 자식, 저세상으로 갈지도 모르죠."

"바보 자식. 현직 형사를 습격한다는 게 얼마나 엄청난 일인지 모르냐? 그놈들은 체면이 걸리면 죽기 살기로 수사한단 말이야."

"하지만 그 짓을 저지르는 건 하나무라잖습니까. 우리 산업폐기물 업자는 키를 깜박 잊고 빼놓지 않았던 덤프트럭을 누가 훔쳐갔다고 하면 되고요."

"나는 사양이다. 그런 일에 관여하고 싶지 않아. 조장에게 누를 끼치기라도 하면 나는 도저히 변명할 길이 없어."

"2억입니다."

"닥쳐."

오쿠라가 소파에 누워 토라진 아이처럼 엄지손가락을 깨물고 있었다.

"기도하는 수밖에 없어. 데라다가 체포되기를."

내쉰 한숨이 이미 쉰 번은 넘었을 것이다.

"사장님."

다른 형님이 머뭇거리며 입을 열었다.

"오늘 아침에 가나이 아저씨네서 일하는 마사한테 들은 건데요, 어젯밤 늦게 하나무라가 마사에게서 차를 빌려간 모양이에요."

"그게 어쨌다는 거냐?"

"그리고는 FM 발신기를 누군가의 차에 붙이라고 한 모양입니다. 마사는 거절하지 못하고 시키는 대로 한 것 같고요."

"무슨 소리야?"

"그게 혹시 구노 차 아니었을까요?"

"정확히 알지도 못하면서 맘대로 지껄이지 마. 어쨌든 구노의 입은 막을 수 없을 거야."

사무실 안에 침묵이 흘렀다. 유스케가 침을 삼키는 소리가 들리자 오쿠라가 찌릿 노려보았다.

"사장님, 하이텍스에 한 번 더 다짐받아 두지 않아도 될까요?"

가장 위의 형님이 말했다.

"뭘?"

"그러니까 저쪽에서 실수해도 우리는 끝장입니다."

"……알고 있어."

"그럼 빨리 전화로 어떻게 된 사정인지 설명이라도."

"넌 좀 시끄러워."

몸을 일으키며 탁자에 있던 잡지를 집어던졌다.

오쿠라가 담배를 물었다. 유스케가 라이터를 들고 서둘러 달려가 불을 붙였다.

"마음이 무겁네……."

그래도 무선 전화기를 집어 들었다.

"영 폼이 안 나. 하이텍스도 앞으로 2년 후면 우리 동네 주민인데."

오쿠라가 수첩을 꺼냈다. 페이지를 넘기다가, 중얼중얼 번호를 중얼거리며 버튼을 눌렀다. 가래가 끓는 듯한 커다란 헛기침을 했다.

"아, 도다 씨 되십니까. 기요카즈회의 오쿠라입니다만. 약간 성가신 일이 생겨서……."

야쿠자인 만큼 목소리만은 위협적이었다.

"혼조 서에 구노라는 형사가 있는데요. 그놈이 자수한 애가 우리 사무실에 출입했었다는 사실을 눈치챈 것 같습니다. ……네. ……네. 물론 우리 쪽 사람은 입이 무거우니까 실수로라도 당신네 이름을 대지는 않을 테지만요……."

그것은 거짓말이라고 유스케는 생각했다. 요헤이는 처음부터 자세한 사정 이야기는 전혀 듣지 못했던 것이다.

"그래도 약간은 염두에 두셔야 할 것 같습니다. 그때는 서로 다 모르는 걸로 해두죠……. 네, 우리 역시 시치미를 뗄 겁니다. 걱정 마십시오. 야쿠자는 입이 무거운 게 장점이라 죽어도……. 네?"

여기에서 약간 말투가 달라졌다. 오쿠라는 미간에 주름을 모으며 상대의 이야기를 듣고 있었다.

"네……. 네……. 그렇습니까?"

목소리까지 뒤집혀 있었다.

"그럼 그쪽은 그쪽대로 다른 손을 써놨다는……."

오쿠라의 표정이 갑자기 환해졌다.

"네……. 네……. 본사가 혼조 시로 이전할 무렵에는 경시청과 혼조 서에서 매년 몇 명의 퇴직자를 받을 준비가 됐다……. 아, 그렇습니까. 그러고 보니 경시청 4과의 OB가 당신네 상담역이라는 말은 들었습니다. 그 선을 통해……. 네……. 뭡니까, 그럼 미끼는 제대로 뿌려놓은 거군요."

오쿠라는 소파에 등을 기대며 크게 발을 꼬았다.

"그건 그래요. 생각해보면 별것도 아닌 사건이니까요. 일반주택에 불이 난 것도 아니고. 금방 허물 사옥의 일부와 차 몇 대 불탄 정도잖아요. 애당초 소동을 피울 만한 일도 아니었어요. 네……. 네……. 말씀하신 대로예요. 누가 범인이든 상관없죠. 하하하하."

웃음소리까지 약간 커져 있었다.

"아뇨, 그렇습니까. 그렇다면 우리가 그 애를 내보낸 것도 헛수고가 아니었다는 거군요. ……네, 알겠습니다. 다른 것들은 판결이 내려진 시점에, 그렇단 말이죠. 뭡니까, 미성년자라서 결정도 빠르군요. 재판도 뻔하겠죠. 네……. 네……. 알겠습니다. 뭐, 서로가 방심하지 말자는 거죠……. 네, 그럼 이만."

오쿠라가 전화를 끊었다. 마치 꽃이라도 핀 듯한 표정을 하고 있었다.

"야."

기세 좋게 일어섰다.

"잘될지도 모르겠다."

탁자를 넘어 유스케와 아우들이 있는 쪽으로 왔다.
“그놈들, 확실히 손을 써뒀어.”
한 아우를 잡고 목을 마구 흔들었다.
“이야, 빈틈이 없어. 역시 일본 회사야. 위기관리는 허술하면서 조직 방어만큼은 죽기 살기로 하지.”
잡힌 아우는 눈을 희번덕이고 있었다.
“야.”
이번엔 유스케가 어깨를 두들겨 맞았다.
“이 세상도 쓸 만해. 진지하게 열심히 하다 보면 좋은 일도 있는 거라고.”
지금 그 말은 나한테 하는 소리인가. 유스케는 자신의 귀를 의심했다.
“야, 와타나베. 너, 야쿠자 돼라.”
“아, 아뇨…….”
“야쿠자 괜찮다. 크하하하하.”
침이 얼굴에 튀었다. 이유도 없이 뺨을 마구 맞았다.
“이 세상은 말이지, 위에 선 자가 움직이는 거야. 구노 같은 말단 형사가 뭘 할 수 있겠냐. 그렇지?”
“아, 네.”
유스케는 딱따구리처럼 고개를 끄덕였다.
“뭐야, 그랬던 거였어?”
또 사무실 안을 돌아다니기 시작했다.

"바보 자식. 간 떨어지는 줄 알았네."

잔뜩 신이 났는지 화분을 또 걷어찼다. "이얍" 하는 함성과 함께 점프도 했다.

"야, 초밥이라도 시켜라. 특상으로 십 인분. 누가 맥주 좀 사와. 미리 축하하자."

아우들이 각자 담당을 나눠서 흩어졌다.

유스케는 일단 오쿠라가 쓰러뜨린 화분과 의자를 정리하기로 했다.

아무래도 좋으니까 빨리 집에 보내줘.

유스케는 울고 싶은 기분을 꾹 참았다.

35

화분에 물을 주자 튤립 묘목들이 술렁술렁 흔들리며 짙은 초록 잎사귀가 기세 좋게 물방울을 튕겨냈다. 부드러운 흙은 솜처럼 곧바로 물을 빨아들여 검게 젖었다. 내일 아침에는 물을 주지 못할 테니까 평소보다 약간 더 흠뻑 주었다.

이주일 전에 심은 플라스틱 화분의 묘목에서는 마침내 꽃이 피려 하고 있었다. 황금연휴가 거의 끝날 무렵에는 빨갛고 노란 꽃잎이 농염한 색을 서로 다툴 것이다.

"엄마, 머리 묶어줘."

딸의 목소리에 교코가 얼굴을 들었다. 가오리가 거실 창밖으로 몸을 내밀며 분홍색 끈을 흔들고 있었다. 교코는 호스를 정리하고 나서 끈을 가오리의 머리에 나비 모양으로 묶어주었다.

"겐타는 이제 준비 다 됐니?"

안을 향해 소리쳤다.

"지금 화장실."

겐타가 외치는 목소리가 멀리에서 들렸다.

"아빠는? 카메라는 가방에 잘 넣었어요?"

"넣었어. 여보, 그보다 내 선글라스 어디 있는 줄 알아?"

시게노리가 소파에서 양말을 신으면서 말했다.

"책상에 없어? 알아서 찾아봐."

교코는 앞치마에 손을 닦으며 준비해둔 가방을 두 손에 들었다. 뒤쪽 차고로 돌아가 차 트렁크를 열었다.

안에 펌프가 하나 굴러다니고 있었다. 뚜껑이 빨간 비닐 제품의 것이었다.

몇 초간 그것을 보고 있었다. 가방을 넣었다.

트렁크를 닫고, 혼자 배에 힘을 주었다.

오늘부터 황금연휴가 시작된다. 홋카이도 여행이 취소됐으므로 대신 아이들과 하코네로 일박여행을 가기로 했다. 예약하기에는 빠듯한 시간이었지만 운 좋게 숙박처를 확보할 수 있었다. 네 명이 하룻밤에 10만 엔이나 하는 고급 여관이었지만 달리 선택할 여지가 없었다. 시게노리에게는 그 이틀을 아이들과 보낸 후 앞으로는 집에 있지 말아달라고 말했다. 시게노리는 어두운 표정으로 고개만 끄덕였다.

"엄마" 하고 소리치는 가오리의 목소리.

"이젠 엄마만 준비하면 돼."

"응. 알았어."

마당에서 거실로 올라와 앞치마를 벗었다. 창문을 잠그고 커튼을 쳤다. 현관으로 가는 도중 세면대 거울에 비친 얼굴을 보았다. 최근 몇 주일 동안 계속 화장이 잘 먹지 않았었는데 오늘은 웬일로 피부에 착 달라붙게 잘 먹었다. 머리를 매만지고 밖으로 나갔다.

시게노리가 차에 시동을 걸고 있고 아이들은 길에서 기다리고 있었다. 차가 천천히 차고에서 나오는 동안 교코는 누군가가 다가오는 것을 눈치챘다.

바로 앞에 차가 멈춰 서 있었다. 그 차에서 내렸을 것이다.

등골이 오싹했다. 백발을 한 초로의 남자가 싱글거리며 다가왔다. 목에는 가는 넥타이를 매고 있었다.

"오이카와 씨, 안녕하십니까."

경찰이라고 확신했다. 체포하러 온 건가? 이건 너무 심한 거 아닌가.

"날씨가 참 좋네요. 외출하십니까?"

운전석의 시게노리를 보았다. 평정을 가장할 생각이었겠지만 벌써 이마에 땀을 흘리고 있었다.

"무슨 용무라도 있나요?"

교코가 남자 앞을 가로막고 섰다. 심장이 미친 듯이 뛰었다.

"혼조 서의 가키우치라고 합니다. 잠깐 할 이야기가 있는데요."

남자는 웃음을 잃지 않았다.

"아이들은 차에 태우세요. 금방 끝납니다."

"네……."

"괜찮습니다. 방해가 되지는 않을 겁니다."

"저기, 너희들 먼저 차에 타거라."

교코는 가오리와 겐타에게 명령했다. 아이들은 뭔가 심상치 않은 기운을 느꼈는지 어두운 표정으로 뒷자리에 올라탔다. 대신 시게노리가 내렸다.

"여행 가시나요?"

남자가 물었다.

"네."

교코가 대답했다.

"행선지와 일정을 좀 가르쳐주시겠습니까?"

"왜죠?"

"부탁합니다."

남자가 더한층 깊게 미소를 지었다.

"거절하겠습니다."

"그렇게 말씀하지 마시고. 아, 남편 분이신가요?"

시게노리 쪽을 본다. 목소리를 낮추었다.

"저희도 가족여행까지 따라가고 싶지는 않습니다. 자녀 분들도 있으니까요. 그렇잖아요. 가는 곳마다 형사가 있다는 건 당신들도 견딜 수 없는 일일 겁니다."

"무슨 일인가요?"

교코가 물었다. 그것을 무시하고 남자는 계속해서 시게노리에게 말하고 있었다.

"더 이상 설명은 필요 없습니다. 저희 쪽 구노가 행적 확인에 대한 이야기는 다 해주었으니까요. 그러니까 공연한 수고는 생략하자는 겁니다. 오이카와 씨가 행선지와 일정을 알려주고, 그대로 행동해주시기만 하면 저희는 따라가지 않겠습니다."

"네. 알겠습니다……."

처음으로 시게노리가 입을 열었다. 호주머니에서 수첩을 꺼내 숙박처의 이름과 주소를 가르쳐주었다. 남자는 여전히 저자세로 메모를 했다. 타이가 흔들렸다.

체포는 아닌가. 교코의 몸에서 힘이 빠진다. 입으로 손을 가져가려는데 손가락 끝이 가늘게 떨렸다. 아이들이 보면 안 되겠다 싶어 볼을 가볍게 두드려 웃음을 만들었다.

"참 힘드시겠네요."

겨우 기분을 바꿔 그런 소리까지 했다.

"네, 뭐."

남자가 눈만 치켜뜨며 쓴웃음을 지었다.

다만 경찰한테 이렇게까지 감시당하고 있다는 것을 알게 되자 다른 의미의 식은땀이 배어 나왔다. 만약 이 남자가 융통성이 없는 형사였다면 자신들은 이틀 동안 줄곧 미행당했을 것이다. 그리고 교코의 행동도…….

새삼 몸이 떨려왔다. 계속 서 있었더니 트림이 나오려 했다. 남자는 가볍게 고개를 숙이고 나서 차로 돌아갔다.

교코는 그 뒷모습을 보면서 심호흡을 했다. 살았다. 일단은 산 것이다.

차에 타자 가오리가 "저 사람 누구야?" 하고 불안한 듯이 물었다.

"이 근처에서 빨간 목걸이를 한 삼색털 고양이를 못 봤느냐는데?"

교코가 대답했다. 언젠가 보았던 와이드쇼의 거리 설문조사를 순간적으로 떠올리고는 써먹은 것이다.

"그게 뭐야?"

"길 잃은 고양이 찾는 일을 하는 사람인 거지."

"흐음. 그런 일을 하는 사람도 있구나."

가오리는 의심하는 것 같지 않았다.

"그럼 출발."

주먹을 앞으로 뻗으며 밝게 말했다. 아이들도 따라했다.

"엄마, 나 앞자리가 좋은데" 하고 말하는 겐타.

"이미 출발해버렸어" 하고 말하는 가오리.

"국도로 나가는 교차로 신호가 빨간 신호가 되면 그때 바꿔줄게."

"어. 뒷길로 가려고 했는데."

시게노리도 이야기에 끼어들었다.

"그럼 여기에서 바꿀까."

옆으로 차를 정차시키고, 서둘러 겐타와 자리를 바꾸었다.

"안전띠 해."

"응."

하얀 블루버드가 주택가를 달려간다. 아침 햇살이 보닛에 눈부시게 반사되고 있었다. 라디오에서 최근 유행하는 가요가 나와 가오리가 거기에 맞춰 따라 불렀다. 잘 모르는 노래였지만 교코도 콧노래로 따라 했다. 뒤쪽 스피커에서는 퉁퉁 하고 튀듯이 저음이 울리고 있었다.

역시 연휴 첫날이라 길은 혼잡했다. 요코하마 인터체인지에서 들어선 도메이 고속도로에는 사람들을 가득 태운 자가용들이 줄지어 서 있었다.

차 안은 모두 똑같이 가족 단위였다. 바깥으로 눈을 돌렸다가 무심코 보고 말았다. 아이들의 웃는 얼굴이 너무나 밝았다. 천진난만하게 떠들고 있다. 매일의 일과 학교에서 해방되어 모두가 휴가를 즐기고 있는 것이다.

가오리와 겐타는 별로 밖에서 놀지 않게 되었다. 특히 겐타는 공원에서 따돌림당했던 일이 충격이었던지 혼자 비디오 게임을 하는 경우가 많아졌다. 가오리는 밝게 행동하고 있었지만 이따금 어두운 표정을 짓는 일이 있었다.

두 아이들이 얼마나 현재 사태를 이해하고 있는지는 모른다.

물론 아버지가 회사에 불을 질렀다고는 생각하지 않을 테지만 어쨌든 불안해하고 있는 건 틀림없었다. 언제 쏟아진다 해도 이상할 것 없는 두터운 구름이 집 위에 줄곧 머물러 있는 것이다.

가는 데만 세 시간 반 정도 걸려 아시 호수에 도착했다. 보트도 타고, 호반에서 배드민턴을 치며 놀았다. 점심 식사는 징기스칸 요리를 먹었다.

아이들도 마침내 평상시의 웃는 얼굴로 돌아왔다. 시게노리도 웃고 있었다. 그것이 억지로 만들어진 것이라 해도, 적어도 표면상으로는 어디에서나 볼 수 있는 4인 가족이었다.

36

밤이 되어서야 구도 부서장이 서로 돌아왔다. 본청이나 경찰청에 불려 갔을 것이다. 가슴에 금으로 된 계급장이 달린 제복을 걸치고 있었다. 2층에서 주차장을 지켜보다가 알았다. 전용차에서 내린 구도는 험악한 표정으로 현관 조명을 받고 있었다. 안 그래도 선명한 얼굴선이 더욱 깊어 보였다.

구노는 곧바로 5층까지 먼저 올라가 부서장실 앞에서 기다렸다.

"뭐냐, 구노. 왜 여기에 있는 거야. 쉬는 거 아니었나."

찌릿 구노를 노려보았다.

"하이텍스 방화 사건에 관해 말씀드릴 게 있는데요."

"내 담당이 아니야. 사카타에게 보고해라."

"입원 중입니다."

"그럼 우다한테 해."

얼굴을 돌리며 문을 잡는다.

"계장님에게는 말씀드렸습니다. 결론이 나질 않아서 직접 왔습니다. 부서장님이 서장님이나 관리관에게 전해주실 수 없을까요."

"뭘?"

"여기에서는 좀."

"여기에서 말해."

방으로 들어가는 걸 거부하는 듯한 태도였다.

"자수한 소년은 가짜입니다. 제가 지난달에 상처 입혔던 소년입니다. 그것도 오른팔 골절이었죠. 스쿠터는 탈 수 없습니다."

"무슨 말이야?"

"기요카즈회가 꾸민 사기입니다. 기요카즈회와 하이텍스 사이에 뭔가 거래가 있을 가능성이 있습니다."

"증거는?"

"소년의 동료가 기요카즈회 관련 사무실에 출입하고 있습니다. 그 소년도 관련되어 있다고 봐도 틀림없습니다."

"그런 게 증거가 되나."

구도가 문을 열었다.

"상관없으십니까? 진범을 잡지 않아도?"

구노가 강경하게 말했다.

"첫 발견자를 잡아오면 바로 자백할 겁니다. 시치미를 뗄 만

한 위인이 아닙니다. 부서장님, 관리관에게 말씀드려주십시오."

"넌 뭐냐. 이제 그 사건에서는 제외됐을 텐데. 쓸데없는 일에 너무 깊이 관여하지 않는 게 좋아."

"설마 그 소년을 체포하지는 않겠죠?"

"나한테 물어봐도 소용없다."

"그렇게 되면 기요카즈회와 하이텍스의 계획대로 되는 겁니다."

"모른다고 했잖나. 그보다 당장 집으로 돌아가라. 하나무라의 신병을 확보할 때까지는 네 자유도 없다."

"지금은 하나무라 같은 건 아무래도 상관없습니다. 그 소년을……."

"시끄럽다. 상사에게 직소하고 싶다면 경부가 되고 나서 와."

구도는 내뱉듯이 그렇게 말하고 방으로 들어가 문을 닫았다. 마지막까지 똑바로 구노의 눈을 보려 하지 않았다.

어떻게 된 것일까. 모두 진범을 잡을 생각이 없는 것일까.

구노가 벽을 발로 찼다. 이번엔 2층으로 뛰어 내려갔다.

취조실이 줄지어 늘어서 있는 복도를 걸어갔다.

"이봐, 구노. 무슨 일이야, 살벌한 얼굴로."

본청의 안면 있는 수사관이 벤치에 앉아 담배를 피우고 있었다.

"자수한 소년은 어디 있습니까."

"뭐야, 갑자기. 무슨 일 있어?"

"좀 물어보고 싶은 게 있는데요."

"안 돼. 우리가 담당이라. 게다가 벌써 끝났어. 밤이잖아."

벤치에 등을 기대며 다리를 꼬았다.

"그 소년은 가짜입니다. 진술도 다 엉터리예요. 기요카즈회가 보낸 어린아이죠."

"구노, 그 소년을 알고 있나?"

"압니다. 기요카즈회의 오쿠라 사무실에 출입했어요. 내가 조사하게 해주십시오."

"그건 안 돼. 관리관의 허가를 받아야만 해."

"그 관리관이 안 나오고 있어요."

"그럼 네 과장한테 말해."

구노는 머리를 쓸어올렸다. 거친 숨을 토해내며 복도를 오락가락했다.

"왜 그래. 진정해."

"설마 체포영장은 청구하지 않겠죠?"

"앞으로 하지 않을까."

"왜요?"

목소리가 더욱 거칠어진다.

"뭘 그리 화를 내?"

"물증 있습니까?"

"스쿠터를 압수했어. '날카로운 스쿠터 엔진 소리가 났다'는 첫 발견자의 증언과 일치하거든."

“그리고는요?”

“소년의 집을 수색했더니 펌프가 나왔어.”

“그건 나중에 준비한 거겠죠.”

“무슨 근거로 그런 말을 하나.”

“진술은요?”

“진술도 일단은 일치해. 시너 때문에 몽롱한 것 같긴 하지만 수법도 범행 장소도 거의 진술대로야.”

“그것도 조사하면 다…….”

“왜 그래, 정말. 구노, 너 괜찮냐?”

“좀 만나게 해주세요.”

“안 돼.”

수사관이 일어나 구노의 팔을 잡았다. 그것을 뿌리쳤다. 손등이 수사관의 코에 부딪혔다. 안색이 변한다.

“야, 이거 장난이 아니네.”

“다시 한 번 말할게요. 그 소년은 가짜예요.”

“야, 누구 없냐!”

수사관이 복도 끝을 향해 크게 외쳤다.

“이 자식 좀 어디로 끌고 가.”

형사부실에서 몇 명이 얼굴을 내밀었다.

“취조를 방해하고 있다. 바로 끌고 가.”

이노우에가 새파래진 얼굴로 달려왔다.

“구노 씨, 정말, 부탁입니다.”

그렇게 말하며 뒤에서 몸을 끌어안았다.

"사무실에 가만히 계셔달라고 몇 번이나 부탁드렸잖아요. 그렇게 하겠다는 조건으로 출근하신 거면서."

"체포영장은 좀 기다려줘요. 내가 진범을 잡아올 테니."

수사관을 향해 소리쳤다.

"진정하세요, 구노 씨."

"오인 체포가 될 거야. 그냥 넘어갈 문제가 아니야."

"너 바보냐."

수사관이 대꾸했다.

"자수해왔잖아. 뭐가 오인 체포야."

이노우에에게 떠밀려 복도를 걸었다. 위가 불타듯 뜨겁다. 팔꿈치 아래쪽이 가늘게 떨리고 있었다. 조절할 수 없는 감정이 온몸에서 기분 나쁘게 꿈틀거리고 있었다.

형사부실로 다시 돌아와 응접용 소파에 앉혀졌다. 동료 형사들의 시선을 한 몸에 받았지만 눈을 마주치려 하면 이내 외면했다.

"앞으로 자리를 뜰 때는 반드시 저에게 허락받고 가주세요."

이노우에가 애원하듯이 말했다. 구노는 넥타이에 이어 셔츠 단추까지 풀어버리고 호흡을 가다듬었다. 불규칙한 맥박을 목덜미로 느꼈다. 이노우에가 차가운 보리차를 가져다주었다. 그것을 단숨에 마셨다.

문득 옆을 보자 이제 곧 정년이 되는 형사가 책상 앞에서 차를 훌쩍이고 있었다.

"가키우치 씨."

말을 걸었다.

"오이카와의 행적 확인은 어떻게 됐습니까?"

"아, 그래. 그 작자는 가족여행 갔어. 행선지와 일정만 듣고 해방시켜줬지."

태연스러운 말투로 대답한다.

할 말이 없어서 잠시 가키우치를 바라보고 있었다.

"위에서 허가는 받았어. 범인이 자수했으니 행적 확인 등급도 내려갔어. 내 업무에서도 금방 풀릴 거야."

"오이카와는 가족과 어디로 갔죠?"

"하코네에서 일박한대. 숙박은 '아사히장'에서 하고. 유명한 여관이지. 비싼 곳인데."

"아이들도 함께 갔습니까?"

"그래. 우리도 상당히 배려한 거지. 아이들이 알게 되면 딱하잖아."

"모습이 어땠습니까?"

"평범했어. 평범한 4인 가족이야. 그 모습은 가짜가 아니었어, 구노. 현관에서 나오는 그들은 모두 밝았다고."

"아, 그랬나요."

"무엇보다 그 아내가 태연했어. 남편을 믿고 있더라고."

시게노리의 아내 얼굴이 떠올랐다. 한 번은 집에서 보았고, 그 뒤에는 병원과 슈퍼마켓에서 말을 잠시 나눴을 뿐이다. 왠지 똑바로 바라보는 것을 피했었다. 진한 눈썹, 긴 속눈썹, 부드러워 보이던 입술……. 사나에와 닮았던 것이다. 아울러 사나에가 살아 있었다면 같은 나이였다.

"구노 씨."

이노우에가 다가왔다.

"숙직실에 도시락 있어요. 배고프시죠? 같이 먹으러 가죠."

"그래, 좋지."

몸을 일으켜 가키우치에게 고개를 숙였다.

"구노. 이런저런 소리를 들었는데, 너 좀 피곤한 것 같아. 뒷일은 나한테 맡기고 천천히 좀 쉬다 와."

"네. 고맙습니다."

형사부실을 나와 숙직실로 들어갔다. 다다미 위에서 다리를 뻗자 온몸의 힘이 빠졌다.

"미노야에서 배달시킨 도시락이에요. 맛있어 보이죠?" 하고 말하는 이노우에.

"그래."

"부서장이 쏜 겁니다."

"그러냐."

이노우에는 나무젓가락을 힘차게 가른 뒤 장아찌를 소리 내어 씹었다.

"와키타 미호는 무사한 모양이에요. 사에키 주임이 넓은 발을 이용해 물어봤답니다."

"그래?"

"경찰병원의 간호사 분들 중에도 아는 사람이 있었나 봐요. 그 양반은 정말 형사의 표본이에요."

"하나무라는?"

"여전히 행방이 묘연해요. 하나무라의 벤츠는 주차장에 내버려져 있었으니까 아마 걸어다닐 것 같은데. 렌터카는 꼬리를 밟힐 수 있으니 빌릴 수 없을 테고요."

"그래."

"모두들 자살이라도 해줬으면 하네요."

"그런 짓을 할 남자냐? 분명 어딘가에 숨어 나를 기다리고 있겠지."

"참 태연하십니다. 무섭지도 않으세요?"

"어떻게 되든 상관없어."

잠시 동안 말없이 도시락만 먹었다. 아마 5천 엔 정도 하는 도시락일 것이다.

"이 가쿠니• 맛있는데요" 하고 이노우에가 말했다.

"그럼 내 것도 먹어."

"그냥 드세요. 영양 보충하셔야죠."

그때 험상궂은 표정의 우다 계장이 나타났다.

• 角煮. 돼지고기, 참치, 가다랑어 등을 큼직하게 썰어서 간장에 졸인 것.

"일단 너희들에게 알려두는 건데."

허세를 부리듯 가슴을 뒤로 젖힌다.

"일련의 방화 사건에 대해 엊그제 자수한 17세 소년의 체포영장이 나왔다."

"뭐라고요?"

구노의 목소리가 거칠어졌다.

"기자회견은 밤 9시부터 한다. 10시 뉴스에 맞출 수 있을 거야."

"농담이시죠?"

탁자에 손을 대며 몸을 일으켰다.

"이상이다."

우다는 그렇게만 말하고는 발길을 돌려 방에서 나갔다.

위 부근이 꿈틀대는 느낌이었다. 맥박이 빨라진다. 토하고 싶었다.

"구노 씨, 진정하세요."

"알고 있어……."

고쳐 앉으며 깊이 숨을 들이마셨다. 젓가락을 집어 다시 도시락으로 가져갔다.

"체포는 어디까지나 체포예요. 불기소될지도 모르고 심리에서 질지도 몰라요. 그리고 지검 역시 그렇게 본청 마음대로 하게 놔두지는 않을 거고요."

"그래, 그렇겠지."

정체를 알 수 없는 분노와 불안이 뒤섞인 감정이 몰려왔다.

"게다가 자수해온 거니까 뒤집힌다 해도 그리 비난은 받지 않을 거예요. 위에서도 그 정도는 계산하고 있을 겁니다."

"그래……."

더 이상 음식이 들어가지 않았다. 구노는 도시락의 대부분을 남기고는 무겁게 뚜껑을 덮었다.

"벌써 다 드신 거예요? 식욕이 없으세요?"

"좀 눕고 싶어."

방석을 반으로 접어 베개 대용으로 삼았다. 이노우에에게 등을 향한 채 누웠다.

"돌아가시고 싶으면 차로 모셔다 드릴게요."

"아직 괜찮아. 기자회견 하는 걸 보고 싶거든."

"공연한 생각은 하지 마세요."

"생각하지 않을게."

눈을 감았다. 천천히, 그리고 조용히 심호흡을 하며 날뛰고 있는 감정과 싸웠다.

경찰은 그만두자. 미련은 없다. 그만두고 장모와 하치오지 집에서 살자. 구노는 결심했다.

경비원이나 택배 운전사도 괜찮다. 매주 일요일마다 사나에의 묘를 돌볼 수 있을 정도면 어떤 일이라도 상관없다.

크게 트림이 한 번 나왔다. 속이 좀 후련해졌다.

검도와 관련한 일도 있다. 모교 OB 모임에 부탁하면 어딘가 사범 자리를 소개해줄 수도 있다.

가능하면 아이들을 가르치고 싶었다. 만약 그 사고만 없었다면 자신의 아이는 일곱 살일 것이다.

팽팽했던 배가 조금 풀어졌다. 몸이 편해진다.

내일 구도 부서장에게 말하자. 아마 보류시키지는 않을 것이다. 게다가 구도 역시 그만둘 것 같으니…….

하지만 그 전에 할 일이 있었다. 시게노리를 자수시키는 것이다. 회사의 돈을 횡령했다가 그것을 감추기 위해 불을 지른 남자가 불문에 부쳐지면 안 된다.

누구도 이득을 보게 할 수는 없었다. 하이텍스도, 기요카즈회도, 경찰도.

"구노 씨, 주무세요?"

이노우에의 작은 목소리가 들렸다. 구노는 자는 시늉을 했다. 잠시 후 모포가 자신의 몸 위에 덮였다.

찬합을 정리하는 소리. 읏차 하고 이노우에가 중얼거리며 방 밖으로 나갔다.

누운 채 분위기를 살폈다. 입속으로 백까지 세었다.

눈을 떴다. 윗도리를 손에 들고 일어섰다. 일단 다다미에서 내려와 구두를 신었다가 다시 다다미 위로 올라가 창을 열었다. 주저없이 뛰어내렸다.

길가로 나가 택시를 잡았다. 또다시 휴대전화를 껐다.

37

너무 놀아서 피곤했던 것인지 가오리와 겐타는 밤 9시가 지나자 눈꺼풀이 무거운 듯 이부자리와 씨름하다가 잠들고 말았다.

교코는 아이들을 바르게 누이며 이불을 덮어주었다. 고급 여관인 만큼 시트 한 장도 부드러웠고 광택이 났다. 방은 나무 향으로 가득했고, 다다미에는 파릇한 기운이 감돌았다.

아까부터 교코는 아이들 자는 얼굴을 들여다보고 있었다. 살짝 두 아이의 뺨을 만졌다. 복숭아 같은 솜털이 손등에 기분 좋게 와 닿는다. 가볍게 누르자 고무공과 비슷한 탄력으로 교코의 손가락을 튕겨냈다. 아침까지는 일어나지 않을 것 같았다. 어떤 꿈을 꾸고 있을까. 신나는 꿈이면 좋겠는데. 좋아하는 남자아이에게 연애편지를 받는다든가, 축구 시합에서 해트트릭을 기록한다든가 하는.

시게노리는 옆방에서 자고 있었다. 저녁 식사 때 맥주 한 병과 청주 작은 병을 두 병 주문했다. 그것을 전부 남편이 마신 것은 교코가 전혀 입에 대려 하지 않았기 때문이다.

교코는 술에 취하면 안 되었다. 가족의 행복을 지키기 위해. 아니, 이제 자신의 행복은 바라지 않으니까 아이들의 행복을 지키기 위해.

여관에 도착하자마자 가오리와 겐타는 술래잡기를 시작했다. 태어나서 처음으로 화려한 고급 여관을 보자 가만히 있을 수 없었던 모양이었다. 교코가 아무리 말려도 빈틈을 노려 다시 시작했다. 할 수 없이 욕실로 데리고 들어가자 천연 암석 온천에 눈이 휘둥그레져 다시 또 신나게 떠들어댔다.

목욕은 시게노리만 혼자 남탕에서 했고, 겐타는 여탕에 함께 들어갔다. 교코가 "엄마랑 들어갈래?" 하고 묻자 겐타는 주저없이 고개를 끄덕였던 것이다. 두 아이의 머리를 감겨주고 나자 이번에는 가오리와 겐타가 자신의 머리를 감겨주었다. 겐타는 교코의 머리로 뿔을 만들며 놀았다. 이 아이들은 자신의 것이라고 생각했다.

저녁 식사는 교코로서도 경험해본 적이 없을 정도로 훌륭했다. 도미 회에 국산 쇠고기 스테이크, 캐비아 무침까지 있었다. 아이들을 위한 푸딩도 나왔다.

"이런 거 처음이야."

가오리가 웃었다.

"1년에 한 번은 꼭 오고 싶다."

교코가 그러자고 대답했지만 그것이 현실이 되리라는 보장은 없었다.

시게노리는 밝게 행동하고 있었다. 술이 들어갔기 때문이기도 할 것이다. 아이들이 재미있어하는 개그도 했고, 겐타와는 식사 후에 레슬링 놀이도 했다.

긴 하루였다. 실수 없이 끝났다는 안도감이 들었다.

혹시 가오리나 겐타가 즐거운 척한 것은 아니었을까. 꾸물대거나 떼를 쓰지 않는 두 아이를 보며 문득 그런 상상이 솟구친 것도 사실이었다. 하지만 교코는 믿기로 했다. 아이들은 아무것도 모른다. 그리고 앞으로도 평생 진실은 모를 것이다.

방의 시계를 보았다. 10시 반을 지나고 있었다. 교코는 툇마루로 자리를 옮겨 등나무 의자에 앉은 후 담배를 피웠다. 손에 든 백 엔짜리 라이터를 힐끗 보고는 살짝 탁자 위에 올려두었다.

텔레비전을 켜자마자 음량을 바로 줄였다. 뉴스를 하고 있었다. 동년배의 여성 진행자가 오늘 하루의 사건을 전하고 있었다.

"……용의자를 살인죄로 다시 체포하여 도쿄 지검으로 서류 송검하였습니다."

그런 말이 희미하게 귀에 들렸다. 살벌한 이야기는 듣고 싶지 않았다. 교코는 리모컨을 들었다.

"그럼 다음 뉴스입니다. 또다시 17세의 범행입니다. 지난달

도쿄 혼조 시에서 벌어진 연쇄…….”

스위치를 껐다. 연기를 천장에 대고 내뿜었다. 세 번 정도만 피운 담배를 재떨이에 눌러 껐다.

일어나 시게노리의 머리맡까지 걸어갔다. 쪼그려 앉아서 얼굴을 들여다보았다. 입을 반쯤 벌린 채 코를 골고 있었다.

잘도 잔다. 잠시 자는 얼굴을 바라보았다.

이 결혼은 실패였다. 작게 한숨을 내쉬었다.

시게노리와는 회사원 시절 동료의 소개로 만났었다. 1년 정도 사귀다 결혼했다. 회사원이라는 것과 차남이라는 것이 결정적이었다. 원래 스스로는 애정 때문이라고 믿었다. 여자는 누구나 그럴 것이다. 의사와 결혼해도 사랑으로 맺어졌다고 생각하고 싶은 것이다.

결혼을 동경하고 있었다. 스물네 살에 결혼해 젊은 엄마가 되고 싶었다. 수업 참관 때 아이가 가슴을 펼 수 있도록.

요컨대 결혼하고 싶을 때 나타난 게 시게노리였는지도 모른다.

누군가에게 책임을 전가시킬 작정은 아니다. 자신의 선택이 잘못된 것이었다. 스스로 독립해 살아가려고 하지 않았던 데 대한 보복이 이제야 찾아온 것이다.

시게노리가 얼굴을 돌렸다. 희미하게 눈을 뜨고는 “왜 그래” 하고 작은 목소리로 물었다.

“뭐야, 깼어?”

“그래.”

건조한 말투였다.

"잘 수 있을 리가 없잖아."

시게노리는 다시 천장을 보며 이불을 당기고는 얼굴을 반 정도까지 푹 집어넣었다.

"두 사람만 남게 되면 그 이야기가 나와버려서. 그래서 차라리 자는 척하는 게 낫지."

교코를 쳐다보려고는 하지 않았다.

"혹시나 싶어 다시 한 번 확인해두는데 만약 경찰한테 불려 가도 절대 자백하면 안 돼. 변호사에게 물어봤는데 방화는 자백이 결정적인 모양이라서 취조가 상당히 무섭대. 하지만 당신은 그걸 견뎌낼 수 있을 거야. 자수하고 싶으면 5년 후, 이혼하고 나서 하면 돼."

"그래……."

힘없는 대답이 돌아왔다.

남편의 모습을 보는 게 싫었으므로 교코는 방의 조명을 끄고 알전구만 켜두었다. 바깥에서는 바람이 불어 정원수가 서걱대고 있었다.

"나는 가오리와 겐타를 절대 범죄자의 자식으로 안 만들 거니까."

교코가 조용히 말했다.

"만약 그렇게 되면 더 이상 그 동네에서는 못살아. 학교도 바꿔야만 하고, 아이들은 평생 마음에 상처를 입게 될 거야. 나이가 들어서 좋아하는 사람이 생겼을 때 가오리나 겐타는 고백해야만 할 거야. 실은 우리 아버지는 교도소에 들어간 적이 있었다, 방화 사건을 저지른 적이 있었다고. ……힘들 거야. 적극적으로 연애할 수 없을지도 몰라. 친구들을 만드는 일조차 큰일일 거야. 성격도 변하겠지. 이것을 시련이라고는 생각하지 않아. 진학이나 취직에도 영향이 미칠 거야. 우리 아이들에게 그런 불리한 조건은 절대로 주고 싶지 않아."

뒤를 돌아보았다. 이불을 꼼꼼히 덮어준 게 방금 전인데 겐타는 벌써 다리가 밖으로 나와 있었다.

"당신도 앞으로가 큰일이야."

목소리를 더욱 낮췄다.

"회사에서 잘릴 건 뻔하니까 다른 취직 자리를 구해야 할 텐데, 횡령이 들켜서 해고당한 사람을 웬만한 회사라면 쓸 리가 없잖아. 앞으로는 육체노동만 해야 할 거야, 분명. 수입도 줄어들겠지. 집 대출은 어쩔 셈이야?"

시게노리가 이마에 땀을 흘리고 있는 것이 어두운 방에서도 보였다.

"마치 도미노 같아. 남편의 작은 횡령이 차례차례 가족의 생활을 무너뜨리지. 그러고 보면 인생이란……."

"부탁해."

꺼져 들어갈 듯한 목소리로 시게노리가 말했다.

"이제 그만 용서해줘."

"그럴 수 있을 거 같아? 웃기지도 않아."

"저기, 교코."

시게노리가 교코의 얼굴을 보았다.

"죄에 대한 벌을 받거나 해서 되돌릴 수는 없을까?"

"안 돼."

"왜……."

"가오리와 겐타를 범죄자의 자식으로 만들 수는 없다고 몇 번이나 말했잖아."

"아이들에게는 내가 설명할게."

"어떻게?"

화가 치밀었다.

"아빠는 회사의 돈을 몰래 쓰다가 들킬 것 같아서 회사에 불을 질렀다고 말할 거야? 초등학교 4학년과 2학년짜리에게 그래서 어떻게 이해를 시킬 건데?"

"그러니까."

"그러니까 뭐."

"오랜 시간에 걸쳐."

"무리야. 아이들에게 사춘기가 왔을 때 당신은 완전히 바보가 되는 거야. 만약 아이들이 도둑질하는 걸 본다면 당신, 뭐라고 혼낼 거야? 도둑질은 안 된다고, 가오리나 겐타의 눈을 보며 말할 수 있을 거 같아? 말할 수 없을 거야. 원래 당신은 약간 교활했어. 숙부님 장례식에서 부조금을 가로챘을 때 친척들 모두는 당신 짓이라고 의심했었어. 그런데 어떻게 태연하게 컴퓨터를 살 수 있었는지."

시게노리는 반박하지 않았다. 인정하는 것이나 마찬가지였다.

"고칠 수 없어, 손버릇 나쁜 건. 몽땅 다 이 자리에서 털어놔 봐. 맨 처음 다른 사람 걸 훔친 게 언제였어?"

이렇게 말하는 자신이 싫어졌다. 자신은 아마도 못된 여자일 것이다. 하지만 멈출 수 없었다.

"대충 중고등학교 시절에는 상습적으로 도둑질을 했겠지. 죄의식 같은 것도 없이."

부모님에게도, 동네 주부들에게도 다 말했었다. 내 남편은 결백하다고. 이미 쏟아진 물이었다.

"차라리 은행의 금고를 부술 정도의 대도(大盜)가 되는 편이 나았을 텐데. 멋지잖아, 배짱도 좋고. 당신은 통이 너무 작아서 더 비참해."

교코의 목소리가 떨렸다. 완전히 관계 회복의 길을 잘라 버렸다고 생각했다. 자신의 본성을 다 드러낸 것 같기도 했다. 지금까지 온화한 척했던 것은 쫓기는 일이 없었기 때문에 가능했던 것이다.

늘 관객 편에 있었다. 감상만 말하면 되었다. 미칠 듯한 사랑도, 빵 하나를 열 명이 나눠 먹어야만 하는 치열한 싸움도, 아무것도 경험하지 않았다. 지금 그것이 오고 있었다. 그리고 자신은 이루 말할 수 없이 추한 모습을 낱낱이 드러내고 있었다.

시게노리가 이불을 머리부터 뒤집어쓴 채 몸을 둥글게 말았다. 침묵이 흐른다. 목구멍 안에서 트림이 서서히 몰려나왔다.

"그대로 아침까지 가만히 있어. 나는 좀 나갈 건데 어디 가느냐고는 묻지 마. 당신을 도와주려는 거니까."

교코가 일어섰다. 어두운 방에서 욕의(浴衣)의 끈을 풀었다. 툇마루로 걸어가 벗은 욕의를 의자에 걸고 청바지를 입었다. 여름 스웨터에 팔을 넣는다. 가방 밑바닥에서 운동화를 꺼냈다.

손목시계를 보자 11시가 되려 하고 있었다.

탁자 위의 백 엔짜리 라이터를 청바지 호주머니에 넣었다. 살짝 툇마루의 문을 열었다. 운동화를 신고 밖으로 나왔다.

바람이 머리를 흐트러뜨린다. 얼굴을 들어 시커먼 구름이 흘러가는 것을 보자 갑자기 끝 모를 불안감이 엄습해왔다. 불안감이 강하게 가슴을 조여온다. 지금 자신은 벌거벗겨진 채 어둠 속에 덩그러니 놓인 아이 같은 셈이었다.

자갈을 밟으며 뒤뜰로 걸어갔다. 건물을 따라 걷다 보면 밖으로 나갈 수 있다는 것은 아까 이미 확인했다. 차는 주차장 제일 안쪽에 세워두었다. 도착해서 남편에게 그렇게 하도록 했다. 가급적 남이 엔진 소리를 듣지 못하게 하고 싶었다.

고지대인 만큼 공기는 싸늘해서 교코는 자신도 모르게 몸을 떨었다. 두 손으로 팔을 문지르며 빠르게 걸었다. 차에 올라타서 자리를 앞으로 당겼다. 외등 때문에 블루버드의 보닛이 푸르스름하게 보였다.

주변을 둘러보며 아무도 없는 것을 확인하고는 키를 비틀었다. 공회전할 여유도 없었다. 곧바로 기어를 D에 놓고 차를 발진시켰다.

다시 또 트림이 밀려 나왔다. 연못에 물거품이 떠오르듯 몸 안의 기체가 하나 둘씩 토해져 나왔다. 그동안은 어딘가가 꽉 막혀 있는 느낌이었다. 생각해보면 지난 며칠 동안 쭉 숨쉬기가 힘들었던 것이다.

양옆의 나무들이 하늘을 뒤덮은 오솔길을 달렸다. 거의 핸들에 턱을 올려놓다시피 하고는 아주 천천히 운전했다.

갑자기 반대편에서 차가 나타났다. 여관 종업원일까. 핏기가 가셨다. 이런 시간에 나온 수상한 손님으로 기억될 것이다. 맞은편 차가 라이트를 끈 순간 번호판을 보았다.

가슴을 쓸어내렸다. 도쿄의 다마 번호였다. 분명 밤마실이라도 다녀오는 손님이다. 자신에 대해서는 전혀 신경 쓰지 않을 것이다.

얼굴을 마주치지 않도록 애쓰며 지나쳤다. 가슴이 방망이질치고 있었다.

2차선 도로로 나와 산을 내려갔다. 굴곡이 심한 길이라 긴장을 많이 해서인지 손바닥이 이내 축축해졌다. 올 때를 대비해 주의 깊게 머릿속에 길을 새겨두었다. 밤이라 헷갈릴지 모르겠지만 아무튼 내려가면 되는 것이다. 그 끝에는 유료도로의 입구가 있고, 그 도로를 타면 도쿄까지 일직선이었다.

커브길은 아무래도 두려워서 계속 브레이크를 밟은 채 구부러졌다. 오가는 차는 전혀 없었다. 낮이었다면 뒤따르는 차가 클랙슨을 울렸을 것이다.

대학 시절 면허를 땄지만 오랫동안 '장롱면허'였다. 언덕길을 운전하는 것은 처음이었다. 맞은편 차가 없는 게 다행이어서 중앙선에 반쯤 걸친 채 몰았다.

라디오는 껐다. 어차피 귀에 들어오지도 않을 것이다. 타이어가 아스팔트를 스치는 소리만이 차 밑에서 들려왔다.

몇 번인가 손의 땀을 청바지에 닦았다. 도중에 안전띠를 착용하지 않았다는 것을 깨달았지만 일단 정차하면 왠지 긴장이 풀릴 것 같아서 그냥 가기로 했다. 겨우 산을 다 내려갔을 때는 청바지의 허벅지 부근이 땀에 젖어 축축했다.

고속도로를 타고 나서는 제법 긴장이 풀렸다. 자꾸 뻣뻣해지는 어깨에서 의식적으로 힘을 빼기도 했다.

문득 내일 이후의 일이 생각났다. 평소와 같은 일상이 약속된다면 화단을 하나 더 늘리고 싶었다. 그리고 여름에 대비해 해바라기 씨를 심고 싶었다. 그리 키가 크지 않은 품종으로. 노란 꽃이 마당에 흐드러지게 피는 것이다. 아이들에게는 나팔꽃이라도 키우게 하자. 꽃이 피면 분명 애완동물처럼 사랑해줄 것이다.

슈퍼마켓에는 이제 가지 않았다. 그 사장의 비서가 되는 이야기는 보류시켰다. 여차하면 그런 방법도 있다고 자신을 격려하면 된다.

아르바이트 자체도 당분간 그만두자. 아등바등 일할 필요도 없다. 자신은 집에 있고 싶은 것이다. 식탁보에 자수를 놓거나, 전자레인지의 덮개를 만들거나, 그런 일을 하며 지내고 싶다. 집이 있고, 두 아이가 있어주면 된다. 그러고 나면 아무것도 필요 없는 것이다.

그러니 재봉틀을 사자. 가오리의 토트백에 아플리케를 해주자. 겐타의 모자에는 머리글자를 새겨주고.

그러기 위해서는 지금의 생활을 지키지 않으면 안 된다. 어딘가에서 다시 새롭게 시작한다는 것은 너무 힘든 일이다. 그럴 힘은 없었다. 현상유지야말로 자신이 바라는 바였던 것이다.

차 안이 눅눅해서 창문을 약간 열었다. 하코네와 달리 평지에서는 여름 기운마저 느껴졌다.

고속도로의 왼쪽 차선을 교코가 모는 하얀 블루버드가 달려갔다.

38

구노는 자신의 맨션 50미터쯤 앞에서 택시를 내렸다. 전신주 그늘에서 보자 복면 패트롤 카 한 대가 현관 앞에 정차해 있었다. 조수석의 수사관이 대시보드에 다리를 올려놓고 있었다.

호주머니 안의 열쇠더미를 확인했다. 약갑도 만져졌다. 열쇠더미만 소리 나지 않도록 꺼내 오른손에 쥐었다.

차는 맨션 뒤쪽의 주차장에 있었다. 나갈 때는 일방통행인 앞 도로를 지나쳐야만 한다. 잠복 중인 그들은 구노의 차가 어코드라는 것을 당연히 알고 있었다.

주택가에는 인적이 거의 없었다. 정면으로 가서는 안 되었으므로 구노는 뒤로 멀리 돌아가기로 했다. 넥타이를 느슨하게 하며 하늘을 올려다보았다. 두터운 구름으로 덮여 있긴 했지만 하늘 높은 곳에서는 바람이 제법 부는 듯 흐르는 구름의 틈 사이로 달이 얼굴을 살짝 비치고 있었다.

뒤쪽에 잠복 차는 없었다. 철제 울타리에 손을 대고 뛰어넘었다. 발소리를 죽이며 주차장을 걸어갔다.

차에 올라탄 후 크게 한숨을 토해냈다. 머리를 쓸어올리자 이마에 땀이 흐르고 있었다. 윗도리를 벗었다. 키를 꽂아 비틀었다. 잠시 타지 않아서인지 개 짖는 듯한 소리가 엔진룸에서 울려퍼졌다. 몇 초 후 시동이 걸렸다. 액정 패널 시계에 '09 : 00'이라는 숫자가 켜졌다.

수사본부의 기자회견은 시작됐을까. 마이크 앞에 앉아 있을 관리관의 얼굴이 떠올랐다.

매스컴은 이 뉴스를 보도할까. 만약 보도한다면 그것은 폭력단의 보복이라고 여겨졌던 방화 사건이 실은 유쾌범의 소행이었기 때문은 아닐 것이다. 범인이 열일곱 살이었기 때문일 것이다. 최근 세상을 시끄럽게 하는 미성년자 범죄가 빈발하고 있었다. 매스컴은 자극적인 그 소재에 신이 나서 다른 것들은 다 잊어버릴 게 틀림없었다.

혹시 관리관은 그 효과까지도 생각했던 것일까. 이미 간부들은 진실에는 관심이 없었다. 누구의 체면을 세워줄 것인가가 그들의 문제인 것이다.

담배를 물고 불을 붙였다. 등을 좌석에 기댄 채 깊이 빨아들였다. 엔진이 데워질 동안 피어오르는 연기를 잠시 바라보았다.

배에 힘을 몰아넣으며 사이드브레이크를 내렸다. 라이트를 켜고 액셀에 발을 올렸다.

천천히 차가 움직였다. 부지불식간에 숨을 죽이고 있었다. 핸들을 꺾어 맨션 앞으로 돌았다. 바로 눈앞에 패트롤 카가 보였다. 두 명의 수사관이 소리를 눈치채고는 돌아보았다. 그 순간 구노는 브레이크를 밟았다. 곧바로 주행 모드를 후진으로 바꾸었다. 몸을 비틀어 얼굴을 뒤로 향했다. 세게 액셀을 밟았다.

엔진이 날카로운 소리를 내며 일방통행 길을 거침없이 후진해 간다. 길 끝에 있던 길고양이들이 놀라 담을 타고 기어올랐다.

30미터쯤 달리자 사거리가 나왔다. 브레이크 페달을 밟았다. 앞을 보니 패트롤 카에서 아는 얼굴의 수사관이 서둘러 내리고 있었다.

주행 모드를 제일 끝으로 당긴 후 오른쪽으로 꺾었다. 다시 가속하며 백 미터 정도를 달렸다. 백미러에 뒤따르는 차의 불빛은 없었다. 그대로 주택가를 달렸다.

정신을 차렸을 때는 짧아진 담배를 여전히 입에 문 채였다. 재가 바지 위로 떨어졌다.

손으로 털어냈다. 콘솔 박스의 재떨이는 동전통으로 쓰고 있었지만 상관없이 담배를 눌러 껐다.

경찰서 안의 분위기를 상상해보았다. 지금쯤 이노우에는 새파랗게 질려 있을 테고, 구도 부서장은 격노하여 펄펄 뛰고 있을 것이다. 어차피 그만둘 것이다. 마지막 정도는 자신이 하고 싶은 대로 해보겠다.

잠시 달리다가 국도로 접어들었다. 라디오에서는 시끄러운 팝송이 흘러나오고 있었다. 주파수를 바꿔 클래식이 나오는 방송국을 찾았다.

피아노 곡이 흘러나왔다. 어깨의 힘을 빼고 목을 좌우로 꺾었다.

하코네까지 두 시간인가. 그렇게 혼잣말을 한다.

그 시간쯤이면 시게노리는 방에서 자고 있을 것이다. 하지만 프런트에서 불러내면 된다. 잔인하긴 했지만 알 바 아니다. 그곳에서 자백시키는 것이다. 시게노리는 회사와 가정에서 지긋지긋하도록 고독을 맛보고 있을 것이다. 자백하지 않을 리가 없다. 오히려 시게노리는 체포되기를 바라고 있을지도 모른다.

그렇다, 시게노리는 체포되고 싶어한다. 아무리 도망친다 해도 앞으로의 인생에 활짝 갠 날은 찾아올 리 없다. 진심으로 웃을 수 있는 일상 역시 없다. 그것을 시게노리 자신도 알고 있을 것이다. 자신이 시게노리를 구원하는 것이다.

마구 차선을 변경하며 서둘러 국도를 달렸다. 희한하게 등 뒤에 붙어 있던 피로는 떨어져 있었다. 눈도 말똥말똥했다. 눈꺼풀이 무겁게 느껴지지 않다니, 이게 얼마 만일까. 갑옷이라도 벗은 기분이었다.

도메이 고속도로를 타고 나서는 액셀을 있는 대로 밟았다. 어코드는 미끄러지듯 오른쪽 차선을 달려갔다.

하코네에 도착한 것은 예상보다 30분 정도 일렀다. 고지대인 만큼 차 안까지 밤의 냉기가 전해졌다. 윗도리에 팔을 끼우며 계절에 맞지 않게 히터를 틀었다.

아사히장은 좀처럼 찾을 수 없었다. 여관 거리를 아무리 돌아다녀 봐도 간판이 보이지 않았다. 길을 물어보려 해도 모두 잠들었는지 조용하기만 했다. 할 수 없이 눈에 띄는 호텔로 들어가 경찰수첩을 제시한 후 관광지도를 얻었다.

지도에 따르면 아사히장은 깊은 산속에 있었고, 좁은 오솔길을 따라 거의 끝에 있었다. 가키우치가 고급 여관이라고 했던 말이 떠올랐다. 마을과는 떨어져 단독으로 세워져 있을 것이다.

대중 여관이 아니어서 묘하게 다행이라는 생각이 들었다. 사치스러운 요리를 맛보았다면 그나마 덜 동정해도 된다.

여관으로 들어가는 오솔길을 찾아낸 순간 시계를 보았다. 정확히 11시를 가리키고 있었다. 시게노리에게 어떻게 말을 꺼낼까 생각했다. 소년이 자수하여 체포된 것은 뉴스를 봐서 알고 있을까. 그렇다면 호통을 쳐서 깨닫게 할 수밖에 없다. 아니면 검찰에 따로 내부고발하겠다고 협박을 할 수도 있다. 혹은 현장의 타이어 자국으로 차를 알아낼 수 있다고 넌지시 떠볼 수도 있다.

차의 속도를 늦추었다. 굴곡이 심한 길 양편으로 나무들이 무성해서 달빛조차 닿지 않았다. 잠시 계속 가는데 앞에서 차가 다가오고 있는 게 보였다.

구노는 길옆으로 차를 세웠다. 차 한 대가 겨우 지날 정도로 좁은 길이었으므로 라이트를 끄고 상대편이 먼저 지나가기를 기다렸다.

버릇대로 번호판을 먼저 보았지만 눈이 부셔서 확인할 수 없었다. 문득 시선을 들어 앞 유리창에 비친 여자의 얼굴을 본 순간 숨이 멎을 뻔했다.

사나에……. 아니, 사나에가 아니었다. 시게노리의 아내, 교코였다.

당황하여 얼굴로 손을 가져갔다. 머리를 쓸어올리는 척하면서 자신의 얼굴을 가렸다. 심장이 마구 뛰었다.

바로 옆까지 왔을 때 곁눈질로 훔쳐보았다.

교코는 앞만 보고 있었다. 핸들을 꽉 부여잡고, 아무래도 운전에는 익숙하지 않은 듯한 모습으로 좁은 산길에서 자신의 차 옆을 지나가는 데만 집중하고 있었다.

뒷자리도 보았다. 아무도 타고 있지 않았다.

몸을 돌려 다시 확인해도 그녀 외에 다른 사람은 없었다. 교코는 혼자 어디로 가려는 것일까. 이런 시간에.

핸들을 오른쪽으로 있는 대로 다 틀었다. 약간 앞으로 나오며 방향을 바꿔 유턴하려고 했다. 범퍼가 나무에 닿았지만 상관하지 않고 계속 방향을 틀었다.

이미 교코의 차는 보이지 않았다. 하지만 여기는 시내가 아니다. 곧 쫓을 수 있을 것이다.

겨우 유턴에 성공하여 오솔길을 되돌아갔다. 조바심이 났다.

심장박동이 고막을 뒤흔들었다.

2차선 도로로 나와 좌우를 살폈다. 하코네 산을 내려가는 길을 선택했다.

어지러운 머리로 필사적으로 생각하려 했다. 교코는 어디로 가는 것일까. 남편과 싸움이라도 한 것일까. 아니, 아이들만 두고 그냥 돌아갈 리가 없다. 부모님이 갑자기 쓰러지기라도 한 것일까. 그래도 혼자 돌아갈 리는 없다.

무엇보다 차로 돌아간다면 남겨진 남편과 아이들은 교통수단을 잃게 되는 것이다.

그렇다면 어딘가 갔다가…… 돌아온다는 말인가.

이윽고 차의 후미등이 언덕길 저 끝에서 빨갛게 보였다. 교코의 차일 것이라는 확신은 어디에도 없었지만 일단 뒤를 따라가 보기로 했다.

신호가 없어서 좀체 따라잡을 기회가 없었다. 하지만 앞의 차는 느렸다. 코너를 도는 내내 브레이크 등에 불이 켜져 있었다. 게다가 중앙선을 걸치고 갈 정도로 난폭했다.

구노는 도박을 하기로 했다. 저것은 여자의 운전이다. 아니라면 그냥 돌아가면 된다. 가서 시게노리에게 마지막 선언을 하면 그만이다.

15분 정도 달려 앞차는 오다와라 아츠기 도로로 들어갔다. 구노는 액셀을 더 세게 밟았다. 추월해서 확인해보자고 생각했다.

추월선을 80킬로미터 정도로 달렸다. 왼쪽 전방으로 목표하는 차의 모습이 점점 커졌다.

하얀 블루버드였다. 교코임이 틀림없었다.

그대로 속도를 유지했다. 천천히 여자의 얼굴이 각도를 바꾼다. 역시 교코였다. 운전에 익숙하지 않은지 핸들에 몸을 최대한 붙이고 삼킬 듯이 앞만 바라보고 있었다.

그래도 혹시 몰라 옆에 나란히 섰을 때는 자신도 앞으로 시선을 돌렸다. 단숨에 가속하여 블루버드를 추월했다. 이대로 가다보면 오다와라로 나가는 출구가 있다. 그 갓길에 정차해 있다가 교코로 하여금 먼저 가게 하면 된다.

아마 도중에 차에서 내리는 일은 없을 것이다. 구노는 그렇게 생각했다. 교코는 이 한밤중에 혼자서 혼조로 돌아가려는 것이다.

미행할 의미가 있는지는 알 수 없었다. 다만 여기까지 와서 그냥 돌아갈 수는 없었다. 묘한 두근거림도 있었다. 분명 그 옆모습은 뭔가에 홀린 듯한 얼굴이었다.

39

도메이 고속도로를 달리고 있는 동안 교코는 한 번도 차선을 변경하지 않았다. 그럴 용기는 마음속 어디를 뒤져도 찾아볼 수 없었다.

한밤중의 고속도로는 낮과는 달리 야비한 남자들의 세계였다. 대형 트럭이 거의 추돌할 듯이 차간거리를 좁혔다가는 굉음을 울리며 지나갔다. 험상궂게 생긴 운전사가 추월해가며 여자 혼자 운전하는 차를 호기심 어린 눈으로 훑었다. 그럴 때마다 교코는 몸을 움츠렸고, 심장박동 역시 빨라졌다. 늑대 무리에 둘러싸인 어린 양 같은 심정이었다.

시게노리를 욕하던 한 시간 전의 그 당당했던 위세는 완전히 날아가 버렸다. 차 운전 하나로 이렇게 기분이 위축되고 말다니……. 몇 번이나 생침을 삼켰는지 모른다. 거친 숨을 토해냈다.

자신은 줄곧 조수석에 앉는 인생을 걸어왔다. 운전은 다른 사람에게 맡긴 채 끌려다니는 입장에 만족했었다. 앞으로는 본인이 직접 모든 핸들을 잡아야만 한다. 가오리와 겐타를 지킬 사람은 어머니인 자신밖에 없으니까.

인간관계는 이제 엉망이다. 동네에서 이야기할 상대도 없어졌고, 도시코나 구미를 만날 면목도 없었다. 동생인 게이코도 같이 놀러 가지 않았다. 앞으로 허물없는 친구를 만드는 일은 상당히 어려울 것이다. 텔레비전 드라마를 보고 느낀 감동에 대해 이야기를 나눌 상대도 없고, 마당에 꽃이 피어도 누군가에게 자랑할 수도 없다. 옷도 혼자 사러 가야 한다. 카페에 들어가는 것도 혼자다.

이제 허약한 여자는 필요 없다. 뻔뻔스러워져야만 한다. 핸들에 매달려 이를 악물면서 교코는 열심히 자신을 격려했다.

요코하마 인터체인지에서 도메이 고속도로를 나와 국도 16호선을 달렸다.

이번에는 심장이 더욱 빨리 뛰었다. 왼쪽 차선에 정차 중인 차가 있어서 그것을 피하기 위해 차선을 바꾸지 않으면 안 되었기 때문이다.

백미러로 뒤따라오는 차가 없는지 확인했다. 하지만 거리감이 느껴지지 않는다. 깜빡이를 켜는 것으로도 모자라 클랙슨을 울렸다. 마침내 결심하고 핸들을 꺾으려다가 급브레이크 소리와 함께 차가 아슬아슬하게 지나간 적도 몇 번이나 있었다. 덤프트럭이 바로 뒤를 따라오고 있었을 때는 누가 나 좀 살려달라고 마음속으로 소리치기도 했다.

옆구리 아래는 땀으로 축축했다. 앞머리가 이마에 착 달라붙어 있었다. 에어컨을 틀고 싶었지만 어떻게 켜는지 알 수 없었다. 앞만 보고 있었으므로 그럴 여유도 없었다.

오른쪽 장딴지가 아파 왔다. 액셀을 어느 정도의 힘으로 밟아야 하는지 잘 알 수가 없어서 줄곧 힘을 주고 있었기 때문이었다. 아마 보통 운전자는 이렇지 않을 것이다.

목도 아파 왔다. 시력이 나쁜 것도 아닌데 계속해서 몸을 앞으로 내밀고 있었다.

이 일이 끝나면 매일 조금씩 운전을 하자고 생각했다. 운전할 때의 공포감을 극복하면 스스로에게 자신감을 가질 수 있을 것 같았다.

청바지와 스웨터가 땀으로 푹 젖었을 무렵 마침내 '혼조'라고 적힌 이정표가 보였다. 이런 때 기뻐하지 않으면 또 언제 기뻐하겠는가. 마치 달에서 귀환한 우주비행사 같은 기분이었다.

국도에서 옆길로 들어섰다가 제일 힘든 우회전을 겨우 끝냈다. 처음으로 어깨에서 힘이 빠졌다. 이제는 텅 빈 길뿐이다. 차의 창문을 전부 열어 바깥공기를 쐬었다. 기분 좋은 바람이 빨갛게 달구어져 있던 피부를 식혀주었다.

편의점을 발견하고는 차를 세웠다. 두 시간 만에 정차하자 이번에는 온몸에서 힘이 빠졌다. 크게 한숨을 쉬자 허리가 저려왔다. 내리는 것만으로도 힘이 들었다.

두 팔을 든 뒤에 허리를 꼿꼿이 폈다. 그러자 현기증이 나 그 자리에 쪼그려 앉고 말았다.

이 정도로 약해지면 안 된다. 밤이 새기 전까지는 여관으로 돌아가야만 하니까.

심야의 편의점으로 들어가 5백 밀리리터짜리 페트병으로 된 스포츠 음료와 우롱차를 샀다. 손님은 교코뿐이었다. 점원과 눈이 마주치지 않도록 조심하며 계산을 끝냈다.

차 안에서 사온 음료를 마셨다. 스포츠 음료는 단숨에 다 마셨지만 우롱차를 마실 때쯤에는 배가 물로 가득 차 더 이상 들어가지 않는 것 같았다.

힘들여 마시느라 몇 번인가 기침까지 했다. 눈에 눈물이 고였다.

하지만 다 비우지 않으면 안 된다. 교코는 눈을 감고 끝까지 다 마셨다.

백미러로 시선을 향했다. 그러고 보니 지금까지 한 번도 백미러를 보지 않았다 싶자 목덜미가 섬뜩했다. 거기에 자신의 얼굴을 비춰보았다. 오랫동안 표류한 끝에 드디어 무인도에 도착한 듯한 엄청난 얼굴이었다.

하지만 외면하지 않고 똑바로 쳐다보았다. 도망치지 않겠다는 의지를 자기 자신에게 확인시키듯이. 그리고 지금 처한 현실을 받아들이도록.

담배를 물고 불을 붙였다. 한숨과 함께 연기를 토해냈다. 담배 한 개비만큼의 휴식이었다. 줄곧 계속되어온 떨림을 진정시키기 위해 천천히 피웠다. 잠깐 눈을 감았다. 에잇, 하고 자신에게 기합을 넣어보았다. 어디까지 통할지 불안하긴 했지만.

빈 페트병을 조수석에 두고 교코는 다시 차를 몰았다.

어딘가 적당한 장소를 찾아야만 한다. 반드시 사람들 눈에 띄지 않는 장소를.

잠시 달리다 보니 널찍한 주차장이 있었다. 여기로 하자 싶었다. 만약 다른 사람이 지나가다가, 차가 세워져 있고 트렁크 문이 열려 있다 해도 주차장이라면 이상하게 생각하지 않을 것이다.

교코는 주차장 안으로 들어가 가로등과 가장 먼 장소에 차를 세웠다. 라이트를 끄고, 시동도 껐다. 운전석 바로 밑의 레버를 당겨 트렁크와 가솔린 급유구를 열었다.

페트병을 들고 차에서 내린 후 트렁크에서 펌프를 꺼냈다.

이어서 급유구 마개를 열고 펌프의 한쪽 끝을 꽂아넣었다. 해본 적은 없었다. 처음 해보는 일이었다. 하지만 어떻게든 될 것이다. 석유 스토브에 기름을 넣는 것과 똑같을 테니까.

문득 왼손에 들고 있던 빈 페트병을 바라보았다.

작게 한숨이 새어 나왔다. 자신이 참 바보 같았다. 아까 왜 힘들게 이것들을 다 마셨을까. 다 마실 수 없다면 그냥 버리면 되었는데.

얼굴에서 땀이 배어 나왔다. 스웨터 소매로 닦았다. 등에도 땀이 흐르고 있었다.

첫 번째 페트병에 호스를 끼워 넣었다. 호스의 접혀진 주름 부분을 오른손으로 잡았다.

손에 전해지는 반응이 없었다. 아아, 탱크 밑에 닿지 않은 건가. 그때 갑자기 트렁크에 짧은 고무호스가 있었다는 사실이 떠올랐다. 시게노리는 고무호스를 이어서 가솔린을 빼냈을 것이다. 멍청한 주제에 이런 준비성만큼은 철저하다. 혼자 코웃음을 쳤다.

호스를 연결하여 다시 넣었다. 이번에는 기세 좋게 가솔린이 나왔다.

순식간에 병을 가득 채우고 나서도 펌프의 움직임은 멈추지 않았다. 금방 넘쳐서 교코의 팔과 발밑이 가솔린으로 흠뻑 젖었다.

서둘러 펌프의 뚜껑을 풀었다. 가솔린 냄새가 주변에 가득했다. 밑을 보자 아스팔트가 변색돼 있었다.

이렇게 세차게 나오는 건가. 온몸은 이제 땀에 완전히 절어, 코에서 땀방울이 뚝뚝 떨어질 정도였다.

주변을 둘러보았다. 아무도 없는 것을 확인하고는 스웨터를 벗었다.

그 스웨터를 수건 대신하여 얼굴과 옆구리의 땀을 닦고 다시 입었다. 찝찝했지만 할 수 없었다. 목덜미의 근육이 결려왔으므로 턱을 들었다.

시선의 끝에 밤하늘이 있었다. 구름의 스크린 뒤쪽에서 보름

달이 덩그러니 비추고 있었다.

고독했다. 태어나서 이토록 고독한 적은 없었던 것 같다. 작은 가슴이 이렇게까지 뛸 수도 있는 것일까.

어린아이로 다시 돌아갈 수 있다면 얼마나 행복할까. 아버지와 어머니, 그리고 어른들이 절대적인 애정으로 지켜주는 어린 시절로. 걱정거리도 전혀 없고, 매일 밤 깊이 잠들 수 있었다. 몹시 기다려지던 것들이 잔뜩 있었다. 축복받은 인생이라는 것을 실감할 수 있었다.

발치로 시선을 떨어뜨렸다. 복받치는 감정을 억누르려는 듯 교코는 자신의 몸을 꼭 안았다. 여기에서 약해지면 어쩌자는 거야. 스스로를 질책했다. 지금은 자신이 그 어른이고 어머니인 것이다. 절대적인 애정을 아이들에게 줘야 할 입장인 것이다.

가오리와 겐타에게 마음속으로 소리쳤다. 엄마가 지켜줄게. 결코 부끄럽다는 생각은 들지 않도록 해줄게…….

깊이 숨을 들이마시고 다시 작업으로 돌아갔다. 두 번째 병째도 또 가솔린이 넘치고 말았다. 운동화가 약간 젖었다.

병의 마개를 닫고 작업을 끝냈다. 펌프와 호스를 넣고 트렁크를 닫았다.

운전석으로 돌아와 시동을 걸었다. 에어컨을 겨우 찾아내 모두 다 틀었다. 환기구에서 세차게 나오는 찬바람에 잠시 몸을 맡겼다.

조수석에 둔 병으로 눈을 가져갔다. 가솔린이 빨간색이었나.

알 수 없었다.

자동차 계기판에 있는 시계를 보았다. 디지털 숫자가 오전 1시 반을 가리키고 있었다.

서둘러야만 한다. 5시 안에 돌아가지 않으면 아이들이 깰 가능성이 있다.

교코는 나카초의 주택가를 차로 돌아다녔다. 예전의 방화는 전부 나카초에서 일어났으므로 이번에도 나카초에서 할 필요가 있었다. 그것도 두 건이다. 유쾌범으로 보이게 하기 위해서는 연쇄 방화가 바람직하다. 처음부터 그렇게 하려고 마음먹고 있었다.

피해는 최소한으로 그치고 싶었다. 일반 주택은 당연하고, 빈 집 역시 싫었다. 차도 피하고 싶었다. 할 수 있는 건 아무렇게나 버려진 스쿠터 정도다.

하지만 쉽게 찾을 수가 없었다. 방치된 스쿠터가 시의 골칫거리였으면서 왜 하필 이럴 때만 없는 것인가. 초조했다. 또 땀이 흘렀다.

어딘가 단지로 들어왔다. 이런 지경에 길까지 잃고 말았다. 꺾어지는 모퉁이에서 범퍼가 게시판의 다리 부분에 부딪혔다. 커다란 소리에 심장이 한껏 쪼그라들었다.

시간은 잔인하게 흘러갔다. 이번에 그냥 도망치고 나면 다음 기회는 없을 것이다. 시게노리의 알리바이가 확실하고, 자신도 의심받지 않을 기회 따위는.

시게노리는 언제 경찰에 불려 갈지 모른다. 경찰이 어떻게 나올지는 대충 상상할 수 있었다. 임의동행 또는 별건으로 불러들인 후 이 건을 추궁할 것이다.

시게노리에게서 끝까지 버틸 것을 다짐받았지만 믿을 수 없다. 오늘 밤의 그 허약한 모습만 보더라도 비관적이 될 수밖에 없었다. 불려 가면 끝장이라고 각오하는 편이 낫다.

경찰에게 불려 가서는 안 된다. 그렇게 하기 위해 교코는 지금 경찰 수사를 훼방 놓으려는 것이다. 자신은 꼭 시게노리의 알리바이를 만들어야만 한다.

단지를 빠져나와 시냇가 길로 나왔다. 용수로 같은 작은 개천이었는데 울타리가 쳐져 있었다. 잠시 달리다가 "있다" 하고 자신도 모르게 외쳤다. 스쿠터는 아니었지만 한눈에 보기에도 버려졌음을 알 수 있는 차가 그 울타리에 착 달라붙듯 방치되어 있었던 것이다. 개천 건너편은 시민 운동장이었다. 그것도 마침 잘됐다.

그대로 지나쳐 차를 세우고 사이드브레이크를 올렸다.

내려서 다가갔다. 타이어가 네 개 모두 펑크 나 있었고, 유리창 역시 모두 깨져 있었다.

이거라면 괜찮을 것이다. 아무에게도 폐를 끼치지 않을 것이고 손해 볼 일도 없다.

차로 돌아가 페트병을 들었다. 심장이 방망이질치기 시작했다. 숨결도 거칠어졌다. 게다가 불규칙하다. 목이 바싹 말랐다.

마개를 열고, 어디에 뿌릴까 생각하다가 뒤쪽 타이어에 뿌리기로 했다.

병을 쥔 손이 떨렸다. 마치 엄청난 지진이 한창 일어나고 있듯이 팔꿈치 아래가 위아래, 좌우로 마구 흔들렸다. 가솔린이 여기저기에 흩뿌려졌다.

정신을 차리자 온몸을 떨고 있었다. 어금니가 캐스터네츠처럼 딱딱 소리를 내고 있었다.

침착해. 침착해. 자신을 타일렀다.

빨리 끝내자. 또 한 건 더 해야만 한다.

호주머니에 손을 넣어 라이터를 꺼냈다. 떨림이 멈추질 않는다. 심장이 마치 목구멍 바로 아래에 있는 것 같았다. 그 박동소리만이 고막을 가득 채우고 있었다.

허리를 굽혀 불을 붙이려 했다.

누군가가 오른손을 잡았다. 순간 머릿속이 새하얘졌다.

"오이카와 씨."

남자가 자신의 이름을 불렀다. 자신의 몸을 끌어안고 차에서 떼어냈다.

무슨 일이 벌어졌는가. 순간적으로 뿌리치려 했지만 남자는 더욱 강한 힘으로 자신을 옥죄어왔다.

"오이카와 씨, 보지 못한 걸로 하겠습니다."

말이 나오지 않았다. 비명조차 나오지 않았다. 대체 이 남자는 어디에서 나타난 것일까. 어떻게 자신의 이름을 알고 있는 것일까.

"혼조 서의 구노입니다. 기억하시죠. 당신 집까지 찾아갔었던 형사입니다."

필사적으로 버둥거렸다. 하지만 꼼짝도 할 수가 없었다. 남자의 손을 물었다. 아무것도 생각하지 않은, 거의 본능적인 행동이었다.

남자의 팔에서 풀려나왔다.

"진정해요. 내 얼굴을 보세요. 낯이 익을 겁니다."

동네 사람인가? 슈퍼마켓의 누군가인가? 옛날 알던 사람인가? 아니, 그런 건 아닌 듯하다. 정신이 아득해지는 느낌이 등골을 타고 머리 꼭대기까지 올라왔다. 이 남자를 본 적이 있다. 하지만 그게 끝이었다. 뇌가 문을 닫아버렸다. 모든 반응을 거절하고 있었다.

"그냥 넘어가겠습니다. 그러니까 여관으로 돌아가셔서 남편을 자수시키세요."

그나저나 자신은 지금 어디에 있는 것일까. 하코네에 갔던 게 아니었나. 우리 가족 네 명이서. 기억의 단편만이 플래시를 터뜨리듯 뇌리에서 반짝였다.

"알리바이를 만들려고 이런 건지도 모르겠지만 어리석은 짓은 그만두세요."

언덕길. 고속도로. 아까까지 차를 운전하고 있었던 것 같다. 그렇다, 혼조로 돌아온 것이다. 혼자서만.

"몸부림쳐봤자 소용없습니다. 당신 남편은 방화범이에요. 이

건 돌이킬 수 없는 사실입니다."

남자가 아까부터 뭔가 떠들어대고 있었다. 키가 큰 남자다. 화난 듯한 표정이다. 그 사실만이 아무런 정보도 없이 그저 눈으로 들어오고 있었다.

그때 차의 타이어가 속력을 늦추며 아스팔트와 마찰하는 소리가 들렸다. 눈부신 라이트가 교코를 비춘다. 대형 승용차가 이쪽을 향해 다가왔다.

눈앞에서 급정거했다. 문이 기세 좋게 열리고 머리를 짧게 깎은 다부진 남자가 내렸다.

"야, 구노."

마치 술에 취한 듯 큰 소리였다.

"찾아다녔다. 심야의 드라이브라도 하셨나. 멀리도 나왔군."

이 남자는 누구인가. 이번에는 무슨 일이 벌어지는 건가.

"심야의 데이트인가. 너도 참 인기가 많은 놈이네."

어슴푸레한 어둠 속에서 짧은 머리 남자의 눈이 불타고 있는 것 같았다.

"나의 미호는 죽었나."

"살아 있어요. 지금이라면 상해 정도로 끝날 겁니다."

키 큰 남자가 딱딱하게 소리쳤다.

짧은 머리 남자의 오른손에는 단도가 들려 있었다. 교코는 그것을 유리창 너머의 광경처럼 바라보고 있었다.

자신은 죽는 것일까. 짧은 머리 남자가 이쪽으로 다가왔다. 도망치는 편이 나을까.

아니, 그럴 수는 없다. 자신에게는 좀 더 중요한 일이 있다. 가오리와 겐타의 미래를 위한.

교코는 마비된 듯한 머리로 그것이 무엇이었는지 생각해내려 했다.

40

가만히 보고 있을 수가 없었다. 이렇게 힘든 미행은 없었다고, 구노는 핸들을 잡은 채 몇 번이나 얼굴을 찌푸렸다.

국도 16호선에서 교코가 탄 차는 거친 파도에 떠 있는 난파선이었다. 차선을 변경할 때마다 뒤를 따르던 차들이 클랙슨을 울려댔고, 차가 통째로 흔들리듯이 갈지자를 반복했다. 뒤 유리창으로 보이는 교코의 머리는 아이라고 착각할 만큼 작고 미덥지 못해서 안타깝기 이를 데 없었다.

덤프트럭이 바로 뒤에 붙어 갈 때는 구노의 등골이 오싹할 정도였다. 사나에는 저렇게 죽은 게 아닐까. 갑자기 그런 상상이 떠올라 충격을 받은 것이다. 잠시 동안 두근거림이 가라앉지 않았다. 쫓아가서 덤프트럭 운전사를 끌어내리고 싶다는 충동에 휩싸였다.

교코는 앞만 보고 있었다. 그래서 차간거리를 신경 쓸 필요는 전혀 없었다. 조금은 뒤쪽도 신경 써봐요. 미행을 하고 있으면서도 구노는 괜히 혼자 조바심을 내고 있었다.

국도에서 옆길로 들어서면 그 끝은 혼조였다. 무사히 도착했으므로 구노까지 안심이 되었다. 그나저나 교코는 대체 무엇을 하려는 것일까. 이 이해할 수 없는 행동은 무엇을 의미하는 것일까.

교코는 도중에 차를 세우고 편의점에서 뭔가를 샀다. 차가 멈췄으므로, 그 다음부터는 신중을 기했다. 헤드라이트를 끈 채 일정 거리를 두며 뒤를 쫓아갔다.

교코는 5분쯤 차를 몰아 주차장으로 들어갔다. 우연히 발견해 들어간 듯한 느낌이었다. 교코가 차에서 내렸다. 구노는 바로 앞에서 차를 세우고, 발소리를 죽인 채 울타리 밖에서 모습을 살폈다. 희미한 달빛과 가로등에 의지하여 눈에 힘을 모았다. 펌프가 보였다. 페트병에 가솔린을 옮겨 담고 있다는 것을 알 수 있었다.

구노는 교코가 무엇을 하려는지 깨닫고 현기증을 느꼈다. 체온마저 서서히 떨어졌다.

소년이 자수했다는 뉴스를 보지 못한 건가……. 교코의 어수룩함에 가슴이 아팠다. 왠지 견딜 수 없는 기분이 들어 이 세상까지 저주했다.

교코는 스웨터를 벗어 몸의 땀을 닦고 있었다. 어둠 속, 멀리에서도 그 부드러운 피부를 상상할 수 있었다.

여자의 고독에 대해 생각해보았다. 사나에에게도 이런 밤이 있었을까. 아니, 없었을 것이다. 그렇게 믿고 싶다. 자신은 사나에를 혼자 둔 적이 없었다. 줄곧, 줄곧 사랑해왔다.

생일이면 꽃을 주었다. 휴일에는 영화를 보러 갔다. 머리 모양을 바꾸었을 때는 어울린다고 칭찬도 해주었다. 두 사람은 늘 사랑을 확인했었다.

교코에게는 그런 날들이 없었을까. 아이들이 태어났을 때 얼마나 힘들었느냐는 소리는 들었을까. 집을 샀을 때 당신 덕분이라고, 감사의 말이나 들었을까. 아니, 그런 표면적인 것들은 아무래도 좋다. 그 남자는 교코를 지켜주지 못했다. 오히려 평범한 주부를 이렇게까지 몰아붙이고 말았다. 눈앞에 있는 교코의 모습이 그것을 증명하고 있었다.

시게노리가 미웠다. 아내를 불행하게 만든 한심한 남자가.

말을 걸어볼까. 갑자기 그런 생각이 들었다. 오이카와 씨 아닙니까, 어떻게 이런 곳에, 하고 말이다. 교코는 틀림없이 당황할 것이다. 공황상태에 빠질 것이다. 아무것도 묻지 말고 말없이 안아주자. 괜찮다면 하코네 여관까지 자신이 데려다주어도 좋다.

미칠 듯한 감정이 몸 저 안쪽에서 솟구쳤다.

이 여자를 범죄자로 만들어서는 안 된다. 지금 이 자리에서 여자를 지켜줄 수 있는 건 자신밖에 없었다.

몸을 일으키려는데 교코가 다시 차에 탔다. 시동을 걸고 주차장에서 나왔다. 구노 역시 서둘러 차로 돌아갔다. 절대 놓쳐서는 안 된다.

교코는 혼조 시를 마구 헤매고 다녔다. 무슨 생각을 하는지 훤히 알 수 있었다. 불을 지를 장소를 찾고 있는 것이다. 더욱 가슴이 아파 왔다. 교코의 집이 머릿속에 떠오른다. 홈드라마에나 나올 듯한 하얀 벽의 2층짜리 집이었다. 찾아갔을 때 정원을 보았다. 한창 만들던 중인 화단이 있었다. 지금쯤 완성했을까. 꽃은 피었을까.

살아 있을 무렵의 사나에가 말했었다. 스물여덟에 아이를 낳고, 서른에 둘째를 낳고, 서른셋에 하치오지에 맨션을 살 거야. 그래서 내가 마흔이 되면 엄마가 일흔하나가 되니까 그러면 친정집을 개축해서 모두 함께 살자……. 교코에게는 어떤 인생 설계가 있었을까. 묻고 싶었다. 이야기를 하고 싶었다. 허락해준다면 사나에처럼 하얗고 부드러운 그 손을 만지고 싶었다.

교코는 시민 운동장 옆 도로에 차를 세웠다. 구노는 일단 뒤로 돌아 차를 세우고 허리를 숙인 채 운동장을 가로질렀다. 뒤로 접근해서는 나무 뒤에 몸을 숨겼다.

교코는 페트병을 들고, 방치된 자동차에 가솔린을 뿌리고 있었다. 그 손이 떨리고 있었다. 아니, 손뿐만이 아니었다. 온몸이 마리오네트 인형처럼 앞뒤 좌우로 흔들리고 있었다.

새삼 또 충격을 받았다. 오랫동안 형사 생활을 해왔지만 정작 범죄 순간을 목격하는 것은 이게 처음이었다. 몸도 마음도 중심을 잃고 어둠 속으로 추락해가는 인간의 모습.

제물이라고 생각했다. 교코는 불행을 일정한 수만큼 만들어놓은 신의 계획, 그것의 희생물이다. 똑바로 바라볼 수가 없었다.

구노는 일어나 성큼성큼 다가갔다. 이제 주변 상황은 보이지 않을 것이다. 발자국 소리가 나는데도 교코는 돌아보지 않았다. 이걸로 끝이다. 당신은 이렇게까지 하지 않아도 된다…….

교코가 호주머니에서 라이터를 꺼냈다. 등 뒤에서 그 오른손을 잡았다.

"오이카와 씨."

감싸 안듯 포옹했다.

"오이카와 씨, 보지 못한 걸로 하겠습니다."

귓가에 대고 속삭였다. 달콤한 머리 냄새가 났다.

교코가 튕기듯 몸을 뒤로 젖혔다. 너무 갑작스러워서 목소리도 나오지 않는 모양이었다. 공황상태에 빠진 교코는 구노의 팔 안에서 격렬하게 몸부림쳤다. 하지만 여자의 힘에 불과하다. 가뿐하게 차에서 떼어냈다.

"혼조 서의 구노입니다. 기억하시죠. 당신 집까지 찾아갔었던 형사입니다."

오른손등이 아파 왔다. 교코가 깨물었던 것이다. 자신도 모르게 안고 있던 팔을 풀었다.

"진정해요. 내 얼굴을 보세요. 낯이 익을 겁니다."

교코가 다시 본다. 얼굴빛이 창백했다. 입술을 부들부들 떨고 있었다.

"그냥 넘어가겠습니다. 그러니까 여관으로 돌아가셔서 남편을 자수시키세요."

윤기 없는 땀이 교코의 얼굴을 적시고 있었다. 머리카락이 이마에 착 달라붙어 있었다.

"알리바이를 만들려고 이런 건지도 모르겠지만 어리석은 짓은 그만두세요."

과연 듣고 있는 것일까. 교코는 구노의 말을 일방적으로 뒤집어쓰고 있을 뿐이었다.

"몸부림쳐봤자 소용없습니다. 당신 남편은 방화범이에요. 이건 돌이킬 수 없는 사실입니다. 여기 처리는 내가 다 할게요. 방화 미수도 안 되게 할게요. 그러니까 남편은 포기해요."

교코가 창백한 얼굴로 뒷걸음질 쳤다. 눈의 초점은 어디에도 맞추고 있지 않았다.

그때 길 맞은편에서 헤드라이트가 빛났다. 타이어가 아스팔트 위에서 비명을 지르고 있었다. 대형차 한 대가 맹렬한 속도로 접근해왔다. 두 사람은 동시에 움직임을 멈췄다. 눈부신 빛이 시야를 갑자기 하얗게 만들었다.

차는 눈앞에서 급정거했다. 문이 열리고 남자가 내렸다.

웃고 있었다. 헤드라이트에 비쳐 새하얀 웃는 얼굴이 흔들리고 있었다.

하나무라였다. 어떻게 여기에……. 팔을 좌우로 벌리고, 천천히 다가온다. 전율이 일었다. 오른손에는 단도가 쥐어져 있었다.

"야, 구노."

마치 술친구에게 말을 건네는 듯한 말투였다.

"찾아다녔다. 심야의 드라이브라도 하셨나. 멀리도 나왔군."

어떻게 알았지. 어디서부터 따라온 거야. 손가락 끝이 떨렸다.

"심야의 데이트인가. 너도 참 인기가 많은 놈이네."

망연자실 서 있는 교코에게로 눈길을 보낸다. 도망가야만 한다. 하나무라는 제정신이 아니다.

"나의 미호는 죽었나."

"살아 있어요. 지금이라면 상해 정도로 끝날 겁니다."

"흥, 미친놈. 그럼 살인미수잖아. 뭐가 됐든 난 이미 끝장난 인간이야."

"더 이상 죄를 짓지 마세요."

"이봐, 구노. 날 실망시키지 마. 좀 더 내 마음에 드는 말을 해보라고."

"하나무라 씨, 당신 몇 살입니까."

"뭐야, 거리 설문조사냐."

"아직 마흔이잖아요. 얼마든지 다시 시작할 수 있어요."

"마흔다섯이야. 몰랐지?"

기분 나쁜 목소리였다.

구노가 다시 한 번 교코에게로 시선을 던졌다. 그 눈의 움직임을 하나무라가 눈치챘다.

하나무라가 교코에게로 성큼성큼 다가가 팔을 잡았다. 왼손으로 끌어안으며 단도를 목에 갖다 댔다. 교코는 전혀 저항하지 않았다.

"벌써 새 여자를 만든 거야? 미호가 울겠네."

소리 높여 웃었다.

그 심상치 않은 눈초리에 구노는 몸이 얼어붙었다. 경험을 통해 알 수 있었다. 각성제인가. 하나무라는 각성제를 복용한 건가.

"하나무라 씨, 냉정히 생각하세요. 그 사람은 관계없어요. 업무상 물어볼 게 있어서 불러 세운 것뿐이에요."

"거짓말이야, 거짓말. 아까 끌어안고 있었는데. 운동장 저편에서 다 봤어. 이 호색한아."

"오해예요. 도망치려고 해서 잡았을 뿐입니다."

"거짓말을 하려면 좀 더 그럴듯하게 해."

"거짓말 아니에요."

"바보 자식. 구도의 개 행세나 하는 그런 놈 말을 누가 믿어줄 줄 아냐?"

"하나무라 씨, 어떻게 하고 싶어요? 나를 죽이고 싶죠? 그럼 그 사람은 상관없잖아요."

"네놈이 도망 못 치게 하려는 거야."

하나무라가 교코의 뺨에 칼끝을 들이댔다.

교코는 아무런 반응도 하지 않고, 그저 텅 빈 눈으로 허공만 바라보고 있었다.

"도망가지 않아요. 나는 어떻게 하든 마음대로 해요. 그러니까 그 사람은 놔주세요."

"그럼 나와 승부하자."

"그래요, 얼마든지. 당신한테는 절대 안 질 테니까."

"말 다 했냐, 이 자식."

하나무라가 교코를 놔주었다. 놀라서 넘어지기라도 할 줄 알았더니 교코는 아무 일도 없었다는 듯이 그 자리에 우두커니 서 있을 뿐이었다.

하나무라는 고개를 좌우로 한 번씩 꺾으며 구노를 향해 천천히 다가왔다.

무의식적으로 윗도리의 호주머니를 뒤져 열쇠더미를 꺼냈다. 아무것도 없는 것보다는 낫다. 열쇠의 끝이 삐져나오도록 오른손에 쥐었다. 몸을 낮추며 자세를 취했다.

"넌 정말 열 받게 하는 놈이야."

하나무라가 단도를 휘두르며 돌진해왔다. 오른쪽으로 몸을 옮기며 피한 뒤 열쇠 끝을 하나무라의 옆머리로 휘둘렀다. 너무 가까워서 헛손질을 했다.

하나무라는 자세를 곧바로 다시 잡으며 또 덤벼들었다.

이번에는 피하지 못했다. 단도는 피했지만 하나무라의 왼쪽 어깨가 가슴에 부딪혀 구노는 크게 비틀거리다가 그대로 도로 옆 수풀 속으로 넘어졌다.

몸을 일으켰다. 얼굴을 들자 하나무라가 공중에서 덮쳐왔다. 하나무라의 체중을 정면으로 받자 온몸에 격렬한 통증이 일었다.

무의식중에 하나무라를 잡고 늘어졌다. 하나무라의 씩씩대는 콧김이 얼굴에 닿았다. 거리를 두면 그대로 찔린다고 생각했다.

하나무라의 박치기가 얼굴 정면으로 들어왔다. 눈앞이 하얀 은가루들로 반짝거렸다. 그래도 열심히 잡고 매달렸다. 몇 번인가 수풀 속을 굴렀다.

숨쉬기가 힘들어졌다. 목이 압박당하고 있었다. 졸리고 있었던 것이다. 한 손으로 단도를 쥐고 있으면서도 정말 대단한 작자였다.

구노의 의식이 멀어진다. 안개가 끼듯이 하나무라의 형상이 뿌옇게 흐려졌다.

그때 펑 하는 큰 소리가 들렸다. 하나무라의 등 뒤에서 거대한 불꽃이 솟았다. 몇 미터나 되는 불기둥이 밤하늘의 어둠을 찢고 있었다.

교코인가. 교코가 한 짓인가. 도대체 왜 지금 불을 지른 것일까…….

순간 하나무라가 뒤를 돌아보았다. 구노의 목이 하나무라의 팔에서 풀려났다. 오른손을 꽉 잡았다. 아직 열쇠는 쥐고 있었다. 그 열쇠 끝을 하나무라의 관자놀이를 향해 찔렀다. 충분할 정도로 반응이 왔다.

하나무라가 소리도 없이 구노 위로 푹 엎어졌다. 꼼짝도 하지 않았다. 죽었나? 하지만 그보다 지금은…….

하나무라를 옆으로 치우고 겨우 일어섰다. 단도를 손에서 떼어내 길 쪽으로 던졌다. 아스팔트에서 날카로운 소리가 울려 퍼졌다.

"왜 그랬어요!"

교코를 향해 소리쳤다.

"왜 불을 질렀냐고요!"

교코가 돌아보았다. 눈을 커다랗게 뜨고 경악에 찬 표정을 짓고 있었다. 마치 오늘 처음으로 구노를 본 것처럼.

바로 다가가 팔을 잡았다.

"비켜요."

교코를 길 한쪽으로 밀쳤다. 윗도리를 벗었다. 소용 없다. 하늘을 올려다보았다. 옷으로 두드리는 것 정도로는 수습될 만한 불의 기세가 아니었다.

갑자기 등 뒤에 뭔가가 차갑게 닿았다. 뒤를 보았다. 교코의 얼굴이 바로 어깨 너머에 있었다.

눈이 마주쳤다. 눈동자에 불꽃이 비치고 있었다. 동공이 열려 있는 것을 확실히 알 수 있었다.

교코는 튕기듯 구노로부터 떨어지다가 바닥에 엉덩방아를 찧었다.

교코의 양손에는 단도가 쥐어져 있었다. 팔꿈치 아래가 덜덜 떨리고 있었다.

구노는 조심스럽게 등 뒤로 손을 가져갔다. 손바닥 가득 피가 묻어났다.

"왜."

목소리가 갈라졌다.

"도망치게 할 생각이었는데."

교코가 단도를 던졌다. 미처 밖으로 나오지 않는 비명을 지르며 뒤로 주춤주춤 물러서고 있었다.

"이래서는 도망치게 할 수가 없잖아요."

교코를 향해 돌아섰다.

"왜, 왜 불을 질렀어요! 왜 나를 찌른 겁니까!"

구노가 걸어갔다. 교코는 기듯이 그 자리에서 벗어나려 했다. 그 끝에는 하얀 블루버드가 있었다.

"이봐요, 잠깐만요. 여기 있어요."

구노가 손을 내밀었다.

"혼자는 너무 쓸쓸하잖아요."

그것이 자신의 말인지, 교코의 말인지 알 수 없었다.

"갈 곳도 없잖아요. 이야기해요. 네? 당신은 사나에랑 동갑이에요. 이야기하다 보면 알 거예요. 사나에는 스키를 잘 탔어요. 당신도 스키 탈 줄 아세요?"

교코는 앞으로 고꾸라지면서도 차까지 가려고 했다. 아무 말도 들리지 않을 것이다. 버둥거리면서 입을 반쯤 벌리고 있었다.

"죽지 마. 죽지 마요!"

구노는 교코의 등에 대고 있는 힘껏 소리쳤다.

그렇게 말하는 게 자신이 할 수 있는 전부였다.

41

어느샌가 온몸의 땀이 식어 있었다. 추운가 하면 그렇지는 않았다. 자연히 마른 것 같았다. 피부에 감각이 없어서 외부로부터는 아무것도 느낄 수 없었다. 계절은 언제인가, 밤인가, 낮인가, 그런 것조차 판단할 수가 없다.

교코는 멍하니 자신의 발치를 바라보고 있었다. 운동화를 신고 있었다. 그 밑은 아스팔트였다. 몹시 새까만 것을 보면 분명 밤이다.

방금 전까지 자신의 몸에 무슨 일이 벌어졌던 것 같다. 그것도 꽤 심각한 사태가. 차갑게 빛나는 것을 보았다. 그것은 칼이었던가.

남자의 충혈된 눈도 보았다. 하지만 무섭지는 않았다. 그렇다기보다 어떤 감정도 생기지 않았던 것이다.

아아, 그래. 가오리와 겐타. 가장 소중한, 나의 보물. 아이들을 지켜주고 싶어서, 자신은 여관을 빠져나왔다.

어둠 속의 드라이브. 마주 오던 차의 헤드라이트. 초록색으로 빛나던 차의 계기판…….

눈을 깜박일 때마다 그런 광경이 팟 하고 눈 안에 비쳤다.

방금 그것은 뭐였지? 여기는 어디지? 어째서 자신은 혼자 있는 것일까.

시게노리는 어디에 있는 거지. 여관에 두고 왔다. 이제 필요 없어졌으니까. 방해만 되니까…….

조급한 마음만은 확실히 느낄 수 있었다. 정체를 알 수 없는 초조함.

자신은 남편에게 아주 심한 말을 했다. 고칠 수 없어, 손버릇 나쁜 건. 끝났다. 그 한 마디로. 겐타가 중학교에 들어갈 때까지만이라고 생각했지만 5년도 못 기다린다. 3년으로 단축하자. 그 집만 있다면 혼자서도 살아갈 수 있다. 이제 와서 아파트에서 살기는 싫다. 마당이 갖고 싶으니까. 초록색 잔디와 온갖 빛깔의 꽃이 피는 화단. 그것이 자신의 꿈이었으니까…….

새하얀 교코의 머릿속에 하나 둘 말들이 떠올랐다가는 사라졌다. 색깔을 느꼈다. 뇌리의 스크린에서는 만화경 같은 정체를 알 수 없는 모양이 맹렬한 속도로 회전을 시작했다.

부모님에게는 전화로 말했다. 걱정하지 않아도 된다고, 시게노리는 잘못이 없다고. 절대로. 슈퍼마켓의 아르바이트 동료.

도시코와 구미. 그녀들도 틀림없이 알고 있었다. 이제 얼굴 마주칠 일은 없을까. 주간지. 사건 기사. 집 앞의 매스컴. 격정에 사로잡혀 쓰레기봉투를 마구 휘둘렀다. 언덕길 반대편의 노파. 속닥거리는 말. 분명 모두 소문을 들어 알고 있었다…….

문득 귀에 의식이 쏠렸다. 아무것도 들리지 않았다. 하지만 정적은 아니었다. 텔레비전의 주파수 잡음 같은 귀에 거슬리는 소리가 끊임없이 교코의 고막을 흔들고 있었다.

시민운동 모임. 버찌회. 여기에도 동료로 들어가지 못했다. 모두가 기뻐하고 있는데 트집 잡지 마세요. 단발머리 여자의 날카로운 목소리. 경멸에 가득 찬 시선. 미지근하던 홍차. 더 이상 견딜 수 없어 그 자리에서 도망쳐 나왔다. 자전거의 페달을 밟았다. 갈 곳이 없어졌다.

슈퍼마켓의 창고. 푸르스름한 형광등. 목장갑. 젊은이들 사이에 섞여 힘쓰는 작업을 했다. 구경하러 온 사장. 기름기 가득한 얼굴. 늘어진 배. 논 한복판에 있던 모텔. 고독. 한계. 곰팡내 나는 방에서 자신은 안겼다. 그날 밤 남편의 우는소리. 차갑게 물리쳤다. 등을 돌리고 이불을 덮으며. 이때 자신은 결심했다. 무엇을? 시게노리의 알리바이를 자신이 만들어주겠다고.

황금연휴 첫날. 하코네의 여관. 떠들썩한 아이들. 가오리와 겐타와 온천에 몸을 담갔다. 사치스러웠던 식사. 놀다 지쳐 잠든 아이들. 이불 밖으로 겐타의 다리가 나와 있었다. 겐타의 부드럽고도 탄력 있는 장딴지. 이불을 다시 잘 덮어줘야 하는데.

그렇다. 빨리 아이들이 있는 곳으로…….

갑자기 바람이 느껴졌다. 앞머리가 이마에서 나부끼고 있었다.

오른손을 보았다. 라이터가 쥐어져 있었다.

생각났다. 자신이 하려고 했던 짓이. 갑작스럽게 의식이 되돌아왔다.

그렇다, 아까 가솔린을 뿌렸던 것이다.

시간이 없다. 여기를 정리하고 다시 한 군데 더 찾아야만 한다.

몸을 굽혀 라이터를 켰다. 망설이지 않았다. 가스풍로에 불을 붙이듯 자연스러운 동작이었다.

차의 타이어 옆에 가까이 다가갔을 뿐인데 순식간에 불길이 치솟았다. 자신도 모르게 몸을 피했다.

펑 하는 커다란 소리. 불길의 기세 때문에 두세 걸음 뒤로 물러섰다.

가솔린은 이렇게 불이 붙는 것인가. 대상은 고무와 철인데. 교코는 그 자리에 우두커니 서서 불길의 열기를 느끼고 있었다. 몸 안을 흐르는 피에서 비로소 온도를 느꼈다.

이걸로 된 것인가. 뭔가 부족한 듯한 불안감이 들었다. 가슴이 술렁거린다. "어?" 하고 생각했다.

날카로운 소리가 들렸다. 아스팔트 위를 뭔가가 구르는 소리였다.

"왜 그랬어요!"

남자의 목소리에 몸을 돌렸다. 이 상황이 믿어지지 않았다. 형사가 있었던 것이다.

온몸에 충격이 몰아쳤다. 아까 형사가 말렸던 것이다. 손을 잡혔다. 왜 자신은 그것을 잊고 있었던 걸까…….

"왜 불을 질렀냐고요!"

남자의 화난 목소리가 밤하늘에 울려 퍼졌다.

머리가 빙글빙글 돌았다. 도망쳐야만 한다. 아니, 들킨 이상 도망쳐봤자 소용없다. 자신은 어떻게 될까? 체포되는 건가? 가오리와 겐타가 학교에 못 가게 된다. 그 집에서 살 수 없게 된다.

남자에게 팔을 잡혀서 끌려갔다. 구노라는 형사였다. 이런 상황인데도 이름이 생각난다. 구노가 윗도리를 벗어 불을 끄려 하고 있었다.

순간 아스팔트 위의 단도가 눈에 들어왔다. 정신을 차리고 보니 그것을 손에 들고 있었다.

시간이 얼마나 지났는지 알 수 없었다. 몇 초, 그 몇 초 동안 의식이 날아간 것 같았다. 지금 현재의 일인데.

다음 순간 제정신이 돌아왔을 때 구노의 등에 얼굴을 파묻고 있었다. 남자의 땀 냄새. 어깨 너머로 눈이 마주쳤다.

거짓말이지……? 두 손의 감촉. 단도의 손잡이를 꼭 쥐고 있었다.

또 공백. 교코는 엉덩방아를 찧었다. 구노가 손으로 등을 누르며 얼굴을 찡그리고 있었다. 자신이 찌른 건가?

몸이 생각대로 움직이지 않았다. 관절이란 관절이 모두 덜덜 떨고 있었다.

"왜. 도망치게 할 생각이었는데."

단도를 던졌다. 했다. 해버렸다!

심장이 온몸에서 마구 울리고 있었다. 안구가 안에서 튀어나올 것 같은 착각을 일으켰다.

"이래서는 도망치게 할 수가 없잖아요."

구노가 뭔가 소리치고 있었다. 하지만 아무 소리도 귀에 들어오지 않았다.

교코는 차로 향했다. 일어설 수가 없었다. 땅바닥을 거의 기다시피 갔다. 그래도 열심히 손발을 놀려 겨우 운전석에 올라탔다. 키를 비틀었다. 사이드브레이크를 내리고 차를 발진시켰다.

왜 찔렀지? 왜 형사를 찔러버린 것일까.

그보다 왜 불을 질렀지? 형사에게 들켰으니 그만두면 됐는데.

동요가 멈추지 않았다. 온몸의 떨림도.

이제 끝장이다. 알리바이 조작은 터무니없게 됐다. 자신은 왜 이다지도 바보 같을까. 세계 최고의 멍청이다.

아득해지는 느낌이었다. 작은 교차로. 헤드라이트가 앞쪽의 울타리를 비췄다. 황급히 브레이크를 밟았다. 차 바로 앞부분이 그대로 울타리에 박혔다. 후진하려 하지 않았다. 핸들을 돌리며 억지로 돌진했다. 나무줄기가 우두둑 꺾이며 차체를 긁는 소리가 진동했다.

그 형사는 죽었을까. 아니, 쓰러지지는 않았다. 선 채 소리 지르고 있었다.

돌아가서 마저 숨통을 끊어놓을까. 죽여버리면 목격자는 없어진다.

아니, 하지만 또 다른 사람이……. 교코의 머릿속에서 다른 기억이 반짝였다. 남자가 칼을 겨누고 있었다. 목덜미 부근에 칼이 있었다. 그것은 구노가 아니었다.

알 수 없었다. 자신은 미쳐버린 것일까.

도망치자. 가오리와 겐타를 데리고. 학교 같은 건 아무래도 좋다. 집은 버려도 된다.

다른 땅으로 가자. 어차피 혼조에서는 끼어들 곳이 없다. 동네에서 새로 누군가를 사귀기도 힘들고, 친구도 없다.

아니면 차라리 죽어버릴까? 죽으면 약간쯤은 동정도 살 수 있다. 그러면 가오리도 겐타도 따돌림을 당하지 않을 것이다.

숨쉬기가 힘들어 기침을 했다. 눈에 눈물이 고였다.

왜 자신이 죽지 않으면 안 되는 것인가. 핸들을 탕탕 두드렸다.

말도 안 된다. 죽어야 할 것은 시게노리다. 살고 싶다. 자유로워지고 싶다. 그러려면 도망칠 수밖에 없다. 이름을 바꾸더라도, 나이를 속이더라도 아이들과 함께 다른 땅에서 계속 살고 싶다.

어느샌가 국도를 달리고 있었다. 차는 남쪽으로 향하고 있었다. 이대로 가면 도메이 고속도로의 요코하마 인터체인지가 나온다.

그렇다. 아이들을 데리러 가자. 자고 있는 걸 깨워 차에 태우고 함께 도망치는 것이다. 어떻게든 될 것이다. 여자와 아이들뿐이다. 수상하게 여기지는 않을 것이다. 더부살이라도 찾아보자. 그곳에 정원은 없겠지만.

차선 변경. 뒤쪽에서 클랙슨을 울렸다. 지지 않고 울려댔다. 어금니가 덜덜 소리를 내고 있었다.

이제 화단을 가꿀 수 없는 걸까. 황금연휴가 다 끝날 무렵이면 튤립이 필 것이었다. 동생도 불러 자랑할 생각이었다. 그런데 어째서.

혼자 절규했다. 입술을 악물었다. 몸이 부들부들 떨리고 있었다. 바보다. 정말 바보다. 자신은 왜 돌이킬 수 없는 짓을 해버렸을까.

시게노리가 그냥 빨리 자수하게 뒀으면 좋았을 텐데. 이혼하고 직장을 찾으면 됐을 텐데. 분명 부모님도 도와줬을 것이다. 그렇게 주변의 도움을 받으며 머리를 낮추고, 착실하게 살아가면 좋았을 텐데.

그런데 세상의 눈을 두려워하고, 범죄자 가족이라고 손가락질당할 것을 두려워해 자신까지도 범죄자가 되고 말았다. 시게노리와 다를 바 없다. 아니, 그 이상으로 어리석다. 아무 짓도 하지 않았으면 그냥 부끄러운 정도로 끝났을 것이다.

진심으로 타임머신이 있었으면 싶었다. 시간을 되돌릴 수만 있다면, 전 재산을 들여도 좋다. 한 시간만이라도 좋다. 단 한 시간만이라도…….

가는 길에 붉은 등이 보였다. 온몸에 긴장이 흐른다. 경찰이다. 검문이었다.

급히 옆을 보았다. 바로 앞에 빠지는 길이 있었다. 왼쪽으로 꺾었다. 그 모퉁이에 서 있던 제복 차림의 경찰과 눈이 마주쳤다.

자신도 모르게 서로 쳐다보고 말았다. 태평스러워 보이던 경찰의 얼굴이 갑자기 굳어졌다. 교코는 액셀을 힘껏 밟았다. 백미러를 보자 경찰이 쫓아 달려오고 있었다.

이제 다 들통 난 것이다. 자신이 불을 지른 것도, 형사를 찔러 버린 것도.

절망적인 기분이 되었다. 핸들에서 손을 떼고 머리를 쓸어올리고 싶었다.

국도를 벗어났기 때문에 이제 길은 알 수 없었다. 방향도 알 수 없었다. 하코네에 도착할 수나 있을까. 가오리와 겐타를 만날 수나 있을까.

멀리에서 사이렌 소리가 들려왔다. 이 차는 이제 안 된다. 차종도 번호판도 다 알려져 버렸다. 차를 버리고 택시로 갈아탈까. 싫다, 안 된다. 분명 간선도로는 어디나 다 검문일 것이다.

정처없이 가보자. 무슨 역이 보였다. 여기에서 차를 버리자. 이번에 잡히면 끝장이다. 교도소행이다. 세상을 어지럽힌 자가 되고 말았다. 교코는 차를 세웠다.

방치된 자전거가 길가에 몇 대나 늘어서 있었다. 걷는 것보다는 나을 것이다. 자전거로 하코네까지 가자. 얼마나 시간이 걸

릴지는 모른다. 하지만 자전거라면 검문을 피해 갈 수 있다.

적당한 자전거를 발견했다. 두드러지지 않은 평범한 쇼핑용 자전거였다. 자물쇠도 없었다. 도움닫기를 한 후 안장 위로 올라탔다. 기름칠을 안 했는지 페달을 밟을 때마다 끽끽거리는 듯한 소리가 났다. 밤하늘을 올려다보았다. 구름이 갈라진 틈으로 달이 얼굴을 내밀고 있었다. 어쩐지 방향을 알 수 있을 것 같았다.

사이렌이 여기저기에서 울려댔다. 멀리 좀 돌아도 된다. 사이렌 근처로만 가지 않도록 하자. 반드시 도망쳐야 한다. 이제는 누구도 만날 수 없다. 부모님도. 동생도. 도망치는 수밖에 방법이 없는 것이다.

조용한 주택가에 자전거 페달 밟는 소리가 울려 퍼지고 있었다. 땀방울이 코끝에서 한 방울 떨어졌다.

42

교코가 탄 블루버드가 움직였다. 엔진 소리를 울리며 부자연스럽게 시냇가 길을 따라 달려간다. 구노는 그 후미등을 망연자실하게 바라보고 있었다.

갈증과도 비슷한 감정이 목 부근에서 올라온다. 왜 이렇게 됐을까. 대체 무엇이 잘못된 것일까.

흥분한 상태는 아니었다. 체념과도 비슷한 기분이 들었다. 칼에 찔렸는데. 교코가 그냥 도망쳐버렸는데.

희미하게 불어오는 바람이 피부에 와 닿았다. 시냇물이 졸졸 흘러가는 소리가 들렸다.

내부에서 날뛰던 신경이 서서히 가라앉기 시작하는 것을 느꼈다.

구노는 윗도리를 벗어 그것을 배에 감았다. 소매와 소매를 꽉 묶었다. 아프다는 감각은 없었다. 상처는 깊지 않은 것 같다. 반쯤은 그렇게 자신을 위안했다.

아스팔트에 주저앉았다. 다리를 뻗으며 한숨을 쉬었다.

불타고 있는 차를 본다. 불길은 점차 약해졌고 그 대신 검은 연기가 피어오르고 있었다.

다른 곳으로 옮겨 붙을 것 같지는 않았다. 그냥 내버려두어도 자연히 진화될 것이다.

휴대전화를 꺼냈다. 약하게 떨리는 손으로 버튼을 조작한다. 경찰수첩도 준비했다.

"어이, 이노우에. 늦게까지 고생이 많다."

전화 저편에서 이노우에가 마구 소리치고 있었다.

"아, 미안해. 지금부터 잘 들어. 용건은 두 가지다. 시민 운동장 옆 시냇가에 길이 있을 거야. 거기에서 방치된 자동차가 불타고 있다. 소방차와 구급차를 바로 좀 보내라. 그 옆 수풀에는 하나무라도 쓰러져 있다. 그리고 또 하나……."

수첩을 넘겼다.

"메모해. 다마 500, 니혼(日本) 할 때의 '니'에 67××. 흰색 블루버드를 수배해라. 긴급배치해. 용의 내용은 방화. 아직 멀리 가지는 못했다. 갔더라도 16호선을 나와서 요코하마 인터체인지로 갔을 거야. 오이카와의 아내가 타고 있다. 그래, 오이카와 교코. 자살 위험성이 있다. 이상."

"구노 씨."

이노우에의 말을 다 듣지 않고 전화를 끊었다. 그대로 대 자로 누웠다.

담배를 피우고 싶어 가슴께 호주머니를 뒤졌지만 아무것도 없었다. 떨어뜨린 건가. 크게 숨을 들이쉰다. 고무 타는 냄새가 났다.

밤의 냉기가 하늘에서 내려왔다. 땅바닥도 구노의 체온을 빼앗으려 했다.

죽지 말아줘요. 교코를 생각했다. 죽으면 안 돼. 스스로 목숨을 끊어야만 하는 일은 인생에는 없다. 하나무라에게 찔린 것으로 하면 된다. 그러면 집행유예로 끝날 것이다. 그 집에서 계속 살아도 된다. 정원의 화단을 만들어도 된다. 언젠가 행복을 되찾을 수 있을 것이다. 사나에와 닮은 여자가 슬퍼하는 얼굴은 보고 싶지 않았다.

왜 교코는 불을 질렀을까. 왜 나를 찔렀을까. 그때의 그 눈은 교코의 눈이 아니었다. 지구상의 모든 여자를 모아놓고 고통받고 있는 그녀들 중에서 무작위로 한 명을 고른 후 그냥 함정에 빠뜨린 것에 불과했다. 30억 여자들이 가지고 있는 비탄의 총체적 모습이었다. 교코 한 사람만을 질책해서는 안 된다. 그 눈은 어쩌면 사나에의 그것이었는지도 모른다.

한숨을 내쉬었다. 머리가 잘 돌아가지 않았다. 그나저나 자신은 왜 하코네까지 간 것일까. 자신이 한 짓이었는데 그 이유조차 잘 떠오르지 않는다.

지금 나는 무엇을 하고 싶은가……. 정의를 관철하고 싶은 것인가, 악을 응징하고 싶은 것인가, 아니면 누군가에게 인정받고 싶은 것인가. 분명 그런 것은 아니다…….

아마 자신은 사람과 깊이 관계하고 싶었을 것이다. 쭉 사랑하고 싶었던 것이다.

장모가 만나고 싶어졌다. 갑자기 장모의 얼굴이 보고 싶어졌다. 손목시계를 보니 벌써 2시가 지나 있었다. 평소 심야 라디오는 몇 시까지 할까.

가볼까. 깨우더라도 상관없다. 이 정도는 응석으로 봐줄 것이다. 자신이 응석 부리는 사람은 장모뿐이었으니까.

일어섰다. 온몸이 마비된 듯 잘 걸을 수가 없었다. 수풀에 여전히 쓰러져 있는 하나무라를 보았다. 죽었을까, 아니면 기절한 것뿐일까. 어떤 감정을 느껴야 하는 건지 잘 알 수가 없었다.

운동장을 가로질러 어코드에 탔다. 시동을 걸고 차를 몰았다. 다시 16호선을 타고 북쪽으로 향했다.

핸들을 잡은 손이 미끈거렸다. 손바닥의 피를 바지에 닦았다. 맞은편에서 비추는 헤드라이트 불빛에 닦은 손이 더욱 시커멓게 변한 것을 알아챘다. 어리둥절해서 아래를 보았다. 하복부에서 허벅지까지 온통 피투성이였다.

갑자기 왼쪽 옆구리가 뜨거워지는 것을 느꼈다. 활활 타는 난로에라도 닿은 것 같은 뜨거움이었다. 조심스럽게 손을 대본다.

하나무라에게도 찔렸던 것인가. 싸울 때 단도를 피하지 못했던 것인가…….

구노는 어이가 없었다. 머릿속이 새하얘졌다.

신경을 복부와 등으로 집중했다. 좀 더 뜨거운 곳은 복부였다. 왠지 안도감이 들었다. 치명상이 된다면 그것은 하나무라 때문이다. 교코 때문이 아니었다.

브레이크를 밟아야겠다는 생각은 안 들었다. 그대로 하치오지로 향했다. 장모를 만나고 싶었다. 만나는 것은 이번이 마지막일 것 같았다.

왠지는 모른다. 다만 뭔가가 끝나려 하고 있다는 것을 지난 며칠 동안 느끼고 있었다.

아직 있어주세요. 마음속으로 기도했다.

안녕이라는 말도 없이 사라지지 말아주세요…….

이를 악물고 핸들을 잡았다. 마주 오는 차의 헤드라이트가 마구 겹쳐 보였다. 흐릿한 의식 때문에 머리를 몇 번이나 흔들어야만 했다. 옆길로 들어서며 교외로 향했다. 이윽고 검은 나무들이 무성한 언덕 위로 장모의 집이 보였다.

언덕을 올라가 집 안에 차를 넣었다. 자갈들이 타이어 밑에서 울고 있었다.

창마다 전부 덧문이 닫혀 있었다. 전기는 하나도 켜져 있지 않았다.

구노는 차에서 내려 비틀비틀 현관까지 걸어갔다.

"어머니."

소리 내어 불러보았다.

"가오루입니다. 밤늦게 죄송해요."

노크도 했다. 응답이 없다. 사람이 있는 기척은 어디에도 없었다.

"어머니, 어머니."

몇 번이나 불렀다.

장모의 대답은 어디에서도 들려오지 않았다.

구노는 현관 앞에 누워 하늘을 올려다보았다.

밤의 정적이 부드러운 중력이 되어 구노를 덮어주었다.

한숨을 쉬었다. 상처에 통증은 없었다. 그저 맹렬히 뜨겁기만 할 뿐이었다.

그런 것 같았다. 언젠가 이날이 오리라는 것을 자신은 어느 시점부터 깨닫고 있었다. 다 끝난 것이다.

자신은 언제부터 현실을 보지 않으려 했던 것일까. 언제부터 마음속에 대피소를 만들어놓고 그곳으로 도망치려 했던 것일까.

그 장소를 지키고 싶어서 친구도 만들지 않았다. 새롭게 사람 사귀는 일도 피해왔다.

기침이 나왔다. 상처에서 점점 출혈이 심해지고 있었다.

떨리는 손으로 휴대전화를 꺼내 숫자들을 바라보았다.

어디에 걸면 될까. 이런 순간에도 말할 상대가 없었다.

사나에한테 가게 될까……. 눈을 감았다.

사나에가 교원 시험을 치르던 날 구노는 보너스로 다이아몬드

목걸이를 선물해주었다. 무척 기뻐할 줄 알았는데 사나에는 아깝다며 딱딱해진 얼굴로 말했었다.

"이런 비싼 걸 사줄 수 있을 정도라면 나중을 위해 저금을 해. 나, 보석 같은 거 갖고 싶어하는 여자 아니야."

결국 화가 나서 싸우게 됐다. 구노는 그 자리에서 목걸이를 끊어버린 뒤 한동안 말을 하지 않았다. 훗날 사나에는 사과했다. "너무 기뻐서 나도 모르게 그랬어" 하며 울었다. 다시 사이가 좋아졌지만 사나에는 줄곧 그 일을 후회하며 마음에 담아두었다. 3년이 지나도, 5년이 지나도 수리한 그 목걸이를 했을 때는 "그때는 미안했어"라고 얌전히 사과했던 것이다.

신경 쓰지 마. 잊어버려도 돼. 이제 성격을 알았어. 사나에는 때때로 자신의 마음과는 반대로 말을 한다. 화려한 것을 좋아하는 여자라고 생각되는 게 싫었을 뿐일 게다.

출산 때 같이 들어가도 돼. 마음이 변했어. 그 일은 정말 중노동일 거야. 침대 옆에서 손 꼭 잡아줄게. 이마의 땀은 내가 닦아줄게.

사나에…….

차의 엔진 소리가 들렸다. 착각인가. 아니, 점점 커지고 있었다. 차가 언덕을 올라오고 있었다.

자갈 소리가 났다. 빛이 눈꺼풀 속을 붉게 물들였다. 문 여는 소리.

"구노, 괜찮냐?"

사에키의 목소리였다.

"이노우에! 당장 구급차 불러."

이노우에도 왔나.

몸이 흔들렸다. 뺨을 맞고 있었다. 사에키의 큰 목소리가 고막을 둔하게 흔들었다.

"안 죽었어요."

구노가 겨우 쥐어짜 내듯 말했다.

"그럼 눈을 떠."

그 말에 눈꺼풀을 들어 올렸다.

"내가 보이냐?"

말없이 끄덕였다.

"잘생겨 보이냐?"

입꼬리만 들어 웃어 보이고는 고개를 좌우로 흔들었다.

"그럼 괜찮다. 너는 안 죽을 거야."

"여기 있는 걸 어떻게 아셨어요……."

"이제 됐다. 말하지 마. 잠자코 있어."

사에키가 씩씩하게 웃고 있었다.

"하나무라의 차에 FM 수신기가 있었어. 닦달했더니만 네 차에 발신기를 달아놨다고 실토하더라."

아아, 그런가. 어쩐지……. 하나무라는 살아 있구나. 살인자가 되지는 않았다.

"아스팔트가 피투성이더라고. 나까지 수명 단축됐어. 병원이라도 갔나 했는데 네 차가 하치오지를 향하지 뭐냐. 그래서 바로 알았다. 그나저나 너 이 자식, 이런 훌륭한 집을 숨기고 있었다니. 장모님은 만났냐?"

구노가 고개를 저었다.

"그럼 내가 훨씬 좋은 사람 만나게 해줄게."

사에키의 얼굴을 보았다.

"포목점 딸 말이야. 병원에는 매일 문병 보내줄게. 싫다고 하지 마."

하얀 이를 내보이며 웃었다. 이노우에도 달려왔다.

"구노 씨 덕분에 부서장님한테 무지 혼났어요."

이 녀석. 이런 때도.

"다음에 술 한번 쏘세요."

구노는 눈을 감았다. 사에키가 다시 뺨을 마구 때린다.

그 감촉이 서서히 멀어지고 있었다.

신기하게도 그리움 같은 것이 느껴졌다. 태어나서 처음으로 보았던, 그 빛의 기억 같은.

이런 느낌이었다. 전혀 불안하지 않았던, 갓난아기였을 무렵의 느낌.

태어났다는, 실감…….

만약 계속 살 수 있다면 행복에 등 돌리는 짓은 그만두자고 생각했다.

행복을 두려워하는 짓은 그만두자고 생각했다.

사람은 행복해지고 싶어서 살아간다. 그 당연한 것을 구노는 비로소 깨달았다.

43

등 뒤로 아침 햇살을 받으며 교코는 자전거 페달을 밟고 있었다. 손목시계를 보자 오전 5시였다. 아침의 냉기가 스웨터를 통해 번진다. 춥지는 않았다. 오히려 땀이 나서 기분이 좋을 정도였다. 겨울이 아니길 천만다행이었다. 작은 행운에 감사했다.

아마도 검문은 피한 것 같았다. 큰길은 모두 피해 골목으로만 달려왔다. 정확한 위치는 알 수 없었지만 지금 있는 장소가 오다와라 부근이라는 것은 도로 표지판을 보고 파악하고 있었다.

마음은 많이 가라앉아 있었다. 그 후로 세 시간이나 지났다. 마음속에서 가벼운 체념 같은 것이 싹트기 시작하고 있었다. 후회해도 늦었을 때 인간은 다음 일을 생각하는 모양이다. 발을 헛디디는 일은 아주 간단하다. 행복 같은 건 어이없을 정도로 쉽게 무너지는 것이다…….

하코네로 가는 것은 포기했다. 숙박 장소를 형사에게 가르쳐주었기 때문이다. 분명 잠복하고 있을 것임에 틀림없다. 잡아가 달라고 가는 것이나 마찬가지다. 아이들 앞에서 체포당하는 건 최악의 결말이었다.

비교적 쉽게 포기할 수 있었다. 어쩌면 자신은 무정한 인간이 아니었을까. 줄곧 자신이 착하다고 생각했었다. 터무니없는 착각이다. 지키고 싶은 것을 지키지 못하게 되면 재빨리 도망쳐버리는 여자인 것이다. 면목이 없다는 게 큰 이유였다. 이 얼마나 웃긴 이야기인가. 시게노리와 동기가 똑같다니.

역이 나오면 교코는 전철로 갈아탈 생각이었다. 그걸 타고 어딘가로 멀리 가는 것이다. 돈이라면 있다. 숙박비는 자신의 지갑 안에 있으니까 그걸로 당분간은 해결할 수 있다.

그 형사는 살아 있을까. 뉴스로 그것만 확인하고 나면 앞으로는 절대 텔레비전도 신문도 보지 말자. 오이카와 교코라는 이름은 오늘부로 버리는 것이다.

크게 숨을 들이쉬었다. 폐 안에 고여 있던 공기가 어느 정도 중화되는 것 같았다.

형사사건의 공소시효는 몇 년일까. 오늘이라도 도서관에 가서 조사해보자. 아마 짧지는 않을 것이다. 아득한 세월일지도 모른다.

그래도 좋다. 그렇게 하는 수밖에 다른 길이 없으니까. 도저히 다른 방법이 있을 것 같지 않다.

어딘가에서 더부살이라도 하며 가만히 몸을 숨기고 있자. 그러다 이따금 가오리와 겐타의 모습을 보러 가는 것이다. 멀리에서, 살짝. 졸업식, 입학식, 운동회, 아마 성인식도.

그러는 게 좋다. 자신은 이제 없는 편이 좋은 어머니인 것이다.

아이들은 곧 괜찮아진다. 어떤 환경에서도 적응할 수 있는 생명력이 있다. 그것이 아이들의 특권이다.

미안해, 가오리, 겐타. 바보 같은 엄마라서. 엄마는 잊어버려도 돼. 너희들의 미래에 방해가 되지 않을게…….

눈물도 나오지 않았다. 분한 마음도 없다.

마음에서 습한 부분이 떨어져 나가버린 듯했다.

생각할 일이 이제 남아 있지 않았다.

무슨 역인가 보였다. 도카이도 선인 모양이었다. 서쪽으로나 가볼까. 시즈오카나 나고야 같은.

역 앞에는 파출소가 있었다. 젊은 순사가 바로 앞길을 빗자루로 쓸고 있었다. 자전거 보관소는 그 옆이었다.

어차피 이렇게 멀리까지 수배가 내려지지는 않았을 것이다. 어젯밤 사건이기도 했고, 아마 자신에 대해 저 순사는 모를 것이다.

자전거에서 내려 문득 밑을 내려다보았다. 스웨터의 여기저기가 시커멓게 변색되어 있었다. 형사를 찔렀을 때 튄 피였다. 지금까지 이런 것도 몰랐던 건가.

자연스러운 동작으로 파출소 앞에서 몸을 돌렸다.

신기하게도 차분한 마음이 들었다. 교코는 다시 자전거에 올라탔다.

초조하지는 않았다. 조금 더 자전거를 타고 가다가 가게 문이 열릴 때면 아무 데서나 갈아입을 옷을 사면 된다.

자전거 페달을 밟았다. 바다 냄새가 났다. 아아, 바다가 옆에 있었구나. 코로 공기를 들이마신다. 언덕을 올라가자 태평양이 눈앞에 펼쳐져 있었다. 배가 잔뜩 정박해 있었다. 어항(漁港)인 것을 알 수 있었다.

자전거 페달을 밟던 다리를 쉬며 잠시 바다를 바라보았다.

"당신, 옷이 그게 뭐야?"

그 목소리에 뒤를 돌아보았다. 늙은 여자가 양동이를 들고 서 있었다. 얼굴은 검게 그을렸고, 머리에는 수건을 뒤집어쓰고 있었다. 어부의 복장이었다.

"어머, 옷이 좀 더러워졌네. 와인을 쏟았더니."

순간적으로 둘러댄 말에 자신도 감탄했다. 설마 피라고는 아무도 생각하지 못할 것이다.

"마나즈루 긴자 사람이야?"

여자가 묻는다.

"네?"

"거기 호스티스냐고?"

"아, 네……."

애매하게 대답했다.

"아침까지 힘들겠구먼. 야케[•]라도 괜찮으면 줄까?"

"정말요?"

"잠깐만 기다려."

여자는 트럭으로 걸어가 그 안에서 빨간 야케를 꺼내 왔다.

"이게 좀 화려해서. 아무래도 이 나이가 되면 별로 입고 싶지가 않거든."

"얼마인가요? 돈 드릴게요."

"됐어, 됐어. 어협에서 공짜로 나눠준 거니까."

"고맙습니다. 그럼 좀 입을게요."

웃음이 새어 나왔다. 그것도 극히 자연스럽게.

소매에 팔을 집어넣는다. 옷감이 까끌까끌한 게 싸구려였다. 이제 전철에 탈 수 있게 됐다.

"항구에서 술장사한다는 건 보통 일이 아니야. 어부들이 어지간히 억세야 말이지, 상대하려면 뼈가 부러질 각오로 해야 할 거야."

"그렇지도 않아요."

"어디에서 왔수?"

"음, 그러니까, 누가노미치에서요."

그렇게 거짓말을 했다.

"그래, 젊은 동안에는 실컷 살고 싶은 대로 살아. 우리는 50년

• jacke. 후드가 달린 방풍 · 방수 · 방한용의 웃옷.

동안이나 배만 타느라 재미있는 일은 아무것도 없었으니까."

"어머……."

"나한테도 딸이 있었수. 살아 있었다면 아마 당신 정도 되는 나이일 텐데."

여자가 바다를 보며 불쑥 말했다. 자신도 모르게 그 옆얼굴을 보았다. 깊게 패인 주름 하나하나에 보는 사람으로 하여금 빨려 들도록 만드는 인생의 흔적이 있었다.

"겨우 면사무소에 제대로 된 일자리 알아봐 줬더니 일이 재미없다고 1년 하다 그만두고는 훌쩍 도쿄로 가버렸다우……. 가서 뭘 하나 싶었더니만 술집에 들어가서 애비 없는 자식을 낳아버렸지."

교코는 묵묵히 듣고 있었다. 여자의 약간 갈라진 목소리는 아침의 맑은 공기 속에서 악기처럼 울려 퍼지고 있었다.

"돌아올 때마다 싸워서 언젠가는 '이제 돌아오지 마' 하고 큰소리 좀 쳤더니 3일 후에 도쿄에서 교통사고로 죽어버렸다우. 마지막에 싸우고 헤어졌다는 게 영 걸려서 아직도 쉽게 잠이 못 든다우. 생각해보면 저 살고 싶은 대로 실컷 살았던 딸을 질투했던 건지도 모르지. 우리 같은 옛날 사람은 여자가 저 하고 싶은 대로 산다는 건 생각지도 못했어. 부모가 정해준 상대와 결혼하고, 애 낳고, 고기잡이 나가고……. 행복했느냐고 묻는다면 행복했다고 대답은 하겠지만 사실은 잘 몰라. 좀 더 다른 인생이 있었을지도 모르지."

여자가 머리의 수건을 벗었다. 거의 백발이었다. 다시 돌아서며 교코의 손을 잡았다.

"참 손이 곱기도 하네."

"아니에요."

"내가 당신만 한 나이였을 때는 엉망으로 터서 꺼칠꺼칠했는데."

"그러……셨어요."

"살고 싶은 대로 실컷 살우."

마치 교코의 손가락에 대고 하는 말 같았다.

"젊을 때는 자신만 위하며 살면 돼."

젊을 때……라. 교코의 입에서 한숨이 새어 나왔다. 서른넷의 나이에 새로 시작해야 한다는 것은 알고 있었지만, 그래도 약간은 위안이 됐다.

"할머니, 고맙습니다."

"그래, 술 너무 많이 마시지 말고."

여자와 헤어졌다. 다시 또 자전거를 몰았다. 바닷바람이 옆에서 불어와 교코의 머리카락과 야케를 마구 흔들었다.

역을 찾자. 여기가 아닌 다른 어딘가로 가자. 다시 시작한다는 것은 아무래도 과한 표현이겠지만 되도록 나만의 인생을 살자. 아내도 아닌, 어머니도 아닌 나만의 인생을. 그래, 그렇게 살자.

그리고 자신만이 특별하다고 생각하지는 말자. 너무 정색하고 말하는 게 아닌, 나만의 비극에 도취되지 말자는 의미에서. 나와 비슷한 여자는 분명 온갖 거리에서 적잖이 살고 있다. 들고양이처럼. 때로는 꼬리를 세우고, 때로는 몸을 둥글게 말고 숨을 죽인 채.

아마 진심으로 웃는 일은 평생 없을 것이다. 당분간은 겁에 질려 살 것이다.

하지만 별수 없다. 다 자신이 저지른 짓이니까.

앞으로 자신을 찾아올 대부분의 것들은 현기증을 일으킬 정도로 어지러운 고독과 자유인 것이다.

특별한 감상은 없다…….

아침 해가 등을 떠민다.

긴 그림자가 쇄빙선(碎氷船)처럼 아스팔트 위를 힘차게 나아갔다.

교코는 일어서서 페달을 밟았다. 끼익끼익 하고 쇠가 마찰을 일으키는 소리가 귀 뒤에서 들리고 있었다.

44

몇 개의 구슬이 못 사이로 동시에 튀어올랐다. 새로운 구슬은 이제 더 이상 없다. 오른손을 다이얼에서 떼어내며 유스케는 판에 얼굴을 바싹 가져갔다.

못에 튕긴 구슬은 사이다 기포처럼 터지며 이윽고 제일 아래 있는 구멍으로 빨려 들어갔다.

가볍게 눈을 감았다. 짧아진 담배를 재떨이에 눌러 끄며 유스케는 몸을 일으켰다. 청바지 앞주머니를 뒤졌다. 지폐는 없었고 동전만 몇 개 남아 있었다.

말없이 목뼈를 우두거렸다. 할 수 없이 자리를 떠나 창가의 벤치에 앉았다.

주스 자판기가 눈에 들어온다. 다시 호주머니에서 동전을 꺼내 세어보니 680엔이었다. 150엔짜리 캔 커피를 샀다. 뚜껑을 따고 입으로 가져갔다. 담배에 불을 붙인 후 커다란 한숨과 함께 연기를 내뱉었다.

"야, 돈 있냐?"

그 목소리에 얼굴을 들었다. 이발소 갈 돈도 없는지 빡빡 밀어 수세미 같은 머리를 한 히로키였다.

"3천 엔만 있으면 되는데. 좀 빌려줄래?"

"그럴 돈 있으면 내가 하겠다."

콧등에 주름을 모으며 유스케가 말했다.

"난 어제, 오늘 벌써 2만 엔이나 잃었어. 머리에서 김 나오는 거 안 보이냐?"

"별것도 아니네."

히로키가 얇게 웃었다.

"넌 얼마 잃었는데?"

"오늘만 2만."

"그러고도 웃음이 나오냐. 혹시 너네 집 재벌이냐?"

"이 자식. 난 어제 땄었어. 너처럼 하면 잃어도 몽땅 다 잃게 된다고."

그렇게 말하며 옆에 앉았다.

"담배나 줘."

"야야, 담배 살 돈도 없냐."

"뭐 어때. 빨리 내놔."

히로키가 유스케의 셔츠 호주머니에 자기 마음대로 손을 넣어

한 개비를 꺼낸 후 입에 물었다.

"히로키, 다음 알바 찾았냐?"

"전혀."

불을 붙이며 서늘한 얼굴로 잘난 체했다.

"부모님이 우시겠다, 부모님이."

"바보 자식. 남 말 하지 마. 너야말로 학교 그만뒀으면 일이나 해."

"찾고 있다, 나도."

커피를 다 마시고 쓰레기통에 던졌다. 캔이 옆에 맞고 바닥에 구르자 점원이 안 좋은 표정을 지었다.

황금연휴가 끝나고 유스케는 고등학교를 자퇴했다. 집으로 돌아가자마자 부모님한테 연락을 받은 담임선생이 와서 용지에 사인을 하게 한 것이다.

앞으로는 훌륭한 사회인을 목표로 했으면 좋겠다, 담임은 유스케의 눈을 보지도 않고 그렇게 말했다.

부모님은 완전히 포기한 모양이었다. 경찰로 문제를 확대시키지만 말라고 애원하다가 결국 불량한 아들에게 관심을 끊었다. 어머니는 혼자 문화센터 같은 곳을 다녔다.

대입 검정고시를 봐볼까 생각하지 않은 것도 아니었지만 계속 공부할 자신이 없었다. 얼마 전에 중학교 교과서를 한번 펼쳐보았는데, 초보적인 방정식도 풀지 못했다.

아마 당분간은 아르바이트로 용돈벌이나 해야 할 것이다. 어쩌면 다시 피자 배달을 하게 될지도 모른다.

"갈까?"

히로키가 일어서며 말했다.

"어디로?"

올려다보며 물었다.

"여기 있어도 별수 없잖아."

두 사람은 파친코가게를 뒤로했다.

바깥은 막 해가 지고 있었다. 요즘 해가 길어졌다. 여자들도 얇은 옷을 걸쳤다. 5월도 반쯤 지나자 벌써 여름같이 느껴졌다.

"야, 헌팅이라도 할까" 하고 말하는 히로키.

"돈도 없는데?"

"돈 좀 있어 보이는 여자를 찾으면 되지."

"우리 입맛에 맞는 여자가 있겠냐."

딱히 갈 곳도 없이 걸었다. 히로키가 나른한 듯 하품을 했다. 유스케도 전염된 듯 입을 크게 벌렸다.

최근에 특히 심심한 것은 요헤이가 없기 때문이었다. 있을 때는 거추장스럽기 이를 데 없었는데 막상 없으니 꽤 심심했다. 늘 셋이서 붙어다니다 누군가 한 명이 빠지니 케첩을 안 바르고 핫도그를 먹는 듯한 기분이었다.

앞에서 머리를 노랗게 염색한 3인조가 걸어가고 있었다. 옆에 있던 히로키가 자세를 취한다. 그 3인조가 시비조로 쳐다보았던 것이다.

거리가 1미터쯤 가까워지자 그쪽에서 먼저 입을 열었다.

"뭘 째리냐, 이 자식아."

한 명이 얼굴을 바싹 갖다 댄다.

"웃기지 마라. 먼저 째린 건 너희들이잖아."

유스케가 대꾸했다.

"어, 세게 나오네. 이 형님들이 3대 2로 해보자는 건가?" 하고 말하는 다른 녀석.

"멋지네. 우리는 상관없어."

히로키도 지지 않았다.

"좋아, 따라와."

3인조가 먼저 걸어가기 시작하자 유스케와 히로키도 뒤를 따랐다.

요즘 내내 욕구불만 상태였다. 그것을 풀기에 적당한 먹잇감이었다.

골목으로 들어가 작은 공원 안에서 마주했다.

"너희들 거기 한 줄로 서."

유스케가 먼저 성난 표정으로 소리쳤다.

"뭐야, 너 머리가 돈 거 아니냐? 우리 쪽수가 더 많다고."

"그게 어쨌다고. 잘 들어, 나는 너희들과 싸울 생각 없어. 그냥 혼 좀 내주고 싶어서 따라온 거야. 착각들 하지 마."

유스케의 너무나 여유 있는 태도에 3인조가 약간 주저하는 것 같았다.

"너희, 내가 누군 줄 모를 거야. 미리 말해두는데 난 기요카즈회 오쿠라 씨네 사무실을 드나들도록 허락받은 아우들 중 하나라고. 그런데도 계속 엉겼다가는 후회하게 될 거야."

즉시 3인조의 얼굴이 새파래졌다. 시선을 떨어뜨린 채 뒷걸음질친다.

오쿠라의 사무실에서 지내보길 잘했다고 생각하는 순간이었다. 지금은 관계없으니까 허세에 불과하긴 했지만 출입했었던 건 사실인 것이다.

유스케는 앞으로 걸어나와 한 명을 때렸다. 물론 상대는 저항하지 않았다. 나머지 두 명도 때렸다.

"좋아, 이만 용서해줄 테니까 돈 내놔."

"저, 없는데요."

"웃기지 마. 그럼 어디 가서든 돈 만들어 오라고. 안 그러면……."

"야야, 거기 꼬마들."

그때 뒤에서 큰 소리가 났다. 유스케가 돌아보았다. 이번에는 자신의 얼굴이 새파래질 차례였다. 안경 쓴 형사가 어깨를 흔들며 다가왔다.

유스케의 천적, 이노우에였다.

"공원은 말이야, 지역 주민들이 쉬는 장소야. 너희 같은 꼬마들이 싸움하라고 있는 게 아니라고. 썩들 꺼져."

유스케와 눈이 마주쳤다.

"또 너냐?"

이노우에가 얼굴을 찌푸렸다. 가까이 다가오더니 뒤로 젖힌 가슴을 자신에게로 부딪혀왔다.

3인조가 달려 도망갔다. 히로키는 약간 떨어진 장소에서 모습을 살피고 있었다.

"너, 요즘 뭐하냐?" 하고 묻는 이노우에.

"상관없잖아요."

얼굴을 돌리며 말했다.

곧바로 턱을 잡혔다.

"꼬마, 너한테는 고분고분 말하는 방법부터 가르쳐줄 필요가 있겠어. 네 가방에 맞은 그 빚을 아직 못 갚았거든."

이노우에가 손에 힘을 몰아넣는다.

"아야야야."

무심코 한심한 소리를 내뱉고 말았다.

다음 순간 이노우에가 하얀 이를 드러내 보였다. 뭐야, 장난치는 거야?

"이노우에 씨, 놀라게 하지 좀 마세요."

유스케도 딱딱하던 태도를 풀었다.

"야, 내 이름 기억하냐?"

"기억하죠. 몇 번이나 도망쳤으니까요."

"흠. 그래, 좋다. 그때 일은 잊어주마. 피해 서류도 취하했으니."

지난번에 부모님과 함께 피해 서류를 취하하러 갔었다. 더 이상 경찰한테 원한을 사고 싶지 않았기 때문이다.

"그때 그 형사님은 어떻게 되셨어요?"

유스케가 물었다.

"구노 씨 말이야? ……구노 씨는 입원 중이다."

"무슨 일로요?"

"고릴라와 결투하다가 약간 다쳤어."

무슨 소리를 하는 건가, 이 형사.

"그럼 하나무라 씨는요?"

"하나무라 말이냐. 하나무라도 입원 중이다. 다만 이쪽은 쇠창살이 쳐진 병원이지만."

무슨 말인지 잘 알 수 없어서 애매하게 고개만 끄덕였다.

이노우에가 담배에 불을 붙인 후 하늘을 향해 연기를 내뱉었다. 자신도 흉내 내려다가 가슴팍을 쥐어박혔다.

"너, 몇 살이냐?"

"열일곱이지만 잔소리는 하지 말아주세요."

"그런 거 아니다."

어딘가 건조한 말투였다.

"……열일곱이라, 좋을 때네. 행복하겠다."

"그럴 리 없죠."

유스케가 입을 삐죽 내밀었다.

"전 고교 중퇴라 앞날이 캄캄합니다."

"그런 건 사소한 거야. 인간은 미래가 있는 한 무조건 행복한 법이지. 그러니까 앞으로는 전부 조건부야. 가족이 있다거나, 살 집이 있다거나, 일이 있다거나, 돈이 있다거나 그런 것을 토대로 삼아 올라가기만 하면 되는 거지."

"네에……."

"뭐, 내 상사가 늘 주장하던 말이었지만. 허무하지, 인생이란……."

이노우에가 아득한 눈을 한다. 석양을 받아 안경이 빛나고 있었다.

"그럼 나쁜 짓은 하지 마라."

발길을 돌려 가버렸다.

제법 괜찮은 놈이잖아. 유스케는 문득 그런 생각을 했다.

"유스케, 너 꽤 발이 넓다."

히로키가 감탄한 듯이 말했다.

"그래, 나도 여러 가지 일들이 있었거든."

유스케는 약간 어른스러운 말투로 대답했다.

둘이서 잠시 공원 벤치에 앉아 담배를 피웠다. 앞장서서 나서는 사람이 없으면 노는 게 심심하다.

"야, 너희 뭐하냐?"

또 누군가의 목소리가 들렸다. 두 사람이 얼굴을 들었다.

"어, 요헤이잖아."

유스케와 히로키는 동시에 소리쳤다.

요헤이는 발렌티노 브랜드의 상하의 모직 의상을 입고 있었다. 손에는 비닐봉지를 들고 있었는데 그 속으로 식료품 같은 게 보였다.

"뭐야, 사무실 심부름이냐?"

유스케가 놀리듯 말했다.

"교도소에서 남자다워진 뒤 돌아오겠다던 계획은 어떻게 된 거야?"

"시끄러워. 예정이 다 뒤틀어졌어."

요헤이가 발끈하여 대답했다.

"사무실에서 지내는 거 힘들 텐데. 놀지도 못하고."

"됐어. 1년만 지나면 나도 잔을 받아서 야쿠자가 될 거야. 그러면 너희, 나 깔볼 수 없을걸."

"야야, 우린 친구잖아" 하고 말하는 히로키.

"유스케가 날 우습게 보니까 그러잖아."

"미안해. 화내지 마, 농담이었어."

유스케가 어깨를 으쓱이며 사과했다. 야쿠자가 됐을 때를 대비해 일단 체면을 세워주기로 했다.

"하지만 더 말랐잖아."

"그건 그래."

요헤이가 얼굴을 찡그렸다.

"최근 사장 기분이 별로 안 좋아. 그러면 형님들도 그 분풀이를 아래에 터뜨리고. 지난번에 부엌에서 바퀴벌레가 나왔는데 그 이유만으로 무지 얻어맞았다. 왜…… 앗, 안 돼.”

요헤이가 손목시계를 보았다.

“30분 안에 돌아가지 않으면 또 얻어맞는데. 그럼 간다.”

요헤이는 달려서 공원을 빠져나갔다. 뒷모습이 상당히 경쾌해 보였다.

약간 부러웠다. 야쿠자 사무실에서 지내는 것이긴 하지만 열심히 할 만한 일이 있다니…….

요헤이는 방화 사건으로 자수했지만 나중에 풀려났다. 체포된 그날 저녁 같은 수법의 방화 사건이 나카초에서 일어났기 때문이다. 자수해서는 '부모님이 없어서 밥 걱정이 필요 없는 소년원에 들어가고 싶었다'고 거짓말을 한 모양이었다.

요헤이는 오쿠라의 이름을 대지는 않았지만 경찰은 기요카즈회와 관계가 있다는 걸 바로 눈치챘다. 세상은 그리 만만한 게 아닐 것이다. 다만 오쿠라는 오쿠라 나름대로 경찰과 거래를 한 듯했다. “우리 사장은 경찰의 약점을 쥐고 있어” 하고 요헤이가 자랑스럽게 말했었다.

진범은 어떤 부부였다.

텔레비전 뉴스에서 남자가 연행되는 것을 보았다. 머리 위로 점퍼를 뒤집어쓰고 있었다. 여자 쪽은 아직 잡히지 않은 모양이었다. 하지만 신문을 읽지 않기 때문에 자세한 것은 알 수 없었다.

“야, 배고프다.”

히로키가 한숨을 쉬며 말했다.

"하지만 돈이 없다."

"그래."

두 사람은 또다시 번화가를 어슬렁거렸다. 긴 그림자가 신통치 않게 흔들리고 있었다.

올려다보자 해는 반쯤 가라앉아 있었고, 그 어슴푸레한 하늘 위로 별이 반짝이고 있었다.

방해자 下 (원제 : 邪魔)

1판 1쇄 2016년 9월 10일
2쇄 2017년 8월 10일

지 은 이 오쿠다 히데오
옮 긴 이 김해용

발 행 인 주정관
발 행 처 북스토리(주)
주 소 경기도 부천시 길주로 1 한국만화영상진흥원 311호
대표전화 032-325-5281
팩시밀리 032-323-5283
출판등록 1999년 8월 18일 (제22-1610호)
홈페이지 www.ebookstory.co.kr
이 메 일 bookstory@naver.com

ISBN 979-11-5564-128-6 04830
979-11-5564-020-3 (세트)

※잘못된 책은 바꾸어드립니다.

이 도서의 국립중앙도서관 출판시도서목록(CIP)은 서지정보유통지원시스템 홈페이지(http://seoji.nl.go.kr)와 국가자료공동목록시스템(http://www.nl.go.kr/kolisnet)에서 이용하실 수 있습니다. (CIP제어번호 : CIP2016019424)

동시대의 감성과 지성을 담아내는 **북스토리**(주) 출판 그룹

북스토리 | 문학, 예술, 만화, 청소년, 어학
북스토리아이 | 유아, 어린이, 학습
북스토리라이프 | 취미, 요리, 건강, 실용
더좋은책 | 교양, 인문, 철학, 사회, 과학